KB003761

현대가사의
작품 발굴과 분석

이수진·하경숙 엮음

보고사
BOGOSA

이 책에서 소개하는 『금수강산유람기(錦繡江山遊覽記)』는 대구 지역에 거주하던 만재(晚齋) 주원택(朱元澤, 1906~?)이 1990년에 제작한 현대 가사집이다. 가사 장르는 조선 시대 이래로 현재까지 꾸준히 창작되고 있지만, 근대 이후로는 주로 특정 지역의 여성가사나 혹은 기존 작품과 유사한 익명의 이본 계열 가사 위주로 그 명맥을 이어오고 있었다. 그러나 이 책에서 소개하는 『금수강산유람기』는 대구 지역에 기반을 둔 남성 작자의 작품이면서, 기존의 학계에는 알려지지 않은 31편의 새로운 가사 작품을 수록하고 있다는 점에서 주목된다. 특히 전통적 시가 갈래의 하나인 가사의 지속적인 창작과 향유의 변화 양상을 살피는 데 의미 있는 자료가 될 것이다.

『금수강산유람기』는 「금수강산유람기(錦繡江山遊覽記)」와 「가사집(歌詞集)」으로 편제되어 있다. 「금수강산유람기」에는 한시 3편과 가사 31편이 수록되어 있고, 「가사집」에는 가창 가능한 잡가·단가 등의 작품 10편이 수록되어 있다. 이렇게 편제를 나누어 구성한 데에는 나름의 기준이 있었던 것으로 보인다. 「금수강산유람기」는 『한국역대가사문학집성』이나 가사문학관DB 등 기존의 가사 목록에서 확인되지 않는 새로운 작품들인 반면, 「가사집」에 수록된 작품들은 기존에 널리 알려진 것들이다. 결국 주원택은 자신이 창작한 새로운 가사 작품들은 전편에 수록하고, 당시 사람들이나 혹은 자신이 선호하던 작품들은 편집하여 후편에 수록한 것으로 볼 수 있다. 가사집의 최종 제작은 1990년 8월이지만, 「금수강산유람기」의 창작 가사들은 1960년 중후반에 지어진 것으로, 창작 연대순으로 수록하였다. 「가사집」의 기존 작품들은 1980년대 이후 필사된 것으로 추정된다. 주원택 창작 가사의 내용은 지명을 활용하여 지역 경관과 풍습을 노래한 지명가사부터 명승지를 유람하고 지은 기행가사, 윷·화투 등의 놀이를 소재로 한 놀이·유희류 가사 등으로 다양하다.

현대 가사집 『금수강산유람기』는 선문대 국어국문학과 구사회 교수 소장본이다. 교수님의 후의로 2020년 필자를 비롯한 선문대 학인들이 자료집에 수록된 개별 작품들을 검토할 기회를 얻게 되었다. 가장 먼저 구사회, 하경숙, 하성운, 이수진 등이 「금수강산유람기(錦繡江山遊覽記)」에 수록된 〈수자가사(數字歌詞)〉, 〈담배노래〉, 〈호남지방찬양시(湖南地方讚揚詩)〉 등의 개별 가사 작품과 관련된 논문을 작성하여 발표하였다. 그리고는 2023년 4월 『금수강산유람기』에 대한 좀 더 체계적인 연구를 위해 선문대 국어국문학과 대학원에서 구사회 교수님을 모시고 장안영, 강지혜 선생과 함께 정기적인 모임을 진행하였다. 숭실대 정영문, 양훈식 선생님도 함께해 주셨다. 이 과정에서 자료집 전반에 대한 해제와 더불어 〈국문가사(國文歌詞)〉, 〈척사판론(擲柶判論)〉, 〈화투가(花鬪歌)〉, 〈자연가(自然歌)〉 등 개별 작품을 분석하고 주원택의 가사 창작 목적과 작자 의식, 기행가사의 성격 및 서술 방식 등을 살핀 논문도 작성하여 발표할 수 있었다.

우리는 『금수강산유람기』가 비록 현대 가사집이지만 학계에 보고되지 않은 새로운 작품들이 다수 수록되어 있다는 점을 주목하고

자 한다. 따라서 우리는 각자 발표한 논문과 더불어 원문 자료가
함께 제공된다면 후대 가사 전승 연구에 도움이 되리라는 판단에서
출간하게 되었다. 이 책이 출간될 수 있었던 것은 전적으로 구사회
교수님이 계셨기 때문이다. 제자들을 위해 귀중한 자료를 흔쾌히 제
공해 주셨고, 무엇보다도 함께 공부하는 기쁨을 알게 해주셨다. 감사
의 인사를 올린다.

2024년 3월
이수진

목차

새로운 근대가사 〈담배노래〉의 표현 방식과 작품 세계 [하성운]

새로운 가사집 『금수강산유람기』의 발굴과 자료적 가치

이수진

1. 머리말

조선시대에 시작되어 근대까지 이어져온 가사는 근대 이후로도 지속적으로 유통·향유되어 오늘날에도 꾸준히 발굴·보고되고 있다. 1960년대 중반이후 서울 청계천 인근과 대구 지역을 오가며 고전소설을 팔던 책장수들은 1970년 초반부터 더 많은 이윤을 남기기 위해 독자들이 선호하던 작품들을 편집하여 〈가사집〉을 만들어 팔기 시작하였다.[1] 특히 경북·대구 지역에서는 이보다 이른 시기인 1960년 초반부터 상업적 유통을 목적으로 한 대중가사집을 꾸준하게 펴냈는데, 주로 보편적인 인생사를 다룬 〈권학가〉, 〈도덕가〉, 〈백발가〉, 〈우민인가〉, 〈회심곡〉, 〈효행가〉 등의 처세가사가 주를 이루었고, 출판의 주체는 익명화되었지만 한문 지식을 어느 정도 갖추고 경북·대구 지역어를 사용하는 장년 이상의 유식층 남자가 중심이

---

1 권미숙, 「20세기 중반 책장수를 통해본 활자본 고전소설의 유통 양상」, 『고전문학과 교육』 20, 한국고전문학교육학회, 2010, 395~404쪽.

되었을 것으로 보고 있다.[2]

　이번에 발굴하여 소개하는 자료는 『금수강산유람기(錦繡江山遊覽記)』라는 새로운 가사집이다. 자료집 전반에 걸쳐 총 44편의 시가작품을 볼 수 있는데, 그중 새로운 시가 작품 34편은 「금수강산유람기(錦繡江山遊覽記)」에, 기존에 유행하던 시가 10편은 「가사집(歌詞集)」에 각기 편제를 나누어 수록되어 있다. 자료집이 최종 제작된 시기는 1990년으로 기록되었지만, 「금수강산유람기」에 수록된 새로운 가사 작품들은 1960년 중후반에 창작된 것이고, 「가사집」 수록작은 1980년 이후 필사된 것으로 추정된다. 전편의 작자는 대구 지역에 기반을 둔 만재(晩齋) 주원택(朱元澤, 1906~?)이라는 인물이다.

　『금수강산유람기』에 대한 논의는 자료집 전편 「금수강산유람기(錦繡江山遊覽記)」에 수록된 개별 작품의 전승 맥락을 검토하고 내용 분석에 대한 시도가 대부분이다. 가장 먼저 숫자를 사용하여 우리나라의 역대 사건들을 풀어 설명하는 〈수자가사〉의 전승 맥락과 창작 기법을 검토한 논의가 이루어졌고,[3] 담배를 소재로 한 〈담배노래〉의 창작 기법과 내용,[4] 일종의 호남가류 시가에 해당하는 〈호남지방찬양시〉의 표현 방식과 작품 내용을 살핀 논의가 이어졌다.[5] 최근에는

2　박태일, 「경북·대구 지역의 대중가사 출판」, 『열린정신 인문학연구』 27, 원광대학교 인문학연구소, 2016, 261~305쪽.

3　하경숙·구사회, 「숫자노래의 전승 맥락과 새로운 근대가사 〈수자가〉의 문예적 검토」, 『동방학』 43, 한서대학교 동양고전연구소, 2020, 213~238쪽.

4　하성운, 「새로운 근대가사 〈담배노래〉의 표현 방식과 작품 세계」, 『동아인문학』 52, 동아인문학회, 2020, 151~172쪽.

5　이수진, 「〈호남가〉류 시가 작품의 전승 맥락과 〈호남지방찬양시〉의 발굴 검토」, 『온지논총』 65, 온지학회, 2020, 101~122쪽.

'육백'이라는 화투 놀이를 관찰하여 묘사한 〈화투가〉의 전승 과정과 문예적 특징을 밝힌 논의도 있다.[6]

이처럼 자료집의 개별 작품에 대한 내용 분석이 이루어지는 가운데, 아직까지 『금수강산유람기』 전반에 대한 구체적인 논의는 진행되지 않고 있다. 이에 본고에서는 새로운 발굴 자료집 『금수강산유람기』 체제와 성립 등의 서지적 특징을 살피고, 전·후편 「금수강산유람기(錦繡江山遊覽記)」와 「가사집(歌詞集)」의 구성과 작품 내용을 개괄하여 자료집의 가치와 의미를 알아보고자 한다.

2. 『금수강산유람기』의 서지적 특징

가사집 『금수강산유람기(錦繡江山遊覽記)』는 가로 19㎝×세로 26㎝로 전체 81면에 총 45편의 시가 작품이 수록되어 있다. 표제에 『금수강산유람기』라 적혀 있는 이 자료집은 다시 두 편으로 나뉘는데, 각각 「금수강산유람기(錦繡江山遊覽記)」와 「가사집(歌詞集)」이다. 「금수강산유람기」는 전체 55면에 걸쳐 총34편의 작품이 수록되어 있고, 「가사집」은 26면에 걸쳐 총 10편의 작품이 수록되어 있다. 표기 방식은 〈백락시(百樂詩)〉와 〈주자시(酒字詩)〉 두 편의 한시 작품을 제외하면 모두 한주국종체(漢主國從體)이다. 각각의 편명 아래 별도의 목차가 있고, 목차에 이어 시가 작품이 수록되어 있다.

---

6   구사회, 「화투놀이의 전승 과정과 관련 가요의 문예적 특징」, 『온지논총』 75, 온지학회, 2023, 117~138쪽.

<그림 1> 「금수강산유람기」 표제와 목차

먼저 「금수강산유람기」에는 총 34편의 시가 작품이 수록되어 있
다. 수록방식은 목차(目次)에 '一, 二, 三, 四, 七…'로 개별 작품이 수
록된 페이지를 적고, 제목을 달았다. 45면에 수록된 32번째 작품 〈회
심곡(回心曲)〉뒤에는 한 칸을 비워두고 '筆者 安東 金大憲'이라 기록
한 뒤 '1-1' 〈백락시〉, '1-2' 〈주자시〉가 나온다. 목차상으로 보면,
본문에 수록되는 작품은 〈영남지방찬양시(嶺南地方讚揚詩)〉가 가장
먼저 나와야하지만, 실제 수록된 작품의 순서를 보면 목차 맨 마지막
에 페이지 '1-1', '1-2'로 적힌 〈백락시〉와 〈주자시〉가 먼저 수록되
고, 〈영남지방찬양시〉부터는 그 뒤에 이어진다. 자료집에 수록된 34
편의 시가 작품 모두 기존 자료에서는 찾아볼 수 없는 새로운 작품들
이다. 다만 자료집 뒷부분에 수록된 〈몽유가(夢遊歌)〉, 〈권학문(勸學
文)〉, 〈회심곡(悔心曲)〉등은 기존에 동일한 제목의 작품들이 있지만,
대조 결과 동일한 작품으로 볼 수는 없다. 〈몽유가〉의 경우 서사
12구(2음보 1구 기준)의 진행은 기존 작품과 유사하나 본사 이후의
내용은 전혀 다른 진행을 보인다.

전편의 마지막 작품인 〈회심곡〉 끝에 '檀紀四三二三年 庚午八月 筆者 晩齋 朱元澤'이라는 기록을 참고해보면, 「금수강산유람기」의 작자는 만재 주원택으로 1990년 8월에 자신의 저작을 정리하여 제작한 것으로 볼 수 있다. 다만 〈백락시〉와 〈주자시〉만큼은 주원택이 아닌 안동 김대헌이 지은 것이기 때문에 자신의 작품과 구분 짓고자 목차에 따로 기록을 남긴 것으로 볼 수 있다. 한편 목차 상에는 따로 기록되지 않았지만 30면에 수록된 〈담배노래〉 역시 작품 제목 아래 '安東 金大憲'이라 기록된 것으로 보아, 「금수강산유람기」에 수록된 34편 중에서 31편은 주원택의 저작이되, 〈백락시〉, 〈주자시〉, 〈담배노래〉는 김대헌의 작품으로 보아야 할 것이다.

앞서 언급한 바와 같이 「금수강산유람기」의 필자는 주원택으로 1990년 8월 자료집을 제작한 것으로 기록되어 있는데, 실제 수록된 작품들의 면면을 살펴보면, 창작된 시기는 이보다 앞선다. 작품이 수록된 순서대로 그 내용을 살펴보면 이러한 점을 확인할 수 있다. 예를 들어 고향을 떠나온 소감을 기록한 〈이향소감(離鄕所感)〉에는 대대로 농사를 본업으로 삼아 '晝耕夜讀'하며 지금껏 살아왔으나, '群兒諸孫'들의 거듭되는 합가 요구를 더는 거절하지 못해 '乙巳春正'에 고향을 떠나왔다고 적고 있다. 1990년 이전의 '乙巳年'은 1965년이다. 또한 당시 대구 시민의 수가 '八十萬人'으로 '三大都市'라 적고 있는데, 통계청 자료에 따르면 대구 시민의 수는 1964년에 787,978명이고 1965년에 811,406명에 이른다.[7] 대구 시민의 수가 〈이향소감〉에서 언급한 바와 같이 80만 명을 넘어선 것은 1965년에

---

[7]   대구 통계 http://stat.daegu.go.kr

이르러서이다.

또 다른 작품 〈회갑연축하(回甲宴祝賀)〉에서는 자신의 회갑연을 맞이한 소회를 밝히면서 당시를 '丙午三春之節'이라 하였다. 자료집 제작시기인 1990년대 이전의 병오년은 1966년이다.[8] 〈대구종운관 람가(大丘綜運觀覽歌)〉에서는 대구 종합운동장에서 공연을 관람하며 때를 '丙午之春'이라 하고, 〈등산가(登山歌)〉에서도 산에 오르기 위해 나선 때를 '時惟丙午九月'이라 하였다. 두 작품 모두 1966년이 언급 된다. 안동 김씨 김대헌이 지은 〈담배노래〉는 제목 아래 '檀紀四二九 七年 頃'이라 부기하여 1964년 경 창작된 것을 볼 수 있다. 그러나 작품에 거론된 담배 이름을 통해 창작된 시기를 보다 구체적으로 추정 가능하다. 1945년 9월에 나온 최초의 궐련담배 '勝利', 1946년 4월에 나온 '花郎', 1966년 8월에 나온 '새마을', '자유' 담배 등이 언급되었는데, 1968년 9월에 나온 '여삼연'이나 1969년 2월에 나온 '청자' 등은 거론되지 않는다.[9] 그렇기 때문에 작품의 창작시기는 1966년 8월 이후로 추정해 볼 수 있다. 이어서 봄을 맞이하는 소회를 읊은 〈영춘가(迎春歌)〉에서의 봄은 '丁未年에 봄이로세'라고 하여 1967년에 지어진 것으로 짐작된다. 결국 「금수강산유람기」 자료집 의 제작은 1990년에 이루어졌지만, 개별 작품의 창작은 1960년대로 특히 1965년, 1966년, 1967년 사이로 추정되며, 창작된 시기 순으로 편집하여 자료집에 수록한 것으로 보인다. 또한 작자는 대구지역에 기반을 두고 활동하며 자료집을 제작한 것으로 판단된다.

---

8   회갑을 맞이한 때가 1966년이라면 주원택의 출생 시기는 1906년이다. 자료집을 제작한 1990년은 주원택의 나이 85세로 추정해볼 수 있다.

9   하성운, 앞의 논문.

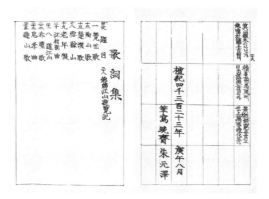

〈그림 2〉「가사집」 목차와 발문

　자료집 『금수강산유람기(錦繡江山遊覽記)』의 후편 「가사집(歌詞集)」
도 전편의 목차 작성 방식과 동일하게 '一, 十三, 十五, 十八…'순으로
개별 작품의 페이지와 총 11편의 작품 제목을 기록하였다. 그러나
실제로 자료집에 수록된 작품 수는 10편이다. 목차 상, 마지막 작품
이며 28면에 수록 예정된 〈금수강산유람기(錦繡江山遊覽記)〉는 수록
되어 있지 않다. 「금수강산유람기」와 「가사집」을 묶어 표제가 『금
수강산유람기』이지만, 두 자료집 어디에도 〈금수강산유람기〉라는
제목의 개별 작품은 보이지 않는다. 자료집의 표제로, 편명으로, 작
품명으로 '금수강산유람기'를 언급하고, 후편 목차에 페이지까지 기
록해 둔 것으로 볼 때, 1990년 제작과정의 누락일 수 있겠으나, 한편
으로는 비록 〈금수강산유람기〉라는 제목의 작품은 없지만 자료집
전반에 걸쳐서 〈영남지방찬양시(嶺南地方讚揚詩)〉, 〈호남지방찬양시
(湖南地方讚揚詩)〉, 〈충청지방찬양시(忠淸地方讚揚詩)〉 등의 지명가사,
〈등산가사(登山歌詞)〉, 〈금강산풍경가(金剛山風景歌)〉, 〈경주유람(慶州
遊覽)〉, 〈등남산공원찬(登南山公園讚)〉, 〈가산성유람가(架山城遊覽歌)〉,

〈관동일대탐승기(關東一帶探勝記)〉, 〈설악산(雪嶽山)〉, 〈팔도강산(八道江山)〉 등의 다수의 유람가사가 확인되는 것으로 미루어보아, 자료집을 엮은 만재 주원재의 우리나라 국토 의식과 산천 유람에 대한 의지를 표제나 편명에 반영한 것으로도 볼 수 있다.

　만재 주원택에 의해 창작된 작품들로 이루어진 「금수강산유람기」와 달리, 「가사집」에 수록된 10편 작품은 『한국역대가사문학집성』 DB, 한국가사문학관DB, 『경북내방가사』 등 기존 가사문헌 자료에서 찾아볼 수 있다. 「가사집」 말미에 '檀紀四千三百二十三年 庚午八月 筆寫 晩齋 朱元澤'이라는 기록을 보더라도 「가사집」 소재 작품들은 기존에 유행하던 작품을 수집하여 필사한 것으로 볼 수 있다. 예로써 「가사집」 첫 번째 수록 작품 〈각세가(覺世歌)〉 말미에 '一九八四年甲子 春節 慶北 醴泉 金塘里 雲谷 朴永植 集書'라는 내용으로 미루어보아, 1984년 경북 예천에 사는 박영식이 수집 정리해 둔 것을 주원택이 재필사한 것으로 볼 수 있다. 〈각세가〉는 한국가사문학관 DB에서 동일한 제목의 작품이 확인되나 내용은 다르며, 『한국역대가사문학집성』에는 〈각세가〉라는 제목의 작품은 없고, 〈경세일곡(警世一曲)〉이 자료집의 〈각세가〉와 동일한 내용을 보인다.[10] 두 번째 수록 작품 〈도산가(陶山歌)〉는 1792년 임자년 3월 도산서원의 경승과 이황 선생의 행적, 시가 등을 추회한 조성신(趙星臣, 1765~1835)

---

10 『한국가사문학집성』에 기록된 〈경세일곡〉 해제에 따르면, 이 작품은 1960년대에 지어진 것으로 김문기 교수 소장 필사본 『초한가』에 순한글로 표기되어 있다. 가사의 내용은 유교적 도덕관과 가치관을 고수하고 있는 화자가 근대화가 진행되고 있는 당시의 젊은이들에게 사회의 여러 방면에서 지켜야 할 점들을 자세히 읊은 것이다.

의 〈도산별곡(陶山別曲)〉과 동일한 내용이다. 〈도산별곡〉은 『한국역대가사문학집성』과 『경북내방가사』 3에서 확인할 수 있다. 나머지 수록 작품들도 대부분 기존 문헌에서 유사한 이본을 확인할 수 있다.

정리해보면, 자료집 『금수강산유람기』의 전편 「금수강산유람기」에는 지금까지 학계에 보고되지 않았던 34편의 새로운 시가 작품들이 수록되어 있는데, 자료집 편찬은 1990년에 이루어졌지만 개별 작품들의 창작시기는 1965~1967년경으로 1960년 중후반으로 추정된다. 우리나라 국토와 역사에 대한 저자의 인식이나 산수 유람의 취미가 반영된 작품들이 다수이다. 표현 방식면에서 〈호남지방찬양시〉에서는 이중자의(二重字義) 내지 일자이의(一字二義) 중의적 표현이 사용되었다.[11] 앞뒤로 수록된 〈영남지방찬양시〉, 〈충청지방찬양시〉등은 물론이고 〈백락시〉, 〈주자시〉 등의 한시와 그 밖에 〈국문가사(國文歌詞)〉, 〈오천년지천지가(五千年之天地歌)〉, 〈자연가(自然歌)〉 등 다수의 작품에도 이와 유사한 언어유희가 확인된다.

자료집 후편 「가사집」에 수록된 10편의 작품은 다른 사람의 작품을 필사하여 정리한 것으로 편찬 시기는 전편과 동일하게 1990년이다. 선별 수록된 작품들의 내용을 참고해볼 때, 유교적 도덕관에 기반 한 작자의 취향을 짐작해 볼 수 있다. 이에 대한 보다 구체적인 내용은 3장에서 다루도록 한다.

---

11 이수진, 앞의 논문. 〈호남지방찬양시〉에서 조선후기 전라 감영에 소속된 53개 지명을 이중자의의 중의적 표현을 통해 호남의 아름다운 경관과 순박한 풍습을 찬양하고 있다.

3. 『금수강산유람기』의 구성과 내용

1) 새로운 가사 작품 「금수강산유람기」의 구성과 내용

새롭게 발굴한 가사 자료집 『금수강산유람기』의 전편에 해당하는 「금수강산유람기」의 수록 작품 목록을 제시하고 수록된 작품들의 구성과 내용을 살펴보도록 한다.(〈표1〉) 작품명은 자료집 목차를 기준으로 작성하였으며, 목차의 작품명과 본문에 기록된 작품명에 차이가 있거나 부제가 있는 경우 비고란에 기록하였다.

〈표1〉「錦繡江山遊覽記」작품 목록

번호	쪽수	작품명	작자	갈래	시작 구절	비고[12]
1	1-1	百樂詩	김대헌	한시		
2	1-3	酒字詩	김대헌	한시		
3	一	嶺南地方讚揚詩	주원택	가사	慶尙道에 聞慶하니	嶺南地方讚揚詩 七十一州
4	二	湖南地方讚揚詩	주원택	가사	咸平天地 늘근몸이	湖南地方讚揚詩 五十三州
5	三	忠淸地方讚揚詩	주원택	가사	陰城에 봄이오니	忠淸地方讚揚詩 五十五州
6	四	國文歌詞	주원택	가사	天地氣下降 ㄱ字되고	國文歌詞(一名하글뒤푸리)
7	七	擲柶判論	주원택	가사	俗稱 十勝地라	
8	七	數字歌詞	주원택	가사	一字를 들고보니	
9	八	鄭鑑錄秘訣	주원택	한시	利在弓弓是何說	鑑錄 十六句
10	九	判世歌	주원택	가사	乾坤이 開闢한저	判世歌 二十三句
11	十	離鄕所感	주원택	가사	余本農家之傳來遺業	離鄕所感 四十五句
12	十一	花鬪歌	주원택	가사	開花世上 當到하니	花鬪歌 三十三句
13	十二	回甲宴祝賀	주원택	가사	六十年去又一年하니	回甲宴祝賀 二十五句
14	十三	五千年之天地歌	주원택	가사	新羅千年 三姓天地	五千年之天地歌 三十句
15	十四	亂世歌	주원택	가사	記於世亂하니	亂世歌 三十句
16	十五	處世歌	주원택	가사	天下寶物은 勸字이요	
17	十七	大韓讚歌	주원택	가사	物外閑生 이내몸이	大韓자랑 六十句
18	二十	大邱綜運觀覽	주원택	가사	丙午之春 慶北出身	

19	二十	人子之道	주원택	가사	子子雖好나 不如妻妾	
20	二十一	老人還境現實	주원택	가사	達城閉門이 近於一年	老人還境現實 二十三句
21	二十二	登山歌詞	주원택	가사	登山가세 登山가세	登山歌 五十句
22	二十四	金剛山風景歌	주원택	가사	世界公園 金剛山은	
23	二十六	自然歌	주원택	가사	天地도 自然이요	
24	二十七	慶州遊覽	주원택	가사	新羅古都 慶州市는	
25	三十	담배노래	김대헌	가사	大韓民國 專賣廳은	
26	三十二	迎春歌	주원택	가사	春來春來 又春來라	
27	三十三	登南山公園讚	주원택	가사	時逢英雄하니	登南山公園讚 安重根 義士 : 목차상에는 없는 〈倭寇伊藤博文 罪科〉 본문에 수록
28	三十四	國軍墓地參拜記	주원택	가사	國軍墓地 參拜次로	國軍墓地 參拜
29	三十五	架山城遊覽歌	주원택	가사	不寒不熱하니	架山山城遊覽歌
30	三十六	關東一帶探勝記	주원택	가사	七十左右 넷 老人이	관동지역유람
31	四十	夢遊歌	주원택	가사	物外閑生 이내몸이	
32	四十四	達城公園詩會所樂	주원택	가사	達城風景이	達城公園詩遊會所樂
33	四十五	勸學文	주원택		少年易老學難成	
34	四十五	悔心曲	주원택		一心으로 精念은	悔心曲 念佛唱調

「금수강산유람기」에 수록된 34편의 시가 작품들은 기존에 찾아 볼 수 없었던 새로운 작품들이다. 자료집을 엮은 주원택의 작품이 31편이고, 김대헌의 작품 3편이 있다. 한시 〈백락시〉, 〈주자시〉와 가사 〈담배노래〉의 3편을 김대헌의 작이라 기록하여 자신의 작품과 구분지었다. 시가 작품 34편의 갈래를 보면, 대체로 국한문혼용체로 표기된 가사작품이지만, 김대헌의 〈백락시〉, 〈주자시〉와 〈정감록비결〉, 〈오천년지천지가〉 등은 7언 한시의 형태이다.

---

12 목차에 기록된 작품명과 본문에 기록된 실제 작품명에 차이가 있는 경우에는 '비고' 란에 본문 작품명과 부기된 내용 및 참고사항을 기록하였다.

　작품의 주제를 살펴보면, 지명을 활용하여 지역의 아름다운 경관과 풍습을 노래한 〈영남지방찬양시〉, 〈호남지방찬양시〉, 〈충청지방찬양시〉 등의 지명가사가 있고, 〈대구종운관람〉, 〈등산가사〉, 〈금강산풍경가〉, 〈경주유람〉, 〈등남산공원찬〉, 〈국군묘지참배기〉, 〈가산산성유람가〉, 〈관동일대탐승기〉 등 금강산, 경주, 관동지역 등을 유람하고 쓴 기행가사가 있다. 윷놀이, 화투 등의 놀이를 소재로 삼아 언어유희적 성격을 드러내는 〈국문가사〉, 〈척사판론〉, 〈수자가사〉, 〈화투가〉, 〈담배노래〉 등의 놀이·유희류 가사도 있고, 그 밖에도 고향을 떠나온 노년의 삶을 그린 〈이향소감〉, 〈노인환경현실〉 등의 가사도 볼 수 있다.

　주제별로 보다 구체적인 내용을 살펴보면 다음과 같다. 먼저 〈영남지방찬양시〉, 〈호남지방찬양시〉, 〈충청지방찬양시〉 등의 지명가사를 보자. 제목 아래 '七十一州', '五十三州', '五十五州'로 부기된 것을 참고하면, 〈영남지방찬양시〉는 문경(聞慶), 고령(高靈), 경주(慶州), 상주(尙州)를 시작으로 삼가(三嘉), 비안(比安), 진보(眞寶)에 이르기까지 영남의 71개 고을의 이름을 엮어 지은 68구의 가사이다. 〈호남지방찬양시〉는 함평(咸平), 영광(靈光)을 시작으로 장성(長城)까지 53개 지명을 사용하여 54구로 지었다. 〈충청지방찬양시〉는 음성(陰城), 온양(溫陽)으로 시작하여 永同(영동), 淸風(청풍)까지 55개 지명을 사용하여 54구로 지은 가사이다. 55개 고을의 지명을 사용하여 해당지역의 풍속과 경관을 노래하고 있다.[13] 한시구에 현토를 한 형태를 취하면서 국한문

13　지명을 엮어서 그 자체로 시어를 삼아 시적 의미구조를 형성하고 있는 지명시는 한시부터 지명가사, 장타령, 판소리 단가와 민요 까지 폭넓은 분포양상을 보이는데, 이러한 지명시류는 조선후기에 광범한 유행을 보인 문학현상이다(김석회, 「조선후

혼용체를 사용하였다. 세 작품은 각각 서로 다른 지역을 소재로 삼고 있지만, 표현 방식은 유사하다. 2음보 1구로 헤아렸을 때, 매 1구마다 1개의 지명을 중의적으로 활용하여 지역의 특징을 형상화하고 있다.

〈영남지방찬양시〉의 첫 구인 '慶尙道에 聞慶하니'는 경상도의 '문경(聞慶)'이라는 고유 지명을 의미하지만, '경상도에 경사가 들리니'라는 또 다른 중의적 문맥을 내포한다. '高靈大聖 오신다네'에서 '고령(高靈)'도 지명과 함께 '뛰어난 신령 위대한 성현이 오신다네'라는 중의를 갖는다. 〈호남지방찬양시〉는 '咸平天地 늘근 몸이/ 靈光歲月 도라왓다'에서도 '함평(咸平)'이라는 지명이 '두루 화평한 세상의 늙은 몸이'라는 의미로, '영광(靈光)' 지명이 '신령한 빛의 시절이 돌아왔다'라는 의미를 지닌다. 〈충청지방찬양시〉는 첫 구의 '陰城에 봄이 오니/ 溫陽에 日暖風和'에서도 '음성(陰城)'은 지명인 동시에 '그늘진 성에 봄이오니'와 같이 중의를 갖는다. 이처럼 자료집에 수록된 세 편의 지명가사에는 중의적 표현 기법이 작품 전체에서 드러난다. 작품 내에서 지명은 일차적 의미에 머물지 않고, 또 다른 문맥적 의미를 생성하는 이중자의(二重字義)의 표현 방식을 보여준다.[14]

자료집에는 〈등산가사(登山歌詞)〉, 〈금강산풍경가(金剛山風景歌)〉, 〈경주유람(慶州遊覽)〉, 〈登南山公園讚(등남산공원찬)〉, 〈국군묘지참배기(國軍墓地參拜記)〉, 〈가산산성유람가(架山山城遊覽歌)〉, 〈관동일대탐승기(關東一帶探勝記)〉 등 서울, 대구, 경주, 관동지역 등을 유람하고 쓴 기행가사도 다수 확인된다. 작품 속에 그려진 내용을 보면, 둘로

─────────────

기 지명시의 전개와 위백규의 〈여도시〉」, 『고전문학연구』 8, 한국고전문학회, 1993, 175쪽).

14 이수진, 앞의 논문.

구분할 수 있다. 〈등산가사〉, 〈경주유람〉, 〈가산산성유람가〉, 〈관동일대탐승기〉에서는 노년기의 가까운 벗과 더불어 관광버스를 대절하여 명승지를 돌아보며 여정의 견문이나 감흥을 서술하고 있으며, 〈등남산공원찬〉, 〈국군묘지참배기〉에서는 역사적 관심을 기반으로 순국선열과 호국영령에 대한 추모의 뜻을 기리고 있다.

　〈등산가사〉는 1966년 9월 대구 팔공산 등산 체험을 담고 있다. 노년의 벗들과 대여한 관광버스를 타고 등산지로 출발하는 과정부터 팔공산 기슭에 위치한 파계사를 거쳐 천신만고 힘을 내어 간신히 산에 오르는 여정과 식사 후, 서로의 손을 잡고 조심히 하산하여 타고 왔던 관광차로 되돌아가기까지 '출발 – 여정 – 귀가'의 구성을 잘 보여준다. 〈경주유람〉은 〈등산가사〉처럼 여행 시기가 명확하게 서술되지는 않았지만, '綠陰芳草勝花時'라 하였으니 여름 초입이겠다. 서사에서는 1960년대 대중관광이 확산되면서 경주가 특히나 각광받는 제일의 관광지임을 밝히면서 관광객들로 인사인해를 이루는 장면을 전한다. 본사에서는 안내자의 인솔에 따라 '경주역 – 안압지 – 임해전 – 석빙고 – 포석정 – 불국사 – 다보탑 – 석가탑 – 석굴암' 등으로 이동하며 유물, 유적에 대한 설명을 듣는다. 작중 화자는 '대강대강 듯고보니'라고 하여 안내자의 설명에 전적으로 의지하기 보다는 자신의 지식을 바탕으로 문화유산에 대한 평가를 드러내는 방식을 취한다. 결사에서는 여행 중 관광차에서 틈틈이 여정을 기록하고 있음을 서술하면서 관광차로 회정한다.

　〈가산산성유람가〉는 현재 경북 칠곡군 가산면에 위치한 가산산성을 유람한 내용을 기록한 작품이다. 단풍 깃든 9월 세 명의 친구와 더불어 앞선 여행들과 동일하게 관광차를 타고 도착하여 이동 과정에 따라 보고 느낀 바를 기록하였다. 앞선 기행가사에서도 보여주듯 여행지에서 느끼는 흥취보다는 역사적 관심과 지식을 드러내고 그에 따른 자신의 평가도 함께 기록되어 있다. 〈관동일대탐승기〉는 화자는 나이 70세 전후의 벗들과 더불어 관광차를 타고 울진읍에 당도하여 안내자의 인솔에 따라 '망양정 – 죽서루 – 경포대 – 죽서루 – 낙산사'등지로 이동하며 소회를 기록하였다.

〈금강산풍경가〉의 경우, 함께 수록된 작품들의 창작 시기를 고려할 때, 1960년대 후반 직접 체험기록으로 보기는 어렵다. 금강산 여행은 20세기 들어 일본 상업 자본의 유입으로 성행하였으며,[15] 특히 1930년대 이후 본격화 된다. 금강산을 소재로 한 작품들 대거 등장한 시기도 1930년대 이고,[16] 분단 이후인 1960년대 직접 체험이 어렵다. 이에 〈금강산풍경가〉는 과거의 경험을 담아내었거나, 혹은 역사 기록이나 문학작품을 통한 추체험 형태로 볼 수 있다.

한편, 「금수강산유람기」에는 지명가류, 기행가류 가사 외에도 한글과 숫자, 윷놀이나 화투 등을 소재로 삼은 놀이·유희류 가사 작품도 찾아볼 수 있다. 〈國文歌詞〉, 〈擲柶判論〉, 〈數字歌詞〉, 〈花鬪歌〉, 〈담배노래〉 등이 여기에 해당한다. 〈국문가사〉는 제목 옆에 '一名 하글뒤푸리'라 하였는데 조선후기부터 유행하여 개화기를 지나 한국전쟁 이후까지 '한글뒤풀이', '국문뒤풀이', '언문뒤풀이'등의 제목으로 널리 유포되어온 작품들과 유사한 형태를 보여준다.

---

15 장정수, 「1960~70년대 기행 규방가사에 나타난 여행문화와 작품 세계」, 『어문논집』 70, 민족어문학회, 2014, 7쪽.

16 원두희, 「일제강점기 관광지와 관광행위 연구: 금강산을 사례로」, 한국교원대학교 석사학위논문, 2011, 9쪽.

전체 내용은 15개의 단락으로 구분되는데, 1단락 서사에서는 'ㄱ, ㄴ, ㄷ, ㄹ, ㅁ, ㅂ, ㅅ, ㅇ'의 자음 8자와 모음 'ㅣ'의 형성 원리를 제시하고, 2단락부터 15단락까지는 단락마다 '가, 나, 다, 라, 마, 바, 사, 아, 자, 차, 카, 타, 파, 하'를 소제목으로 삼아 순서대로 자음 14자에 모음 6자 'ㅏ, ㅓ, ㅗ, ㅜ, ㅡ, ㅣ'를 조합하는 말잇기 형식으로 구성된다.[17]

〈척사판론〉은 윷판의 모양과 윷말의 움직임 등 윷놀이 방식을 비유적으로 설명하고 있으며, 〈수자가사〉는 '일(一)'부터 '십(十)', '백(百)', '천(千)', '만(萬)', '억(億)'까지 숫자 순서대로 일본의 패망, 해방, 4·19혁명, 5·16군사정변, 6·25전쟁, 8·15광복 등의 우리나라의 근현대사의 역사적 사건을 서술하고 있다.[18] 〈화투가〉는 1960년대 유행하던 '육백'이라는 화투놀이를, 〈담배노래〉는 광복 이후 출현한 31개의 담배 이름을 활용하여 지은 작품이다. 이들 놀이·유희류 작품들은 표현 방식 면에서 언어유희적 성격이 특히 두드러진다.

2) 「가사집(歌詞集)」의 구성과 내용

자료집 『금수강산유람기(錦繡江山遊覽記)』의 후편 「가사집(歌詞集)」

---

17 『금수강산유람기(錦繡江山遊覽記)』, 「금수강산유람기(錦繡江山遊覽記)」, 〈국문가사 國文歌詞〉: "바, 바로가면 靈光이요 버서나면 極樂이라, 實鏡靈坮 발가오니 富貴貧賤 간곳업네, 브비바 드러나면 事必歸正 自然이다."

18 『금수강산유람기(錦繡江山遊覽記)』, 「금수강산유람기(錦繡江山遊覽記)」, 〈數字歌詞〉: "一字를 들고보니 日本國도 原子彈에 敗戰되고, 二字을 들고보니 李氏朝鮮이 國土를 李博士가 도로찻고, 三字를 들고보니 三千里 錦繡江山 三八線이 가로막네, 四字을 들고보니 四一九 學生運動 自由黨도 무너지고…"

에는 아래의 표와 같이 목차 상에는 총11개의 작품 목록을 볼 수
있는데, 실제로 수록된 작품은 총 10편이다. 자료집 전편에 수록된
「금수강산유람기」의 작품들이 기존에는 볼 수 없던 새로운 작품들인
반면에, 「가사집」에 수록된 작품들은 발문에 '檀紀四千三百二十三年
庚午八月 筆寫 晚齋 朱元澤'이라는 기록으로 미루어보아 기존에 유행
하던 작품을 주원택이 수집하여 필사한 것임을 알 수 있다.

자료집 목차순으로 수록된 작품의 내용과 형식, 임기중의 『한국역대
가사문학집성』DB와 한국가사문학관에서 제공하는 DB를 활용하여
이본을 확인해 보았다. 이본이 확인되지 않은 〈설악산〉과 〈노년한〉을
제외한 개별 작품의 내용과 형식, 이본 관계를 살펴보면 다음과 같다.

<표2> 「歌詞集」 작품 목록

번호	쪽수	작품명	분량[19]	시작구절	이본 출처
1	一	覺世歌	327구	어와世上 同胞任네	『한국역대가사문학집성』〈경세일곡〉
2	十三	陶山歌	53구	太白山 내린龍이	『한국역대가사문학집성』〈도산별곡〉
3	十五	楚漢歌	80구	鍼門에 月黑하니	『신구유행잡가(新舊流行雜歌)』,『신구시행잡가(新舊時行雜歌)』,『증보가요집성(增補歌謠集成)』〈초한가〉/ 한국가사문학관 DB
4	十八	雪嶽山	23구	우리나라 錦繡江山	-
5	十九	老年恨	24구	草露같은 우리人生	-
6	二十	江村別曲	23구	世上功名 浮雲이라	『한국역대가사문학집성』〈강호별곡〉
7	二十一	八道江山	32구	名妓名唱 風流浪은	『조선고전가사집』/ 한국가사문학관 DB
8	二十二	赤壁歌	35구	三江은 水戰이요	『조선고전가사집』/ 한국가사문학관 DB
9	二十三	忠孝曲	25구	天地之間 萬物中에	『조선고전가사집』/ 한국가사문학관 DB

| 10 | 二十五 | 遊山歌 | 27구 | 花爛은 春城하고 | 『조선고전가사집』/ 한국가사문학관 DB |
| 11 | 二十八 | 錦繡江山遊覽記 | - | | |

　〈각세가(覺世歌)〉는 일종의 교훈가사이다. "三綱五倫 仁義禮智 사람에 根本이라/ 短文薄識 賤見으로 이 歌詞를 모았으니/ 男女老少 莫論하고 한번식 읽어보소"라고 하여 화자는 유교적 도덕관을 바탕으로 삼아 '삼강오륜', '인의예지' 등 인간이 지켜야할 근본적 도리의 실천을 강조하고 있다. 작품의 길이는 4음보 1구로 계산하여 327구의 장형가사이다. 작품 말미에 '一九八四年甲子 春節 慶北 醴泉 金塘里 雲谷 朴永植 集書'라고 하였는데, 주원택이 1984년 경북 예천 출신 박영식의 자료를 필사한 것임을 알 수 있다. 이본으로『한국역대가사문학집성』에 〈경세일곡(警世一曲)〉이 있다. 해제에 따르면, 〈경세일곡〉은 김문기 소장본『초한가』에 순한글 표기로 실려 있는데, 1960년대 지어진 작품이다. 작품의 길이는 4음보 1구로 헤아렸을 때 618구로 〈각세가(覺世歌)〉에 비해 2배나 많다. 〈각세가〉는 〈경세일곡〉과 대체로 동일한 내용을 담고 있으면서 분량이 절반 정도 적은데, 이는 시대가 변화하고 필사자 개인의 필요 판단에 따라 부분적인 탈락과 첨가 등의 변용에 따른 것으로 볼 수 있다.[20] 한국가사문학관에도 가사집『오륜가(五倫歌)』에 수록된 "세상천지 만물중에 사람

19　4음보 1구 기준으로 작성.

20　특히 〈경세일곡〉 80구~89구, 152~179구, 276구~295구, 454~487구, 500구~548구까지 형제 숙질간의 도리나 백성을 관리 감독하고 임금에 충성하는 관인의 자세에 대한 경계의 글은 대거 생략되는 등 필사가의 필요에 의해 부분적인 탈락이 보이고, 〈각세가〉 287구~327구는 〈경세일곡〉에는 없는 새로운 내용이 첨가된 것이다.

박에 또있는가"로 시작되는 〈각세가〉가 있지만, 제목만 같을 뿐 전혀 다른 내용을 담고 있어서 「가사집」수록 〈각세가〉의 이본 계열로 보기는 어렵다.

두 번째 수록된 〈도산가(陶山歌)〉는 〈도산별곡(陶山別曲)〉이라고도 한다. 염와 조성신(恬窩 趙星臣, 1765~1835)이 지은 것으로, '壬子年春三月' 즉 1792년 3월 정조의 특명에 따라 퇴계의 학덕을 기리기 위해 열린 '도산별시(陶山別詩)'에 작자 역시 참여하여 당시의 경험을 담아낸 작품이다. 이황이 나고 자란 장소를 설명하는 것으로 시작하여 도산별시의 광경, 도산서원의 승경, 이황의 행적과 시가에 대한 추회, 〈도산별곡〉을 지은 감회 등을 보여준다. 이본으로 『한국역대가사문학집성』에 수록된 〈도산별곡〉 1종과 한국가사문학관에 소장된 두루마리 필사본 〈도산별곡〉 2종과 〈도산가〉 1종이 있다. 이들 이본은 작품의 분량이나 구성, 내용면에서 거의 일치하나, 표기방식에서 조금씩 상이함을 보인다.

세 번째 작품 〈초한가(楚漢歌)〉는 4음보 1구로 계산할 때 총 80구로 이루어졌는데 그 내용이 단일하지 않다. 1~41구까지는 〈초한가〉 내용이 맞지만, "歲月이 無情트라 여보시오 少年님네 白髮 보고 웃지마소"로 시작되는 42구부터는 〈불수빈(不須嚬)〉 일명 〈장부가(丈夫歌)〉로 알려진 작품이 등장한다. 중국의 초나라와 한나라가 천하를 얻기 위해 서로 겨루는 역사적 사건을 소재를 삼은 〈초한가〉는 항우가 우미인과 이별하는 '이별대목'과 장자방이 초가(楚歌)를 불러 사향심(思鄕心)을 일으키는 '초가대목'으로 구분되는데,[21] 알려진 이본

---

21 정한기, 「〈초한가〉와 〈우미인가〉의 작품내적 특징과 역사적 전개」, 『배달말』 36,

만 25종에 이른다. 이들 이본 중에는 이별대목과 초가대목이 모두 전하거나, 혹은 초가대목만 전하는 이본이 있는데 주원택 필사본 〈초한가〉는 전자에 해당한다. 『신구유행잡가(新舊流行雜歌)』, 『신구시행잡가(新舊時行雜歌)』, 『증보가요집성(增補歌謠集成)』의 〈초한가〉와 거의 동일하다.[22] 주원택 〈초한가〉의 후반부인 42구부터는 제목을 달리하지 않았으나 그 내용은 〈불수빈〉이다. 백발의 화자가 요·순·우·탕을 시작으로 중국의 역대 인물들을 나열하며 인생무상을 노래하고 있다.

「가사집(歌詞集)」에 수록된 여섯 번째 작품은 〈강촌별곡(江村別曲)〉이다. 자연에 은거하여 유유자적하며 산수의 아름다움을 노래하고 있다. 총23구로 이루어졌는데, 『청구영언(靑丘永言)』에 수록되어 전하는 차천로(車天輅, 1556~1615)의 〈강촌별곡〉과는 다른 작품이며, 『한국역대가사문학집성』에 수록된 〈강호별곡(江湖別曲)〉, 〈강호청가(江湖淸歌)〉[23] 박춘재가 구술한 『신구시행잡가(新舊時行雜歌)』 수록 〈강호별곡〉과 박인수가 펴낸 『조선고전가사집』의 〈강촌별조(江村別調)〉와 표기법에 차이가 있을 뿐 동일한 작품으로 볼 수 있다.

7번부터 10번에 수록된 〈팔도강산(八道江山)〉, 〈적벽가(赤壁歌)〉, 〈충효곡(忠孝曲)〉, 〈유산가(遊山歌)〉 역시 『조선고전가사집』에 "名妓名唱 風流郎 가즌호사 식혀"로 시작되는 〈팔도강산〉, "三江은 水戰이요 赤壁은 鏖兵이라"로 시작되는 〈적벽가〉, "天地之間 萬物之中

배달말학회, 2005, 258~261쪽.

22 한국가사문학관 DB(http://www.gasa.go.kr/)로 작품 내용을 확인할 수 있다.

23 〈강호별곡(江湖別曲)〉과 〈강호청가(江湖淸歌)〉은 모두 『악부(樂府)』(이용기 편, 고려대학교 중앙도서관 소장)에 수록된 작품이다.

惟人이 最貴하야”로 시작되는 〈충효곡〉, “花爛 春城하고 萬花 方暢
이라 째좃타 벗님네야 山川景慨 求景가세”로 시작하는 〈유산가〉와
표기방식을 제외한 구성과 내용이 대체로 동일하여 별다른 차이점
을 찾기 어렵다.

「가사집」 목차에는 마지막 11번째 작품으로 28면에 〈금수강산유
람기〉가 수록된 것으로 기록하였지만, 본문에서는 이 작품을 찾아볼
수 없다. 「가사집」에 수록된 마지막 작품은 〈유산가〉이고, 이어서
발문을 덧붙이며 26면에서 자료집 내용은 끝난다. 제작 과정에서
일어난 누락이겠으나, 자세한 정황은 파악하기 어렵다. 다만, 주원택
이 자료집 표제와 편명으로 ‘금수강산유람기’를 거듭 사용하고 있다
는 점에서 우리 국토와 산천에 대한 유람 의식이 매우 강했던 것으로
보인다.

4. 맺음말: 자료적 가치와 함께

이 논문은 새로운 가사자료집『금수강산유람기(錦繡江山遊覽記)』
를 발굴하여 학계에 소개할 목적으로 작성한 것이다. 이 자료집은
1990년 8월 만재 주원택에 의해 제작된 것으로 「금수강산유람기(錦
繡江山遊覽記)」와 「가사집(歌詞集)」으로 전후편이 구분되어 전한다.
전편인 「금수강산유람기」에 수록된 34편의 시가 작품들은 한시와
가사로 이루어졌는데, 모두 학계에 알려지지 않았던 새로운 작품들
이다. 반면에 후편의 「가사집」에 수록된 10편의 시가 작품들은 이미
학계에 보고되어 수집·정리된 것으로『한국역대가사문학집성』DB

나 한국가사문학관 DB 등 기존 가사문학 자료집에서 이본 확인이
가능하다.

「금수강산유람기」에 수록된 34편의 시가 중에는 〈백락시〉와 〈주
자시〉 등 한시도 2편 있지만, 대개는 가사 작품이다. 〈영남지방찬양
시〉, 〈호남지방찬양시〉, 〈충청지방찬양시〉 등 3편은 지명을 활용하
여 지역 경관을 읊은 지명가사류에 해당한다. 〈등산가사〉, 〈금강산
풍경가〉, 〈경주유람〉, 〈등남산공원찬〉, 〈가산산성유람가〉, 〈관동일
대탐승기〉 등은 서울·대구·경주지역의 명승지를 유람하고 그 견문
과 감흥을 노래한 기행가사이다. 〈척사판론〉, 〈수자가사〉, 〈화투
가〉, 〈담배노래〉 등 윷·화투·담배 등을 소재로 한 놀이·유희류 가
사도 있다. 이 밖에도 노년의 화자가 겪는 개인적 인생사나 세상살이
를 그린 〈이향소감〉, 〈회갑연축하〉, 〈노인환경현실〉 등도 볼 수 있
다. 발문에는 자료집의 제작 시기가 1990년 8월로 기록되어 있지만,
개별 작품의 창작 시기는 1965년에서 1968년 사이로 추정되며, 작
품을 창작한 시기 순서대로 자료집에 수록한 것으로 보인다. 표현
방식 면에 있어서는 19세기 김립(金笠, 1807~1863)을 비롯한 일군의
유랑시인들이 자주 사용하던 이중자의(二重字義)의 중의적 표현 사용
이 두드러지게 나타난다.

자료집 후편인 「가사집」에 수록된 10편의 작품은 〈각세가〉, 〈도
산가〉, 〈초한가〉, 〈설악산〉, 〈노년한〉, 〈강촌별곡〉, 〈팔도강산〉,
〈적벽가〉, 〈충효곡〉, 〈유산가〉이다. 자료집 목차에 기록된 〈금수강
산유람기〉는 본문에서 찾아볼 수 없었다. 주원택이 「가사집」 발문
에 자신을 필사자로 언급한 것을 참고하여 자료를 조사해보니, 이본
을 찾을 수 없는 〈설악산〉과 〈노년한〉을 제외하고 나머지 8편은

모두 학계에 보고된 것으로 새로운 작품이 아니다. 〈각세가〉, 〈도산가〉와 같이 유교적 도덕관을 반영한 작품이 있는가 하면, 〈강촌별곡〉, 〈팔도강산〉, 〈적벽가〉, 〈충효곡〉, 〈유산가〉 등 가창 가능한 잡가, 단가 작품들이 주를 이루고 있음을 확인할 수 있었다.

　『금수강산유람기(錦繡江山遊覽記)』의 자료적 가치는 크게 두 가지로 언급할 수 있겠다. 하나는 근·현대시기 새로운 가사자료집의 출현이라는 점이다. 20세기에 들어서면서 가사는 여성 중심의 규방가사만이 그 명맥을 유지하고 있었는데, 1960년대 이후로도 남성 작가의 가사 창작이 지속되고 있었음을 확인할 수 있었다. 다른 하나는 근대 이후 가사자료 유통의 한 단면을 살필 수 있었다는 점이다. 상업적인 출판으로 이어졌는지는 알 수 없지만, 1990년대까지도 개인의 가사집 생성과 향유의 전통이 유지되고 있었다는 것이다. 앞으로 이에 대한 지속적인 고찰을 필요로 하는 바이다.

만재 주원택의 기행가사에 나타난 서술방식과 국토의식

1. 서론

한국전쟁 이후 1960년대가 되면서 민주화의 시대적 요청과 더불어 시대의 변화에 맞추어 교통 통신이 발달하고 물질문명의 혜택과 함께 차를 타고 국토를 유람하는 일이 가능해졌다. 이는 뒷날 현대아산에서 주관한 1998년 11월 18일부터 2008년 7월 13일에 이르는 약 10년간 시행된 금강산 관광 프로그램으로 북한지역의 금강산까지 탐방하는 데까지 이르렀다. 이처럼 명승지를 여정에 따라 보고 느낀 감회를 서술한 것에서 당시의 삶과 경험이 그대로 반영되기 마련인데 이를 4음보 연속체로 기록해 낸 것을 기행가사라 할 수 있다.

우리의 가사 문학은 인간의 삶과 경험이 반영된 것으로 그 표현은 시대의 변화에 따라 다양하게 나타나는데 이처럼 장르의 개방성이 잘 활용된 경우라 할 수 있어 그 지속성이 오래 유지된 셈이다.[1] 이러

---

1 류해춘, 『가사문학의 미학』, 보고사, 2009, 286쪽.

한 의미로 본다면 유람가라는 제목을 가진 가사들은 더 큰 의미를 지닌다고 볼 수 있다. 이렇게 유람을 통해 드러난 서술방식과 국토의식은 서로 밀접한 상관성이 있기 마련이다. 이는 "현실 경험적 작가의식을 드러내는 기행 체험 가사는 공간 중심의 서술방식을 주로 지니고 있으며, 인물 생활 가사는 주로 시간과 공간의 통합적 서술방식으로 작품을 이끌어 가는 특성"[2]을 지닌다는 관점에서 볼 때도 그렇다.

이에 이 논문은 만재(晚齋) 주원택(朱元澤, 1906~?)이 창작한 가사자료집 『금수강산유람기』를 대상으로 기행가사에 나타난 서술방식과 국토의식을 살펴보는 것을 목적으로 한다.[3] 먼저, 서지정보에 대해 간략히 살펴보자. 『금수강산유람기』의 저자는 만재 주원택이고, 국한 혼용으로 작성한 1960년대 가사자료집이다. 앞부분에 목차와 제목이 기재 되어 있고 표제는 『금수강산유람기』로 되어 있으나 『금수강산유람기』와 『가사집』의 합본이다. 전자는 34편인데 그중 〈백락시〉와 〈주자시〉 2편의 저자는 안동 김대헌으로 명명하고 있다. 후자는 10편으로 모두 44편이 수록되어 있는데 전자는 필자로 소개하고 후자는 필사자라 한 것으로 볼 때 본고에서 다룰 가사들은 창작 가사로 본다. 한편 이수진은 그 자료적 가치를 검토하면서 이 자료집을 가로 19cm, 세로 26cm의 81면 총 45편의 시가 수록된 것으로 파악하고 표기 방식을 한시 작품을 제외한 대부분의 작품들이 한주국종체(漢主國從體)라 분석하였다.

---

2 위의 책, 289쪽.
3 이는 선문대학교 구사회 명예교수 소장본으로 연구 자료로 제공해 주신 점에 지면을 빌려 감사드린다.

다음으로 창작할 당시의 시대적 배경을 살펴보자. 자료집 뒷면에 "檀紀四三二三年 庚午八月 筆者 晩齋 朱元澤"이라 기록을 통해 저작 시기와 필자 정보를 이해할 수 있다. 단기 4323년은 서기 1990년이니 이때 필사한 것을 알 수 있다. 그간 선행 연구에서 창작 시기를 가사에 등장하는 내용 들을 고려하여 1960년대로 보고 있기 때문이다.[4] 주원택의 출생 시기는 〈回甲宴祝賀〉에서 "時惟丙午 三春之節에"라고 한 점, 〈離鄕所感〉에서 "乙巳春正에 轉徙于此하니"라고 하여 大邱市로 이사한 대목을 통해 병오년(1906)생이 1966년에 회갑을 맞이한 것에서 알 수 있다. 그렇게 본다면 그가 필사한 1990년의 시기는 84세에 달한다. 그러나 작품의 필력으로 볼 때 글자체도 고르고 오탈자가 많지 않아 그 나이에 이 많은 양을 필사하였다고 보기엔 무리가 있다. 따라서 주원택의 자제나 다른 사람이 대필하여 쓸 수 있겠다는 점도 배제하기는 어렵다.

앞선 시기의 1930년대 금강산 유람기에 대한 연구로 유정선은 1930년 작 장일상의 「금강산유람가」를 통해서 여행체험의 의미를 고찰하였다. 여기서 금강산의 근대관광이 대중화된 시기임에도 불구하고 여행 동기와 여행형태, 여정의 구성이 전통적인 산수 유람을

---

4 이수진, 「〈호남가〉류 시가 작품의 전승 맥락과 〈호남지방찬양시〉의 발굴 검토」, 『온지논총』 65, 온지학회, 2020, 101~122쪽; 하경숙·구사회, 「숫자노래의 전승 맥락과 새로운 근대가사 〈數字歌〉의 문예적 검토」, 『동방학』 43, 한서대학교 동양고전연구소, 2020, 213~238쪽; 하성운, 「새로운 근대가사 〈담배노래〉의 표현 방식과 작품 세계」, 『동아인문학』 52, 동아인문학회, 2020, 151~172쪽; 강지혜. 「만재(晩齋) 주원택(朱元澤)의 가사 창작과 의식 세계」, 『역사와융합』 16, 2023, 319~357쪽; 장안영, 「〈한글뒤풀이〉노래의 전승 맥락과 朱元澤의 근대가사 〈國文歌詞〉 검토」, 『우리文學硏究』 79, 2023, 149~173쪽; 이수진, 「새로운 가사집 『금수강산유람기(錦繡江山遊覽記)』의 발굴과 자료적 가치」, 『리터러시 연구』 14(4), 2023, 569~592쪽.

벗어나지 못하고 있다고 밝혔다.[5] 본고에서는 신 발굴 자료집『금수 강산유람기』중에서 논의가 전무했던〈금강산풍경가〉,〈경주유람〉, 〈가산산성유람가〉등의 기행가사를 대상으로 하였다. 주로 명승지 금강산과 경주 일대와 칠곡에 소재한 가산산성에 대한 역사유적이 유람의 공간적 배경이라고 할 수 있다. 이에 이 논문에서는 선행연구 에서 다루지 않은 서술방식과 국토의식에 주목하여 이 가사를 고찰 하는 것을 목적으로 한다. 이를 위해 1960년대 유학적 소양을 지닌 지식인의 그 서술방식을 유람의 전개 방법과 표현기법으로 고찰한 뒤, 그가 지닌 국토의식을 작자의 내면세계와 현실인식으로 나누어 살펴볼 것이다. 이는 작자의 사유가 내면세계와 현실의식을 담기 때 문이며 유람하는 동안 이들이 투영되어 그가 표현한 기법대로 사물 을 인식하는 태도에 나타날 것이라 보기 때문이다.

2. 유람의 전개 방법과 표현기법

1) 공간 중심의 여정 서술

먼저,〈금강산풍경가〉결사 이후에 부기한 고시조 및 한시는 금강 산의 풍경을 형상화한 내용 들을 담고 있다. 우선, 고시조부터 살펴 보자.

---

5   유정선,「1930년대 금강산 기행가사에 투영된 여행체험의 의미」,『이화어문논집』 44, 이화어문학회, 2018, 213~242쪽.

天下名山 金剛이요 天下公園 金剛이요

昔聞金剛山하고 今見金剛山하니

今見金剛山이 昔聞金剛山이라

誰說金剛景하고 難說金剛景이라

작자는 위 시조를 고시조라 명명하였다. 이는 기존의 시조 형식과 는 다르기 때문에 붙인 것으로 보인다. 총 8구로 구성하였는데, 1구에서는 금강산이 천하명산이며, 천하공원이라는 사실을 천명한다. 이어 2구와 3구에서 금강산을 옛날에 들었고, 지금 다시 금강산을 본다는 사실을 반복 형식과 도치를 통해 강조하고 있다. 이는 그 명성에 걸맞은 공간을 찾은 감회가 남다르다는 것을 강조하기 위한 것으로 볼 수 있다. 4구에서는 금강의 경치를 말로는 설명하기 어렵다는 것을 두 번 반복하여 찬탄한 것이다.

다음으로, 금강산의 경치를 옮은 한시를 순서대로 살펴보자. 당시운, 송우암 시, 김립의 시, 허미수의 시, 황옥, 스님의 시 등 여섯 수의 내용이 함께 수록되었다. 이들 시문의 특징은 송우암 시와 스님의 시는 오언절구 전체를 소개하였고 나머지 시문들은 일부만을 보여주고 있어 단장취의하였다.

첫째, 당시운(唐詩韻)에서는 "願生高麗國하야 一見金剛山이라"는 짧은 시구를 통해 소개한다. 고려라는 나라에서 태어나 한 번 금강산 보고 싶다는 내용이다. 이는 당시에서조차 중국인들이 금강산의 경치가 뛰어난 것을 인식한 말이다. 그렇기에 고려국에 태어나 한번 금강산을 보고 싶다는 의지를 담아냈으니, 이는 이미 중국에서도 금강산의 비경이 잘 알려져 있다는 반증이다.

둘째, 송우암 시(宋尤庵詩)이다.

> 山與雲俱白하니 산 봉 우리 구름과 같이 희니
> 雲山不辨容이라 구름인지 산인지 분별 못하네.
> 雲皈山獨立하니 구름 걷히고 산 홀로 섰으니
> 一萬二千峰이라 일만 이천 봉우리로구나.

　위는 조선조 우암 송시열이 금강산을 노래한 작품이다. 이는 작자가 이미 알고 있는 내용을 덧붙인 것이라고 본다. 산과 구름이 주시어로 작용하고 있다. 구름 속에 함께 펼쳐진 금강산을 화자의 눈으로 볼 때 신비로움이 더해 "구름인지 산인지" 모를 정도였는데 구름이 걷히고 난 그 상쾌함을 "산 홀로 섰으니 일만 이천 봉우리로구나"라며 경탄한다. 이는 화자가 알고 있는 시문을 제시함으로써 금강산 경치의 아름다움을 강조하고자 덧붙여 쓴 것으로 보인다.

　셋째, 김립(金笠), 즉 김삿갓의 작품이다. "松松栢栢岩岩好 水水山山處處奇"의 내용은 소나무는 소나무대로 잣나무는 잣나무대로 바위는 바위대로 좋고, 물은 물대로 산은 산대로 곳곳마다 기이하다는 금강산의 사사물물(事事物物) 자체의 멋진 경치와 기이함을 첩어를 통해 강조한다.

　넷째, 다음은 조선 후기 남인계의 대표적 인물 미수(眉叟) 허목(許穆)의 작품이라 소개된 것이다. "余登金剛山毘爐峯하야 附觀東海하니 海之東은 無東이라"라고 하여 "내가 금강산 비로봉에 올라 높은 곳에서 동해를 굽어보니 바다의 동쪽은 동쪽이 없다"라고 읊고 있다. 여기서 부관(附觀)은 부관(俯觀)의 오기인 듯하다. 이는 금강산에 올라 멀리 동해의 끝없는 수평선을 바라본 일망무제(一望無際)의 감회를 담아낸 것으로 볼 수 있다.

다섯째, 황옥(黃玉)의 시이다. "石轉千年方下地 山高一尺可攀天"라는 부분으로 "천년을 돌 굴리다가 막 땅으로 떨어뜨렸고, 산은 한 자씩 높아져서 하늘에 오를 수 있네."라는 내용이다. 저자와 내용은 미상이라 이해하기 어려워 『서유기』에 나올 법한 내용이다. 아마도 하늘에서 돌을 굴리고 놀다가 땅으로 떨어뜨린 것이 금강산의 기암괴석이 된 것이고, 거대한 신선이 산을 가지고 놀면서 한자씩 높아져 하늘에 닿을 만큼 높아졌다는 것으로 추측해 볼 수 있겠다.

여섯째는 스님의 시이다.

白雲峯峯石	흰 구름은 봉우리 바위마다 감돌아
金剛無恨景	무한한 경치를 가진 금강산이로다
靑煙處處庵	푸른 안개는 곳곳 암자마다 걸려있어
難盡少僧談	어린 스님은 이루다 말로 하기 어렵다네.

위의 시는 금강산을 오랜 세월 지켜본 노스님의 담담한 어조가 담겨 있다. 흰 구름이 봉우리 바위에 감도는 현상이나 푸른 안개가 곳곳마다 암자에 걸려 있는 현상을 형상화하였다. 이것이 바로 금강산의 무한한 경치를 보여준 셈이다. 그러니 이러한 묘미를 나이 어린 스님의 입장에서는 이루다 말로 표현하기 어려운 것이라고 해석할 수 있다.

다음은 〈가산산성유람가〉의 결사 부분에도 부기한 한시다. 아마도 작자 자신의 시인 듯하다.

欲探風景上架山　가산에 올라 풍경을 찾아보니
幽幽古蹟自然閑　그윽한 옛 자취 절로 한가롭다
頹罷城門何歲月　어느 세월에 무너지고 깨진 성문
弊墟寒澤密林間　숲 사이에 폐허와 차가운 못만이

칠언절구로서 가산산성에 올라 주변을 둘러본 감회를 읊고 있다. 퇴락한 성문과 폐허 속에 차갑게 남은 연못의 물을 바라보니 그 감회가 허허롭다. 이는 회고적 성향의 시로 유람 후 가사 말미에 덧붙여 황폐한 성을 둘러본 쓸쓸한 소회를 드러낸 것이라 볼 수 있다.

살펴본 것처럼 부기한 고시조와 한시들은 교술 장르인 가사에서 미처 다루지 못한 작자의 감성을 적절한 한시의 인용 및 자작시로써 형상화하였다. 이는 유람의 흥취를 고조시키거나 분위기를 자아내어 상보적 역할을 하였다.

2) 다양한 수사법의 사용과 대중성 획득

서술방식은 작자가 의도한 주제를 얼마나 효과적으로 전달하느냐에 대한 전개 방법이나 표현 기법 등을 말한다. 먼저, 〈금강산풍경가〉는 가사, 고시조, 한시의 세 장르를 결합하여 금강산의 풍경이 35행의 노랫말과 함께 전개된다. 그 내용은 다양한 수사법을 통해 제시되는데 먼저 이를 살펴보고 가사 뒤에 부기된 시조와 한시의 내용을 고찰한다.

世界公園 金剛山은 一萬二千峯 玉芙蓉이

我東邦에 特出하야 天下第一 寶物이라

毘爐峯 上上峰은 四時로 雲霧로다

風風雨雨 幾萬年間 興亡盛衰 몃번인가

金剛蓬萊 楓岳皆骨 節序따라 變稱하고

五岳之中 東岳이요 三神山中 一蓬萊라

將軍峯에 올나보면 造化翁은 基本地로

斷髮令 머리깍고 脫俗塵世 仙境이요

百萬大兵 거나라고 太祖峯을 擁護하고

玉女峯은 丹粧하야 三千宮女 모여노코

無主空山 七寶庵은 三大金佛 모서노코

不知其數 小小庵은 雲石間에 흣터잇고

楡岾寺와 長安寺는 只在此山 大利이요

十二瀑布 急流水는 是處銀河 落九天

寶光寺下 映山池는 이슬비가 부실부실

菖蒲속에 金鮒魚는 老僧보고 반겨하고

白雲間에 集仙峯은 落子丁丁 隱隱하고

玉石峯下 玉流洞은 白石潭이 湖水되고

天華臺 左右便에 琪花瑤草 蒲發하고

外金剛에 九龍瀑은 三千里 長流水라

白日靑天 霹靂聲에 雲雨銀波 자욱하고

萬物草 萬物相은 形形色色 天然이라

見見各形 變態形은 創世主에 神功이요

海金剛에 立石浦는 上下天間 白雲水라

> 거을갓치 말근물은 大小魚族 꼬리치고
> 七星峯下 立石浦에 一葉片舟 노를저어
> 泛彼中流 올나가니 金剛門이 仙境이요
> 奇蹟에 夫婦岩은 一男一女 探勝타가
> 精神이 陶醉되여 萬年化石 되엿는지
> 晝間에는 各石하고 夜間에는 合石하니
> 塵世俗人 遊覽客들 三金剛을 求景하고
> 如晝如雲 如金如玉 如狂如醉 非夢似夢

먼저, 〈금강산 풍경가〉의 여정을 살펴보면 다음과 같이 제시된다. 비로봉 상상봉 → 장군봉 → 단발령 → 태조봉 → 옥녀봉 → 칠보암 → 유점사 → 장안사 → 십이폭포 → 보광사 영산지 → 집선봉 → 옥석봉 → 옥류동 → 백석담 → 천화대 → 외금강 구룡폭 → 만물상 → 입석포 → 금강문 → 부부암 등의 순이다. 주로 금강산의 각종 봉우리 이름과 비유를 통해 그곳의 특징을 연상시키게 한다. 비로봉 상상봉을 시작으로 이들 금강산의 아름다운 모습을 설명하는데 특히 의인법, 의성법, 의태법, 과장법, 은유법, 직유법 등 다양한 수사법으로 전개하고 있다.

첫째, 의인법을 사용하여 금강산 봉우리의 생동감을 표현한다. 예를 들어, "거나라고", "옹호하고", "단장하여", "모여놓고", "모서놓고", "훗터잇고", "꼬리치고" 등을 통해 이를 알 수 있다. 또한 "菖蒲 속에 金鮒魚는 老僧보고 반겨하고" 대목에서 금붕어와 노승의 오랜 교유 관계를 은근히 드러낸다. 특히 부부암의 모습에서는 의인법과 과장법을 섞어 그 모습이 더 부각되도록 표현한다. 예컨대, "奇蹟에

夫婦岩은 一男一女 探勝타가/ 精神이 陶醉되여 萬年化石 되엿는지/ 晝間에는 各石하고 夜間에는 合石하니"라는 대목이다. 이는 바위를 사람처럼 비유하였고 더욱이 정신이 도취되어 만년화석 되었다거나, 낮엔 각각 돌이었다가 밤에는 하나의 돌이 된다고 한 것을 통해 움직일 수 있는 사람에 빗대었다. 이는 작자가 바라본 부부바위의 모습이 그의 해학적인 뜻을 담아낸 것이라 할 수 있다.

둘째, 의성법과 의태법을 통해 감각적 분위기를 조성한다. 예를 들어, "落子丁丁 隱隱하고"이다. 여기서 낙자(落子)는 소동파의 〈관기(觀棋)〉에 등장하는데 "이따금 바둑알 소리만 들리누나(時聞落子)."라는 표현에서 알 수 있다. 이는 신선들이 바둑알 딱딱 놓는 소리가 은은하다고 제시한 것으로 '정정'의 의성어와 '은은'의 의태어를 사용하여 시청각의 복합적 감각을 표현했다. 이는 고요한 공간에서 울려 나오는 소리이며 멀리서 바라다보여 희미하게 보인다는 것을 알려준 셈이다.

셋째, 과장법을 사용하여 풍경의 이미지를 극대화한다. 예컨대, "白石潭이 湖水되고", "九龍瀑은 三千里 長流水라"는 표현이 그것이다. 작은 연못물이 호수가 되었다는 것, 구룡폭포의 물이 삼천리를 오래도록 흐른다는 것은 과장법이 심하다. 이는 그 아름다움의 크기를 극대화하기 위한 수단임을 알 수 있다.

넷째, 은유법과 직유법을 통해 대상을 돋보이게 한다. "海金剛에 立石浦는 上下天間 白雲水라"라는 표현에서는 은유가, "거을갓치 말근물은 大小魚族 꼬리치고"에서는 직유가 제시되었다.

마지막 구절에 가서는 삼금강, 즉 세 가지 금강산인 내금강, 외금강, 해금강의 비경을 보고 느낀 감회를 서정적으로 제시한다. 낮인 듯 구름 낀 듯 금인 듯 옥인 듯 미친 듯 취한 듯 꿈이 아닌 듯 꿈인 듯이란 표현은 금강산의 아름다운 경치에 홀려 아직 정신을 차릴 수 없다는 극찬인 것이다.

이상에서 형식상 공통적으로 공간 중심의 여정에 대한 서술이 매우 세밀하여 생동감을 강화하고 있다는 점을 알 수 있었다. 또한 비교적 쉬운 한자를 사용하고, 가사와 한시에 한글 토를 달아 개인 향유보다는 다수가 향유할 수 있도록 배려함으로써 대중성을 획득하고 있다는 점을 들 수 있다.

3. 작자의 내면세계와 현실인식

1) 작자의 상고주의 반영

작가의 내면세계를 파악하기 위해서는 그의 현실 인식을 이해할 필요가 있다. 여기서 현실 인식은 관념론적 세계관과 경험론적 세계관으로 나누어 볼 수 있다.[6] 특히 그가 가진 학문적 토대와 인식은 관념론적 세계관을 형성하고, 시공간의 현장을 유람하며 그곳에서 얻은 현실 경험적 인식은 그의 경험론적 세계관으로 나타난다. 김기영은 경주 기행가사 연구에서 〈경주유람가〉(1960), 〈유람기록가〉(1964), 그리고 〈경쥬괄남긔〉(1965) 등을 살펴 각각의 여행 동기가 다른 점에 주목하여 그 의미를 조명하였다.[7] 특히 〈경주유람가〉의 작자를

---

6 류해춘, 앞의 책, 354쪽.
7 김기영, 「경주 기행가사의 작품 실상을 살핌」, 『어문연구』 98, 어문연구학회, 2018, 121~142쪽.

어머니들로 보았고, 조상에 대한 존모의식, 그리고 작자가 대면한 여행지 공간이 동경의 공간으로 형상화된다고 보았다.

그러나 만재 주원택의 〈경주유람〉 가사는 앞서 언급한 자료들과는 다르다. 기행 공간 소개 → 여정 → 회정의 단계를 지녀 기존의 기행가사에서 나타나는 일반적인 서사의 출발 부분이 생략되었다. 간혹 한 행이 다르게 나타난 경우도 있지만 4음보 4·4조가 주조를 이룬 80행의 의고적(擬古的)인 기행가사 형식으로 구성하였다. 이처럼 만재 주원택은 유람가 속에 자신의 현실 경험적 인식을 구현하고 있는데 여기서 유교적 소양을 지닌 작자의 역사의식이 반영될 수 있다는 점에 주목하여 그 내용을 살펴보고자 한다.

이 가사는 서사-본사-결사의 세 부분으로 나누어 서사는 1행~9행, 본사는 10행~78행, 결사는 79행~80행까지로 볼 수 있다. 먼저, 1행~9행까지의 서사 부분은 유람 장소와 유람 시기 및 소감이 나타난다.

> 新羅古都 慶州市는 朴昔金의 千年基라
> 神秘한 異跡이며 雄壯한 古蹟터니
> 散之四方 헛터잇서 國內第一 觀光地로
> 內外賓客 모여들며 人山人海 이뤗스니
> 吾亦是 遊覽차로 綠陰芳草 勝花時에
> 黃菊丹楓 好時節에 三三五五 作伴하야
> 慶州驛에 下車하니 時刻은 이미 正午이라
> 四面을 도라보니 一同이 下車하고
> 廣濶하고 華麗하다

위 서사 부분에서 경주를 신라를 세운 세 성씨의 왕인 박·석·김 씨의 천년의 터전이라는 긍지를 드러내고, "국내제일 관광지"라 자부한다. 이곳을 찾은 때는 "黃菊丹楓 好時節에 三三五五 作伴하야"를 통해 가을에 단체로 유람한 것을 보여준다. 또한 경주시를 "광활하고 화려하다"라고 평하여 명승지에 온 소감을 드러낸다.

다음으로, 10행~78행의 본사 부분은 유람하는 장소를 이동하며 견문을 제시하고 소감을 드러낸다. 여정을 살펴보면 경주역-능-안압지-임해전-석빙고-포석정-오릉-영지-불국사-다보탑-석가탑-청운교-백운교-토함산-분황사-석굴암-태종무열왕릉-김유신장군묘-황조사 등으로 이동하고 있다. 이는 경주시에 산재하고 있는 역사 유적지이다.

본사를 내용상 분류해 보면 다음과 같이 여섯으로 나눌 수 있다.

첫째, 10행~19행은 안내자를 따라 박, 석, 김씨 시조 능을 유람하고 읊은 내용이다.

집고널분 長流水는 潺潺하게 둘러잇고
웃뚝웃뚝 솟슨陵은 天作인가 人作인가
높고낮은 마을山은 疊疊으로 둘러싸고
한旅店을 차자가서 잠깐쉬고 食事後에
老熟한 案內者로 대강대강 듯고보니
蘿井林間 大卵속 赫居世祖 誕生하고
姓신七年 大卵속에 脫解王이 誕生하고
鷄林間 金櫝속에 閼智聖君 誕生하고
堯舜禹之 法을바다 相傳相授 朴昔金氏

千年歷史 우리韓國 世界에도 드무도다

위의 내용은 역사적 내력을 자세하게 나열하고 있는 부분이다. 특히 신라왕조의 박혁거세, 석탈해, 김알지 등에 대한 탄생 설화를 언급하며 차례로 서술해 나간 점에서 알 수 있다. 또한 19행에서 "千年歷史 우리韓國 世界에도 드무도다"라며 유구한 역사에 대한 자부심을 드러낸다. 한편 "老熟한 案內者로 대강대강 듯고보니"라는 대목에서는 '노숙한 안내자' 즉, 노련하고 숙련된 안내자가 등장한다. 이는 오늘날의 의미로 볼 때 관광가이드를 따라 유람한 셈이다. 바꿔 말하면 가이드를 통한 현대적 의미의 유람이라 할 수 있다.

둘째, 20행~22행은 박물관을 구경하고 과학기술 문명에 대한 찬사를 한 대목이다.

博物舘을 求景하고 形形色色 陳列品이
千年前에 遺物로서 新羅文明 大興하야
科學技術 研究發達 東洋에서 第一位라

위의 내용은 박물관이 등장한다. 특히 이곳은 경주박물관을 의미하는 것으로 이는 현대 문명의 기록물이 집적되어 있는 곳이라 할 수 있다. 한국민족문화대백과에 의하면 경주박물관의 역사와 연원은 1915년에 조선시대의 객사를 이용하여 전시관을 개설하고 신라 유물을 일반에게 공개, 1926년 조선총독부박물관 경주분관으로 흡수, 1945년 국립박물관 경주분관으로 편제, 1975년 7월 인왕동에 신축이전 국립경주박물관으로 개편, 승격한 역사이다. 가사에는 그 시기를 말하지 않아 짐작키 어려운 점이 있지만 그가 환갑 무렵 유람을 자주 한 것으로 본다면 아마 1960년대 경주분관이었을 당시라 추정해 볼 수는 있을 듯하다.

셋째, 23행~34행의 첨성대, 안압지, 임해전, 석빙고, 포석정에 대한 부분이다.

> 天文學을 探知코저 二十七代 善德女王
> 瞻星臺를 놉히싸서 下圓上井 二十七層
> 星辰運行 吉凶判斷 雁鴨池와 臨海殿는
> 文武王 十四年에 三國統一 託念爲해
> 別宮으로 지어노코 陸海動物 養生處요
> 半月城內 石氷庫는 構造模型 알고보니
> 廣은 五七六米터요 長은 一二二七米터요
> 高는 二十一米터요 用石은 一千個餘요
> 初期王宮 鮑石亭은[8] 國慶이 잇슬때에
> 滿朝百官 陪列하여 宴會하는 場所이요
> 五陵來歷 드러보니 赫居以下 五代이요
> 映池來歷 드러보니 無影塔이 빛엇다고

위 부분은 역사 유적지를 차례로 탐방하며 그에 대한 소개를 상세하게 하고 있다. 특히 현대적 도량형의 사용법을 제시하고 있다. 예컨대 '米터'라는 표현이 그것이다. 한국에서는 계량법 제11조에 의해

---

8 포석정은 '포'의 글자가 원문에서는 奄+包의 합자 형으로 되어 있다.

1963년에 미터법을 사용하도록 규정하였다. 이렇게 본다면 이 작품의 창작시기는 1963년 이후의 것으로 볼 수 있는 것이다. 역사 유적지에 대한 상세한 소개는 그가 가진 역사의식이 그대로 반영된 것으로 이해할 수 있는데 예를 들어 첨성대가 신라 27대 선덕여왕대에 천문학을 탐지하기 위해 27층으로 만들었는데 아래는 둥글고 위는 우물정자형으로 만든 내력을 알 수 있다. 이는 별의 운행과 길흉을 판단하는 것으로 보았다. 한편 안압지와 임해전은 문무왕 14년에 삼국통일 기념하기 위해 지은 것이고, 육지와 바다의 동물을 기르기 위한 곳임을 밝히고 있다. 다음으로 반월성 안에 있는 석빙고는 넓이가 576미터, 길이는 1227미터, 높이는 21미터, 사용된 돌은 1천여 개 남짓이라며 초기왕궁이었다는 구체적인 구조모형에 대해 설명한다. 포석정은 나라에 경사가 있을 때 모든 조정의 관료들이 참석하여 연회하는 장소라 하였다. 오릉의 내력에 대해서는 앞서 노숙한 안내자에게 들었다는 듯이 소개한다. 그 능은 혁거세 이하로 5대에 이르는 것이라고 밝히고 이어 영지의 내력을 소개하면서 무영탑이 어리비친 곳이라고 한다. 여기서 비쳤다는 의미를 "빛엇다"라고 기록한 것을 보면 한글 맞춤법 사용에 대해서는 아직 익숙하지 못한 것을 알 수 있다.

넷째, 35행~56행은 불국사, 다보탑, 석가탑, 청운교, 백운교, 토함산, 에밀네鍾, 대율사, 분황사를 다룬 내용이다.

> 佛國寺의 創建年은 二十二代 法興王이
> 萬福祈願 지은절은 國寶로는 二號로다
> 花剛石造 多寶塔과 精妙技術 釋迦塔은

新羅文化 代表寶物 靑雲橋와 白雲橋은

吐含山 나무밋테 上下로 걸터안저

千年萬年 다가도록 來人去人 保護하고

十二萬斤 神鍾來歷 口徑은 九尺五寸

周圍二十三尺四寸 두께가 八寸이라

頭部에는 雙龍爭珠 世界에서 有名하다

鑄造當時 入女兒故 俗稱에밀네鍾이로다

眞說인가 假說인가 孰能知之 알수업다

落落長松 樹林속에 三体石佛 나마잇서

아마도 新羅初期에 절터임이 分明하다

四百石佛 歷聞하니 二十五代 敬德王이[9]

大栗寺로 가는途中 阿彌陀佛 나는곳에

左右로 살펴보니 石壁우에 釋迦佛像

童子佛을 압헤놋코 尊嚴하게 靜坐하여

自然出而 念佛소리 傳說만이 남아잇고

芬皇寺 三層塔은 善德女王 在位三年

百濟石工 모셔다가 九層으로 싸은塔이

年久歲深 頹落되여 至今은 三層으로

左右人口 金剛力士 四方에는 石造獅子

위에 제시한 내용은 주로 불교 관련 유적지들임을 알 수 있는데
크게 불국사와 경내, 토함산 석굴암, 대율사, 분황사로 소개하고 있

---

9 경덕왕(景德王)은 신라 35대 왕이고, 신라 25대 왕은 진지왕(眞智王)이다.

다. 먼저 불국사 창건연대를 신라 22대 법흥왕으로 보았고 지은 의도가 만복을 기원하기 위한 곳이며, 국보 2호라 밝혔다. 그러나 현재 우리가 국보 2호로 지정한 것은 서울 원각사지 십층석탑이다. 따라서 그가 국보 2호라 한 것은 국가지정 보물의 의미가 아닌 작자 자신이 볼 때 나라의 둘째갈만한 보물 정도로 해석할 수 있다. 이는 그가 얼마나 불국사에 대해 높이 평가하는지 충분히 보여주는 부분인 것이다. 다음으로 다보탑은 화강석으로 조성하였고, 석가탑은 정묘한 기술로 만들었음을 제시한다. 여기서 한 가지 살펴볼 점은 1962년 12월 20일에 다보탑은 국보 20호, 불국사3층석탑(일명 석가탑)은 국보 21호로 지정되었다. 이 또한 작품의 창작 연대를 추정해 볼 수 있는 부분인데다 유물에 대한 작자의 현실인식을 보여준 대목이다.

　다섯째, 57행~63행의 석굴암을 찾아가서 일출을 본 감회를 드러낸 부분이다.

　　　온갖雜木 헤처가며 石窟庵을 當到하니
　　　뒤으로는 泰山이요 앞흐로는 東海로다
　　　아침해를 보기위해 東方을 바라보니
　　　太陽光線 反射되여 二三尺 釋迦佛像
　　　거울갓치 明朗하니 地上極樂 天然하고
　　　石窟庵 左右壁에 文殊菩薩 觀音菩薩
　　　嚴肅하고 正大하야 天下唯一 藝術이요

　위 내용은 석굴암의 위치와 좌향 및 크기, 그리고 그가 가진 인식 태도를 보여준다. 석굴암이 잡목 속에 있었다는 것, 석굴암의 뒷산의 이름이 태산이라는 것, 앞의 동해를 바라본 점을 넌지시 알려준다. 이는 의인법을 사용한 "아침해를 보기위해 東方을 바라보니"라는 대목에서 알 수 있다. 다음에서 "二三尺 釋迦佛像"이라 하였는데 그 크기가 오늘날의 석굴암 본존불이 342cm인 점과 차이가 크다. 왜냐 하면 좌대높이 163cm를 포함해도 약 5미터이기 때문이다. 구체적으 로 살펴보면 "二三尺"을 23척으로 보아 한 자가 30.3cm라고 환산해 서 계산해 보면 696.9cm에 달한다. 이는 작자가 바라볼 때 석굴암의 크기를 거대하게 인식하고 있다는 점을 보여준다. 게다가 "거울갓치 明朗하니 地上極樂 天然하고"라고 하여 맑고 깨끗한 자태가 지상의 극락인 상태로 받아들인다. 그 다음 구절에서는 문수보살과 관음보 살이 석굴암 좌우벽에 있는데 그 모습이 엄숙하고 정대하다고 파악 한다. 그러면서 "천하유일 예술"이라 극찬한 것이다. 이처럼 해당 부분을 살펴볼 때 작자가 가진 불교에 대한 인식이 조선조의 유학자 들의 폐쇄적 태도와는 달리 개방적인 자세를 가진 것을 알 수 있다.

여섯째, 64행~78행은 태종무열왕릉, 김유신 장군묘, 황조사의 솔 거벽화 등이 제시된다.

> 武烈王陵 求景하니 큰거북 座版周圍에는
> 周圍가 百四米고 長高가 二米라
> 六龍爭珠 碑頭에는 太宗武烈王陵六字
> 大字로 刻字되고 掛陵傳說 들어보니
> 文武王이 水葬으로 地上掛屍 成陵이요
> 金庾信 將軍墓는 新羅統一 大功鑑을
> 肅宗當時 立石하야 花郎精神 讚揚하고

金冠來歷 들어보니 古墳에서 發掘되여

製造手法 奇妙莫測 光彩玲瓏 依旧하고

五十八王陵 만은中에 金尺陵은 어데인지

三恢八妙 잇다하니 有形無形 알수업고

皇鳥寺 率居壁畵 烏鵲雜새 나라든다

傳詩만 남아잇네 오고가는 觀光車는

零零細細 다못하고 大略大略 記錄하니

未備한点 만치마는 時間關係 無可奈라

위 내용은 태종무열왕릉의 웅장한 규모와 괘릉전설 및 문무왕 수
장에 대한 소개, 김유신 장군묘, 황조사의 솔거벽화를 돌아 본 소감
을 담아내고 있다. 무열왕릉이 큰거북을 좌판으로 하고 있는데 둘레
가 104미, 높이가 2미라고 하였는데 이는 앞서 언급한 미터와는 또
다른 표현이다. 아마도 '米'는 cm로 보아야 할 듯하다. 이는 음차표
기식인 '米터'에서 더 나아가 작자의 고유한 기록 방식일 수 있는
것이다. 이어 빗돌 머리 부분의 장식에서 여섯 마리 용이 구슬을
다투고 "태종무열왕릉"이라는 여섯 자가 큰 글자로 새겨졌다. 이어
능과 관련된 전설이 있는데 안내자에게 들어보니 "문무왕이 수장으
로 지상에 걸어 시신으로 이루어진 능"이라 보았다. 이어 김유신 장
군묘가 신라통일의 큰 공적을 보여준 것으로 제시한다. 이 묘석은
조선 숙종 대에 세운 것으로 화랑정신과 연계시킨다. 그리고 갑자기
화제를 바꾸어 고분에서 발굴된 금관내력을 밝힌다. 제조방법이 기
묘하고 헤아릴 수 없을 정도라 하였고, 광채가 영롱하기가 옛날과
마찬가지라고 보았다. 다음에 신라 58왕 중에 "금척릉"이 있는데 위

치 소재를 궁금해 한다. 이후 황조사의 솔거벽화에 날아든 까막까치와 잡새 등을 소개하고 전하는 시만 남았다고 한다. 다음 부분은 관광차가 왔다가 가느라 세세한 것은 다 못하고 대략만 기록한다고 하니 아마도 움직이는 차 안에서 속필로 얼른 적어두는 모습일 듯하다. 78행에서는 "未備한点 만치마는 時間關係 無可奈라"라고 하여 미비한데도 불구하고 시간 관계상 어쩔 수 없다는 속내를 보여준다. 다른 여정을 찾아 신속히 이동해 가려는 현대식 유람의 일면이라 할 수 있다.

끝으로 〈경주유람〉 가사의 결사부분은 "行裝을 收拾하야 가든車로 回程하니 / 一千年之 新羅史蹟 依古之心 疊疊하다"로 회정하는 대목이다. 80행 마지막에서 천 년의 신라 사적은 옛 것을 따르는 마음이 깊어간다는 소회를 잘 드러내었다.

이와 같이 〈경주유람〉 가사는 19행의 "千年歷史 우리韓國 世界에도 드무도다", 21~22행의 "千年前에 遺物로서 新羅文明 大興하야/ 科學技術 研究發達 東洋에서 第一位라" 등의 표현에서 알 수 있듯이 경주시의 명승지를 유람하며 유적지에 대한 역사의식을 보여준다. 이는 역사와 유물, 문명 및 과학기술에 대한 자부심을 통해 옛 문물을 숭상하여 이를 모범으로 여기는 작자의 상고주의(尙古主義)가 반영된 것이라 할 수 있다.

이상에서 〈경주유람〉의 경우 내용상 역사적 내력을 자세하게 나열하여 마치 교과서적 서술 성격을 지니고 있다는 점을 특징으로 들 수 있다. 또한 "博物館", "國寶 二號", "觀光車", "米터", "百四米", "二米" 등 현대적 감각의 한자어와 가차 방식의 한자어 사용을 통해 전통과 현대의 공교로운 조화를 꾀하고 있다.

2) 국토애와 회고주의 반영

작자가 제시하는 유람 상황에서 드러난 국토에 대한 인식은 주로 현실적 체험을 바탕으로 펼쳐진다. 다음의 〈架山山城遊覽歌〉에서 회고주의가 반영된 경우를 찾을 수 있다.

不寒不熱하니 丹楓佳節이라 時惟九月이요 序屬三秋라

架山山城를 聞之久矣로다 山無餘澱하니 一不觀之러라

幸得餘日하야 三友作伴하며 其城下車하니 日已中天이라

步步登登하니 去去高山이라 到於南倉에 城虛依舊로다

漸入中界에 永世不忘으로 善政之碑와 戰功之碑가

無數立之하니 前功可知로다 一步二步에 屈曲何多요

有路無路하니 進退幽谷이라 僅僅登之에 是日南門이라

山勢如此하니 天藏城秘로다 山高谷深하니 戰必成功이요

城高閉門에 飛鳥不入이라 東西兩谷이 數十萬坪으로

皆有池塘하야 飮料不足이라 懷古之思에 戰甚可知로다

四有石門하야 進退便理라 欲知其實이나 未詳年代로다

歲久年深에 城体崩壞라 至於今日에 三四家戶라

散在四方하야 耕藥爲業으로 脫俗而處하니 豈非仙境가

西有盤石하니 三百餘坪이라 昇足而坐하야 彼而行裝하니

肉山脯林과 珍需聖饌이 新羅古刹로 其味陳陳이라

夕陽在山에 同伴回路타가 松林寺院을 停車而入하니

新羅古刹로 三大金佛이라 看之又看에 稀世巨物이라

覽畢故[10]家하니 逍風自足이라

이 가사는 가산산성을 유람한 내용을 담아내고 있다. 일반적인 4음보 4·4조가 아닌 한문투의 4·4조에 토를 다는 방식으로 자수가 6·6, 6·5, 5·6조 등의 파격이 자주 나타난다. 가산산성은 조선시대에 임병양란 이후 외침에 대비하여 쌓은 것으로 900여 미터 높이에 있으며 현재 경북 칠곡군 가산면에 소재한다. 작자가 1960년대에 유람하고 쓴 것을 감안해도 성이 지어진 시기로부터 약 300여 년이 지난 셈이다. 〈가산산성유람가〉는 내용상 세 부분으로 나누어 볼 수 있다. 1~3구는 유람한 시기와 도착한 모습까지 담은 서사, 4~15구는 성에 올라 답사한 구석구석의 모습을 담은 본사, 16구~18구는 길을 돌아 내려와 집에 돌아간 감회를 담은 결사가 이에 해당한다.

먼저 서사 부분이다. 유람한 시기와 세 벗과 동행하여 차를 타고 와서 춥지도 덥지도 않은 단풍의 계절, 9월 무렵 산성에 올랐음을 설명한다. 이는 도입부에 해당하는 서사 부분이다.

다음으로 본사 부분이다. 이는 4~15구의 "步步登登하니~其味陳陳이라"까지인데 산에 오르기 시작해서 그곳에서 보고 느낀 소회를 담고 있다. 답사의 여정이 담겨 나타나는데 갈수록 높아진다는 산, 남창에 도착, 선정비와 전공비를 보고, 남문에 이른다. 작자가 이곳을 눈여겨 본 이유는 아마도 1954년에 가산 산성 내에 있는 '남창' 마을과 남문이 폭우로 유적이 유실된 피해를 입은 경험을 알았던 듯하다. 이어 산세가 험하여 전투하면 공을 이룰만하고, 성이 높아 성문을 닫으면 나는 새도 들어오지 못하겠다며 성의 외관을 고평한다. 이어 "東西兩谷이 數十萬坪으로 皆有池塘하야 飮料不足이라"라고 보아 상

---

10 故은 대만 이체자 사전에서는 迪으로 보았다.

반된 진술을 한다. 왜냐하면 동서 양쪽 골짜기가 수십만 평으로 모두 연못이 있어 마실 것이 부족하다고 보았기 때문이다. 이는 성이 험고하여 좋지만 전투하는데 마실 물을 얻기 어려운 점을 지적한 것이다. 이후 성안을 돌아보며 세월이 오래되어 성이 붕괴되어 오늘에 이르기까지 서너 집뿐이라며 퇴락한 모습에 안타까운 마음을 보여준다. 한편 경작하며 약초 캐어 생계를 유지하는 삶이 세속을 벗어난 신선의 경지가 아니겠느냐며 한껏 공감대를 이룬다. 그러나 15구에서 산림에 고기와 포가 진수성찬인 신라 고찰이 그 맛이 진진하다고 한 것으로 볼 때 불교의 사원에 대해서는 불만을 가진 것을 알 수 있다.

마지막으로 결사의 부분이다. 이는 석양에 내려오다 삼대금불이라는 세상에 드문 큰 금불상이 있는 사원에 들렀다가 놀라움을 금치못하고 유람을 마치며 귀가하는 내용이다. 아마도 팔공산 자락의 동화사인 듯하다. 여기서 유람한 감회를 "소풍자족"이라는 한마디로 표현하여 소풍에 비유하고 스스로 만족한다고 보았다. 산성을 유람하면서 산성의 외관을 보며 유구한 역사를 지녔으나 퇴락한 모습에 안타까워하고, 산성 유민들의 삶을 한편으론 탈속의 경지를 지닌 모습이라 공감도 한다. 그러나 이 산성과 유민과는 대조적으로 사원의 부유한 모습에 놀라움을 금하지 못한다. 따라서 〈가산산성유람가〉는 작자가 퇴락한 산성을 유람하며 회고적 감성으로 측은해하는 한편, 절의 부유한 모습을 보며 불만을 드러내기도 한 양가적 감정을 담아낸 것이라 할 수 있다.

이상에서 〈가산산성유람가〉의 경우 회고적 자세로 역사 유적을 답사하면서 얻은 감회를 현대적 시각을 통해 제시하고 있음을 알수 있다.

4. 결론

만재(晚齋) 주원택(朱元澤)이 1960년대에 창작한 『금수강산유람기』 중 1990년 필사본 〈금강산풍경가〉, 〈경주유람〉, 〈가산산성유람가〉 등에 나타난 가사의 형식적인 면에서는 유람의 전개방법과 표현기법을, 내용적인 면에서는 서술방식과 국토의식을 고찰하였다.

2장에서는 유람의 전개방법과 표현기법을 살펴보았다. 〈금강산풍경가〉는 비로봉 상상봉 → 장군봉 → 단발령 → 태조봉 → 옥녀봉 → 칠보암 → 유점사 → 장안사 → 십이폭포 → 보광사 영산지 → 집선봉 → 옥석봉 → 옥류동 → 백석담 → 천화대 → 외금강 구룡폭 → 만물상 → 입석포 → 금강문 → 부부암 등 여정의 순서대로 전개해 나갔다. 그 표현기법은 금강산의 아름다운 모습을 설명하는데 의인법, 의성법, 의태법, 과장법, 은유법, 직유법 등의 다양한 수사법을 사용하였다. 한편, 부기한 한시들은 가사에서 미처 다루지 못한 작자의 감성을 적절한 한시의 인용 및 자작시로써 형상화하여 흥취를 고조시키거나 분위기를 자아내는 역할을 하였다.

3장에서는 작자의 내면세계와 현실인식을 고찰하였다. 여기서 고구한 사실은 1960년대 『금수강산유람기』에 드러난 근대유람가사의 성격은 당대 사회의 놀이문화에 편승한 유학적 소양을 지닌 인물이 국한문 혼용체로 제시한 작자의 상고주의와 회고주의를 반영한 작품인 것을 알 수 있었다.

종합해 보면 주원택의 『금수강산유람기』 가운데 〈금강산풍경가〉, 〈경주유람〉, 〈가산산성유람가〉 등의 기행가사는 역사적 명소의 상징성과 그곳을 찾은 감회를 유교적 지식인의 시각으로 서술하여 국토에 대한 사랑과 연민의식을 보여주었다. 이들 작품에서 두드러진 특성으로 볼 수 있는 것은 형식상 공통적으로 공간 중심의 여정 서술이 매우 세밀하여 생동감을 강화하고 있다는 점, 비교적 쉬운 한자를 사용하고, 가사와 한시에 한글 토를 달아 개인 향유보다는 다수가 향유할 수 있도록 배려함으로써 대중성을 획득하고 있다는 점, 내용상 〈경주유람〉의 경우 역사적 내력을 자세하게 나열하여 마치 교과서적 서술 성격을 지니고 있다는 점, "博物館", "國寶 二號", "觀光車", "米터", "百四米", "二米" 등 현대적 감각의 한자어와 가차 방식의 한자어 사용을 통해 전통과 현대의 공교로운 조화를 꾀하였다는 점을 알 수 있다. 〈가산산성유람가〉의 경우 회고적 자세로 역사 유적을 답사하면서 얻은 감회를 현대적 시각과 아울러 함께 제시하였다. 이렇게 함으로써 근현대가사가 현대에도 전승되고 있다는 사실을 알 수 있다.

따라서 주원택은 1960년대에 벗들과 함께 국토의 명승지와 역사적 장소에서 유학적 소양을 바탕으로 풍류 체험과 국토에 대한 애정을 다양한 수사적 기법과 한시 형식을 통해 작품을 완성해 냈다고 할 수 있다. 결국, 1960년대에도 이러한 전통적인 현장 답사의 근대 유람가사가 지속되고 향유할 수 있다는 점을 확인할 수 있다는 데서 그 의의를 찾을 수 있으며 새로운 기행가사 작품 발굴과 소개로 근대 유람가사가 재조명되는 계기가 되기를 바란다. 이외에도 〈關東一帶探勝記〉의 작품 분석을 통하여 문학 작품에 나타난 국토의식 경향에 대한 연구가 진행되어야 할 것이다.

만재 주원택의
가사 창작과 의식 세계

강지혜

1. 서론

고려후기에 시작된 가사는 후대로 전승되며 다양하게 지어지고 널리 향유되어 왔다. 특히 조선시대에는 시조와 함께 대표적인 시가 양식으로 다른 시가에 비해 많은 작품들이 창작되었다. 시조와 가사 는 최근에도 꾸준히 발굴되어 연구되고 있다.

가사는 신분과 상관없이 다양한 계층에 의해 창작되었다. 가사는 기본적으로 4음보 율격체이지만 분량이나 형식상의 제한이 없다. 즉, 창작자의 생각을 자유롭게 표현할 수 있다는 특징, 즉 가사가 본질적으로 개방적 성격을 가졌다는 것을 나타낸다.[1] 이 때문에 가사 는 많은 작품들이 창작될 수 있었고, 개방적 성격은 전계층이 향유자 로 참여하게 되었다는 점과도 연결된다.

이러한 가사는 조선후기에는 중인과 사대부 여성들에 의해 많이 창작·향유되었고 특히 경북지역 사대부 여성들을 중심으로 문화를

---

1 김학성·권두환, 『신편고전시가론』, 새문사, 2002, 380~381쪽.

형성하였다. 조선후기 이후 개화기를 거치며 창작과 유통이 활발해
지게 된다. 글을 읽고 쓸 줄 아는 이들이 늘어났고, 이들은 가사의
창작자이자 향유자가 되었다. 개화기에는 많은 신문과 잡지가 발간
되었는데, 문예란을 만들어 국문학을 소개하고 현상문예제 등을 통
해 신문학의 토대를 형성하는 중추역할을 하였다.[2] 여기에는 한시,
시조, 가사 등 다양한 유형의 시가 작품이 실렸으나 가사가 압도적으
로 많았다. 또한 당시에는 신문과 잡지 외에 개인 문집이나 필사본으
로도 많이 남겨졌다.

그러나 가사는 일제강점기를 거쳐 광복 이후 점차 쇠퇴하게 되었
고 전통시가 양식은 근대문학 양식으로 교체되었다. 근현대기를 거
치며 가사 창작은 많이 축소되었다. 현재에는 담양의 한국가사문학
관이나 영남의 내방가사전승보존회를 통해 가사의 맥을 이어오고는
있으나 주로 규방가사로 주제나 창작·향유층이 크게 축소되었다.
이때문에 가사는 오늘날 사라져가는 장르로 인식되기도 한다.

본고에서 소개할 가사 작품은 아직 학계에 소개되지 않은 새로운
가사 작품들이다. 『금수강산유람기(錦繡江山遊覽記)』는 주원택(朱元澤,
1906~?)이 정리한 가사집으로 선문대학교 구사회 교수가 소장하고
있는 자료이다. 본고에서는 『금수강산유람기』에 실려 있는 작품들
을 통해 내용적 특징과 그 안에 투영된 작가 의식을 살펴보고자 한
다. 이를 위해 먼저 『금수강산유람기』를 통해 그의 삶을 추정해보
고, 가사 창작의 목적과 배경, 그리고 작품에 나타난 작가 의식을
파악해 보고자 한다.

---

2 김영철, 『한국근대시론고』, 형성출판사, 1988, 37쪽.

이러한 작업은 새로운 가사 작품의 소개라는 의미도 있겠지만, 앞서 이야기한 바와 같이 광복 이후 근대문학 양식으로 교체된 시점에서 창작된 가사라는 점이 주목할 만하다. 또한 현대까지 이어져오는 가사는 주로 규방가사라는 점을 생각했을 때, 20세기에 창작된 주원택의 가사 작품들은 가사의 계승이라는 측면에서도 의미가 있다고 하겠다.

2. 주원택의 삶과 문학

『금수강산유람기』는 선문대학교 구사회 교수가 소장하고 있는 만재 주원택의 가사집으로, 그가 지은 가사 작품 외에도 다른 이의 작품을 필사해 놓은 것을 한곳에 모은 것이다. 『금수강산유람기』는 「금수강산유람기」와 「가사집(歌詞集)」으로 나누어지는데, 「금수강산유람기」에는 주원택이 지은 34편의 시가 작품이, 「가사집」에는 다른 이가 지은 10편의 시가 작품이 실려 있다.[3]

『금수강산유람기는』 단기 4323년(서기 1990)에 주원택에 의해 정리된 것으로 보고 있다. 이는 「금수강산유람기」와 「가사집」의 말미

---

3 이에 대해서는 다음과 같은 연구가 있다. 하경숙·구사회, 「숫자노래와 전승 맥락과 새로운 근대가사 〈數字歌〉의 문예적 검토」, 『동방학』 43, 한서대학교 동양고전연구소, 2020, 213~238쪽; 하성운, 「새로운 근대가사 〈담배노래〉의 표현 방식과 작품 세계」, 『동아인문학』 52, 동아인문학회, 2020, 151~172쪽; 이수진, 「〈호남가〉류 시가 작품의 전승 맥락과 〈호남지방찬양시〉의 발굴 검토」, 『온지논총』 65, 온지학회, 2020, 101~122쪽; 구사회, 「화투놀이의 전승 과정과 관련 가요의 문예적 특징」, 『온지논총』 75, 온지학회, 2023, 117~138쪽.

에 주원택이 각각 '필자(筆者)'와 '필사(筆寫)'를 했다고 구분해서 기록하고 있기 때문이다. 「금강산유람기」에 수록된 작품들은 주원택이 창작 혹은 정리한 시가 작품이고, 「가사집」에 수록된 것은 이미 알려진 타인의 작품들을 필사한 것을 의미한다. 또한 「금강산유람기」에 수록된 작품이라도 타인의 작품인 경우가 있는데 이러한 경우에는 제목 아래 필자의 이름을 분명히 밝히고 있다.[4]

『금강산유람기』에 수록되어 있는 창작 가사들은 대부분 1960년대 작품으로 추정된다. 〈이향소감(離鄕所感)〉은 대구 인구 80만 명이라는 내용에서 1966년도에 지어진 것으로 짐작해 볼 수 있다. 〈회갑연축하가〉에는 병오년(1966)에 회갑 잔치를 했다는 내용이 나오며, 〈대구종운관람가(大邱綜運觀覽歌)〉나 〈등산가〉라는 가사 작품에서도 병오년(1966)이라고 말하고 있다. 〈화투가〉라는 가사 작품 또한 1966년도의 작품으로 추정되고 있다.[5]

이처럼 창작 시기와 내용을 고려했을 때, 「금수강산유람기」에 수록된 작품들은 주원택이 창작한 가사작품들인 것으로 보인다. 표현 방식이나 관점 등이 일관된다는 특징이 보이고 그의 개인사도 등장하기 때문이다. 『금수강산유람기』를 「금수강산유람기」와 「가사집」으로 구분한 것도 이처럼 자신이 창작한 작품과 타인의 작품을 구분하기 위함으로 보인다.

앞서 이야기한 바와 같이 광복 이후 문학에서는 전통 양식이 사라지고 그 자리를 근대 양식이 그 자리를 대체하게 되었다. 그럼에도

---

4 이수진, 위의 논문, 109~110쪽.
5 구사회, 위의 논문, 2023, 131쪽.

1960년대로 추정되는 그의 작품들은 우리의 전통 문학 양식인 가사 형태로 지어졌다. 특히 그의 작품에는 조선 후기에 자주 사용되던 이중자의(二重字義)의 표현 방식이 보인다. 이러한 표현 방식은 조선 후기의 가사뿐만 아니라 시조, 잡가, 한시 등에 두루 나타나는 시적 특징 중 하나이다. 언어유희적 표현 방식을 자주 사용하던 인물로는 흔히 김삿갓으로 알려진 김병연(金炳淵, 1807~1863)이 있다.

> 天以高山作長城
> 一國咸平通全州
> 靈巖形勢鎭海南
> 寶城奇麗重金溝

이 작품은 김삿갓의 〈호남시〉이다. 전라 감영에 소속된 56개의 고을 지명을 사용하여 지은 작품이다. 호남의 지명을 의미하는 것으로도 해석할 수 있고, 풀어서 해석할 수도 있다. 지명을 의미한다면 '하늘은 하늘은 高山으로 長城을 쌓고 온 나라의 咸平은 全州로 통한다.'가 되지만, 풀어서 본다면 '하늘은 높은 산으로 긴 성을 쌓고, 온 나라 두루 화평함은 모든 고을로 통한다.'가 된다. 다음 구도 지명 그대로의 의미로 보자면 '靈巖의 형세는 海南을 보호하고, 寶城의 화려함은 金溝에 겹쳐 있네.'가 되지만 풀어서 본다면 '신령스런 바위의 형세는 바다 남쪽을 누르고, 보배로운 성곽의 화려함은 금으로 만들어진 도랑에 겹쳐 있네.'라는 의미가 된다.[6]

---

6 구사회, 「새로 발굴한 김삿갓의 한시 작품에 대한 문예적 검토」, 『국제어문』 35,

이러한 이중자의의 중의적 표현은 19세기 후기에 유행하던 특징으로 당시 국문시가 양식에 두루 나타난다. 이러한 이중자의를 통한 언어유희의 특징이 20세기 창작된 주원택의 가사 작품에도 나타난다.

韓國이 解放되니 勝利가 도라오고
國軍이 編成되니 花郎精神 새로 찾고
秩序가 完全하니 芙蓉이 滿發하고
戰術이 神祕하니 모란이 登場하고
士氣가 勇敢하니 孔雀이 활개치고
國運이 도라오니 無窮花가 更發
南北漢이 分裂되니 白頭山도 怒을 내네

이는 〈담배노래〉의 일부로 일제 패망과 우리나라의 광복을 다루고 있다. 해방과 승리, 국군과 화랑, 남북 분열 등 해방과 6·25전쟁에 대한 현실을 노래하고 있다. 그러나 이는 단순히 현실을 제시하는 것에서 끝나는 것이 아닌 광복 이후에 나온 담배 이름을 활용하여 가사를 창작하고 있음을 알 수 있다. '勝利'는 우리나라의 해방을 의미하지만 동시에 이를 기념하기 위해 1945년에 출시된 첫 국산 담배를 뜻하기도 한다. 또한 '花郎精神'은 국군이 편성되어 '신라의 화랑정신을 찾는다'는 의미가 되지만 동시에 국군 창설(1946)을 기념으로 1949년에 발매된 담배의 이름이기도 하다. '무궁화'와 '백두산' 또한 이러한 중의적 의미로 사용되었다.[7]

국제어문학회, 2005, 146~148쪽.

開花世上當到하니 花鬪遊技出世로다
十二月花鳥戰人 各四伴同打取라
月算通十尋本이요 失其本者負也로다

〈화투가〉의 시작 부분이다. 여기서도 중의적 표현이 사용되고 있음을 확인 할 수 있다. 첫 2구의 내용을 보면 '開花'라는 표현이 나오는데 그 의미를 그대로 해석하면 '꽃을 피운다'가 되지만, 화투를 뜻하기도 한다. 즉, 화투의 등장과 화투놀이의 출현을 중의적으로 표현하고 있는 것이다.[8]

이처럼 주원택의 가사 작품에는 이중자의의 표현 방식을 통한 언어유희가 많이 보인다. 이는 가사의 어절에 중의적 표현을 사용함으로써 새로운 의미를 부여하는 방식으로 조선 후기 유행하였던 언어유희적 표현 방식을 계승하고 있다고 볼 수 있다.

그의 가사 작품에는 다양한 내용이 문학적 소재로 활용되고 있다는 점도 눈여겨볼 만하다. 주원택이 『금수강산유람기』로 간행된 것은 1990년도이다. 정확한 사망 시기는 알 수 없지만 1906년생임을 감안했을 때 말년에 『금수강산유람기』를 정리했음을 알 수 있다. 그는 근현대기를 살아온 인물로 그의 인생은 20세기 우리나라의 역사적 사건들과 함께하며 이러한 시대적 흐름을 작품에 담아냈다. 우리의 역사, 우리의 자연과 국토, 일제강점기와 해방, 남북 분단 등 당대 사회상을 담아내고 있다.

---

7 하성운, 앞의 논문, 159~160쪽.
8 구사회, 앞의 논문, 2023, 132쪽.

또한 그의 작품에는 전통 문화의 쇠퇴에서부터 서구 문물의 실상에 이르는 현실 상황까지 다양한 내용을 문학적 소재로 채택하고 있음이 확인된다. 이러한 소재적 다양성은 주원택이 살아온 시대상과 연결되며 그의 작가 의식과 밀접하게 연결된다. 즉, 그의 시대적 인식과 역사에 대한 인식, 그리고 국토 의식 등은 그가 살았던 당대의 현실 문제를 작품에 형상화하고 있다고 볼 수 있기 때문이다.

3. 주원택의 가사 창작과 의식 세계

『금수강산유람기』의 「금수강산유람기」에는 주원택이 지은 가사 작품이 34편이 창작되어 있으며, 다양한 내용들을 담아내고 있다. 여기서 주목한 것은 그 중 우리 민족의 역사를 소재로 하고 있는 작품들이다. 그는 근현대기를 살아갔던 인물로 〈대한(大韓)자랑〉·〈경주유람(慶州遊覽)〉·〈등남산공원찬(登南山公園讚)〉·〈국군묘지 참배(國軍墓地 參拜)〉와 같은 작품들을 통해 당대의 시대상을 반영하고 있다. 이 장에서는 작품들을 통해 작가의 현실에 대한 인식과 이를 어떠한 방식으로 시적 형상화를 하고 있는지 살펴보고자 한다.

1) 시대 의식

주원택이 살아온 시기는 20세기로써 전후반기로 구분된다. 전반기는 1900년부터 1945년까지로 일본의 침략에 의한 식민지 시기와 이어지는 해방기이다. 후반기는 1945년부터 1999년까지로 광복과 남북 분단, 그리고 민주주의로 이어지는 시기이다.

일본 제국주의의 본격적인 침략은 1904년 일어난 러일전쟁으로 부터였다. 대한제국은 중립을 선언하였음에도 한일의정서를 강제로 체결하면서 요충지를 차지하였고 이는 1910년의 강제병합으로 이어졌다. 그 후 1945년까지 35년간의 식민지 지배가 이뤄지고 이에 대응한 독립운동이 일어났다.

해방을 맞이한 이후 미국과 소련의 대립으로 인해 한반도 북측에는 소련, 남측에는 미국의 군사가 주둔하게 된다. 남과 북은 단절되고 결국 1948년 분단정부가 수립되었다. 1950년 6·25전쟁이 발발하게 되고 남북분단은 쉽게 해결하기 어려운 문제가 된다. 이후 6·25전쟁을 겪으면서 패권주의가 심화되었고 이는 국제문제로까지 확대되었다. 이에 따라 통일에 대한 논의로 무력통일론과 흡수통일론이 일어났으며, 민족주의에 입각한 평화통일론도 나타났다. 민족주의가 패권주의를 극복하기는 역부족이었으나 민주주의의 실현으로 이를 극복할 수 있다는 전제 하에 민주화 운동이 전개되었다.[9]

1960년 4·19혁명은 학생이 중심이 되어 일으킨 민주주의혁명이었다. 이승만식 독재와 부정선거 그리고 경찰의 반민주적이고 억압적인 행위에 항의하는 시위가 학생들을 주축으로 산발적으로 일어났다.[10] 4·19혁명은 시민에 의한 주체적 혁명이라는 점이 중요하다. 비록 이후 수립된 정부의 실각으로 군사정권을 맞이하게 되지만 해

9   조동걸, 「인간의 길을 향한 100년의 진통: 20세기 한국사의 전개와 반성」, 『한국사학사학보』 1, 한국사학사학회, 2000, 150쪽.

10 한국민족문화대백과사전, 「4·19혁명」, https://encykorea.aks.ac.kr/Article/E0025902 (2023.06.16.)

방과 6·25전쟁 이후 혼란했던 국가적 상황을 생각하면 우리 민족에게 4·19혁명은 매우 중요한 의미를 가진다.

주원택은 1906년생으로 일제강점기에 태어난 인물이다. 그가 살아온 시기는 앞서 이야기한 광복과 남북 분단, 한국전쟁, 4·19혁명, 5·16군사정변 등 사회적으로 매우 혼란했던 시기였다. 당대 시대에 대해 주원택이 어떠한 시각을 가지고 있었는지 살펴볼 필요가 있다. 다음은 〈대한자랑〉이라는 가사 작품의 일부이다. 이 작품은 당시 그가 살아온 시대상이 잘 드러난 부분이다.

豆太麥米玉食이요　山海珍味別味로다
草之靈藥高麗人蔘　各國所産以上이요
生水飮料生活國은　韓國風土뿐이로라
甲午東乱自中之난　階級打破始発이요
乙未三一獨立唱은　不可侵略排斥이요
四一九學生運動　民權拍奪原因이요
五一六軍事革命　政治乱動根源이라
科學哲學発生地를　孰不欽羨我東邦가

해당 가사의 전반적인 내용은 제목 그대로 대한민국에 대한 자부심을 드러낸다. 일부분이지만 해당 부분에서도 이러한 점이 나타난다. 앞부분에서 '콩, 팥, 보리, 쌀은 맛 좋은 음식이요. 산해진미 별미로다. 영약 고려인삼 각국 생산 이상이요. 생수를 마시는 생활국은 한국풍토뿐이로다.'라고 언급하며 대한민국의 먹거리에 대해 이야기하고 있다. 이는 이러한 먹거리가 자라는 우리나라 국토에 대한 자부심과 애정이 나타나는 부분이라고 할 수 있다. 마지막 부분에서도 '科學哲學発生地를 孰不欽羨我東邦가'라고 표현한 것을 통해 신라시대부터 이어져온 과학철학에 대한 자부심과 역사적 인식을 살필 수 있다.

그런데 여기서 주목할 부분은 동학농민운동을 언급한 부분부터이다. 먼저, 그는 갑오년(1894)에 일어난 동학농민운동에 대해 '自中之난 階級打破始発이요'라고 표현한다. 그는 동학농민운동을 우리나라 내부에서 계급을 타파하기 위한 농민 운동의 시발점으로 보고 있다.

조선 후기는 내외적으로 혼란한 상황이었다. 정치는 부패되어 관리들의 행패와 무능, 이에 따른 세금의 과중으로 농민들은 고통을 받게 된다. 이와 더불어 외세의 침투로 농촌 사회는 피폐해져 갔고 경제적 어려움과 함께 농민들의 반감이 쌓이게 되었다. 이에 농민들은 정치 개혁을 주장하며 전통 사상과 개혁 사상을 내포한 동학이 농촌 사회를 중심으로 급속도로 퍼져 나갔다.[11] 기존의 계급 사회, 봉건적 사회질서를 타파하고 새로운 사회질서를 통해 사회적 모순을 해결하고 그들의 삶을 지키고자 한 것이다. 이러한 농민들의 저항은 민중의식의 성장을 나타낸다.

이러한 개혁 의지와 봉건적 사회질서의 변화는 『독립신문(獨立新聞)』에 수록된 작품에서도 나타난다. 다음은 1896년 9월 10일자에 실린 〈애국가〉의 일부 내용이다.

---

11 한국민족문화대백과사전, 「동학운동」, https://encykorea.aks.ac.kr/Article/E0016865
    (2023.06.26.)

우리나라대죠션ᄌ쥬독립분명ᄒ다
ᄌ쥬독립되야시문명기화됴홀시고
십부아문대신들츙량지심픔고지고
각부각군관찰군션명션치ᄒ고지고
면면촌촌빅셩들ᄉ롱공샹힘써보셰
삼강오륜쥰힝ᄒ효뎨츙신직혀보셰
기화기화헛말말실샹기화ᄒ여보셰[12]

'ᄌ쥬독립되야시문명기화됴홀시고'라며 자주독립을 하면 문명개
화를 이룩할 수 있다고 말한다. 여기서 주목할 부분은 '십부아문대신
들츙량지심픔고지고 각부각군관찰군션명션치ᄒ고지고'다. 백성과
관리들이 각자의 자리에서 자신의 일을 열심히하면 개화를 이룰 수
있다고 하는 것은 이전의 임금과 관리 중심이었던 시각과는 차이가
있다는 것을 알 수 있다. 민중이 주체가 되어 자주독립과 문명개화를
이루어야 한다고 주장하는 것이다.

'삼강오륜쥰힝ᄒ효뎨츙신직혀보셰'라며 삼강오륜·효제충신과 같
은 유교 윤리의 덕목을 내세운 부분은 개화라는 측면에서 모순되어
보일 수 있겠으나 동시에 기존의 전통 사회에서 개혁을 이루어 개화
하고자 하는 당대의 흐름을 담아내고 있는 것으로도 볼 수 있다.

그는 이어 3·1운동을 언급하고 있다. 을미년(1919)에 일어난 3·1운동
에 대해서 '不可侵略排斥이요'라고 표현하면서 일본의 침략으로 일어
난 투쟁운동임을 강조하고 있다. 19세기 말, 민중은 봉건적 사회질서

---

12 「애국가」, 『독립신문(獨立新聞)』, 1896.09.10.

를 타파하고 경제적 수탈에서 벗어나고자 하였다. 그러나 이후 제국주의 열강의 침략이라는 상황을 맞이하게 된다. 그들이 꿈꿨던 새로운 사회는 완성되지 못하고 일본의 제국주의에 의해 고통을 받게 된다.

그럼에도 민중은 반봉건·반제국주의라는 목표를 가지고 3·1운동을 전개해 나간다. 이러한 반봉건·반제국주의라는 목표는 반봉건이라는 전근대 사회를 부정하고 강력한 근대지향으로서 발현하고자 한 것인 동시에 다른 한편으로는 반제국주의 즉 민족의 독립을 전제로 하여 민족적 가치를 중시하는 것으로 볼 수 있다.[13]

이러한 민중의 운동은 4·19학생운동으로 이어진다. 해방 이후 이승만 정부는 교육에 많은 예산을 투자하면서 국민학교의 의무교육제(1950)를 채택한다.[14] 의무교육제는 국민들에게 교육을 통해 '성공할 수 있다', '신분을 상승할 수 있다'는 생각을 갖게 해주었다. 제국주의의 침략으로 인해 완성되지 못했던 새로운 사회질서는 1960년이 되어서야 이룰 수 있게 된 것이다. 그러나 그들이 꿈꾸었던 새로운 사회는 또 다시 국가에 의해, 부정선거라는 형태로 위협을 받게 된다. 그렇기에 그는 4·19학생운동에 대해 '民權拍奪原因이요'라고 표현하며 부정선거로 인한 국민 권리의 박탈로 일어난 점을 강조하고 있는 것이다. 4·19학생운동의 배경에는 독재 정치에 맞선 학생들의 항의 시위로 시작되었으나 이는 점차 시민들로 확산되면서 시민에 의한 민주주의 혁명이었다는 점을 이야기하고 있다.

---

13 박수명, 「한국민족독립운동의 사상적 구조와 성격」, 『한국시민윤리학회보』 11, 한국시민윤리학회, 1998, 220쪽.

14 한국민족문화대백과사전, 「사립국민사범학교」, https://encykorea.aks.ac.kr/Article/E0025560(2023.06.26.)

이어 1961년 일어난 5·16군사정변에 대해서는 '政治亂動根源이라'라고 표현하고 있다. 여기서 주목할 점은 5·16군사정변이 일어난 배경에 대해 '정치 난동'이라고 표현했다는 것이다. 이를 통해 그가 5·16군사정변에 대해 부정적인 입장을 취하고 있음을 알 수 있다. 앞에서 그가 언급한 동학농민운동, 3·1운동, 4·19학생운동은 우리 민족의 주체적인 운동으로 기존 사회의 문제점과 모순에 대한 민족 저항의 운동이다. 그러나 그가 바라본 5·16군사정변은 이러한 민족의 주체적 운동과는 거리가 있다.

기존의 계급 사회와 봉건사회 질서를 타파하고 완성하고자 했던 새로운 사회질서, 민주주의를 실현하고자 한 4·19학생운동은 5·16군사정변에 의해 좌절되고 말았다. 집권당인 민주당의 갈등과 분열, 학생들을 비롯한 각계의 시위가 곳곳에서 일어나며 혼란했던 상황에서 한국전쟁 후 미국의 지원을 받아 성장한 군부 세력은 이를 구실로 5·16군사정변을 일으킨다. 군부세력이 정권을 장악하여 정권을 전복시켰다.[15] 이는 4·19학생운동으로 출범한 제2공화국, 즉 시민들에 의해 합법적으로 세워진 정부를 권력으로 무너트린 것이다.

5·16군사정변을 일으킨 세력들은 자신들의 봉기 이유를 "부패하고 무능한 현 정권과 기성 정치인들에게 이 이상 더 국가와 민족의 운명을 맡겨둘 수 없다고 단정하고 백척간두에서 방황하는 조국의 위험을 극복하기 위한 것"이라고 주장했다.[16] 그러나 무력으로 이전

---

15 한국민족문화대백과사전, 「5·16」, https://encykorea.aks.ac.kr/Article/E0038494 (2023.06.26.)

16 정창현, 「4·19, 민주주의 혁명인가?」, 「기억과 전망」 14, 민주화운동기념사업회, 2006, 53쪽.

정권을 무너트렸다는 사실은 변함이 없다. 이러한 무력을 앞세운 혁명은 동학농민운동, 3·1운동, 4·19학생운동과 같은 민족 저항·민족 주체와는 다른 '난동'일 뿐이다.

　이처럼 작품에 등장하는 우리나라의 역사적인 사건을 통해 그의 의식세계를 엿볼 수 있다. 대한민국의 민주주의가 어디에서부터 시작되었는지, 그 주체는 누구인지, 민주주의의 기본 질서는 무엇인지 등 그의 민주의식을 살필 수 있는 부분이다. 따라서 동학농민운동, 3·1운동, 4·19학생운동은 지금의 민주주의가 있게 한 민족 저항의 운동으로 긍정적인 평가를 하고 있다. 그러나 5·16군사정변에 대해서는 정치 난동이 근원이라고 언급함으로써 이전의 운동들과는 다른 군사 쿠데타라는 점을 강조하고 있다. 즉, 5·16군사정변은 정부를 권력으로 무너트림으로써 이러한 민족 주체적 운동을 좌절시켰으며 동시에 민주주의의 가치를 훼손한 쿠데타로 본 것이다.

2) 역사의식

　앞에서 이야기한 바와 같이 그가 살았던 시기는 우리나라의 역사적 격변기이다. 주원택은 우리 역사에 깊은 관심을 갖고 이를 가사 작품에 시적으로 형상화하고 있다. 여기서는 가사 작품을 통해 그의 역사의식을 살피고자 한다.

　민족의 역사란 그들이 지금까지 살아온 역사적 사실이자 발자취이다. 역사는 민족을 하나로 묶어주는 그들의 뿌리로 민족의 전통과 민족적 자부심을 느끼게 하는 매우 중요한 요소라고 할 수 있다.

따라서 오랫동안 역사적 사실을 주요 대상으로 한 작품들이 지어져 왔다. 이와 더불어 영웅적 존재 또한 작품의 주요 대상으로 등장해 왔다.

고대에서는 주몽과 같은 비범한 성장 과정을 가진 신적인 영웅들이 존재했고, 후대로 올수록 이순신과 같은 현실적 영웅이 등장한다. 이러한 작품들이 많이 읽혀진 이유는 영웅을 대망하는 난세와 국난기의 간절한 소망이 독자들의 마음속에 크게 작용했기 때문이다.[17] 따라서 역사와 영웅적 인물은 국가와 민족을 위해 자신을 희생하는 영웅들의 모습은 민족을 단결시키고 애국심을 고취시키는 상징성을 가진다.

당대 신문 매체에서도 민족 영웅들이 등장하는 작품들이 나타난다. 『대한매일신보(大韓每日申報)』에 실린 작품 중에는 당시 국가적 위기 속에서 나라를 구해줄 영웅이 나타나기를 기대하는 내용들을 볼 수 있다.

> 江山은 녜와 곳건만은, 人物은 어이 變遷ᄒ노.
> 絶世偉人 간 곳 업고, 無數창鬼乱動ᄒ다.
> 江山아, 泉蓋蘇文 乙支文德 速히 速히 産出ᄒ야, 新面目을[18]

이 작품은 〈강산아〉라는 작품이다. 연개소문과 을지문덕, 두 인물과 같은 영웅이 나타나기를 소망하는 내용을 담고 있다. '絶世偉人

---

17 소재영, 「영웅의 형상과 영웅 대망의 사회」, 『한국문학과 예술』 11(11), 한국문학화예술, 2013, 8~11쪽.
18 「강산(江山)아」, 『대한매일신보(大韓每日申報)』, 1909.10.10.

간 곳 업고, 無數창鬼乱動흔다'에서는 세상에 위인은 없고 무수히
많은 귀신만 세상을 어지럽히고 있다며 현실을 한탄하고 있다. 이어
'泉蓋蘇文 乙支文德 速히 速히 産出흥야, 新面目을'이라며 천개소문
(泉蓋蘇文, ?~665)과 을지문덕(乙支文德, ?~?)이 속히 나와서 새로운 면
목이 있어야 한다고 말한다. 여기서 천개소문은 연개소문(淵蓋蘇文)
을 말한다. 두 인물은 모두 나라를 지키기 위해 목숨을 걸고 싸운
영웅들이다. 이러한 인물들이 빨리 나타나 어지러운 세상에서 국가
와 민족을 구해주길 바라는 마음과 이들의 애국심을 본받아 국가적
위기에서 벗어나야 함을 이야기하고 있다.

주원택의 작품에서도 역사적 사실이나 영웅적 인물을 통해 민족
단결과 애국심을 고취 시키고자 하는 모습이 나타난다. 그의 작품
중, 〈등남산공원찬(登南山公園讚)〉에서는 안중근(安重根, 1879~1910)
을 주요 대상으로 삼고 있다. 안중근은 나라를 위해 자신의 삶을
포기하고 독립운동에 헌신한 인물이다. 현재까지도 위인전이나 교
과서에 등장하며 근대사에서 대표적인 인물이자 국가적 영웅으로
손꼽히는 인물이기도 하다.

> 時逢英雄하니 歷史燦爛하고
>
> 英雄逢時하니 必然成功이라
>
> 義哉烈哉여 重根烈士라
>
> 胷中大意하고 遠隨伊藤하야
>
> 萬里異驛에서 一發三到하니
>
> 豈不快哉며 豈不壯哉랴
>
> 平生大事를 今日解決하니

身雖死無나 名垂竹柏이라
不忘其功하야 銅像爲表하니
南山公園이 倍加燦爛이라

　그는 안중근이 일본의 제국주의에 맞서 한반도의 평화를 지키고자 했던 역사적 사실을 언급하고 있다. '胷中大意하고 遠隨伊藤하야'에서 伊藤은 이토 히로부미(伊藤博文, 1841~1909)를 말한다. 그는 마음 속 큰 뜻인 대한독립의 꿈을 품고 만리이역인 하얼빈역에서 이토 히로부미를 권총으로 사살한 역사적 사건을 묘사하고 있다. '豈不快哉며 豈不壯哉랴'라고 표현하고 있는데, 우리의 영토를 빼앗고, 주권을 빼앗은 것에 큰 역할을 한 이토 히로부미를 사살한 일은 국민으로서 '기쁜 일이자, 장한 일'인 것이다. 비록 이 일로 목숨을 잃었으나 그 공은 지금까지 전해지고 있으며, 안중근의 동상이 세워진 남산공원은 그 자체로 더욱 찬란하다고 평가하고 있다. 죽어서도 사라지지 않는 불굴의 의지의 상징이자 시대를 뛰어넘는 국가에 대한 애국심의 표현이다. 즉, 그는 역사적 인물인 안중근을 통해 역사의식과 애국심을 고취 시키고자 하였다.

　이러한 역사의식과 국가에 대한 자부심은 국군묘지를 방문하고 남긴 작품인 〈국군묘지 참배(國軍墓地 參拜)〉에서도 잘 나타난다. 국가를 위해 전사한 우리나라 국군장병들을 떠올리며 안타까워하는 동시에 애국심이 드러난다.

場內에 噴水器는 白日靑天
平苑廣野잔디밧흔 年三度

　　戰死하신우리國軍　囘生할줄모르는가

　　檀帝以後半萬年間　外亂內亂몟번인고

　　一生一死이世上에　爲國忠死勝於生

　국군묘지를 방문한 주원택은 전사자들의 모습을 '囘生할줄모르는
가'라며 안타까워하는 동시에 단군 이래 많은 전쟁이 일어났으나
나라를 위해 헌신한 이들 덕분에 반만년간의 역사가 이어질 수 있다
고 이야기한다. '一生一死', 즉 인간은 한 번 태어나면 반드시 죽음을
맞이한다. 이러한 인간의 목숨을 국가를 위해 바친다면 살아있는 것
보다 나은 숭고한 일인 것이다.

　여기서 주목할 점은 '檀帝以後半萬年間 外亂內亂몟번인고'라는 부
분이다. 단군은 우리나라의 시조이자 민족 단결의 중심이라고 볼 수
있다. 주원택이 '檀帝以後半萬年間 外亂內亂몟번인고'라고 표현한
것은 우리나라의 근원이 단군에서부터 시작한다는 그의 역사의식이
나타나는 지점이다. 단군 이후 반만년간이라는 표현을 통해 우리나
라의 시작이 단군에서부터 시작되었고 이후 삼국, 고려, 조선, 현대
에 이르기까지 여기에 뿌리를 두고 있다는 인식을 가지고 있었던
것이다.

　이러한 역사의식은 앞에서 살펴본 〈대한자랑〉에서도 나타난다.
단군 이후 조선까지 이어지는 대한민국의 뿌리에 대해 이야기하고
있다. 다음은 작품의 일부이다.

　　三千里錦繡江山　半萬年之歷史로세

　　三面環海半島大韓　大天地에頭部로다

檀帝神聖開國으로 新羅文明中興이라

日出東邦日朝也오 文物鮮明日鮮也라

그는 '三千里錦繡江山 半萬年之歷史로세'라며 우리나라의 반만년
의 역사에 대해 이야기하고 있다. 또한 '檀帝神聖開國으로 新羅文明
中興이라'고 표현한 것은 단군이 국가를 세웠기 때문에 신라문명이
중흥을 맞이할 수 있었다는 것을 의미한다. 즉, 신라의 발전된 문명
은 그 뿌리가 단군에서부터 시작되며 이는 '조선(朝鮮)'으로 이어지
고 있다는 것이다. 이러한 조선의 뒤를 잇는 것이 대한민국이며, 우
리의 역사는 단군에서부터 시작된다는 그의 역사 인식이 나타난다.

이러한 그의 역사의식은 1906년 전후로 시작된 단군 자손 의식과
관련이 있는 것으로 보인다. 1905년 을사보호조약으로 인해 외교권
이 박탈되었다. 단군 자손 의식이 등장하는 시기는 일본에 의해 우리
의 주권이 박탈되는 시기였다. 이는 한국인에게 타자와 구별되는 자
아에 대한 인식을 뚜렷하게 하는 계기가 되었다. 또한 봉건체제가
붕괴되며 계층적 질서가 사라지게 되며 이는 군주가 아닌 민족이
국가의 중심으로 변화하게 되는 계기가 된다.[19]

단군의 자손이나 단일 민족 등과 같은 표현이 신문·잡지에서 등
장한 것은 1908년부터이다. 단군과 기자의 후손이라는 표현이 함께
사용되기도 했으나 점차 단군의 후손이나 자손이라는 표현을 사용
했다. 다음은 『황성신문(皇城新聞)』에 실린 내용이다.[20]

---

19 서영대, 「근대 한국의 단군 인식과 민족주의」, 『동북아역사논총』 20, 동북아역사재
   단, 2008, 15~16쪽.
20 위의 논문, 14~15쪽.

我大韓民族은 神聖ㅎ신 檀君의 子孫으로 皇天의 寵賜하심을 蒙하야 世居此土에 休養生息이 今四千餘載인즉 可謂文明古國에 優等民族이라 自爾祖先으로 皆其天職을 克修하며 世業을 勿失하야 太平의 福樂을 享有ㅎ더니.[21]

이러한 측면에서 단군은 우리나라의 시조이자 하늘의 자손이라는 점을 통해 우리나라만의 독자적인 오천 년이라는 유구한 역사를 의미한다. 이처럼 단군에서부터 시작되어 삼국, 고려, 조선을 거친 대한민국은 반만년간 많은 외란과 내란으로 국가적 위기가 있었으나 그 뿌리는 단군으로 부터 시작된다는 것을 강조하고 있다. 즉, 주원택은 국가를 위해 헌신한 국군에 대한 그의 태도와 단군 계승 인식을 통해 올바른 역사 인식과 더불어 우리나라 국민으로서의 자부심을 고취시키고자 했음을 알 수 있다.

3) 국토 의식

『금수강산유람기』에는 주원택이 금강산이나 경주 등 국내를 여행하고 지은 작품들이 있다. 이러한 작품들은 여행지를 유람하고 감상을 남겼다는 점에서 기행적 성격이 나타나지만 단순히 자연의 아름다움만을 그려낸 것은 아니다. 유람의 내용에 설화나 사적 등의 수용을 통해 우리나라 국토를 재인식하고 이는 우리 땅에 대한 애착과 국가에 대한 애정으로 이어진다. 따라서 그 지역의 설화를 소개하

---

21 「몽배백두산령(夢拜白頭山靈)」, 『황성신문(皇城新聞)』, 1908.09.12.

고 역사를 되돌아보는 것은 우리의 국토를 통해 우리 민족의 역사와 인물에 대한 관심 및 인식을 나타내는 것으로 볼 수 있다.

그는 우리나라의 역사와 문명을 시각적으로 그려내면서 우리나라에 대한 자긍심과 민족애를 드러내고 있는데 이러한 그의 국토의식이 잘 드러난 작품이 〈경주유람(慶州遊覽)〉이다. '新羅古都慶州市는 朴昔金의千年基라'는 내용으로 시작되는 것으로도 나타나듯 경주를 유람하고 지은 작품이다. 그는 신라 천 년의 수도였던 경주의 유명 관광지인 첨성대, 반월(월성), 불국사, 석굴암 등을 방문하였다. 방문지의 내역을 읊으며 신라의 역사를 회상하고 있다.

그는 경주의 풍경을 묘사하고 장소적 공간만이 아닌 역사적 공간으로 민족 정서를 투영함으로써 신라시대부터 이어져온 국토의 역사성과 의미를 강조한다. 이는 우리의 국토를 통해 역사와 민족의 전통을 인식함으로써 조국에 대한 사랑을 드러내는 것으로 해석할 수 있다.

蘿井林間大卵속 赫居世祖誕生하고
姙신七年大卵속에 脫解王이誕生하고
雞林間金櫃속에 閼智聖君誕生하고
堯舜禹之法을바다 相傳相授朴昔金氏
千年歷史우리韓國 世界에도드무도다
博物館을求景하고 形形色色陳列品이
千年前에 遺物로서 新羅文明大旲하야
科學技術研究發達 東洋에서第一位라

먼저 '蘿井林間大卵속 赫居世祖誕生하고 姙신七年大卵속에 脫解王이誕生하고 雞林間金櫝속에 關智聖君誕生하고'라며 신라의 역대 왕들의 탄생 설화에 대해 이야기하고 있다. 왕혁거세, 탈해왕의 탄생 설화를 언급하며 일반인과 다른 신비로운 인물들의 탄생과 더불어 신라의 역사를 노래하고 있다. 이는 경주가 하늘의 힘을 이어 받은 성군들이 건국한 땅으로 성군들에 의해 신라의 찬란한 문화가 꽃 피운 지역이자 국가였음을 나타내고 있는 것이다. 이러한 건국설화를 언급하고 있는 것은 우리의 역사와 문화에 대한 관심과 애정을 표현한 것이라고 볼 수 있다. 또한 '堯舜禹之法을바다 相傳相授朴昔金氏 千年歷史우리韓國 世界에도드무도다'라는 부분에서는 과거 성군으로 칭송 받으며 나라를 발전시킨 요·순·우를 열거함으로써 신라의 선왕들을 부각시킨다. 이는 우리의 역사와 인물에 대한 주원택의 관심과 인식을 잘 나타내는 지점이라고 할 수 있겠다.

'千年歷史우리韓國 世界에도드무도다'에서는 신라의 천년 역사는 우리 한국에서도 드문 유구한 역사라는 점을 강조하고 있다. 또한 '千年前에 遺物로서 新羅文明大凶하야 科學技術研究発達 東洋에서第一位라'에서는 크게 흥한 신라의 문명과 뛰어난 과학 기술에 대해 자부심을 나타내고 있다. 유구한 역사와 뛰어난 과학 기술은 그가 가지고 있던 우리민족에 대한 자긍심이 잘 드러나는 부분이다. 그는 경주라는 지역을 우리나라의 역사를 확인하는 공간으로 인식하고 성군들이 다스리고 문화를 꽃 피운 장소라는 점을 통해 우리의 국토에 대한 자부심과 민족에 대한 자긍심을 나타내고 있다.

다음의 내용은 〈경주유람〉의 일부로 경주의 국보에 대해 설명하고 있다. 그는 불국사, 영지(映池), 다보탑과 석가탑, 청운교와 백운교,

성덕대왕신종과 같이 경주에 있는 국보의 역사와 전설을 노래한다.

映池來歷드러보니 無影塔이빗엇다고
佛國寺의創建年은 二十二代法興王이
萬福祈願지은절은 國寶로는二號로다
花剛石造多寶塔과 精妙技術釋迦塔
新羅文化代表寶物 靑雲橋와白雲橋은
吐含山나무밋테 上下로걸터안저
千年萬年다가도록 來人去人保護하고
十二萬斤神鍾來歷 口徑은九尺五寸
周圍二十三尺四寸 두께가八寸이라
頭部에는双龍爭珠 世界에서有名하다
鑄造當時入女児故 俗稱에밀네鍾이로다
眞說인가假設인가 執能知之알수업다

　　그는 불국사 주변의 연못과 무영탑의 전설을 이야기한다. 이어
불국사가 22대 법흥왕 때 만복을 기원하며 지어진 설이라는 점, 불
국사의 창건시기와 국보로 지정된 신라의 보물들을 언급하고 있다.
불국사는 불국정토(佛國淨土), 즉 부처나 보살이 사는 번뇌의 굴레를
벗어난 아주 깨끗한 세상을 의미한다. 또한 불국사가 자리한 토함산
(吐含山)은 신라시대에 호국(護國)의 진산(鎭山)으로 신성시 여겨졌던
곳이다.[22] 따라서 불국사라는 공간은 부처나 보살이 사는 신성한 공

22　한국민족문화대백과사전, 「토함산」, https://encykorea.aks.ac.kr/Article/E0059222

간이자 신라의 찬란한 문화를 보여주는 대표적인 공간인 것이다.

이어 에밀레종이라 불리는 성덕대왕신종(聖德大王神鐘)에 대해서
도 이야기하고 있다. 아버지 성덕왕(聖德王)의 명복을 빌기 위해 경덕
왕(景德王)이 만들었으나 완성하지 못하고 그의 아들인 혜공왕(惠恭
王)이 뒤를 이어 완성한 것이다. 그 크기와 형태를 묘사하며 세계에
서 유명하다는 점을 강조함으로써 우리 문화와 민족에 대한 자부심
을 나타내고 있다. 더불어 속칭인 에밀네종으로 불리게 된 전설에
대해서도 노래하고 있다.[23] 비록 에밀네종의 전설의 사실 여부는 알
수 없지만 그가 우리의 역사와 문화에 대한 관심을 갖았고 그 의미에
초점을 맞추고자 했음을 알 수 있다.

이처럼 내용에 등장하는 신라의 보물들은 우리민족의 역사와 정
서가 담긴 자긍심의 상징이다. 특히 불국사는 신라인들에게 부처나
보살이 사는 신성한 공간이자 신라의 찬란한 문화를 보여주는 대표
적인 공간이다. 이러한 점에서 그는 불국사, 에밀레종과 같은 경주의
보물들을 통해 우리의 역사와 전통을 강조하고 민족적 자긍심을 고
취시킬 수 있다고 생각한 것이다.

기행가사를 통해 우리의 국토와 역사 그리고 문화에 대한 사랑과
자부심을 표현한 것은 19세기 말의 기행가사와도 연결된다. 19세기
말 조선은 시대적 변화에 따라 국내외적으로 혼란했던 시기로 우리

(2023.06.26.)

23 이에 대해 몇 가지 전설이 있으나 가장 잘 알려진 것은 '시주 받은 아이로 종을
만들었더니 그 소리가 엄마를 부르는 아이의 소리 같아 에밀레종이라 불렀다'는
이야기다(임영열·국립중앙박물관, 「끊어질 듯 이어지는 '천상의 소리'」, 『대동문
화』 128, 대동문화재단, 2022, 85쪽).

민족의 주체성이 강조되던 때였다. 민족이 하나되어 부국강병한 자주 국가를 이루고자 하였다. 이에 따라 19세기 말 창작된 기행가사들은 자주정신이 이전의 기행가사들에 비해 더욱 강화되었고 민족적 단결과 민족적 자부심의 회복을 갈망한 작자층의 의식이 작품에 반영되었다.[24]

이러한 점에서 주원택의 〈경주유람〉은 조선후기의 기행가사에서 나타난 국토애와 민족의식이라는 특징이 두드러진다. 그가 살았던 시기 또한 국가적으로 매우 혼란했던 시기였다. 일제강점기로 일본으로부터 침략을 당하고 주권을 빼앗기며 우리의 국토를 잃었다. 이 시기 『황성신문』과 『대한매일신보』와 같은 매체들은 국가의 위기를 주제로한 논설을 게재하였는데, 이러한 위기를 극복하는 방안으로 우리의 역사와 국토의 중요성을 강조하기도 하였다.

다음은 『대한매일신보』에 실린 〈한반도(韓半島)〉라는 작품의 일부이다. 국토에 대한 사랑을 강조하며 이를 통해 애국심을 고취하고자 한 작품이다.

> 山川이 秀麗흔 나의 韓半嶋야 물은 맑고
> 山이 雄壯흔데 너를 향흔 忠誠 더욱 놉하진다 韓半島야
> 아름답고 귀흔 ᄂ의 韓半島야 너ᄂ 나의
> ᄉ랑ᄒᄂ 바니 나의 피를 ᄲ려 너를 빗내고져 韓半島야[25]

---

24 장정수, 「19세기 후반 금강산 기행가사의 의식세계」, 『어문논집』 41, 민족어문학회, 2000, 64쪽.

25 「한반도(韓半島)」, 『대한매일신보(大韓每日申報)』, 1909.08.18.

해당 작품은 반복과 변화를 통해 민족의 역사를 잇고 수난을 타개하는 애국심을 고취했다. 임금이나 국가를 강조한 것이 아닌 국토에 대한 사랑을 강조하며 모든 것을 걸고 피를 뿌리겠다고 하고 있다.[26] 임금이나 국가 중심이었던 사고에서 벗어난 민족의식을 살필 수 있는 부분이기도 하다. 특히 '나의 피를 쑤려 너를 빗내고져 韓半島야'에서는 결의와 애국심의 강조라는 작자의 의도가 잘 드러난 부분이라고 하겠다.

이러한 국토의 중요성을 강조함으로써 애국심과 민족의식을 고취시키고자 한 것은 개화기 문학사상으로까지 심화되었다. 개화기 유일한 해외망명 신문이었던 『신한민보(新韓民報)』에서도 이러한 특징이 나타나는데 국토예찬을 통해 민족혼을 고양하거나 국기가를 통해 애국심을 고취하는 방법이 그 예이다.[27] 다음은 1915년 2월 4일에 실린 〈대한혼〉의 일부 내용이다.

> 선조님이 여긔 뭇쳤고
> 우리도대한혼이 되리니
> 사천년조국 대한강토를
> 늬집을늬가 보존하리라.[28]

이 작품은 국토에 대한 사랑을 통해 애국심과 민족의식을 고취

---

26 조동일, 『한국문학통사』 4, 지식산업사, 2005, 280~281쪽.
27 김영철, 앞의 책, 214쪽.
28 「대한혼」, 『신한민보(新韓民報)』, 1916.04.13.

시키고 있다. 특히 '선조님이 여긔 뭇쳤고', '사천년조국 대한강토'라는 표현을 통해 역사와 국토를 통해 민족의 뿌리를 강조하고 있다. 이는 민족정신의 원형을 국토와 역사에서 찾음으로써 민족 동일성(national identity)의 회복이 좀 더 구체적인 양상을 띠게 되는 것이다. 이는 곧 국권상실과 함께 민족의 뿌리가 흔들리게 된 상황에서 민족의 동질성을 회복시키는 것이 국권회복의 정신적 기반이 되는 것임을 인식하고 있는 것이다.[29] 특히 일본에 의해 국권이 상실되고 조국을 떠나 해외해서 살아가는 이민자들에게 국토를 통해 민족의 뿌리를 강조함으로써 민족애를 고취시키고자 했음을 알 수 있다.

앞서 살펴본 바와 같이, 우리나라는 독립 이후에도 여전히 혼란한 시대 상황을 겪어야만 했다. 6·25전쟁과 4·19혁명, 5·16군사정변 등이 일어나며 우리의 영토가 파괴되고 민족 내의 갈등이 일어나게 되었다. 계급 갈등, 좌우 갈등, 남북 갈등 등 민족 간의 대립으로 우리나라와 민족이 더욱 위태로워진 것이다. 그는 이러한 민족의 갈등과 혼란을 잠재우고 우리 민족이 앞으로 나아가는 길에 대해 고민하였다. 이는 우리 민족의 단결과 연결된다. 즉, 주원택의 국토에 대한 관심과 애정은 근현대기의 국가적 아픔을 겪으며 축소되었던, 우리 국토의 역사와 문화를 재인식하면서 민족적 자부심을 회복하고자 한 것으로 해석될 수 있다.

---

29 김영철, 앞의 책, 215쪽.

4. 결론 - 문학사적 의미와 함께

이 논문은 지금까지 학계에 소개되지 않았던 주원택의 새로운 가사 작품들을 보고하는데 목적이 있다. 여기서 소개한 가사들은 주원택의 가사집인 『금수강산유람기』에 실려있는 작품들이다. 그의 새로운 가사 작품들을 소개하고 그가 살았던 시대적 배경과 함께 작품 안에 나타난 작가 의식을 파악해 보고자 했다.

고려후기부터 창작되어온 가사는 조선시대까지 다양한 계층에 의해 창작되고 널리 향유되어왔다. 기본적으로 4음보 율격체의 형식을 가지고 있지만 분량이나 형식이 비교적 자유롭다는 특징을 가지고 있다. 이러한 특징은 많은 작품이 창작되고 전계층에 의해 향유될 수 있었던 배경이 되었다. 조선후기에는 중인과 사대부가 중심이 되었고, 개화기에는 글을 읽고 쓸 줄 아는 이들이 늘어나면서 창작과 유통이 활발해졌다. 그러나 광복 이후 전통시가 양식은 근대문학 양식으로 교체되었고 이러한 흐름 속에 가사 또한 점차 쇠퇴하게 된다.

그의 가사집 『금수강산유람기』에 수록된 창작 가사들은 대부분 1960년대 작품으로 추정된다. 그의 작품에는 조선 후기에 유행하였던 이중자의의 표현 방식이 나타나는 것을 볼 수 있다. 이중자의는 가사의 어절에 중의적 표현을 사용함으로써 새로운 의미를 부여하는 언어유희적 표현 방식으로 조선 후기의 가사뿐만 아니라 시조, 잡가, 한시 등에 두루 나타나는 시적 특징 중 하나이다. 20세기에 창작된 그의 가사 작품들은 조선 후기 유행했던 전통 시가 양식을 계승하고 있음을 확인할 수 있었다.

그의 가사 〈대한자랑〉·〈경주유람〉·〈등남산공원찬〉·〈국군묘지

참배〉는 우리 민족의 역사를 소재로 한 작품들이다. 20세기는 우리나라가 일제강점기 일본으로부터 주권과 국토를 빼앗기고, 6·25전쟁과 4·19혁명, 5·16군사정변 등을 겪었던 시기이다. 그는 이처럼 혼란했던 시대를 살아갔던 인물로 20세기 전반에 걸친 우리나라의 역사, 우리의 자연과 국토, 일제강점기와 해방, 남북 분단 등 당대 사회상을 작품에 담아내고자 하였다.

이와 같이 다양한 내용을 문학적 소재로 활용한 것은 그의 작가의식과 밀접하게 연결되는데 작품을 통해 당대 현실 문제를 형상화하고자 했음을 알 수 있다. 그는 국가적 위기 속에서 우리민족이 나아갈 길이 무엇인가 고민하였다. 이에 대해 그가 내린 결론은 민족의 단결이었다. 우리의 역사, 자연과 국토, 문화 등을 통해 우리민족의 뿌리와 주체성을 강조하고 민족적 자부심을 회복시키고자 했다. 이를 통해 민족의 단결을 이룰 수 있다면 국가의 위기 상황을 극복할 수 있다고 생각한 것으로 보여진다.

이와 같은 점을 고려했을 때 그가 가사의 형태로 작품을 창작한 것 또한 단순한 우연은 아닌 것으로 보인다. 그는 민족의 단결을 통해 국가적 위기를 극복하기 위해 우리 민족의 뿌리와 주체성을 강조했다. 내용에서는 우리의 역사, 자연과 국토, 문화 등 다양한 소재들을 통해 이를 표현했다면, 형식으로는 우리의 전통 시가 양식을 선택함으로써 민족의 전통성을 계승하고자 한 것이다. 이러한 점에서 그가 그의 작품을 통해 무엇을 표현하고자 했는지 명확하게 드러난다.

현재까지 주원택과 그의 작품에 대한 연구는 초기 단계이다. 그가 사망한 시기나 구체적인 생애에 대해서도 밝혀진 바가 없다. 때문에 당대의 시대상과 작품들을 통해 그의 삶과 의식세계를 일부지만 확인할 수 있었다. 앞으로도 그의 생애와 작품에 대한 지속적인 연구가 이루어지기를 기대하는 바이다.

【부록】

〈大韓자랑〉 六十句

物外閑生이내몸이 勝地江山遊覽次로

淸風明月正法海에 大道灵船잡아타고

泛彼中流면나가서 六大洲을두루도라

大韓명을다다르니 萬國和氣여기로다

三千里錦繡江山 半萬年之歷史로세

三面環海半島大韓 大天地에頭部로다

檀帝神聖開國으로 新羅文明中興이라

日出東邦日朝也오 文物鮮明日鮮也라

三八本우리나라 國號日大韓이라

八道地名道字意는 惟獨韓國天賊興라

天地氣和順調理는 天下之第一이요

四時分明節序正은 世界之指針이라

東國灵界三金剛 別有天地仙境이요

白頭山頂天灵地는 天地呼吸噴水口요

鴨豆兩江分派流는 大陸連絡咽喉路라

海印寺八萬藏経 通度寺之板刻이요

佛國寺石窟庵은 神祕之藝術이라

側雨器瞻星台는 科學之先發地요

龜腹船銅活字는 通天下之始初이라

恩津彌勒仐八尺 稀世之造工이요

朴淵瀑瀑沛落九天은 大自然之飛流이요

瀛州蓬萊方丈山은 三神山이여기로다

鷄龍山帝字峯은 正道靈을기다리고

金山寺六丈金佛 龍華道을기다리고

忠孝義烈四大節은 萬邦之웃뜸이요

三綱五倫修身道는 禮儀之國分明하다

相傳相授朴昔金은 民主國家道德이요

三隱六臣節義退는 此胥閭之忠義로다

能屈能伸能忍性이 民族之特徵이라

衣裳文物鮮明品은 仙人道服이이안이야

鎭海灣仁川港은 天然之要塞地요

元山港東海灣은 漁捞之豊産이요

豆太麥米玉食이요 山海珍味別味로다

草之靈藥高麗人蔘 各國所産以上이요

生水飲料生活國은 韓國風土뿐이로라

甲午東乱自中之난 階級打破始発이요

乙未三一獨立唱은 不可侵略排斥이요

四一九學生運動 民權拍奪原因이요

五一六軍事革命 政治乱動根源이라

科學哲學発生地를 孰不欽羡我東邦가

太極旗놉히들고 三神山을올나가서

日出東方灵界裡에 片片金이完然하다

東으로멀니멀니 関東山을바라보니

金剛山一萬二千峯 靑龍方에둘러잇서

應天上之三光으로 啓明日生이되여잇고

西으로머리돌여 湖南山川바라보니

智異山天王峯은 朱雀方에둘러잇고

備人間之五福으로 太極星이되여잇고

西으로머리돌려 海西風景바라보니

九月山天秋峯은 白虎方에둘러잇고

龍盤虎踞氣像으로 皇極星이되여잇고

北으로머리돌여 関北山川바라보니

白頭山宗祖峯은 玄武方에둘러잇고

造化翁은基本地로 天樞星이되여잇고

済州에漢挐山은 南海에突出하여

壽福康寧案山으로 老人星이되엿또다

綠水靑山구비구비 萬壑千峯곳곳마다

灵山灵水되엿스니 出於東土大人來라

아마도우리大韓民國 地上에天國이分明하다

〈慶州遊覽〉

新羅古都慶州市는 朴昔金의千年基라

神秘한 異跡이며 雄壯한古蹟터니

散之四方헛터잇서 國內第一観光地로

內外賓客모여들며 人山人海이뤗스니

吾亦是遊覽차로 綠陰芳草勝花時에

黃菊丹楓好時節에 三三五五作伴하야

慶州驛에下車하니 時刻은이미正午이라

四面을도라보니 一同이下車하고

깁고널분長流水는 潺潺하게둘러잇고

웃뚝웃뚝솟슨陵은 天作인가人作인가

놉고나즌마을山온 疊疊으로둘러싸고

한旅店을차자가서 잠깐쉬고食事後에

老熟한案內者로 대강대강듯고보니

蘿井林間大卵속 赫居世祖誕生하고

姙신七年大卵속에 脫解王이誕生하고

雞林間金櫝속에 閼智聖君誕生하고

堯舜禹之法을바다 相傳相授朴昔金氏

千年歷史우리韓國 世界에도드무도다

博物館을求景하고 形形色色陳列品이

千年前에 遺物로서 新羅文明大凩하야

科學技術研究発達 東洋에서第一位라

天文學을探知코저 二十七代善德女王

瞻星臺를놉히싸서 下圓上井二十七層

星長運行吉凶判斷 雁鴨池와臨海殿는

文武王十四年에 三國統一託念爲해

別宮으로지어노코 陸海動物養生處요

半月城內石永庫는 構造模型알고보니

廣은五七六米터요　長은三二七米터요

高는二十一米터요　用石은一千個餘요

初期王宮鴈石亭은　國慶이잇슬때에

蒲朝百官陪列하여　宴會하는場所이요

五陵來歷드러보니　赫居以下五代이요

映池來歷드러보니　無影塔이빛엇다고

佛國寺의創建年은　二十二代法興王이

萬福祈願지은절은　國寶로는二號로다

花剛石造多寶塔과　精妙技術釋迦塔

新羅文化代表寶物　靑雲橋와白雲橋은

吐含山나무밋테　上下로걸터안저

千年萬年다가도록　來人去人保護하고

十二萬斤神鍾來歷　口徑은九尺五寸

周圍二十三尺四寸　두께가八寸이라

頭部에는双龍爭珠　世界에서有名하다

鑄造當時入女児故　俗稱에밀네鍾이로다

眞說인가假設인가　孰能知之알수업다

落落長松樹林속에　三体石佛나마잇서

아마도 新羅初期에　절터임이分明하다

四百石佛歷聞하니　二十五代敬德王이

大栗寺로가는途中　阿彌陀佛나는곳에

左右로살펴보니　石壁우에釋迦佛像

童子佛을압헤놋코　尊嚴하게 靜坐하여

自然出而念佛소리　傳說만이남아잇고

芬星寺三層塔은 善德女王在位三年

百済石工모셔다가 九層으로싸은塔이

年久歲深頹落되여 至今은三層으로

左右入口金剛力士 四方에는石造獅子

온갖雜木헤처가며 石窟庵을當到하니

뒤으로는泰山이요 앞으로는東海로다

아침해를보기위해 東方을바라보니

太陽光線反射되여 二三尺釋迦佛像

거울갓치明朗하니 地上極樂天然하고

石窟庵左右壁에 文殊菩薩觀音菩薩

嚴肅하고正大하야 天下唯一藝術이요

武烈王陵求景하니 큰거북 座版周圍에는

周圍가百四米고 長高가 二米라

六龍爭 珠碑頭에는 太宗武烈王陵六字

大字로刻字되고 掛陵傳說들어보니

文武王이 水葬으로 地上掛屍成陵이요

金庾信將軍墓는 新羅統一大功鑾을

肅宗當時立石하야 花郎精神讚揚하고

金冠來歷들어보니 古墳에서発掘되여

製造手法奇妙莫測 光彩玲瓏依旧하고

五十八王陵만은中에 金尺陵은어데인지

三恠八妙잇다하나 有形無形알수업고

皇鳥寺率居壁畵 鳥鵲雜새나라든다

傳詩만남아잇네 오고가는観光車는

零零細細다못하고 大畧大畧記錄하니
未備한点만치마는 時間関係無可奈라
行裝을 收拾하야 가든車로回程하니
一千年之新羅史蹟 依古之心疊疊하다

〈登南山公園讚〉安重根 義士
時逢英雄하니 歷史燦爛하고
英雄逢時하니 必然成功이라
義哉烈哉여 重根烈士라
胷中大意하고 遠隨伊藤하야
萬里異驛에서 一發三到하니
豈不快哉며 豈不壯哉랴
平生大事를 今日解決하니
身雖死無나 名垂竹柏이라
不忘其功하야 銅像爲表하니
南山公園이 倍加燦爛이라

〈國軍墓地 參拜〉
國軍墓地參拜次로 白首老人某某親旧
漢江橋를얼는지나 銅雀洞에下車하니
正門柱에색인글자 國軍墓地간판이라
左右山川도라보니 午坐向正北向에

天下第一明堂으로 漢江水案対로다

半月形判局이요 弓字形의長城이라

琪花瑤草花園일세 蒼松綠竹솔밧치라

上峯에는 將星墓 中峯에는 李博士墓

姓字대로位次하니 將兵位牌姓各三字

遺家族이왓든墓는 꼿흘세위票的이요

子子無依將兵墓는 쓸쓸하기짝이업다

四方으로도라보니 不知其数忠魂墓라

生居各처死地同處라 死生間団体로다

墓마다花剛石에 秩序잇게나열하고

前面에는階級氏名 後面에는戰死地名

姓字대로位次하니 찻기쉬은方法이요

步步前進드러가니 嚴肅한保安所에

八角亭을建立하고 來人去人休息處

中央에忠魂塔은 半空中에놉히섯고

正面에는큰門樓요 左右로 石造虎가

不撤晝夜걸터안저 戰死神明도와주고

場內에 噴水器는 白日靑天비가오고

平苑廣野잔디밧흔 年三度푸르건만은

戰死하신우리國軍 囬生할줄모르는가

檀帝以後半萬年間 外亂內亂멧번인고

一生一死이世上에 爲國忠死勝於生

『금수강산유람기』 소재
주원택의 기행가사 연구

정영문

1. 서론

　가사는 조선 시대 전반에 걸쳐 폭넓게 사용된 문학 갈래였다. 조선의 멸망 이후, 조선총독부에서는 1910년대부터 1920년대까지 전국에 공립 보통학교를 세우고 근대성과 식민성으로 대표되는 신교육을 실시하였다. 근대기에 서구의 문학 양식도 한국에 도입·정착하였다. 이러한 변화가 있었지만 최근까지 가사 창작과 향유의 전통은 끊어지지 않아서 1960년대에 여행 체험을 기록하는 형식으로도 사용되었다. 이런 사정을 알려주는 자료 중에「금수강산유람기」가 있다.「금수강산유람기」는 선문대학교 구사회 명예교수가 소장하고 있는 자료집이다.[1] 이 책은 만재(晚齋) 주원택(朱元澤, 1906~?)의 글 32편과 김대헌의 가사 2편을 수록한「금수강산유람기」와 주원택이 필사한 10편의 가사를 수록한「가사집」의 합본으로 총 44편의 글을 수록하고 있다. 주원택이 기록한 32편의 글 중에서 여행을 소재로

1　자료집『금수강산유람기』를 살펴볼 기회를 주신 구사회 선생님께 감사드린다.

창작한 가사는 〈등산가(登山歌)〉, 〈금강산풍경가(金剛山風景歌)〉, 〈경주유람(慶州遊覽)〉, 〈가산산성유람가(架山山城遊覽歌)〉, 〈관동일대탐승기(關東一帶探勝記)〉 등 5편으로 1960년대에 기록되었다.

1960년대에는 『규방가사』 1에 수록된 〈경주유람가〉와 〈유람기록가〉, 『역대가사문학전집』 제21권에 수록된 2편의 〈경쥬괄남긔〉[2] 등도 기록되었다. 이들 경주 기행가사는 1960년대에도 가사가 한국인의 심회를 표현하는 양식으로 사용되었음을 말해준다. 가사는 현장과 밀접한 관련성을 지닌 기록이므로 당시의 사회상과 작가 의식을 이해할 수 있는 중요한 자료이다. 이 점에 1960년대 기행가사 연구의 필요성이 있다.

그동안 근·현대 기행가사에 대한 연구는 활발하게 진행되지 못하였지만, 주목할 만한 논의가 있다. 유정선[3]은 1930년대에 금강산관광이 대중화되었지만, 여행 동기·형태·노정의 구성이 전통적인 산수 유람을 벗어나지 못했다고 보았다. 김기영[4]은 〈경주유람가〉, 〈유람기록가〉, 〈경쥬괄남긔〉의 여행 동기가 다른 점에 주목하였으며, 작자가 대면한 여행지 공간이 동경의 공간으로 형상화되었다고 하였다. 장정수[5]는 1960년대 창작된 여성 기행가사를 대상으로 역사의 경험을 추체험하는 유형과 유흥적 관광 경험을 노래하는 유형으로 구분하였다. 이들 논문은 조선 시대 유학자의 산수 유람이 1930년대

---

2   김기영, 「경주 기행가사의 작품 실상을 살핌」, 『어문연구』 98, 2018, 122~123쪽.
3   유정선, 「1930년대 금강산 기행가사에 투영된 여행체험의 의미」, 『이화어문논집』 44, 이화어문학회, 2018, 213~242쪽.
4   김기영, 앞의 논문, 121~142쪽.
5   장정수, 「1960~70년대 기행 규방가사에 나타난 여행문화와 작품 세계 - 유흥적 성격의 작품을 중심으로」, 『어문논집』 70, 민족어문학회, 2014.

교통과 숙박시설의 정비로 대중화되었으며, 1960년대에 이르러서는 관광으로 변모하였음을 말해준다. 또한, 정신적인 의미가 중시되던 유람의 시대에서 물질적이고 유흥적인 측면이 중시되는 관광의 시대로의 변모도 알려준다. 이러한 논의를 바탕으로 1960년대 기록된 주원택의 기행가사를 살펴보고자 한다.

최근에는 주원택이 기록한 『금수강산유람기』에 수록된 개별 작품의 전승 맥락을 검토하고 내용을 분석한 연구가 진행되었다. 하경숙·구사회[6]는 숫자를 사용하여 우리나라의 역대 사건들을 풀어 설명하는 〈숫자가(數字歌)〉의 전승 맥락과 창작 기법을 검토하였고, 하성운[7]은 담배를 소재로 한 〈담배노래〉의 창작 기법과 내용을 검토하였다. 구사회[8]는 화투 놀이를 묘사한 〈화투가(花鬪歌)〉의 전승 과정과 문예적 특징을 밝혔다. 이들 연구는 1960년대에 기록된 가사를 대상으로 삼았다는 점, 일상생활에서 쉽게 접할 수 있는 숫자놀이, 담배, 화투가 가사로 창작·전승되는 과정과 표현 기법 등을 밝혔다는 점에서 의미를 지닌다. 또한, 이수진[9]은 〈호남지방찬양시(湖南地方讚揚詩)〉의 표현 방식(언어유희)과 작품 내용을 살펴보았고, 장안영[10]

6　하경숙·구사회, 「숫자노래의 전승 맥락과 새로운 근대가사 〈수자가(數字歌)〉의 문예적 검토」, 『동방학』 43, 한서대학교 동양고전연구소, 2020.

7　하성운, 「새로운 근대가사 〈담배노래〉의 표현 방식과 작품 세계」, 『동아인문학』 52, 동아인문학회, 2020.

8　구사회, 「화투놀이의 전승 과정과 관련 가요의 문예적 특징」, 『온지논총』 75, 온지학회, 2023.

9　이수진, 「〈호남가〉류 시가 작품의 전승 맥락과 〈호남지방찬양시〉의 발굴 검토」, 『온지논총』 65, 온지학회, 2020.

10　장안영, 「〈한글뒤풀이〉 노래의 전승맥락과 주원택의 근대가사 〈국문가사〉 검토」, 『우리문학연구』 79, 우리문학회, 2023.

은 〈국문가사(國文歌詞)〉를 소개하고 내용을 검토하였다. 이들 연구도 1960년대 주원택이 창작한 가사의 내용과 표현 기법을 살펴본 것이다. 이처럼 최근에 『금수강산유람기(錦繡江山遊覽記)』에 수록된 개별 작품의 전승 맥락 연구가 활발하게 진행되었다. 이러한 상황에 본 논문에서는 주원택의 기행가사에 대한 개별 작품론을 살펴보고자 한다. 기행가사에는 기록자의 '유산 체험', '역사유적의 견문', '국토에 대한 문학적 형상' 등이 기록되고 있다는 점에서 이러한 내용은 기행가사의 일반적인 특징이라고 할 수 있다. 주원택의 기행가사에는 이러한 내용이 개별 가사마다 혼재되어 기록된 것이 아니라, 가사별로 집중되고 있어 여타의 기행가사와는 구별된다. 이에 본 논문에서는 주원택 기행가사의 서술적 특징과 의미를 살펴보고자 한다.

2. 주원택과 『금수강산유람기』

「금수강산유람기(錦繡江山遊覽記)」에 수록된 44편의 글 중에는 주원택의 체험과 기념이 될 만한 일을 기록한 글이 포함되어 있다.

〈嶺南地方讚揚詩〉, 〈湖南地方讚揚詩〉, 〈忠淸地方讚揚詩〉, 〈國文歌詞〉, 〈擲相判論〉, 〈數字歌〉(〈數字歌詞〉), 〈監錄〉(〈鄭鑑錄秘決〉), 〈判世歌〉, 〈離鄕所感〉, 〈花鬪歌〉, 〈回甲宴祝賀〉, 〈五千年之天地歌〉, 〈亂世歌〉, 〈處世歌〉, 〈大韓자랑〉(〈大韓讚歌〉), 〈大邱綜運觀覽歌〉(〈大邱綜運觀覽〉), 〈人子之道〉, 〈老人環境現實〉, 〈登山歌〉(〈登山歌詞〉), 〈金剛山風景歌〉, 〈自然歌〉, 〈慶州遊覽〉, 〈담배노래〉, 〈迎春歌〉, 〈登南山公園

讚〉,〈倭寇 伊藤博文 罪科〉,〈國軍墓地 參拜〉(〈國軍墓地 參拜記〉),〈架山山城遊覽歌〉(〈架山城遊覽歌〉),〈關東一帶探勝記〉,〈夢遊歌〉,〈達城公園詩遊會所樂〉(〈達城公園詩會所樂〉),〈勸學文〉,〈悔心曲〉[11]

위에 제시한 32편에는 가사, 한시, 산문 등 다양한 형식의 글이 포함되어 있다. 「금수강산유람기」를 편찬한 주원택은 생몰연대도 정확하게 알기 어려울 정도로 알려지지 않은 인물이다. 단지 자료집에 기록된 내용을 근거로 그에 대해서 부분적으로나마 추정해 볼 수 있을 뿐이다.〈회갑연축하〉13구(句)에서 그는 "時惟丙午 三春之節에 南極壽星照此門이라"고 하였다. 자신의 출생이 병오년(1906)이며, 1966년에 회갑을 맞이했음을 말한 것이다.〈이향소감〉14구에서 "乙巳春正에 轉徙于此"하였다고 밝혔다. 1965년에 대구시로 이사하여 터전을 잡았음을 알 수 있다.〈대한자랑〉1~2구에 "이내몸이 勝地江山 遊覽次로 淸風明月正法海에 大道灵船 잡아타고"라는 표현이 있다는 점, 염불로 창하는〈회심곡〉을 지었다는 점을 근거로 주원택이 불교에 관심이 많았던 인물임을 짐작할 수 있다. 또한,〈달성공원시유회소락〉에서 1960년대에 과학이 문학보다 중시되고, 신문학이 발전하고, 영문(英文)이 중시되는 사회가 되었다는 변화상을 정확하게 인식[12]하고 있는 인물이라는 점도 알 수 있다.「금수강산유람

---

11 목차와 본문 제목이 일치하지 않는 경우, 목차의 제목을 괄호에 넣어서 양자를 구분하였다. 본 논문은 본문 제목을 근거로 하였음을 밝힌다.

12 "詩賦雖好나 不如科學이라 現今此世에 文學千變遷하야 舊學撥弊하고 新學進步하니 世界萬邦이 英文爲主라 各種品目에 英文記名하고 國際書類 英字發送하니 文章巨儒를 何敢生意아"〈達城公園詩遊會所樂〉

기」마지막 문장에 '檀紀四三二三年 庚午八月 筆者 晚齋 朱元澤'을 적고,「가사집(歌詞集)」마지막 문장에는 '檀紀四三二三年 庚午八月 筆寫 晚齋 朱元澤'을 적었다. 이를 근거로 단기 4323년(1990) 8월에 만재 주원택이 필자와 필사자로 구분하여 자료집을 정리했음도 알 수 있다. 가사가 비록 다수를 차지하지만,「금수강산유람기」라고 적 은 것은 한시와 산문이 포함되어 있기 때문일 것이다.「금수강산유 람기」를 정리한 1990년에 주원택의 나이는 84세이다. 그는 한자를 위주로 가사를 표기하되 한글로 토를 달아서 보조하였다. 기록함에 있어 글자체가 고르고, 오탈자가 많지 않으며, 서구식 표기는 한자로 음차하여 기록하였다. 그는 가사에 회자(膾炙)되는 한시를 인용하거 나 자신이 창작한 한시를 제시하여 행적과 감정을 드러내었다. 이런 점을 고려할 때, 주원택이 한시를 창작할 정도의 한문 교육을 받았지 만, 근대 교육을 받지 않은 인물이라고 짐작할 수 있다. 〈달성공원시 유회소락〉에서 "옛날 訓長任에 이르신 말씀"이 생각난다고 한 것은 이를 뒷받침한다.

  그는 1906년부터「금수강산유람기」를 정리한 1990년에 이르는 동안 일제강점기에서 광복, 6·25전쟁, 경제발전과 관광 개발 등을 경험하며 살았다. 이러한 시기를 살았기 때문에 그의 글에는 생활 가까이 있었던 담배·화투·숫자놀이, 생활·여행 등에서의 감회는 물론 격동기 한국의 역사적 사건을 소재로 한 가사 작품이 포함되었 다. 또한, 개인의 생활사, 한국의 자연과 국토, 일제강점기 이후의 근·현대사가 반영되었다. 이처럼 다양한 주제의 가사를 통해서 주 원택이 살아온 생활상과 시대상을 이해할 수 있었고, 그의 사회·역 사에 대한 인식과 국토 의식을 알 수 있다. 이렇게 볼 때, 주원택은 글쓰기에 관심이 많던 인물임을 알 수 있다.

주원택의 역사의식은 〈대한자랑〉에서 확인이 되는데, 그는 동학혁명을 계급타파, 삼일운동을 침략배척, 4·19를 민권박탈의 원인, 5·16을 정치난동의 근원으로 인식[13]하였다. 〈등남산공원찬〉에서 안중근(安重根, 1879~1910) 의사를 찬양하고, 이와 대비하여 〈왜구 이등박문 죄과〉에서 이토 히로부미(伊藤博文, 1841~1909)를 강력하게 비판한 것도 그의 역사의식을 이해하는 근거가 될 것이다.

주원택의 국토 의식을 확인할 수 있는 기록은 기행가사 5편을 통해서이다. 기행가사는 여행에서 얻은 체험이나 견문·감상 등을 기록한 가사이기 때문에 여행 노정이 중요한 부분을 차지한다. 주원택의 기행가사에서 노정을 살펴보면 다음과 같다. 〈등산가〉는 서촌, 진동루(鎭洞樓), 파계사(把溪寺), 중봉(中峯), 여점(旅店), 승차의 노정을 기록한 106구(句)의 가사이고, 〈가산산성유람가〉는 남창(南倉), 남문(南門), 송림사(松林寺), 귀가(歸家)의 노정을 기록한 36구의 가사, 〈관동일대탐승기〉는 울진읍(蔚珍邑) 성류굴(聖留窟), 망양정(望洋亭), 죽서루(竹西樓), 강릉(江陵) 경포대(鏡浦臺), 오죽헌(烏竹軒), 양양(襄陽) 낙산사(洛山寺), 신흥사(新興寺), 계조암(繼祖庵), 삼성각(三聖閣) 흔들바위, 군량암(軍糧岩), 천불동(千佛洞), 와선대(臥仙臺), 비선대(飛仙臺), 금강굴(金剛窟), 설악산성(雪嶽山城), 비룡폭포(飛龍瀑布), 구룡폭포(九龍瀑布), 회정(回程)의 노정으로 동해 일대를 유람한 202구의 가사이다.

〈경주유람〉은 경주역, 능, 안압지, 임해전, 석빙고, 포석정, 오릉,

---

13 "甲午東亂自中之난 階級打破始發이요 己未三獨立唱은 不可侵略排斥이요 四一九學生運動 民權拍奪原因이요 五一六軍事革命 政治亂動根源이라"〈大韓자랑〉

영지, 불국사, 다보탑, 석가탑, 청운교, 백운교, 토함산, 신종, 대율사, 분황사, 석굴암, 태종무열왕릉, 김유신장군묘, 황조사의 솔거 벽화, 회정의 노정으로 경주 일대를 유람하고 기록한 160구의 가사이고, 〈금강산풍경가〉은 장군봉, 단발령, 태조봉, 옥녀봉, 칠보암, 유점사, 장안사, 십이폭포, 보광사 영산지, 집선봉, 옥석봉, 옥류동, 백석담, 천화대, 외금강 구룡폭, 만물상(만물초), 해금강 입석포, 금강문, 부부암 순으로 지명을 제시한 69구의 가사이다.

〈등산가〉, 〈가산산성유람가〉, 〈관동일대탐승기〉는 자신의 관광 체험을 중심으로 기록한 반면, 〈경주유람〉은 경주를 관광한 내용을 기록하였으되, 관광의 여정이나 감회보다는 견문한 대상에 대한 정보를 독자에게 전달하는 것에 집중하였다. 〈금강산풍경가〉에는 금강산의 여러 지명이 기록되고 있지만, 그 지명과 풍경은 실제의 경물이 아니라 언어유희를 통해 문학적으로 표현된 것이다.

3. 『금수강산유람기』 소재 기행가사의 서술적 특징과 의미

1960년대에 국한문혼용체로 기록된 〈등산가〉, 〈금강산풍경가〉, 〈경주유람〉, 〈가산산성유람가〉, 〈관동일대탐승기〉에는 주원택의 직·간접적인 여행 체험과 인식이 반영되어 있다.

1) 유산(遊山)의 체험적 기록과
〈등산가〉·〈가산산성유람가〉·〈관동일대탐승기〉

조선시대 유학자의 유산(遊山) 체험과 의론(議論)을 기록한 유기(遊

記)에는 출발, 노정, 회정이 순차적으로 기록되어 있으며, 유산 과정
에서 만나게 되는 경물(景物)과 문화재에 대한 견문과 감상, 여행에서
의 흥취, 동류들과의 경험 등이 기록되었다. 이때 기록의 원천은 개
인적인 체험이며, 주원택의 기행가사 〈등산가〉, 〈가산산성유람가〉,
〈관동일대탐승기〉에서는 이러한 특성이 반영되었다.

① 白首老人 某某親舊 遊山行裝 準備하야
　　貸여한 觀光車로 午前일즉 出發하니
　　時惟丙午九月이요 序屬三秋 佳節이라
　　黃菊丹楓 好時節에 不寒不熱 때도좃타　　　　　　　〈등산가〉

② 不寒不熱하니 丹楓佳節이라 時惟九月이요 序屬三秋라
　　架山山城를 聞之久矣로다 山無餘濺하니 一不觀之러라
　　幸得餘日하야 三友作伴하며 其城下車하니 日已中天이라
　　　　　　　　　　　　　　　　　　　　　　　　〈가산산성유람가〉

③ 七十左右 녯老人이 東海一帶遊覽次로
　　觀光車에 몸을실고 蔚珍邑을 當到하여　　　　　〈관동일대탐승기〉

위의 인용문은 주원택이 여행한 지역과 시기를 기록한 서사 부분
이다. 주원택은 '白首老人', '七十左右'의 노년에 되었을 때, 친구('某
某親舊', '三友作伴', '녯老人')들과 '(觀光)車'로 대구 팔공산, 경북 칠곡
군 가산면에 있는 가산산성, 관동지역을 여행하고 돌아와 〈등산가〉,
〈가산산성유람가〉, 〈관동일대탐승기〉를 지었다. 그들이 여행한 시
기는 '不寒不熱'하는 날씨에 '黃菊丹楓', '丹楓佳節'의 늦은 가을 '九
月'[14]경이다. 〈등산가〉에서 말한 '丙午九月'은 1966년이다.

1960년대 한국은 냉전의 국제정세와 남북대치 상황에서 장기경제개발계획에 착수하여 경제적 자립의 터전을 마련하였다. 이 시기에 관광정책도 추진하여 1961년 관광사업진흥법을 제정하고, 1962년에는 국제관광공사를 설립하였다. 법과 조직을 기반으로 관광산업을 육성하는 과정에 행정기관을 정비하고, 관광단지를 개발하며, 교통로와 숙박시설 등 관광 기반 시설을 확충하였다.[15] 이러한 노력과 경제성장이 맞물리면서 연평균 30%[16]의 관광객이 증가하여 관광의 대중화 시대[17]를 열었다. 이 시기의 관광은 수십 명이 한 팀을 이루어, 짧은 일정에, 관광버스를 빌려서 당일에서 2박 3일 정도의 단기 일정으로 떠나는 단체여행이 보편적인 형태였다.[18] 1960년대 초에는 사찰이나 자연경관 위주의 근거리 관광이 주를 이루었으나, 중반에 이르러서는 경주·부여·온양 온천·해인사·한려수도·속리산 등지의 새로 단장된 멀리 있는 관광지를 구경하는 것[19]으로 변모하였다. 전통적인 유산의 풍속이 점차 관광으로 대체된 것이다. 관광 목적도 축제, 행사 관람, 공업단지 시찰 등으로 다양해졌다.[20] 주원택

---

14 〈관동일대탐승기〉에서는 "丹楓佳節 이아인가", "漁船들은 群星갓하 落葉처럼 떠서 놀고 峰峰마다 丹楓잎은 霜葉紅於二月花라"라 하였으니, 가을에 관광했음을 알 수 있다.

15 김재영, 「1970년대 관광정책과 설악산에 대한 인식」, 『박물관지』 29, 강원대학교 중앙박물관, 2022, 49쪽.

16 송은영, 「1970년대 여가문화와 대중소비의 정치」, 『현대문학의 연구』 50, 한국문학연구학회, 2013, 49쪽.

17 1961년 재건국민운동본부가 발표한 『의례규범』에서 '형편에 따라 신혼여행을 허용'(의례규범(儀禮規範), 『경향신문』, 1961.8.28.)하는 관광 진흥 정책을 시행함에 따라 관광이 대중화되었다.

18 장정수, 앞의 논문, 5쪽.

19 위의 논문, 11쪽.

도 친구들과 함께 차를 타고 당일 팔공산과 가산산성을 여행하였고, 며칠 일정으로 관동지역을 관광하였다.

이들 기행가사에서 본사는 유산 체험에 대한 기록으로 채워져 있다. 그 기록은 여행 체험을 사실적으로 기록한 것이며, 여정에서의 견문과 감흥, 유산에서의 흥취와 어려움, 관광지에서의 유흥 등을 내용으로 한다.

① 中峯으로 차자갈제 樹林속을 드러선즉
　온갖잡목 우거저서 方向모를 初行이라
　오도가도 못하고서 서로서로 生刻끗헤
　다시勇氣 새로내어 돌도잡고 나무도잡고
　千辛萬苦 힘을내여 간신간신 올나간즉
　夢中인가 生時인가 去去高山 위험하다
　한자욱만 失足하면 生極樂이 압헤잇네　　　　　　〈등산가〉
② 一步二步에 屈曲何多요 有路無路하니 進退幽谷이라
　僅僅登之에 是日南門이라 山勢如此하니 天藏城秘로다
　　　　　　　　　　　　　　　　　　　　　　　〈가산산성유람가〉
③ 望洋亭을 차자가니 銀波萬里 너른물은
　泛彼中流 船遊客은 樂而忘返 놀고잇고
　竹西樓을 찾자가니 往古及今 幾百年에
　文章名筆 英雄豪傑 몃몃치나 놀고갓나　　　　〈관동일대탐승기〉

---

20 공윤경, 「1960년대 농촌 여가문화의 특성과 의미」, 『한국민족문화』 66, 부산대학교 한국민족문화연구소, 2018, 28~29쪽.

위의 인용문은 유산의 체험을 사실적으로 기록한 〈등산가〉, 〈가산산성유람가〉, 〈관동일대탐승기〉의 본사이다. 〈등산가〉, 〈가산산성유람가〉에서 주원택은 힘이 들어도 목적지를 향해 꾸준히 나가고 있으며, 이러한 공간 이동은 "다시勇氣 새로내어 돌도잡고 나무도잡고 千辛萬苦 힘을내여 간신간신 올나"의 묘사, "一步二步"나 "僅僅登之"의 압축적인 표현으로 상황을 설명하고 있다. 주원택이 가산산성을 유람할 때 목적지까지의 여정과 노구(老軀)를 이끌고 유산(遊山)하는 상황을 묘사한 것이다. 이동 장면이 구체적이고, 사실적이다. 이러한 어려움을 동반하였기 때문에 화자는 "脫俗", "仙境"의 자연을 만끽하였다. 반면에, 〈관동일대탐승기〉에서 화자는 이동하는 상황을 구체적으로 묘사하기보다는 '찾아가니', '올라가니' 등의 동사를 활용하여 장면을 표현하고 있다. 그만큼 현장감은 줄어든 것이다.

① 雪嶽港을 到達하니 山中開野 松林속에

　　觀光地帶 部落으로 一等旅館 호텔이라

　　京鄕各地 登山客이 나날이 增加되니

　　一日出入 一萬餘名 丹楓佳節 이아인가

　　春夏秋冬 四時따라 第二金剛 雪嶽이라　　　　　　〈관동일대탐승기〉

② 저老人들 자세보소 밤나무만 보인다면

　　山栗秋收 혼자해서 一行에게 논아주니 (중략)

　　한旅店에 차자드니 非老非少美女가

　　簡素한 酒有床에 勸酒歌로 和答하니 不知何時歲月去라 〈등산가〉

국토를 관광지로 만들려는 시도는 1920·30년대부터 있었다. 관광은 근대의 산물로 조선시대 유학자들의 유람과는 성격을 달리하는 것이다. 이 시기의 관광지로 주목을 받았던 장소는 금강산이었다. 금강산에는 관광을 위해 숙박시설과 교통수단(자동차·전철·기차)을 마련하고 있었다. 이러한 시설을 완비하고 있었기 때문에 서울 사람들은 금강산을 주말 여행지로 선택할 수 있었다.

광복 이후 남북이 분단된 상황에서는 금강산이 관광지 역할을 할 수 없게 되었다. 반면에 한국에서는 경제가 성장하여 1960년대부터 관광지 활성화 정책을 시행하였다. 이때 금강산을 대체했던 공간이 설악산이다. 관광지 활성화로 관광차를 대여하여 여행 준비에 대한 부담을 줄여주고, 관광지 주변의 숙박시설과 음식점 등 부대시설도 정비하여 불편을 해소하였다. 이러한 까닭에 주원택은 "第二金剛 雪嶽"이라고 하여 설악산이 제2의 금강산이 되었다는 사실을 밝히며, 일등여관과 호텔 등의 숙박시설로 인해 하루에 만 여명의 등산객이 모이는 관광지가 되었다고 하였다. 이처럼 명승지가 관광지로 변화하는 모습은 울진의 성유굴(聖留窟)에서도 확인할 수 있다. 그는 성유굴 입구를 "한便에는 記念商品 또한편은 賣票所라 老熟한 案內者로 窟門을 들러갈제"라고 묘사하고 있다. 산수유람에서 맛보았던 "잇지 못할 記念"이 상업화되어가는 현장이 제시된 것이다.

① 가던車로 回程하니 一日淸閑一日仙는

　　우리두고 한말이라 夢踏靑山脚不勞나 實地體驗永永異라.

〈등산가〉

② 夕陽在山에 同伴回路타가 松林寺院을 停車而入하니

　　新羅古刹로 三大金佛이라 看之又看에 稀世巨物이라

　　　覽畢故家하니 逍風自足이라　　　　　　　　〈架山城遊覽歌〉

③ 回程길에 올나안저 關東一帶 遊覽한곳
　　雪嶽山景 곳곳마다 눈을감고 生覺하니
　　夢中인지 生時인지 一筆難記 다못하고
　　稀微한 生覺대로 記錄하니 關東八景遊覽記라.　　　〈관동일대탐승기〉

　　위의 인용문은 회정할 때의 감회를 기록한 결사 부분이다. ①〈등
산가〉의 결사에서는 사명대사와 이산해(李山海)의 시 문답에 나오는
"夢踏靑山脚不勞"와 자신의 상황 "實地體驗永永異"을 대비하여 대구
팔공산을 등산한 일이 힘들었음을 고백하였다. ②〈가산성유람가〉의
결사에서는 귀가하는 길에 송림사(松林寺)를 방문하여 금불(金佛)을
보았음과 집으로 돌아온 후 가산산성 유람에 대해 '自足'했음을 말하
였다. 유산(遊山)의 어려움과 만족을 표현한 것이다. ③〈관동일대탐
승기〉의 결사에서 그는 삼팔선 이남의 동해 일대를 최대한 다녔기[21]
에 회정(回程)을 결정하면서, 자신의 유람에 대해 회상하였다. 이때
동해 일대를 대표하는 장소로 설악산을 제시하고, "雪嶽山景 곳곳마
다 눈을감고 生覺하니 夢中인지 生時인지" 분간하기 어렵다는 심정
을 밝혔다. 그는 자신의 동해안 유람을 "一筆難記"하다고 하면서 "稀
微한 生覺대로 記錄"한다고 기록에 관한 생각을 드러내었다.

---

21 "大潭瀑布 잇다하니 雲霧中에 못찻겟고 土王瀑布 잇다한들 危險해서 못가겟고 金剛
　　山이 좃타한들 三八線이 가로막고 雪嶽山庄 다시와서 主人과 作別하고"〈關東一帶探
　　勝記〉

2) 역사유적의 객관적 기록과 〈경주유람〉

경주는 신라 천년의 수도로써 역사와 문화에 대한 명성에 걸맞게
잘 정비된 도시의 모습과 문화유적의 보물창고[22]로 많은 사람들이
방문한 명승지이다. 이런 까닭에 조선 시대에 경주를 유람한 문인들
이 수십 편의 유기[23]를 남겼고, 1960년대에도 〈경주유람가〉, 〈유람기
록가〉, 〈경쥬괄남긔〉[24] 등의 기행가사가 기록되었다. 이들 기행가사
는 60·70세 혹은 시집살이를 하다가 겨우 문밖을 나선 여성이 기록
한 가사[25]라는 점에서 주원택이 기록한 〈경주유람〉과는 구별된다.

〈경주유람〉은 서사(1~9행), 본사(10~78행), 결사(79~80행)로 구성되
어 있으며, 서사에는 여행 시기와 출발상황, 본사에는 경주의 유적과
유물에 대한 설명, 결사에는 경주 관광에 대한 소회가 기록되었다.

新羅古都 慶州市는 朴昔金의 千年基라

神秘한 異跡이며 雄壯한 古蹟터니

散之四方 헛터잇서 國內第一 觀光地로

內外賓客 모여들며 人山人海 이뤗스니

吾亦是 遊覽차로 綠陰芳草 勝花時에

22 오상욱, 「조선시대 경주지역 유람과 유기의 특징 고찰」, 『동방한문학』 71, 동방한문
    학회, 2017, 402쪽.
23 위의 논문, 405쪽. 오상욱은 19편의 유기를 목록으로 제시하였으나, 그 수가 줄어든
    것은 1인 작가의 1작품과 경주를 대변하는 명칭으로 제명한 유기만을 한정하여
    정리했기 때문이다.
24 김기영, 앞의 논문, 122~123쪽. 경주 지역의 기행가사로는 『규방가사』 1(한국정신
    문화연구원, 1979)에 수록된 〈경주유람가〉와 〈유람기록가〉, 『역대가사문학전집』
    제21권에 수록된 2편의 〈경쥬괄남긔〉가 소개되었다.
25 위의 논문, 139쪽.

　　黃菊丹楓 好時節에 三三五五 作伴하야
　　慶州驛에 下車하니 時刻은 이미 正午이라
　　四面을 도라보니 一同이 下車하고
　　廣濶하고 華麗하다
　　(중략)
　　오고가는 觀光車는
　　零零細細 다못하고 大略大略 記錄하니
　　未備한点 만치마는 時間關係 無可奈라
　　行裝을 收拾하야 가든車로 回程하니
　　一千年之 新羅史蹟 依古之心 疊疊하다　　　　　　　〈경주유람〉

　　위의 인용문은 경주의 의미와 유람 시기에 대해 기록한 서사 부분
과 〈경주유람〉에 대한 기록 태도와 회정(回程)을 기록한 결사 부분이
다. 〈경주유람(慶州遊覽)〉에서 주원택의 여행 시기를 짐작할 수 있는
구절은 '綠陰芳草勝花時'와 '黃菊丹楓 好時節'이다. 전자는 초여름,
후자는 늦가을이 배경이다. 두 계절이 여행하기에 좋은 시절이지만,
상충(相衝)되는 두 시간대를 배경으로 제시한 것은 주원택이 〈경주
유람〉에서 시간보다 '神秘한 異跡이며 雄壯한 古蹟터니 散之四方 헛
터잇서'라는 '장소성'[26]에 주목하였기 때문이다. '異跡 기이한 행적'

26　에드워드 렐프, 『장소와 장소상실』, 김덕현·김현주·심승희 역, 논형, 2005, 93~94쪽.
　　'장소'는 정치적·문화적·사회적 가치가 부여되어 일정한 인문학적 의미가 창출되는
　　공간으로 물리적 환경만을 의미하는 '공간'과는 구별된다. '장소'는 경험하는 주체와
　　상호 작용하며, 그것을 경험하는 주체의 인식작용, 정사와 상호작용하여 정체성을
　　드러낸다.

과 '古蹟 옛 물건과 건물'이 산재한 경주는 사방에 통로가 형성되어 어느 곳으로 오가더라도 유적과 명소를 관람할 수 있었다.[27] 이동이 쉽고, 유적과 명소가 산재해 있어서 경주에 관심을 보인 인물이 많았다. 이러한 상황으로 인해 경주에 '內外賓客 모여들며 人山人海'를 이루었으며, 경주가 '國內第一 觀光地'가 되었다고 하였다.

가사의 결사 부분은 "行裝을 收拾하야 가든車로 回程"하는 장면이다. 주원택은 결사에서 '오고가는 觀光車'에서 유람에서의 견문한 내용을 기록하였기 때문에 '零零細細 다못하고 大略大略 記錄'하였다고 밝혔다. 이런 사정이 있으므로 기록함에 "未備한 点"이 많아도 시간 관계상 어쩔 수 없다며 기록의 한계를 드러내었다. 주원택은 이때의 심회를 "依古之心"이라고 하였는데, 이러한 심정은 "千年歷史 우리韓國 世界에도 드무도다"(19행)와 "新羅文明 大興하야 科學技術 硏究發達 東洋에서 第一位라"(21~22행) 등과 관련되어 경주의 명승지와 유적지에 대해 강한 자부심을 드러내고 있다. 이것은 "옛 것을 따르는 마음", 즉 상고(尙古)에 기인하고 있다.

〈경주유람〉의 본사에는 주원택이 경주를 유람하면서 견문한 대상과 그 대상에 대한 관심을 기록하였다. 그 기록은 '출발, 관람공간과 문화재 소개, 회정'의 순서로 구성되었지만, 경주지역은 빼어난 자연환경이 많지 않은 탓에 관람지역의 이동을 구체적으로 드러낸 부분은 많지 않다. 새벽에 출발하여 토함산에 올라 일출과 석굴암을 관람하는 상황이 되어서야 "온갖雜木 헤처가며 石窟庵을 當到하니 뒤으로는 泰山이요 앞흐로는 東海로다 아침해를 보기위해 東方을

---

27 오상욱, 앞의 논문, 419쪽.

바라보니 太陽光線 反射되여 二三尺 釋迦佛像"(57~60행)이라는 여정
이 기록되었다. 이러한 기록을 통해 주원택은 경주지역에서 자연이
주는 감흥보다 유적지에 관한 정보전달에 집중하고 있음을 알 수
있다. 주원택과 비슷한 시기(1960년대)에 경주를 관광한 영주군 번계
댁은 불국사에서 "너른천지 조흔구경 다못ᄒ고 불국사 차자가니 산
천도 아름답고 물식도유감하다 불젼을 드러션이 조션의 명난졀을
뉘아니 엄슉하리"라고 하였다.[28] 이처럼 여행자가 관광지에서의 흥
취를 드러내는 것이 일반적인 행태이지만, 주원택은 동일한 장소에
서 창건연도와 건립목적, '國寶로는 二號'라는 정보를 기록하였다.
흥취는 감추고, 대상에 관한 정보만 드러낸 것이다.

　그가 알려주는 정보는 안내자의 설명을 근거로 한 것이며, 그 대
상에 대한 주원택의 인식이 반영된 결과물이다.

　　　　한旅店을 차자가서 잠깐쉬고 食事後에
　　　　老熟한 案內者로 대강대강 듯고보니
　　　　蘿井林間 大卵속 赫居世祖 誕生하고
　　　　姙신七年 大卵속에 脫解王이 誕生하고
　　　　鷄林間 金櫃속에 閼智聖君 誕生하고
　　　　堯舜禹之 法을바다 相傳相授 朴昔金氏
　　　　千年歷史 우리韓國 世界에도 드무도다　　　　　　　　〈경주유람〉

　주원택은 자신들의 경주 안내를 맡은 인물이 경험이 많고 노련한

<hr />

[28]　김기영, 앞의 논문, 126~127쪽.

'老熟'한 존재로 규정하였다. 안내자를 동반한 여행은 예로부터 있었던 일이지만, 조선 시대 사대부들은 안내자의 설명을 듣고, 그 설명에 대한 나름의 인식을 담아 의론을 덧붙여 유기를 기록하였다.

위에 제시한 인용문에서는 주원택이 안내자에게 들은 신라왕조의 박혁거세, 석탈해, 김알지에 대한 탄생 신화를 차례로 서술하고 있다. 안내자에게 신라의 역사를 들었으나, 그는 '대강대강 듯고보니' 역사의 전말을 기록하지 못했다고 말한다. 이러한 태도는 결사에서 제시한 "大略大略 記錄"하였다는 상황과 연결된다.

주원택은 여기에 경주의 역사에 대한 "千年歷史 우리韓國 世界에도 드무도다"라는 의론(議論)을 덧붙여 기록하였다. 주원택 의론은 석굴암에 대한 "천하유일 예술"[29], 경주박물관에 대한 "과학기술 연구발달 동양에서 제일위"[30] 등의 등급과 김유신 장군묘에 대한 "화랑정신 찬양"[31] 등의 정신에 관한 인식이다. 이러한 내용을 근거로 살펴볼 때, 주원택은 경주 유적지를 대상으로 안내자의 설명과 자신의 역사에 대한 인식 위에서 관광한 것을 기록하고, 〈경주유람〉을 구성하였음을 알 수 있다.

　　　半月城內 石氷庫는 構造模型 알고보니
　　　廣은 五七六米터요 長은 一二二七米터요
　　　高는 二十一米터요 用石은 一千個餘요

29　"石窟庵 左右壁에 文殊菩薩 觀音菩薩 嚴肅하고 正大하야 天下唯一 藝術이요"〈慶州遊覽〉

30　"博物館을 求景하고 形形色色 陳列品이 千年前에 遺物로서 新羅文明 大興하야 科學技術 研究發達 東洋에서 第一位라"〈慶州遊覽〉

31　"金庾信 將軍墓는 新羅統一 大功鎜을 肅宗當時 立石하야 花郎精神 讚揚하고"〈慶州遊覽〉

初期王宮 鮑石亭은 國慶이 잇슬때에

滿朝百官 陪列하여 宴會하는 場所이요

五陵來歷 드러보니 赫居以下 五代이요

映池來歷 드러보니 無影塔이 빛엇다고

佛國寺의 創建年은 二十二代 法興王이

萬福祈願 지은절은 國寶로는 二號로다　　　　　　　〈경주유람〉

　위의 인용문은 첨성대, 안압지, 임해전, 석빙고, 포석정, 불국사를 관람하고 안내자의 설명을 듣고 기록한 내용이다. 역사 유적지에 대한 상세한 소개는 기록자의 역사의식을 반영한 것이다. 〈경주유람〉에서는 안내자를 통해 획득한 정보를 제시하고 있지만, 그 정보에는 상당히 많은 오류를 포함하고 있다. 불국사에 대하여 "創建年은 二十二代 法興王이 萬福祈願 지은절은 國寶로는 二號로다"라고 하였지만, 불국사는 국보가 아니라 1962년에 국보로 지정된 석가탑과 다보탑, 청운교와 백운교, 금동아미타여래좌상, 금동비로자나불좌상 등을 보관하고 있는 사찰이다. 정부에서는 1960년대 관광 진흥책을 시행하면서 도로, 호텔 등의 기반 시설 구축과 더불어, 한국의 역사적 유적과 문화재를 보호하기 위해 1962년에 문화재보호법을 제정하고 국보·보물 등을 지정하였다. 그 결과 불국사 경내의 건축물과 유물이 국보와 보물로 지정되었고, 관광객들은 유적지를 관람하면서 국보와 보물의 명칭을 빈번하게 듣게 되었다. 이러한 정보가 〈경주유람〉에 기록된 것이다.

　주원택이 대상을 객관적으로 기록하는 방법으로 사용한 것은 도량형의 제시이다. 그는 반월성 안에 있는 석빙고의 구조에 대한 정보

를 듣고, "廣은 五七六米터요 長은 一二二七米터요 高는 二十一米터
요"라고 하였다. 이러한 표현법은 무열왕릉의 큰거북 座版周圍에 대
해서 "周圍가 百四米고 長高가 二米라"고 한 부분과 연관된다. 석빙
고와 무열왕릉의 거북좌판에 대한 정보를 '米터'와 '米'로 구분하여
설명하였는데, 이는 음차(音借)를 활용한 표기법으로 미터법 도량형
인 미터와 센티미터를 표기한 것으로 보인다.

현재 사용하는 미터법은 대한제국 시절 광무개혁을 통해 도입을
추진한 이후, 일제강점기와 한국전쟁 등을 겪는 동안에 SI 단위·척
관법·야드파운드법이 혼용되다가 1963년에 미터법을 사용하도록
도량형 통일 정책을 시행하였다. 〈경주유람〉에는 미터법 이외에 "十
二萬斤 神鍾來歷 口徑은 九尺五寸 周圍二十三尺四寸 두께가 八寸이
라"고 하여 신종의 구경, 둘레, 두께를 '척(尺)'과 '촌(寸)'으로 표기하
고 있다. 길이의 단위로 '米터'와 '米'의 미터법과 '尺'으로 표기하는
척관법(尺貫法)을 혼용한 것은 도량형 통일 정책이 발표되지 않았거
나 과도기였기 때문일 것이다. 그러함에도 주원택의 도량형 사용은
관람한 대상에 대한 객관적인 정보를 독자에게 전달하기 위한 시도
라는 점에서 의미를 지닌다. 다만, 다양한 도량형을 사용하고 있지
만, m과 cm 등의 영문 표기를 사용하지 않은 것은 주원택의 의식이
반영된 결과[32]일 것이다.

포석정은 초기 왕궁으로 나라에 경사가 있을 때 모든 조정의 관료

---

32 주원택은 〈達城公園詩遊會所樂〉에서 당시의 "各種品目에 英文記名하고 國際書類 英
字發送"한다는 사실을 기록하였다. 이러한 사회의 변화를 인식하고 있었지만, 그는
최대한 한문으로 가사를 기록하고, 그것이 어려운 상황에서는 차자를 표기 수단으
로 사용하였다. 이처럼 표기법 선택에도 그의 의식이 반영되었다.

들이 참석하여 연회하는 장소라 하였고, 오릉(五陵)과 영지(映池)의 내력에 대해서는 '혁거세 이하로 5대에 이르는 것'이고, '무영탑이 비친 곳'이라고 하였다. 오릉은 역사적 사실을, 영지는 전설의 내용을 기록한 것인데, 주원택은 이를 안내자에게 들은 내용이라고 하였다.

관광지의 안내자는 정해진 동선을 따라 이동을 하면서 주요한 유적과 유물에 대해서는 장소나 유적과 관련된 역사, 전설, 가치 등에 대해 설명해주었다. 근대 이후에는 관광지에서 기념사진을 촬영[33]하기도 했다. 이때 영지와 무영탑의 전설이 기록된 것이고, 이러한 전설의 기록은 "皇鳥寺 奉居壁畵 烏鵲雜새 나라든다 傳詩만 남아잇네" 등에서도 발견된다. 이처럼 전설을 활용하며 기록한 것도 관람 대상에 대한 정보를 보다 정확하고, 자세하게 알려주기 위해서였다. 관광지에 전하는 전설을 그대로 수용하여 기록한 것은 조선 시대 유학자들의 기록 태도와는 변별되는 것이다. 이런 점을 참고할 때, 〈경주유람〉은 자신의 체험을 기록한 글쓰기이기보다 독자를 위한 글쓰기라고 할 수 있다. 이러한 기록 태도도 주원택의 기행가사가 지닌 특징이라 할 수 있다.

3) 국토(國土)에 대한 문학적 형상과 〈금강산풍경가〉

역사적으로 볼 때, 한국인의 대표적인 여행지는 금강산이다. "여행에서의 행적과 목도(目睹)한 경물을 서술"하는 유기(또는 유산기)[34]

---

33 임기현 지음, 안동교 옮김, 『국역 노석유고』, 「금강산유상일기」, 심미안, 2008, 72쪽. "사진 영업을 하는 사람 한 명이 와서 '수석이 뛰어난 경치에서 사진 두 장을 찍으면 무료로 안내해주겠다.'고 하였다."

가 문체로 정착하던 15세기[35] 이후 금강산 유기가 많이 기록되었으며, 1920·30년대에도 금강산은 일본 상업 자본의 유입으로 관광지로 성행하였다. 『금수강산유람기』에 수록된 기행가사가 대부분 1960년대 작품[36]이라는 점을 고려할 때, 주원택이 금강산을 소재로 기록한 〈금강산풍경가〉도 비슷한 시기에 창작되었을 것으로 보인다.

1960년대에 금강산은 휴전선에 가로막혀 한국인이 관광할 수 없는 지역이었다. 또한, 주원택의 기행가사 〈등산가〉, 〈경주유람〉, 〈가산산성유람가〉, 〈관동일대탐승기〉 등에서는 구체적인 일정과 노정이 기록된 반면에, 〈금강산풍경가〉에는 구체적인 일정이 기록되지 않았다. 〈금강산풍경가〉에 기록된 노정도 조선 시대의 유산 노정[37]이나 1940년대의 금강산 관광 노정[38]과 달라서 실제로 답사한 노정

---

34 이종묵은 유산기를 "유산(遊山)의 풍속을 살피고 유산의 체험을 문학적으로 형상화한 기록"(「유산의 풍속과 유기류의 전통」, 『고전문학연구』 12, 한국고전문학회, 1997, 389쪽)이라고 정의하였고, 김혈조는 유기를 "산천을 유람하면서 견문하고 체험한 사실을 기록하는 양식의 글"(「금강산을 노래한 시와 산문」, 유홍준 엮음, 『금강산』, 학고재, 1998, 293쪽)로 보았다.

35 어숙권, 「패관잡기」 2, 『국역 대동야승』 I, 민족문화추진회, 1971, 484쪽.

36 강지혜, 「만재 주원택의 가사 창작과 의식 세계」, 『역사와융합』 16, 바른역사학술원, 2023, 323쪽.

37 정치영, 「금강산유산기를 통해 본 조선시대 사대부들의 여행 관행」, 『문화역사지리』 15(3), 한국문화역사지리학회, 2003, 23쪽. 20세기까지 한양(서울)에서 출발한 많은 여행자들은 "〈단발령〉, 장안사, 명경대, 표훈사, 만폭동, 정양사, 헐성루, 만폭동, 백룡담·흑룡담·비파담·보덕굴·진주담·선담·장경암·화룡담, 마하연, 선안, 수미암, 묘길상·사선교·백화담·금사천, 내무재령, 칠보암, 은선대·십이절폭포·학소대·효운동, 유점사, 고성역, 해금강, 삼일포, 신계사, 구룡연, 고저역, 총석대, 금란굴, 신계사, 온정리"의 노정을 따라 이동하였다.

38 최석로 편, 『금강산:50년만에 다시 보는 우리의 영산』, 서문당, 1998. 1940년대 철도를 이용한 금강산 관광 일정은 당일에서 3일 코스는 내금강 관광으로 '장안사, 명경대, 표훈사, 만폭동, 마하연, 묘길상, 장안사'(당일코스), '장안사, 명경대, 수렴

을 기록한 것인지 의심스럽다. 이런 상황에서 금강산 노정을 중심으로 가사를 창작했다는 사실은 그가 과거의 경험 속에서 금강산을 반추했거나, 혹은 역사기록이나 문학작품을 통한 간접 체험을 통해 습득한 정보로 가사를 창작했으리라 추정된다.

> 世界公園 金剛山은 一萬二千峯 玉芙蓉이
> 我東邦에 特出하야 天下第一 寶物이라
> (중략)
> 塵世俗人 遊覽客들 三金剛을 求景하고
> 如畵如雲 如金如玉 如狂如醉 非夢似夢
> 天下各山 金剛이요 天下公園 金剛이요
> 昔聞金剛山하고 今見金剛山하니
> 今見金剛山이 昔聞金剛이라
> 誰說金剛景하고 難說金剛景이라.　　　　　〈금강산풍경가〉

위의 인용문은 〈금강산풍경가〉의 서사와 결사 부분이다. 주원택은 금강산을 '世界公園', '天下公園'으로 명명하였는데, 이처럼 금강산을 '공원'으로 인식한 것은 일제강점기 이후이다. 근대 이후 공원은 휴식 공간인 동시에 기념식, 박람회와 같은 국가적 축제나 행사를 위해 사용된 장소였다. 국민을 정신적으로 통합하는 의례적인 행위도 주로 공원에서 이루어졌으므로, 공원은 '통합의 공간'이라는 의미

동, 영원암, 망군대, 표훈사, 정양사, 만폭동, 마가연, 백운대, 장안사'(2일과 3일 코스)이며, 4일과 5일 코스는 온정리에서 시작하는 외금강 관광이다.

도 지닌다.[39] 주원택은 금강산에 '유람객'을 등장시켜, 이곳이 여가를
위한 공간인 '관광지'라는 사실을 말하였다. 그는 금강산이 한국만의
공원이 아니라 '世界公園'이며, '天下第一 寶物'이라고 하였다. 금강
산을 세계적으로도 가치를 지니는 근대적인 의미의 공간이자 관광
장소라고 의미를 부여한 것이다. 금강산이 정신사적인 의미를 지닌
특별한 공간으로 장소화한 것이다.

전쟁 이후 금강산은 누구나 가고 싶은 공간이지만, 갈 수 없는
공간이다. 추억이나 상상을 통해서만 갈 수 있었기 때문에 주원택은
"塵世俗人 遊覽客"들의 말을 빌려 금강산을 찬양하면서, 국토에 대
한 사랑을 표현하였다. "昔聞金剛山하고 今見金剛山하니 今見金剛山
이 昔聞金剛이라"고 하였으니, 과거와 현재의 시간 흐름에도, 보고
들었던 그 모습은 변하지 않는다. 불변성을 지님으로써 금강산은 세
상 사람들의 공원이 되었다.

〈금강산풍경가〉는 지명을 통해 공간과 공간이 연결되었다. 그 지
명은 지리적으로 볼 때, 내금강, 외금강, 해금강의 순으로 기록한
것이지만, 이때의 지명은 중의적인 의미를 지닌 표현의 대상이다.

① 咸平天地 늘근 몸이 靈光 歲月 도라 왓다
　　谷城에 숨은 隱士 萬頃蒼波 배를 띠고
　　潭陽으로 도라가니 礪山이 놉핫도다
　　靈岩이 어대메뇨 光州로 차자가니　　　　　　　〈호남지방찬양시〉

---

39 우미영, 「동도의 욕망과 동경이라는 장소(Topos)-1905~1920년대 초반 동경유학
　　생의 기록을 중심으로」, 『정신문화연구』 109, 한국학중앙연구원, 2007, 99~100쪽.

② 斷髮嶺 머리깍고 脫俗塵世 仙境이요

　　百萬大兵 거나라고 太祖峯을 擁護하고

　　玉女峯은 丹粧하야 三千宮女 모여노코

　　無主空山 七寶庵은 三大金佛 모서노코 　　　　　　〈금강산풍경가〉

위의 인용문은 〈호남지방찬양가〉, 〈금강산풍경가〉의 일부로, 지명을 활용하여 가사를 창작하는 방식을 보여주고 있다. 예시한 〈호남지방찬양가〉에는 2음보 1구에 각기 한 개의 호남 지명을 넣어 가사를 창작하면서 53개 고을 전체의 지명을 소개하였다.

인용문 ①의 첫 구인 '咸平天地 늘근 몸이'는 '함평(咸平)'이라는 지명과 '천지(天地)'라는 보통 명사가 조합되어 '모든 것이 올바른 천지'라는 새로운 의미를 만들어 냈다. 이 문장과 대를 이루는 '靈光歲月 도라 왔다'도 동일한 형태를 지니면서 중의적 의미를 생성하였다. '영광(靈光)'은 고유 지명인 '영광'이면서 세월의 지시적 의미인데, 이들이 결합하여 '신령스럽고 성스러움이 빛나는 세월'이라는 의미로 해석[40]될 수 있다. 이러한 중의적 표현 방법은 조선 후기의 민요, 시조, 한시 등에서 사용되던 방식인데, 〈금강산풍경가〉에서도 사용되었다.

"斷髮嶺 머리깍고 脫俗塵世 仙境이요"는 고유 지명 '단발령(斷髮嶺)'과 '머리 깎고'라는 어휘가 결합하여 의인법으로 표현되었다. '머리를 깎다'의 사전적 의미는 "상투를 튼 머리나 긴 머리털을 짧게 자른다"이지만, "부나 명예 따위 현실적인 이익을 추구하는 생활이

────────────────

40　이수진, 앞의 논문, 109쪽.

나 생각에서 벗어남"을 의미하는 '脫俗塵世'를 비유하는 표현으로
자주 사용되었다. 주원택은 후자의 의미로 '머리를 깎다'를 사용하였
는데, 이러한 표현방법은 주체를 '단발령'에 한정하여 금강산의 '단
발령'이 선경이라는 새로운 의미를 만들어 내었다. 이처럼 주원택은
자유연상법[41]으로 적합한 어휘를 찾아내고 새로운 의미를 부여하였
는데, 이것은 〈금강산풍경가〉의 특징이다.

  "百萬大兵 거나라고 太祖峯을 擁護하고"에서는 금강산의 '太祖峯'
을 설명하기 위해 '百萬大兵'과 '擁護'를 제시하였다. 이렇게 하여 태
조봉이 장엄(莊嚴)한 형태의 봉우리임을 알렸다. "玉女峯은 丹粧하야
三千宮女 모여노코"에서는 '玉女峯'이라는 고유 지명을 설명하기 위
해 '곱게 꾸미다'는 의미의 '단장(丹粧)'을 제시했을 뿐 아니라, 백제
의자왕 전설에 등장하는 '삼천궁녀'를 소환하였다. "無主空山 七寶庵
은 三大金佛 모서노코"에서는 〈아미타경〉에서 금·은·청옥·수정·
진주·마노·호박 등 7가지의 보배를 의미하는 '七寶'로 작은 암자를
설명하고 있다. 이 표현에서 '三大金佛'의 유무보다는 '金佛'의 화려
한 이미지가 중요했다.

  〈금강산풍경가〉에는 이처럼 자유연상과 중의법을 활용한 표현
방법만 아니라, 전설·고사 등을 활용하여 금강산의 풍경을 알려주
고 있다. 전설은 관광지의 '장소성'을 구성하는 요소 중 하나인데,
이것을 부각한 것은 인문지리적 전통을 계승한 것이다.

---

41 백맹숙·김관배, 「언어적 자유연상법을 활용한 광고디자인 교육에 관한 연구」, 한국
    디자인학회 학술대회 발표논문, 2006, 168쪽. "언어적 자유연상법은 상상에 의해서
    떠오르는 우연하고 단편적인 사물이나 사건의 이미지를 언어적인 표현에 의해 자유
    롭게 나열하고 재구성하여 하나의 의미 있는 형태로 조직, 창조하는 것을 말한다."

　　奇蹟에　夫婦岩은　一男一女　探勝타가
　　精神이　陶醉되여　萬年化石　되엿는지
　　晝間에는　各石하고　夜間에는　合石하니　　　　　　〈금강산풍경가〉

　위의 인용문은 〈금강산풍경가〉에 기록한 '夫婦岩'에 관한 전설이
다. 주원택은 "晝間에는 各石하고 夜間에는 合石"하는 부부암 전설을
제시하고 있는데, 전국적으로 분포하고 있는 망부석 전설의 한 유형
이라 할 수 있다. 금강산에는 불교가 정착하는 과정을 형상화한 전설
이 많은데, 부부가 탐승(探勝)하다가 화석이 되었다는 전설을 환기하
여 금강산이 일상적인 공간이 아니라 환상의 공간이라는 사실을 알
려준다. 이렇게 볼 때, 〈금강산풍경가〉는 직접적인 체험을 기록한
기행가사가 아니며, 기록자의 의도는 금강산이 지닌 정신사적 의미
에서 찾아야 할 것이다.

　정신사적 의미를 지닌 공간으로, 국토를 이해하는 태도는 〈대한
자랑〉, 〈등남산공원찬〉 등에서도 찾아볼 수 있다. 주원택은 〈대한자
랑〉의 서사와 결사 마지막 구절[42]에서도 '遊覽'을 제시하고 있으나,
이 가사는 기행을 소재로 한다기보다는 한국에 대한 긍지를 표현한
것이다. 이러한 정신적인 의미를 금강산 유람으로 드러내는 태도도
〈금강산풍경가〉에서 발견되는 특징이라 하겠다.

42　"物外閑生 이내몸이 勝地江山 遊覽次로 淸風明月正法海에 大道灵船 잡아타고 泛彼中
　　流 떠나가서 六大洲를 두루도라 大韓땅을 다다르니 萬國和氣 여기로다 (중략) 아마
　　도 우리大韓民國 地上에 天國이 分明하다."〈大韓자랑〉

4. 결론

주원택은 1990년 8월에 「금수강산유람기(錦繡江山遊覽記)」를 편찬하였다. 이 자료집은 주원택이 1960년대에 기록한 32편의 가사, 한시, 산문과 김대헌의 가사 2편를 수록한 『금수강산유람기』와 주원택이 필사한 10편의 가사를 수록한 『가사집』의 합본으로 구성되었다. 그는 생활 가까이에 있던 담배·화투·숫자, 생활·여행 등에서의 감회는 물론 역사적 사건을 소재로 삼아서 가사 등을 기록하였다. 이 기록에는 생활사, 한국의 자연과 국토, 일제강점기 이후의 근·현대사가 반영되었다. 최근에는 『금수강산유람기』에 수록된 이들 작품의 전승 맥락에 관한 연구가 활발하게 진행되었다.

그의 자료집에는 여행의 직·간접적인 체험을 기록한 〈등산가(登山歌)〉, 〈금강산풍경가(金剛山風景歌)〉, 〈경주유람(慶州遊覽)〉, 〈가산산성유람가(架山山城遊覽歌)〉, 〈관동일대탐승기(關東一帶探勝記)〉 등 5편의 기행가사가 수록되었다. 본 논문에서는 『금수강산유람기(錦繡江山遊覽記)』 소재 5편의 기행가사를 '유산(遊山)의 체험적 기록', '역사유적의 객관적 기록', '국토(國土)에 대한 문학적 형상'으로 분류하고, 개별작품의 서술적 특징과 의미를 살펴보았다. 일반적으로 기행가사에는 기록자의 '유산 체험', '역사유적의 견문', '국토에 대한 문학적 형상' 등이 혼재되어 나타나지만, 주원택의 기행가사에는 이러한 내용이 집중적으로 표현되고 있어 여타의 기행가사와 구별되기 때문이다.

기행가사 중에서 〈등산가〉, 〈가산산성유람가〉, 〈관동일대탐승기〉는 자신의 관광 체험을 중심으로 기록하였다. 이들 여행지는 실

제의 체험을 바탕으로 시간 순서에 따라 기록하였기 때문에 현장성
이 잘 나타나고 있다. 〈경주유람〉은 관광버스를 빌려서 단체 관광을
한 것을 기록한 것이다. 객관적인 정보를 중점적으로 제시하면서도
기행가사의 일반적인 특징이라 할 개인의 흥취 등은 발견하기 어렵
다. 이는 타인을 위한 여행지침서로서 의미를 지니지만, 개인의 소회
등의 표현이 적다. 〈금강산풍경가〉는 실제 체험을 기록한 것이기보
다 지명의 중의성을 활용하여 장소를 문학적으로 표현하였다. 이러
한 표현은 문학적 상상력을 기반으로 이루어진 것이니만큼 실제 체
험의 기록으로 보기는 어렵다.

주원택의 기행가사에는 1960년대의 시대적·사회적 영향이 반영
되었다. 기행가사는 개인의 직·간접적인 유람의 기록일 뿐만 아니
라 가사를 향유하는 독자를 위한 객관적이면서도 정확하고 사실적
인 정보전달의 기능도 하였다. 전통적인 가사 양식을 현대까지 지속
하였다는 점에서 이들 기행가사의 계승이라는 측면도 중요한 의미
를 지닌다. 또한 관광지의 문화와 역사, 문화재 등에 관한 사료적
가치와 의의도 갖는다.

〈호남가〉류 시가 작품의 전승 맥락과 〈호남지방찬양시〉의 발굴 검토

이수진

1. 머리말

조선후기에는 지명을 소재로 창작한 시가 작품들이 출현하였다. 영남의 72개 지명을 넣어 지은 〈영남시〉나 호남의 53개 지명을 넣어 지은 〈호남시〉 등이 한시로 지어졌다. 그것은 충청도 지명을 사용한 〈호서가〉나[1] 경상도 지명을 활용한 〈영남가〉 등처럼 가사로도 지어졌다. 지명을 소재로 한 시가 작품은 이외에도 장타령과 민요, 판소리 단가에 이르는 여러 양식이 있었다.

지명시란 지명을 엮어서 그 자체로 시어를 삼아 시적 의미 구조를 형성하고 있는 시가 작품들을 말한다.[2] 지명시류는 지명한시, 지명가

---

1 허흥식, 「새로운 가사집과 호서가」, 『백제문화』 11, 공주대학교 백제문화연구소, 1978. 73쪽. 박미영에 의하면, 〈호서가〉는 여러 이본이 존재한다. 이본에 따라 47(허흥식본), 48(한국민요본), 49(노린칙본), 54(해동유요본, 충청보감본)개의 충청 지명이 사용되고 있었다(「『노린칙』 소재 「호서가」의 구성 원리와 의미」, 『한민족어문학』 45, 한민족어문학회, 2004, 281~314쪽). 그리고 김일근에 의해 발굴된 〈호서별곡〉은 충청도 지명을 사용하고 있지만 〈호서가〉와 전혀 다른 지명가사도 있었다(「신자료 「호서별곡」에 대하여」, 『국어국문학』 91, 국어국문학회, 1984, 295~302쪽).

사, 장타령, 판소리 단가 〈호남가〉, 지명민요 등이 해당한다.[3] 그런데 〈호남가〉는 〈영남가〉나 〈호서가〉와 다른 양상을 보인다. 〈호남가〉는 〈영남가〉나 〈호서가〉와 달리, 가사에 머물지 않고 판소리 단가로 확대되었다. 그것은 신재효의 〈호남가〉가 가사를 저본으로 판소리 단가로 재창작되어 폭넓게 불리며 전승되는 사례를 확인할 수 있기 때문이다.[4]

　지명시가는 한시와 가사 작품으로 널리 유포되었다. 그런데 같은 부류라도 〈호남시〉와 〈호남가〉가 다른 지명시류보다 널리 유포되어 전승된 특징을 보인다. 뿐만 아니라 이본도 〈호남가〉가 훨씬 많았다. 이는 〈호남가〉가 가사에서 판소리 단가나 잡가로 분화되어 가창되었기 때문으로 보인다.[5]

　이 논문에서 소개하는 〈호남지방찬양시(湖南地方讚揚詩)〉도 조선후기 이래로 존재했던 〈호남가〉의 맥락에서 근대시기에 나타난 호남가류 시가 작품이다. 조선후기 이래로 호남 지명을 사용한 호남가류 시가 작품은 일제강점기까지 한시와 가사를 비롯하여 판소리 단가와 잡가, 그리고 장타령과 민요 등으로 창작되며 가창되고 있었다. 이번에 나온 〈호남지방찬양시〉는 이를 계승하여 광복 이후에 나온

2　김석회, 「조선후기 지명시의 전개와 위백규의 〈여도시〉」, 『고전문학연구』 8, 한국고전문학회, 1993, 175쪽.

3　위의 논문, 175쪽.

4　권순회, 「신재효 단가의 재조명」, 『판소리연구』 27, 판소리학회, 2009, 12쪽.

5　〈영남가〉는 지명가사라는 특성으로 해당 지역을 중심으로 유통되었다. 반면에 〈호남가〉는 여타 지명가사와 달리, 판소리의 본향이라는 지역적 특성으로 인해 단가로 재창작되어 지명가사의 지역적 한계를 넘어 폭넓게 유통될 수 있었기 때문으로 본다(위의 논문, 13~14쪽).

새로운 호남가류 시가 작품으로 보인다. 따라서 본고에서는 〈호남지방찬양시〉를 원문과 함께 소개하고 그것의 표현 방식과 작품 내용을 중심으로 검토하고자 한다.

2. 〈호남가〉류의 계보와 전승 맥락

호남 지명을 중의적으로 활용하여 호남 지방의 아름다운 경관과 풍속을 노래한 지명시가는 국문체보다 한시체가 먼저 나왔다. 조선 후기 죽봉(竹峰) 고용즙(高用楫, 1672~1735)의 〈남정부(南征賦)〉나 작자 미상의 〈호남시〉가 국문시가인 〈호남가〉의 출현에 앞서 호남 지명으로 작품을 형상화하고 있었기 때문이다. 그리고 〈호남가〉는 가사 양식이 판소리 단가보다 앞서 존재하였다. 그리고 이들 작품들은 모두 호남 지명을 이중자의(二重字義)로 형상화하는 특성을 갖고 있었다.

〈보기1〉

國勢固而鎭安	나라 형세는 견고하여 진안(鎭安)하고
世道和而淳昌	세상 도덕은 화평하여 순창(淳昌)하다.
設春臺而咸平	춘대를 베풀어 모두가 함평(咸平)하고
回壽域而高敞	수역을 돌이키니 고창(高敞)하네.　　　〈南征賦〉[6]

6　〈南征賦〉(高用楫, 『竹峰集』 卷1, 유재영 소장본)

〈보기2〉

天以高山作長城　하늘 높은 산〔高山〕으로 긴 성〔長城〕을 쌓고

一國咸平通全州　나라의 화평(咸平)은 모든 고을(全州)로 통한다.

靈巖形勢鎭海南　신령스런 바위〔靈巖〕의 형세는 바다〔海南〕를 보호
　　　　　　　　하고

寶城奇麗重金溝　보배로운 성〔寶城〕의 화려함은 황금 도랑〔金溝〕에
　　　　　　　　겹쳐 있다.　　　　　　　　　　　〈湖南詩〉[7]

〈보기3〉

聖君이 興德ㅎㅅ 順天命을 ㅎ시도다

万民이 咸悅ㅎ니 擊壤歌聲 이로다

　(중략)

蓬萊山 珍島 가셔 赤松子을 만나 보고

峰峰이 旌義오 골골이 大靜이다.　　　　　　　　〈湖南歌〉[8]

〈보기4〉

高山에 아침 안기 靈岩에 둘너잇고

泰仁ㅎ신 우리션군 영학을 長興ㅎ니

三臺六卿은 順天心이요 方伯守令은 鎭安民이라

人心은 咸悅이요 風俗은 和順이니　　　　　　　〈호남가〉[9]

7　〈湖南詩〉(구사회 소장본)

8　李用基, 〈湖南歌〉(『樂府』, 고려대학교 중앙도서관 소장)

9　강한영, 〈호남가〉, 『신재효 판소리 사설집(全)』, 민중서관, 1971, 668쪽.

위의 〈보기1〉은 1700년에 고용즙이 지은 〈남정부〉의 일부이고,[10] 〈보기2〉는 작자 미상의 〈호남시〉 일부분이다.[11] 이들 작품은 둘 다 한문 양식으로 지어졌지만, 전자는 사부체이고 후자는 과체시 형식 이다. 둘 다 조선시대의 전라도 56개 고을 지명을 사용하였다. 이 중에서 우리에게 익숙한 작품은 〈보기2〉의 〈호남시〉이다. 그렇지만 창작 시기는 〈보기1〉의 〈남정부〉가 앞선다. 다만 〈남정부〉는 내용 이 어렵고 어휘가 난삽하여 이해하기 어렵다. 반면에 〈호남시〉는 세련된 표현과 이해하기 쉽고 흥미로운 내용으로 대중에게 많이 알 려졌다.

〈보기3〉과 〈보기4〉는 국문 시가인 〈호남가〉의 일부이다. 〈보기 3〉은 일제강점기에 이용기가 전래하던 가사 작품을 채록한 것이다. 〈보기4〉는 신재효가 당시에 유통되던 가사를 판소리 단가로 개작한 것이다. 이용기의 〈호남가〉는 1930년을 전후로 『악부』에 수록된 만 큼 문헌상으로는 신재효의 단가가 앞선다. 하지만 이용기의 『악부』 는 이전 시기부터 전해지던 자료를 필사하고 그것에 다른 작품들을 첨가하여 편찬한 것이었다.[12]

위의 예문에서 줄 친 부분은 당시 전라 감영에 소속된 지명이다. 이들 작품에서 지명은 그 차제로 끝나는 것이 아니라 작품 속에 용해 되어 또 다른 문맥적 의미를 형성한다. 예로써 〈보기1〉의 '國勢固而

---

10 유재영, 「죽봉 고용즙의 남정부에 대한 고찰」, 『한국언어문학』 22, 한국언어문학회, 1983, 125~138쪽.

11 구사회는 새로운 자료의 발굴·검토 과정에서 〈호남시〉를 김삿갓의 작품으로 비정 한 바 있다(「새로 발굴한 김삿갓의 한시 작품에 대한 문예적 검토」, 『국제어문』 35, 국제어문학회, 2005, 133~161쪽).

12 임기중, 「악부 해제」, 『영인본 교합 악부』, 태학사, 1982. 1~20쪽.

鎭安 世道和而淳昌'에서 줄 친 부분 '진안(鎭安)'과 '순창(淳昌)'은 지명이기도 하지만 '나라 형세는 견고하여 진정하여 평안하고(鎭安), 세상 도덕은 화해서 순박하고 창성하네(淳昌).'의 문맥적 의미를 갖는다. 〈보기2〉의 '天以高山作長城, 一國咸平通全州'도 마찬가지이다. '고산(高山)', '장성(長城)', '함평(咸平)', '전주(全州)'는 지명이지만 '하늘은 높은 산(高山)으로 긴 성(長城)을 쌓고 / 나라가 모두 화평함(咸平)은 모든 고을(全州)로 통한다.'라는 뜻을 갖는다. 〈보기3〉의 '聖君이 興德ᄒᆞᄉᆞ 順天命을 ᄒᆞ시도다'도 풀어보면 '성군이 덕이 흥성하시어 천명을 따르시도다.'의 뜻이 된다. 〈보기4〉의 '高山에 아침 안기 靈岩에 둘너잇고'는 '높은 산(高山)의 아침 안개, 신령스런 바위(靈岩)에 둘러있고'의 뜻이 된다. 이처럼 〈호남가〉류 시가 작품들은 모두 지명과 함께 또 다른 문맥적 의미를 내포하는 이중자의(二重字義)의 중의적 표현 수법을 사용하고 있다.

한편, 이용기의 『악부』 소재 〈호남가〉와 신재효의 〈호남가〉를 비교해보면, 지명 사용에 서로 차이가 있다. 『악부』에 수록된 〈호남가〉는 앞서 출현했던 한시체 〈남정부〉나 〈호남시〉의 전라도 56개 지명과 일치한다. 반면에 신재효본 〈호남가〉에서는 '진산(珍山)'이 빠지고 '법성(法聖)'이 들어가 있다. 그리고 제주 지명 '정의(旌義)'와 '대정(大靜)'이 제외되어 54개 지명으로 축소되고 있었다. 이를 놓고 볼 때, 『악부』 소재 〈호남가〉는 〈호남시〉와 친연성이 강하고, 신재효본은 그러한 가사를 텍스트로 삼아 개작된 것으로 보인다. 따라서 국문시가 호남가류는 이용기의 『악부』에 수록된 〈호남가〉가 신재효의 〈호남가〉보다 시기적으로 앞선 형태의 작품이라고 규정할 수 있다.

　정리해보면, 〈호남가〉류 지명시가는 한시 양식이 가장 먼저 나왔고, 이를 바탕으로 가사 양식의 〈호남가〉가 지어진 것으로 추측된다. 그리고 가사 양식의 〈호남가〉는 신재효를 기점으로 가사 작품과 판소리 단가로 분화된다. 이용기의 『악부』에 수록된 〈호남가〉는 조선후기 가사를 전승한 것이고, 신재효의 〈호남가〉는 그러한 가사체 작품을 텍스트로 삼아서 판소리 단가로 개작한 것으로 볼 수 있다.

　오늘날 남아 있는 자료들을 살펴보면, 〈호남가〉는 여러 이본을 갖고 있다. 최승범은 신재효의 판소리 단가 〈호남가〉를 포함하여 8종의 〈호남가〉를 앞서 확인하였다.[13] 이어서 이혜화는 『해동유요』에 수록된 〈호남가〉를,[14] 강한영은 「천리대본」〈호남가〉 2편을,[15] 이상원은 『고가요기초』에 수록된 〈호남가〉를[16] 발굴해냈다. 이외에도 여러 작품이 확인되고 있다. 이들 〈호남가〉는 크게 가사와 단가 계열로 대별되는데, 정익섭본, 해동유요본, 천리대본, 악부본, 고가요기초본이 가사 계열에 해당한다.[17] 그런데 이들 〈호남가〉의 가사와 단가에서 후대 전승은 가사보다 단가를 중심으로 이어졌다.[18] 이 과정에서 〈호남가〉는 읽거나 읊는 가사에서 부르는 단가로 그 중심축이 바뀌어 전승되며 오늘에 이른다는 것을 알 수 있다.

13　최승범, 「호남가에 대한 소고－「전북민요연구」 노우트에서」, 『논문집』 9, 전북대학교, 1967, 47~60쪽.

14　이혜화, 「해동유요 소재 가사고」, 『국어국문학』 96, 국어국문학회, 1986, 93쪽.

15　강한영, 「호남가 새 자료에 대하여」, 『동리연구』 창간호, 동리연구회, 1993.

16　이상원, 「고가요기초에 대하여」, 『인문학연구』 36, 조선대학교 인문학연구원, 2008.

17　권순회, 앞의 논문, 12쪽.

18　이진원, 「단가 호남가 형성과 변화 연구」, 『한국음반학』 10, 한국고음반연구회, 2000, 197쪽.

　이러한 〈호남가〉류 시가 작품의 전승 맥락에서 〈호남지방찬양시〉가 그것과 맺고 있는 관련성을 탐색할 필요가 있다. 〈호남지방찬양시〉는 제목처럼 판소리 단가로 부르는 노래가 아니라 읽거나 읊조리는 가사 양식으로 지어진 것으로 여겨진다. 작품 양식이 주로 4·4조를 기본단위로 반복되는 전형적인 가사 형태이다. 게다가 〈호남지방찬양시〉의 첫 어구인 '咸平天地 늘근 몸이 靈光 歲月 도라 왓다'가 '咸平天地 늘근 몸이 光州 故鄕 바리보니'로 시작하는 신재효의 〈호남가〉와 유사하다. 게다가 다음 장에서 다시 논의하겠지만 표현 수법도 그와 비슷하다. 따라서 〈호남지방찬양시〉는 신재효의 판소리 단가인 〈호남가〉를 전범으로 삼아서 새롭게 지은 작품으로 보인다. 다만, 신재효본이 가창을 전제로 하고 있었다면, 주원택의 〈호남지방찬양시〉는 가창이 배제되고 읽거나 읊조리는 가사 작품으로 창작된 것이다.

3. 새로운 근대가사 〈호남지방찬양시〉의 발굴 검토

　여기에서는 먼저 〈호남지방찬양시〉가 실려 있는 자료집을 살펴보고, 〈호남지방찬양시〉의 작품 원문을 소개하도록 한다. 이어서 〈호남지방찬양시〉를 호남가류 시가의 정전 작품이라고 할 수 있는 신재효본 〈호남가〉와의 비교를 통해 검토할 필요가 있다. 왜냐하면 이를 통해 〈호남지방찬양시〉의 면모가 보다 확실하게 드러나기 때문이다.

1) 자료 발굴

〈호남지방찬양시〉는 선문대 구사회 교수가 소장하고 있는 『금수강산유람기(錦繡江山遊覽記)』라는 표제의 서책에 수록되어 있다. 『금수강산유람기』는 다시 「금수강산유람기」와 「가사집(歌詞集)」이라는 두 개의 편명으로 구분되는데, 〈호남지방찬양시〉는 「금수강산유람기」편에 〈영남지방찬양시〉와 〈충청지방찬양시〉와 함께 수록되어 있다. 「금수강산유람기」편에는 이들 작품 이외에도 〈한글뒤푸리〉, 〈수자가(數字歌)〉를 비롯한 모두 34편의 시가 작품이 들어있다.[19] 반면에 「가사집」편에는 〈각세가(覺世歌)〉를 비롯한 10편의 시가 작품이 수록되어 있다. 이를 살펴보면 「금수강산유람기」편에는 지금까지 알려지지 않은 새로운 작품이 많고, 「가사집」편의 대부분은 이미 알려진 시가 작품들이다.

『금수강산유람기』는 단기 4323년(서기 1990) 만재(晩齋) 주원택(朱元澤)에 의해 정리된 것으로 볼 수 있다.[20] 왜냐하면 「금수강산유람기」와 「가사집」의 말미에 만재 주원택이 각각 '필자(筆者)'와 '필사(筆寫)'를 했다고 구분해서 기록하고 있기 때문이다. 이는 「금수강산유람기」에 수록된 대부분은 주원택이 창작하거나 정리한 시가 작품

---

19 이들 작품은 대부분이 국문시가인 가사 작품이지만 〈百樂詩〉나 〈酒字詩〉, 그리고 〈勸學文〉과 같은 한시도 수록되어 있다.

20 「금수강산유람기」편의 말미에 '檀紀 四三二三年 庚午 八月 筆者 晩齋 朱元澤'이, 「가사집」편의 말미에 '檀紀 四千三百二十三年 庚午 八月 筆寫 晩齋 朱元澤'이라고 적혀 있다. 그렇지만 여기에 수록된 작품들은 대개 1950~1960년대에 창작된 것으로 여겨진다. 자료집에 수록된 〈숫자가〉나 〈담배노래〉도 1960년대 정도에 지어졌다. (하경숙·구사회, 「숫자노래의 전승 맥락과 새로운 근대가사 〈수자가(數字歌)〉의 문예적 검토」, 『동방학』 43, 한서대학교 동양고전연구소, 2020, 213~238쪽; 하성운, 「새로운 근대가사 〈담배노래〉의 표현 방식과 작품 세계」, 『동아인문학』 52, 동아인문학회, 2020, 140~154쪽.)

을, 「가사집」에 수록된 것은 이미 알려진 타인의 작품을 필사한 것을 의미한다. 게다가 「금수강산유람기」에 수록된 작품이라도 타인의 작품에 대해서는 이를 밝히고 있기 때문이다.[21]

〈호남지방찬양시〉는 「금수강산유람기」에 앞뒤로 함께 수록되어 있는 〈영남지방찬양시〉와 〈충청지방찬양시〉와 관련지어 살펴볼 필요가 있다. 필자인 만재 주원택은 앞부분에다 작자가 안동(安東) 김대헌(金大憲)이라는 〈백락시(百樂詩)〉와 〈주자시(酒字詩)〉의 원문을 수록하였다. 이어서 지명가사인 〈영남지방찬양시〉·〈호남지방찬양시〉·〈충청지방찬양시〉를 수록하고 다른 국문시가 작품들을 줄줄이 적고 있다.

이들 세 편의 지명가사는 모두 해당 지역의 지명을 활용하여 짓고 있는데, 조선후기에 나온 지명가사의 표현 방식이 비슷하다. 〈영남지방찬양시〉는 영남의 71개 고을의 지명, 〈호남지방찬양시〉는 호남의 53개 고을 지명, 〈충청지방찬양시〉는 호서의 55개 고을 지명이 각각 사용되고 있었다. 〈호남지방찬양시〉의 작품 원문은 다음과 같다.

> 〈湖南地方讚揚詩〉, 五十三州
> 咸平天地 늘근 몸이 靈光 歲月 도라 왔다
> 谷城에 숨은 隱士 萬頃蒼波 배를 띄고
> 潭陽으로 도라가니 礪山이 놉핫도다
> 靈岩이 어대메뇨 光州로 차자가니

---

21 예를 들어, 〈百樂詩〉와 〈酒字詩〉에 대해서는 편명에 '著者 安東 金大憲'이라고 적었고, 〈담배노래〉는 본문 제목 아래 '檀紀 四二九七年 頃 安東 金大憲'이라고 적시하고 있기 때문이다.

光陽은 景氣도 좃코 高敞은 길도 널다

羅州平野 널분 天地 興陽은 乾坤이라

順天命而 自然으로 泰仁德化 되엿도다

以濟蒼生 濟州하니 鎭安世上 더욱 조타

峯峯이 雲峯이요 疊疊이 益山이라

瑞雲이 長興하니 高山鳳凰 춤을 춘다

龍潭에 잠든 龍이 四時로 龍安이라

處處마다 金溝水요 谷谷마다 沃溝로다

和順風이 自來하니 人人마다 咸悅이라

草木이 茂長하니 南原에 暮春이라

綾州에 丹靑하니 錦山이 添花로다

나무나무 任實이요 가지가지 玉果로다

臨陂高而 望見하니 古阜가 節介로다

海南에서 오는 배는 南平에다 매여두고

茂朱深山 차자가니 脫俗直人 樂安이라

五福으로 同福하니 四海가 寶城일세

四八通窓 井邑하니 億兆蒼生 淳昌하고

禮義東邦 求禮하니 坊坊曲曲 興德하고

人王全州 도라보니 扶安世上 되엿도다

壽福康寧 康津하니 半島大韓 珍島로다

務安으로 希望하니 昌平時節 이 안인가

長水에서 沐浴하고 金堤에 올나 보니

四海가 長城으로 天下第一 湖南이라[22]

2) 작품 검토

〈호남지방찬양시〉는 〈호남가〉처럼 조선후기 전라 감영에 소속된 53개 지명을 활용하여 지은 지명가사이다. 호남 지명은 삼국시대에 우리말로 된 지명이 한자의 음훈을 빌려 표기되었다. 그러다가 8세기인 신라 경덕왕 16년에 대부분의 지명들이 한문 위주로 바뀌어 후대로 이어졌다. 조선시대에 전라도는 56개의 주부군현으로 정착되었다. 그래서 지명 한시인 〈호남시〉는 56개의 전라 지명이 사용되고 있었다.[23] 반면에 신재효의 판소리 단가인 〈호남가〉는 54개의 지명이 사용되고 있지만,[24] 다른 지명 가사는 이본에 따라 넘나듦이 많았다.[25] 호남의 53개 지명을 활용하고 있는 〈호남지방찬양시〉는 다음 예시처럼 〈호남가〉의 창작 기법을 따르고 있었다.

〈보기1〉

咸平天地 늘근 몸이 光州 故鄕 바릭보니

濟州漁船 비러틱고 海南의로 건네올졔

興陽의 도든힉는 寶城에 빗쳐잇고

高山에 아침안긱 靈巖에 둘너잇고   〈호남가〉[26]

22 〈湖南地方讚揚詩〉(『錦繡江山遊覽記』, 구사회 소장본)
23 구사회, 앞의 논문, 133~161쪽.
24 〈호남가〉는 제주도의 '大靜'과 '旌義'가 들어가기도 한다. 반면에 〈호남지방찬양시〉에는 '제주'만 들어가고 '大靜'과 '旌義'는 없다.
25 최승범, 앞의 논문, 47~60쪽.
26 강한영, 앞의 책, 668쪽.

〈보기2〉

咸平天地 늘근 몸이 靈光 歲月 도라 왓다

谷城에 숨은 隱士 萬頃蒼波 배를 띠고

潭陽으로 도라가니 礪山이 놉핫도다

靈岩이 어대메뇨 光州로 차자가니　　　　　　　　　　〈호남지방찬양시〉

　〈보기1〉은 19세기 말엽에 신재효가 가사를 개작한 단가 〈호남가〉이고, 〈보기2〉는 광복 이후 만재(晩齋) 주원택(朱元澤)이 정리한 〈호남지방찬양시〉이다. 둘 다 '咸平天地 늘근 몸이'라는 어구로 시작하면서 호남 지명을 활용하고 있다. 이들 노래는 2음보 1구에 각기 한 개의 호남 지명을 넣고 있다. 첫 구인 '咸平天地 늘근 몸이'는 '함평(咸平)'이라는 고유 지명과 '천지(天地)'라는 보통 명사가 조합되어 의미를 구성한다. 그렇지만 '咸平天地 늘근 몸이'는 그것에 머물지 않고 '두루 화평하고 부족함이 없는 세상의 늙은 몸이'라는 또 다른 중의적 문맥을 내포한다. 그래서 〈보기1〉의 '光州 故鄕 바릭보니'도 고유 지명인 '광주(光州)'라는 고향의 지시적 의미이면서 동시에 '광명한 고향을 바라보니'라는 이중적 의미를 갖고 있다. 〈보기2〉의 '靈光 歲月 도라 왓다'도 '영광(靈光)'이라는 지시적 지명과 함께 '신령한 빛의 시절이 돌아왔다'라는 중의를 갖고 있다. 〈호남지방찬양시〉에서의 이러한 중의적 표현 기법은 작품 전체를 관통하고 있다.

　이와 같이 문학 작품에서의 어휘가 지시적인 일차적 의미에 머물지 않고 또 다른 문맥적 의미를 생성하는 것은 이중자의(二重字義) 내지 일자이의(一字二義)의 표현 방식이다. 쉽게 말해서 문맥이 이렇게도 읽히고 저렇게도 해석되는 바, 그것은 일종의 말장난 내지 언어유희라고 말할 수 있다. 이것은 동음이의어나 발음이 비슷한 어휘를 활용하여 다른 의미를 전달하거나 암시한다.

　지명을 통한 이중자의의 표현 방식은 〈호남가〉에 처음 나타난 것이 아니다. 아래 용례를 보면, 이것은 그 이전인 19세기 중기의 김삿갓(1807~1863)을 비롯한 한시에서 희화화 방식으로 나타나던 표현 방식의 하나였다. 더 나아가 이러한 표현 방식은 이미 18세기 전기에 활동했던 죽봉(竹峰) 고용즙(高用楫)의 〈남정부(南征賦)〉에서도 나타난다.[27]

　　〈보기3〉
　　<u>吉州</u>吉州不吉州　　'길주'·'길주' 하지만 좋은 고을이 아니고
　　<u>許可</u>許可不許可　　'허가'·'허가' 하지만 허가하지 않는다.
　　<u>明川</u>明川人不明　　'명천'·'명천' 하지만 사람은 밝지 못하고
　　<u>漁佃</u>漁佃食無魚　　'어전'·'어전' 하지만 식탁엔 고기가 없다.
　　　　　　　　　　　　　　　　　　　　　　〈吉州 明川〉[28]

　　〈보기4〉
　　國勢固而<u>鎮安</u>　　나라 형세가 견고해서 진정되어 안전하고
　　世道和而<u>淳昌</u>　　세상 도의가 화평해서 순박하고 창성하다.
　　設春臺而<u>咸平</u>　　춘대[29]를 베푸니 모두 평화롭고
　　回壽域而<u>高敞</u>　　수역[30]을 돌이키니 높이 드러나네.　　〈南征賦〉[31]

───────────
27　유재영, 앞의 논문, 125~138쪽.
28　이응수 편, 〈吉州 明川〉, 『김삿갓 풍자시 전집』, 실천문학사, 2006, 109쪽.
29　춘대(春臺)를 베풀었다는 것은 태평성세를 만들기 위해 노력했다는 뜻.

〈보기3〉에서 '길주(吉州)'와 '명천(明川)', 그리고 '어전(漁佃)'은 함경북도 지방의 지명이다. 그리고 '허가'는 성씨이다. 여기에서 이들 어휘는 작자가 시적 대상을 조롱하며 힐난하는 내용으로 활용되고 있다. 이들 어휘는 지명이나 성씨 등의 고유명사로 쓰이면서 한편으로 보통 명사나 동사의 이중 자의로 해석된다. 여기 첫 구에서 '길주'가 세 번 나오는데, 앞의 둘은 지명으로 고유명사이고, 마지막은 '길한 고을'이라는 보통명사를 뜻한다. '명천'도 지명이지만 '불명'은 현명하지 못하다는 의미이다. '허가'도 마찬가지이다. 앞의 '허가' 둘은 성씨를 뜻하고 마지막은 '허가하다'라는 동사이다. '어전'도 지명이지만 풀이하면 '고기를 잡는다.'라는 의미이다. 그런데 '어전'에 가보니 식탁에 고기가 없다고 하면서 인심이 야박한 것을 풍자한 것이다.

〈보기4〉는 〈남정부〉의 일부인데, 줄친 부분은 고유 지명이면서 동시에 용언으로 해석되기도 한다. 그래서 '진안(鎭安)'은 지명을 살리면 '나라 형세가 견고하여 진안이고'가 되고, 풀어 해석하면 '나라 형세가 견고해서 진정되어 안전하다'라는 의미로 해석된다. 마찬가지로 '순창(淳昌)'도 지명을 살리면, '세상 도리가 화평하여 순창이고'가 되고, 풀어 해석하면 '세상 도리가 화평해서 순박하고 창성하다'라는 의미가 된다.

이처럼 시가 작품에서 지명을 중의적으로 사용하여 시적 재미를 불러일으키는 작시법이 조선후기에 널리 자리를 잡고 있었다. 그리고 이러한 시작품을 많이 남긴 사람이 19세기의 김삿갓이었다. 그런

---

30 수역(壽域)은 잘 다스려지는 세상이라는 의미.

31 高用楫, 『竹峰集』 卷1, 〈南征賦〉.

데 근대에 이르러서도 조선후기 이래로 전승되던 그와 같은 이중자의의 작시법이 〈호남지방찬양시〉로 이어지고 있다는 것을 확인할 수 있다.

뿐만 아니라 〈호남지방찬양시〉가 19세기 〈호남가〉를 영향을 받았다는 것은 상호텍스트성 측면에서도 확인할 수 있다. 상호텍스트성이란 텍스트끼리의 상호 관련성을 말하는데, 하나의 텍스트에 다른 텍스트가 기억과 반향, 그리고 변형을 통해서 다양한 방식으로 침투하여 영향을 받는 것을 말한다.[32]

〈보기5〉
陵州의 붉은 꽃은 골골마다 錦山이라
南原에 봄이 들어 각색 화초 茂長허니
나무나무 任實이요 가지가지 玉果로다
풍속은 和順이요 인심은 咸悅인디   〈호남가〉

〈보기6〉
和順風이 自來하니 人人마다 咸悅이라
草木이 茂長하니 南原에 暮春이라
綾州에 丹靑하니 錦山이 添花로다
나무나무 任實이요 가지가지 玉果로다   〈호남지방찬양시〉

---

32 이상섭, 『문학비평용어사전』, 민음사, 2001, 161쪽.

　〈보기5〉는 신재효가 지은 〈호남가〉이고 〈보기6〉은 〈호남지방찬양시〉의 일부이다. 둘 다 호남의 수많은 지명들 중에서 '능주(陵州, 綾州)', '금산(錦山)', '남원(南原)', '무장(茂長)', '임실(任實)', '옥과(玉果)', '화순(和順)', '함열(咸悅)' 등 8개의 동일한 지명을 사용하여 노랫말을 짓고 있다. 이를 비교하여 보면, '능주'와 '금산', '남원'과 '무장', '화순'과 '함열' 등 어절마다 배치된 두 개의 지명이 서로 일치하고 있다. 그리고 '임실'과 '옥과' 지명 부분은 〈보기5〉의 3행과 〈보기6〉의 4행에 '나무나무 任實이요 가지가지 玉果로다'라고 하여 가사 내용까지 동일하다. 이것은 이들 작자가 서로 어떤 관계에 있었는지 알 수 없지만, 후대에 생존했던 〈보기6〉의 작자가 이전 작품인 〈보기5〉를 텍스트로 삼아 지었을 것으로 짐작된다.

　〈보기5〉의 〈호남가〉에서는 고을 이름을 활용하여 산천의 아름다움을 묘사하고, 4행의 '화순'과 '함열' 지명을 통해 '풍속이 화순하고 인심이 함열하다.'라고 한다. 그런데 〈보기6〉에서는 1행의 '화순'과 '함열'이 다른 지명과 함께 산천의 아름다움으로 묘사되고 있다. 이들 두 작품의 표현은 약간씩 다르지만 지명과 관련된 이미지는 비슷하거나 거의 같다. 예를 들면, 붉은 꽃과 단청의 '능주', 봄을 노래하는 '남원', 갖가지 화초와 초목의 '무장' 등이 바로 그런 경우이다. 이것은 이들 두 작품이 상호텍스트성의 관계에 놓여 있기 때문이다. 후자인 〈호남지방찬양시〉가 전자인 〈호남가〉를 텍스트로 하여 창작 바탕으로 삼고 작시나 표현 기법을 본받았다고 할 수 있다.

　이들 작품 내용을 살펴보면, 신재효본 〈호남가〉와 〈호남지방찬양시〉에서는 창작된 시대적 배경이 각각 다르게 나타난다.

〈보기7〉

泰仁하신 우리 聖君 威力을 長興하니

三台六卿의 順天心이요 方伯守令鎭安郡이라   〈호남가〉

〈보기8〉

人王全州 도라보니 扶安世上 되엿도다

壽福康寧 康津하니 半島大韓 珍島로다   〈호남지방찬양시〉

〈보기7〉은 신재효본 〈호남가〉, 〈보기8〉은 〈호남지방찬양시〉의
일부이다. 전자는 '태인(泰仁)', '장흥(長興)', '순천(順天)', '진안(鎭安)'
이라는 호남 지명을, 후자는 '전주(全州)', '부안(扶安)', '강진(康津)',
'진도(珍島)'라는 호남 지명을 일차적으로 활용하고 있다. 이를 바탕
으로 〈보기7〉에서는 그것을 통해서 '어진 임금'이나 '천심을 따르는
삼정승과 여섯 판서', 그리고 '지역 수령들이 고을을 잘 다스린다.'라
고 하여 태평성대를 희구하려는 조선왕조의 치세 관념을 담고 있다.
반면에 〈보기8〉에서는 '역사적으로 조선 왕조가 발원한 전주를 돌
아보니 오늘날 편안한 세상이 되었다'는 의미와 '수복(壽福)과 강녕
(康寧)한 편안한 나루터에 반도인 대한의 보배로운 섬이라'에서처럼
오늘날 한국의 평화롭고 낙관적인 모습을 담고자 하였다. 두 작품
모두 호남 지역을 두루 조망하며 각 지역의 순박한 풍속과 아름다움
을 노래하고 있다는 공통점이 있다.

4. 맺음말: 자료적 가치와 함께

지금까지 새로운 발굴한 〈호남가〉류 시가 작품인 〈호남지방찬양시(湖南地方讚揚詩)〉의 전승 맥락을 살펴보고, 작품의 서지사항과 그 내용을 분석해 보았다.

새로운 발굴한 〈호남지방찬양시〉는 『금수강산유람기(錦繡江山遊覽記)』라는 표제의 서책에 실려 전한다. 『금수강산유람기』는 만재(晩齋) 주원택(朱元澤)이 편찬한 자료집이다. 여기에 수록된 〈호남지방찬양시〉는 1960년대에 주원택에 의해 창작 혹은 정리된 근대가사로 할 수 있다. 『금수강산유람기』에는 〈호남지방찬양시〉외에도 〈숫자가〉나 〈담배노래〉 등과 같은 40여 편의 가사 작품들이 수록되어 있다. 현재 선문대 구사회 교수가 소장하고 있다.

〈호남지방찬양시〉는 조선후기 이래로 전라 감영에 소속된 지명을 활용하여 호남의 아름다운 경관과 풍습을 노래한 〈호남가〉류 시가 작품들과 깊은 관련이 있다. 왜냐하면 〈호남지방찬양시〉는 근대 이전에 우리나라 각 지방의 지명을 엮어서 시적 의미 구조를 형성하는 지명시가 작품을 계승하고 있기 때문이다. 주지하다시피, 지명시가는 조선후기 이래로 〈팔도가〉를 비롯하여 〈호남가〉 이외에도 〈영남가〉나 〈호서가〉 등이 있었다. 그런데 다른 지명시가들과 달리, 〈호남가〉는 가사로 한정되지 않고 판소리 단가로 재창작되어 폭넓게 가창되며 후대로 전승되는 특징을 보였다.

호남지방의 아름다운 경관과 풍습을 노래하는 〈호남가〉류 시가 작품의 계보를 살펴보면, 한시 양식의 〈호남시〉가 먼저 나왔다. 이어서 가사 양식의 〈호남가〉가 나왔다. 지명한시는 죽봉(竹峰) 고용즙

(高用楫)의 〈남정부(南征賦)〉에서 단서를 보였고, 이어서 〈호남시〉가 나타났다. 〈호남시〉 다음으로 지명가사인 〈호남가〉가 널리 유포되었는데, 신재효가 가사를 판소리 단가로 새롭게 개작하였다. 〈호남가〉는 다시 가사와 단가 계열로 대별되는데, 오늘날 〈호남가〉는 가사보다도 판소리 단가 위주로 전승되었다. 이러한 전승 맥락 아래 〈호남지방찬양시〉를 살펴보면, 〈호남지방찬양시〉는 부르는 노래 형태의 판소리 단가가 아니라, 4·4조를 기본단위로 반복되는 전형적인 가사 양식으로 지어진 것을 알 수 있었다.

한편, 내용이나 표현 수법에서는 신재효의 〈호남가〉와 유사한 점을 찾을 수 있었다. 〈호남지방찬양시〉는 판소리 단가인 신재효의 〈호남가〉를 바탕으로 삼아 상호텍스트하여 그것의 어구와 표현 기법을 따르고 있었다. 이 작품은 조선후기 전라 감영에 소속된 53개 지명을 이중자의(二重字義)의 중의적 표현을 통하여 호남의 아름다운 경관과 순박한 풍습을 찬양하고 있었다. 우리는 〈호남지방찬양시〉를 통해서 조선후기 이래로 〈호남가〉류 시가 작품이 꾸준히 사람들의 사랑을 받으며 근대시기에 이르기까지 새롭게 창작되고 있었다는 것을 확인할 수 있었다.

〈한글뒤풀이〉 노래의 전승 맥락과 주원택의 근대가사 〈국문가사〉 검토

장안영

1. 머리말

근대 초기에는 새로운 제도 아래 이념적 차이와 신구 대립이 충돌하는 변혁의 시대를 맞았다. 특히 교육제도에서는 한자에서 한글로 글자의 중심이 바뀌면서 세계의 신지식으로 국민의식을 높이는 데 크게 힘써 한글을 배울 때는 기본적으로 국문표가 널리 유통되었다. 본고에서 소개하려는 작품은 '한글뒤풀이' 또는 '언문뒤풀이'라 불리는 가사체 형식인데, 19세기 전후 국문표가 통용되면서부터 이 노래가 더욱 확산된 것으로 보고 있다. 특히 근대 초기에는 한글 교육의 시급성과 더불어 지식을 넓혀야 할 시대로 인식되며 국문표에 의한 한글뒤풀이가 널리 활용되기 시작하였다. 이와 같이 한글뒤풀이는 초반에 아동 학습을 위해 쉽게 암기할 수 있도록 만들어진 것이 목적이었으므로 교육적, 국어학적 자료로 더욱 유용하였다.

한글뒤풀이는 일명 '국문뒤풀이', '언문뒤풀이', '가갸뒤풀이', '한글 타령' 등 다양한 명칭으로 구전되어 온 시가 장르의 하나이다. 그 형태는 'ㄱ, ㄴ, ㄷ' 또는 '가, 갸, 거, 겨' 순서에 따라 자모, 첫

음을 글자 풀이한 독특한 형식을 취한다. 한글뒤풀이는 아동에 의해 불리기도 했으나 오늘날 채록된 자료들을 본다면 주로 부녀자들에 의해 전승된 것으로 보인다. 이 점은 〈시집살이 노래〉처럼 여성의 노래로서 확고한 위치를 차지하지는 못했을지라도 그 나름대로 부녀자들의 독특한 세계관과 그에 대한 언어 인식에서 확인할 수 있다.[1] 주로 사랑과 이별이라는 감성적 주제를 다룬 서정적 내용이 주를 이루는데, 근대 신문과 잡지에서는 이를 시대 비판의 내용을 담는 틀로 적극적으로 활용하였다.[2]

이러한 배경을 바탕에 두고, 본고는 한글뒤풀이의 일종인 새로운 근대가사 〈국문가사(國文歌詞)〉를 소개하고, 이 가사의 전승 맥락과 작품 내용을 검토해 보고자 한다. 〈국문가사〉는 선문대 구사회 명예 교수가 소장하고 있는 『금수강산유람기(錦繡江山遊覽記)』에 수록된 작품이다. 『금수강산유람기』는 만재(晚齋) 주원택(朱元澤, 1906~?)이 1990년 8월에 편집한 서책으로 기존 학계에 보고된 바 있다.[3] 『금수

---

1 장장식, 「언문뒤풀이 고」, 『국제어문』 8, 국제어문학연구회, 1987, 10쪽.

2 김종진, 「전통 시가 양식의 전변과 근대 불교가요의 형성 – 1910년대 불교계 잡지를 중심으로」, 『동악어문학』 52, 동악어문학회, 2009, 40쪽.

3 기존 연구에는 『금수강산유람기』에 수록된 몇몇 가사를 새롭게 소개하면서 서지사항도 함께 밝혔다. 「금수강산유람기」의 작품 마지막 부분에 '檀紀 四三二三年 庚午 八月 筆者 晚齋 朱元澤'으로, 「가사집」 마지막 부분에 '檀紀 四千三百二十三年 庚午 八月 筆寫 晚齋 朱元澤'이라고 필사되어 있어, 「금수강산유람기」는 주원택이 창작한 것이고, 「가사집」에 실린 작품은 기존의 시가 작품을 필사해 놓은 것으로 추정하였다(하경숙·구사회, 「숫자노래의 전승 맥락과 새로운 근대가사 〈數字歌〉의 문예적 검토」, 『동방학』 43, 한서대 동양고전연구소, 2020, 219~220쪽; 이수진, 「〈호남가〉류 시가 작품의 전승 맥락과 〈호남지방찬양서〉의 발굴 검토」, 『온지논총』 65, 온지학회, 2020, 109~110쪽; 하성운, 「새로운 근대가사 〈담배노래〉의 표현 방식과 작품 세계」, 『동아인문학』 52, 동아인문학회, 2020, 155쪽; 구사회, 「화투놀이의 전승 과정과 관련 가요의 문예적 특징」, 『온지논총』 75, 온지학회, 2023, 129~135쪽).

강산유람기』에는 「금수강산유람기」와 「가사집」 두 가지 구성으로
정리되어 있는데, 「금수강산유람기」는 34편의 가사 작품이 전해지
고, 「가사집」은 10편의 작품이 전해진다. 전자의 작품 중 31편은
주원택이 직접 창작한 가사이며, 후자는 당시 유행했던 가사들을 필
사하여 모아둔 자료집 형태로 이루어졌다. 다만 「금수강산유람기」
에 수록된 〈백락시(百樂詩)〉, 〈주자시(酒字詩)〉, 〈담배노래〉 3편은 주
원택이 아닌 '안동(安東) 김대헌(金大憲)'이라는 사람이 창작한 것으로
추측된다. 〈백락시〉, 〈주자시〉는 목차 상 가장 마지막 부분에 제시
되면서 제목 옆에 '著者 安東 金大憲'이라고 쓰여 있고, 〈담배노래〉
는 본문의 제목 밑에 '安東 金大憲'으로 기록된 것으로 보아, 이 3편
을 제외한 작품들을 주원택의 작품으로 보아야 할 것이다.

　『금수강산유람기』에는 다양한 소재의 가사 작품이 수록되어 있다.
몇 가지 살펴보면 〈영남지방찬양시(嶺南地方讚揚詩)〉, 〈호남지방찬양
시(湖南地方讚揚詩)〉의 지명가사, 〈금수강산풍경가(金剛山風景歌)〉, 〈경
주유람(慶州遊覽)〉의 유람가사, 〈국문가사(國文歌詞)〉, 〈담배노래〉의
유희가사 등 다양한 가사 작품이 있다. 그중에서도 유람가사가 다수
실려 있는 것으로 보았을 때, 작자의 편명에 유의미하게 영향을 주었
으리라 생각된다.

　본고에서 소개할 〈國文歌詞〉는 「금수강산유람기」에 실려 있다.
비록 '금수강산유람기'라는 제목 안에 엮어지기는 했으나 기행가사
의 내용은 아니었다. 〈국문가사〉는 '國文歌詞'라는 명칭 바로 옆에
'一名 한글뒤푸리'라고 제목이 함께 필사되었으며, 주원택이 직접 창
작한 것으로 보인다. 한글뒤풀이라고 해서 아동 학습이나 부녀자들
을 위해 전승된 것으로 추측했으나 한글뒤풀이의 형식을 빌린 근대

가사였다. 이에 따라 본고는 새로운 작품인 〈국문가사〉를 검토하는 목적으로, 먼저 작품 분석을 위해 한글뒤풀이의 전승 맥락을 살펴보고 다음으로 〈국문가사〉를 소개하면서 그 내용을 검토해 보고자 한다.

2. 〈한글뒤풀이〉의 형성 과정과 장르적 혼종성

1) 형성 과정

한글뒤풀이는 민요이자 잡가 형식으로 분류되면서 아직 정확한 연원이 밝혀지진 않았지만 19세기 전후에 전승된 것으로 추측된다. 그 이전에는 한자가 우리나라의 국문으로 사용되던 시기 천자문(千字文)의 뜻을 풀어서 읽는 '천자뒤풀이'가 널리 전승되기도 했고, 근대에 와서는 한글 중심이 되면서 한글뒤풀이가 19세기 전후부터 다양한 형식으로 구전되었다. 기존 연구에서는 한글뒤풀이가 판소리 사설, 탈춤 대사 등에 삽입되어 온 형상을 밝히면서 1900년대 전후로 형성 시기를 추정하였다.[4]

한글뒤풀이는 아동들에게 한글을 쉽게 익힐 수 있게 노랫가락을 붙여 만든 교육적인 목적을 가진 형태이다. 한글을 외우게 하기 위한 방법으로 아동 학습서에 국문표가 실렸고, 그 과정에서 국문표를 참고하여 전승된 것으로 보인다. 그렇다면 아동 교육으로 시작했던 한글뒤풀이가 주로 부녀자들에 의해 확장되어갈 수 있었던 요인인 무

---

4   장장식, 앞의 논문, 3~22쪽; 김종진, 앞의 논문, 31~62쪽; 박현주, 「한글 뒤풀이 민요 연구」, 강원대학교 석사학위논문, 2007, 4~9쪽 등.

엇이었을까.

한글뒤풀이가 기록된 최초의 문헌은 『춘향전』이다. 판소리 사설에서 이도령이 춘향과의 만남을 초조하게 기다리며 한글뒤풀이하는 대목이 보인다.

가갸거겨 가이업슨 이내몸이 거지업시 도야고나
나냐너녀 날 오라고 부르기을 너고나고 가자고나
다댜더뎌 다닥다닥 부친 정이 덧업시도 도얏고나[5]

『춘향전』이 시대에 맞게 한문에서 국한문, 국한문에서 한글로 널리 보편화되어 전승된 것을 보았을 때 한글뒤풀이의 형태를 달리하여 오래전부터 구전되어왔다는 사실을 알 수 있다. 『춘향전』은 판소리에서 시작하여 소설로 정착되어갔는데 그 과정에서 새로운 내용이 가미되고 다양한 문학 양식으로 발전해 나갔다. 『춘향전』은 여러 주제 의식을 담고 있지만 그중 '열녀문학'이라는 점으로 보았을 때 사랑, 연모, 이별 등의 정서가 드러난다. 한글뒤풀이 내용이 대부분 이러한 심정을 표출하는 노래로 창작되었으니, 내용의 기본 모티프가 『춘향전』에서 발현되었을 가능성이 높다. 즉 한글뒤풀이가 판소리 〈춘향가〉에 많은 영향을 주고받았기 때문에 현재 전해지는 사설의 대부분이 그리움, 이별, 사랑 등의 감정 표현으로 전해진 것으로 볼 수 있다. 이로써 한글을 배우는 부녀자들 사이에서 유행되기 시작했고 자신의 정서를 표출하는 매개체로 한글뒤풀이의 형식을 빌려

5 김준형 편, 『이명선 전집』, 보고사, 2007, 299쪽.

창작하게 된 것이다.

주지하다시피 19세기 말에서 20세기 초 사회는 대내외적으로 급격한 변동이 일어난 시기였다. 근대로 시작하는 역사의 전환기이자 새로운 변동의 물결이 당대의 사회를 휩쓸게 되는 과정에서 문학적으로도 획기적인 작품들이 나타나기 시작했다. 특히 당대 문학적 현상을 보여주는 것으로써 '근대 계몽기 문학'을 빼놓을 수 없다. 한국 사회를 지배하고 있는 패러다임이 변화되면서 문화적 현실을 반영한 계몽의식이 담긴 작품들이 대거 등장하게 되었다.

이어 1910년 일제강점기가 시작되면서 식민지 종속국의 근대화 과정에 있는 피압박 민족에게선 우선 자국의 언어와 문화, 역사를 연구하는 일단의 지식인들이 형성되고 이들에 의해 애국적인 열정이 일어나며, 대중에게서 민족의식이 일어나 민족운동으로 나아간다.[6] 이러한 맥락에서 한글뒤풀이는 시대적 상황을 반영하는 종교가사와 근대 계몽가사에 그 형식으로 창작되기도 했다. 한글뒤풀이가 종교가요화된 것은 천주교계에서는 1900년 후반, 불교계에서는 1912년, 기독교계에서는 1920년대에 들어서인 것으로 파악된다.[7] 그중 종교가사의 한글뒤풀이 형태가 나온 최초 기록은 1902년 고로가 가첩의 〈언문뒤푸리〉로 확인된다. 〈언문뒤푸리〉 뒤에는 작가에 대한 기록이 남겨져 있어 이를 통해 '충북 진천에 사는 고로가(루가)'라는 사람이 책의 원소장자라는 사실을 알 수 있었다.[8]

---

6 한국서양사학회 편, 『서양에서의 민족과 민족주의』, 까치, 1999, 19쪽.
7 김종진, 앞의 논문, 2009, 41쪽; 김종진, 「잡가·민요·가사의 경계에 대한 탐색」, 『동악어문학』 50, 동악어문학회, 2008, 214쪽.
8 김영수, 『천주가사 자료집 下』, 가톨릭대학교출판부, 2001, 161~165쪽.

종교가사에서 한글뒤풀이 노래의 형식이 보인다는 것은 종교가사에 차용되기 이전부터 그 양식이 창작되고 있음을 가늠해 볼 수 있다. 이처럼 종교적 교리를 가사의 형식으로 활용하여 확산시킬 수 있었던 점은 장편화가 용이한 가사의 특징을 반영하여 격변하는 시기에 맞는 문학적 형식을 제공했기 때문에 그 활용성을 더욱 잘 보여줄 수 있었던 것이다.

한편 조선 후기 역동적 변화에 따라 상호 갈등하는 종교전통들은 새롭게 부각되는 대중들의 종교적 욕구에 맞추어 각 전통의 교리를 해설하는 일군의 '종교가사'들을 선보였다.[9] 유교, 불교의 전통 종교 체제가 천주교로 일부 수용되었고, 이후 천주교에 의해 동요된 틈을 타 등장한 동학(東學)은 반외세적인 경향을 드러내며 새로운 사회질서와 종교적 가치를 내세우는 데 일조하였다. 특히 이러한 사상을 반영한 동학가사는 빈천한 하층민들을 위로하고 일본과 서양 등의 외세를 배척하면서도 새로운 시대에 대한 대망을 노래했고, 후천개벽의 혁신적 가능성을 열어주었다는 점에서 다른 종교가사와 차별화를 두었다.[10] 이와 같은 종교가사는 한글뒤풀이의 형식을 빌려 하층민들의 종교적 열망을 적극적으로 표현함으로써 그 시기의 근대 민족의식, 계몽의식의 이념이 분명하게 드러날 수 있게 더욱 확산되었다.

---

9   박종천, 「조선 후기 종교가사의 문화적 이해」, 『종교연구』 78(2), 한국종교학회, 2018, 34쪽.

10 조동일, 『한국가사의 역사의식』, 문예출판사, 1993, 181쪽; 박종천, 위의 논문, 49쪽.

2) 장르적 혼종성

한글뒤풀이는 가창의 관습과 전승의 범위 등에서 민요와 잡가 영역에 있는 노래로서, 다양하게 변이되어왔다. 한글뒤풀이가 민중들의 생활 속에서 나와 서정적 성격을 담고 있어 민요로 분류되어왔고, 근래에는 전통적인 가요이면서 동시에 현재적 유통을 보이는 근대의 양식이 교차된 성격을 지니는 것으로 파악되어[11] 잡가, 가사로의 경계로 분류되고 있다.

국문학계에서 장장식은 언문뒤풀이는 언어유희를 통해 언어교육의 일환으로 불리어지고, 아울러 창자의 주관적 감정이 집약되어 있어 오히려 서정민요의 성격을 띠어 그 독자성을 인정해야 한다고 말했다.[12] 임동권은 '한글뒤풀이'를 '성인요'와 '동요'로 구분하여, 성인요는 '국문풀이'의 제목으로 타령 중에서도 '기타의 타령'으로 분류하였고, 동요는 '한글요'의 제목으로 동요의 '어희요'로 구분하였다.[13] 현존하는 자료들을 살펴보았을 때 한글뒤풀이를 민요, 잡가, 가사, 기타 자료 등으로 구분하는 것으로 보아 시가 양식 중에 독특한 형식을 취하고 있음을 알 수 있다.

민요는 민중들에 의해서 전승된 전문성이 없는 일반적인 노래라는 점에서 영역을 마련해왔다. 그러나 민요와 다른 성격의 노래들도 민요의 범주로 확장시키다 보니, 이를 구별하기 위해서 향토민요와 통속민요로 나누어지기 시작했다. 향토민요는 기존의 민중들의 생

---

11 김종진, 앞의 논문, 2009, 41쪽 참조.
12 장장식, 앞의 논문, 4쪽.
13 임동권, 「민요학의 방법론」, 『韓國民謠硏究』, 한국민요학회, 1974, 43~51쪽.

활을 기반으로 구송된 일반적인 개념이었다면 통속민요는 전문 소
리꾼에 의해 가창되어 온 노래로서 그 개념을 달리 구별하여 민요의
개념에서 배제되었다. 그러다가 1930년대에 이르러 잡가를 불러 온
전문 소리꾼들에 의해 통속민요가 만들어지면서 유성기 음반으로
발매되었고, 이는 점차 대중문화적 성격을 띠면서 성행을 이루게 되
었다. 이때 잡가의 하나로 연행된 민요풍의 노래가 형성된 것이다.

잡가라는 명칭은 '여러 장르의 노래를 혼합하여 부른다.'는 의미
에서 비롯된 것으로서 비체계적·비정형적이며 열린 장르라는 의미
를 함축하고 있다. 잡가가 성행에 이르자 잡가 담당층들은 각 지역에
전승되던 민요를 그들의 취향에 맞도록 다듬어 노래하게 되었고, 또
끌어들인 민요와 유사한 노래를 새롭게 만들어 내기도 하면서 민요
풍의 노래가 잡가의 한 자리를 차지하게 되었다.[14] 이같은 상황에
맞물려 한글뒤풀이 또한 크게 민요의 경계에 있으면서도 형식적인
면에서는 민요풍의 잡가로 그 범위를 구별해나간 것이다.

초창기 한글뒤풀이는 한글 학습 목적으로 익히기 쉽게 노래화한
것으로 추측해왔다. 이후 20세기로 넘어가는 근대 시기에는 계몽적
지식인들을 중심으로 창작되면서 내용적으로는 민중의식·계몽의식
이 표출되었고, 형식적으로는 전통적 양식에서 근대로 이행하는 과
도기적 단계로써 중간 매개체의 변이된 양식이 드러났다. 다시 말해
서 전통 양식 속에서 서구화된 새로운 담론체계와 혼종화되며 재구
성한 형태의 가사 양식이 발현된 것이다. 여기서 혼종성이란, 이 개
념의 주창자인 호미 바바(Homi Bhabha)에 의하면 문화융합의 과정에

---

14 강등학 외, 『한국구비문학의 이해』, 월인, 2016, 226~227쪽.

서 식민지 문화와 토착 문화가 혼합된 상태를 가리키는 의미로 적용한다. 두 문화 사이의 교착된 상태를 말하기보다 교섭을 통해 유발되는 생산적 효과를 부각시키는 데 있다.[15]

그러므로 한글뒤풀이는 민요풍의 성격을 가지면서도 양식적인 개념으로는 잡가, 가사로서 혼종화된 형태를 지닐 수 있는 것이다. 이처럼 한글뒤풀이는 작품에 따라 내용이 가미되면서 다양하게 변이·확장되어왔으며, 특히 근대로 넘어가는 19세기 말 20세기 초에는 근대 계몽기 성향이 강해지면서 시대상을 반영한 독특한 장르로 보인다.

3. 〈국문가사〉의 작품 세계

1) 〈국문가사〉 작품 원문

〈국문가사(國文歌詞)〉는 만재 주원택의 근대가사집 『금수강산유람기』에 실려 있는 가사이다. 『금수강산유람기』에 수록된 작품은 크게 「금수강산유람기」와 「가사집」 두 가지로 구분된다. 「금수강산유람기」는 앞서 제시한 3편을 제외하여 주원택이 창작한 작품으로 구성되었고, 「가사집」은 그 당시 유행했던 가사를 베껴서 작품을 모아둔 형태로 구성되었다.

이중 〈국문가사〉는 주원택 창작 작품 중의 하나로 「금수강산유람기」에 4번째로 수록되어 있다. 19세기 말에서 20세기 초에 유행했던 '한글뒤풀이'의 형식으로 창작되었으며, 〈국문가사〉라는 제목 옆에

---

15 호미 바바, 나병철 역, 『문화의 위치』, 소명출판, 2012, 220~227쪽.

'一名 한글뒤푸리'라는 글자가 괄호로 덧붙여져 있다. 〈국문가사〉의 원문을 제시하면 다음과 같다.

> 國文歌詞 (一名 한글뒤푸리)
> 天地氣下降 ㄱ字되고 天地上升 ㄴ字되니
> 天地合德 ㄷ이요 人己始生 ㄹ이로다
> 言下成立 ㅁ으로 立法布告 ㅂ하니
> 人事結果 ㅅ되여 圓成宇宙 ㅇ이라
> 闢破乾坤 ㅣ하니 萬化歸一 ㅏ道로다
>
> 가
> 可可終始 一治되면 巨成天地 靈光이라
> 苦海塵世 이蒼生아 口腹之計뿐일런가
> 擧其可還 元時는 各自歸本 解冤이라
>
> 나
> 나 亦是 空手來요 너도 또한 空手去라
> 老勞人間 虛無事을 누가 能히 解說할고
> 느나나 할 것 업시 元靈歸合뿐이로다
>
> 다
> 多生多死 이天地에 더 갈 길이 어데메요
> 道德二字 간곳업고 逼遍天下 物慾일세
> 드디다 物極必反 還故鄕이 바부도다

라

나라가는 鴛鴦새야 너와나와 結合하야
老熟成實 드러나면 累染濁世 간곳업네
르리라 本來靈品 人已成明 때가 왓다

마

馬上貴客 반겨위라 머며가저 왓섯뜬고
妙妙玄理 本開하니 無色無相 靈光이라
므미마믐 活覺하면 金鞍騎客 풀구간다

바

바로가면 靈光이요 버서나면 極樂이라
寶鏡靈坮 발가오니 富貴貧賤 간곳 업네
브비바 드러나면 事必歸正 自然이다

사

四九三十六宮運에 西天金旺 이러나서
小數가고 大數오니 受修靈明 大丈夫라
西時事가 極度되니 東自出이 眼前이라

아

我靈曲을 불러낼제 御化世上 靈光이라
五福三光 俱足하니 우슴으로 世月이라
으이 안이 반가우며 어이 안이 조을소냐

자

自己 잘난 이 世上에 저마다 英雄이라
朝朝夕夕 變態人心 晝夜로 달라가네
這知妄行 볼작시면 忘自尊大 뿐이로다

차

次次行惡 無道莫心 處身할곳 어데메뇨
草綠花紅 자랑마라 秋收天地 도라왓다
處治次로 오는 霜雪 私正虛實 審判일세

카

캄캄한 大道理는 커고발글 張本이라
코 눈물 흘닐 時節 투투소리 절노난다
크키카 不知中에 一刀金光 開闢일세

타

타관客地 잇지안코 터저오는 우리故鄕
土字中央 大起하면 鬪爭歲月 간곳업고
攄治打破 一團하나 圓圓靈理 獨舞坮라

파

破脫陰陽 靈化되어 퍼저나니 福樂이라
布德天下 廣濟蒼生 푸른 法이 四時長春
프피파꼿 저 兩班이 極樂大王 안이신가

하

何時何來 不知事나 虛中有實 分明하니

好好無邊 도라오니 後悔말고 잘딱어라

虛히退을 生覺말고 判外化法 차자보자

2) 〈국문가사〉의 형태적 측면

〈국문가사〉는 일명 한글뒤풀이, 언문뒤풀이, 국문뒤풀이, 가사뒤
풀이 등으로 불리며 다양한 명칭으로 전승되었다. 자료에 따라 '뒤푸
리', '뒤풀이'로 표기하지만 판소리계에서 '푸리'와 '풀이'의 표기를
구분하여, '푸리'는 원초적 의례와 관련된 차원에서의 개념으로, '풀
이'는 의례적 사실과의 관련에서 벗어나 정서의 확충과 해소 차원에
서의 개념으로 각각 사용하였다.[16]

전승되어 온 한글뒤풀이를 보면 주로 한글가사로 필사되었다. 한
글뒤풀이가 널리 창작된 19세기 말부터 20세기 초의 한글을 익히기
위한 학습 목적과 부녀자들이 한글뒤풀이 형식을 빌려 자신의 정서
를 표현하고자 한 창작의도로 보았을 때 한글로 쓰이는 것이 일반적
이었기 때문이다. 한글뒤풀이는 언어유희를 통한 흥미를 주지만 제
법 긴 가사의 형식을 취하고 있어 일반 사람들이 쉽게 외우지는 못했
다. 그 이유 중 하나는 창작의 원칙과 규칙성이 존재하여 즉흥적으로
구연한다면 그 규칙을 지키면서 창작하기란 쉽지 않아서이다. 그럼
에도 한글뒤풀이가 계속해서 창작되고 널리 유통될 수 있었던 건

---

16 박영주, 「판소리 '사설사례' 연구」, 성균관대학교 박사학위논문, 1991, 16~17쪽.

한글뒤풀이가 지닌 장르적 유연성을 활용하여 창작자의 감정이나 정서를 담아내는 데 적합한 매개체였기 때문이다.

본고에서 검토해 보고자 한 〈국문가사〉는 아동 학습이나 부녀자들에 의해 창작된 내용과는 다른 형태의 근대 의식이 반영된 내용이다. 창작시기는 기존에 소개된 『금수강산유람기』의 가사인 〈담배노래〉가 1967년, 〈화투가〉가 1966년으로 밝혀진 것으로 미루어 볼 때, 〈국문가사〉도 1966~1967년대 비슷한 시기에 창작된 것으로 짐작된다.[17]

표기 방식은 국한문혼용으로, 2음보 1구로 헤아렸을 때 94구 중형가사에 해당한다. 주로 4·4조 율격을 가지고 있으나 간혹 파괴된 형식도 보인다. '가, 나, 다 … 파, 하' 자모 순서에 따라 사설을 만들어가며 일종의 언어유희적 묘미가 특징적이다. 한글뒤풀이가 주는 즐거움은 반복되는 리듬감과 이와 연계되는 언어유희적 사설들이 함께 전개되기에 언어를 이용한 놀이라는 측면에서 더욱 친근하게 다가온다.

그렇지만 〈국문가사〉의 한문어투를 살펴보았을 때 상당한 지식이 축적된 사람이 지은 것으로 보인다. 그것은 단순히 언어유희적 요소로만 적용하지 않고, 음양오행(陰陽五行), 주역(周易), 동학(東學) 등의 대한 내용을 풀이한 것으로 보아 어느 정도 학식이 있는 사람이 창작했으리라 생각된다. 또 전근대에 나타나는 문예적 풍조가 보이

---

17 하성운, 앞의 논문, 7쪽; 구사회, 앞의 논문, 131쪽. 두 논문은 「금수강산유람기」에 수록된 작품을 소개한 것이다. 하성운 논문에서 〈담배노래〉 작품에 나오는 담배 이름을 통해 1967년으로 유추하였고, 구사회 논문에는 〈화투가〉 앞뒤에 수록된 작품 속 내용을 통해 1966년으로 추정하였다.

는 점에서, 20세기 전반기에 근대적 교육을 받은 지식인에 의해 창
작된 것으로 추측해 볼 수 있다. 이로써 볼 때 〈국문가사〉는 한글뒤
풀이가 널리 창작되었던 기존의 가사 내용을 빌려와, 후대에 와서
주원택 본인의 방식으로 새롭게 창작했을 가능성이 높다고 할 수
있다. 〈국문가사〉의 형태적, 내용적 측면을 통해 좀 더 살펴보도록
하겠다.

　한글뒤풀이의 구성은 서사와 본사로 나뉘며, 본사는 다시 제시,
풀이 부분의 형식을 담고 있다.[18] 서사는 노래의 시작을 알리는 역할
을 하고 본격적인 내용은 본사에서 진행되므로 그 핵심은 본사에
있다. 간혹 서사가 생략되는 경우도 있는데 서사는 반드시 불러야
할 사항이 아니라, 창자의 구연 능력이나 상황에 따라 가변적으로
구성되는 부분이기 때문에 생략되는 경우가 있다.[19]

　〈국문가사〉는 마찬가지로 서사, 본사의 구성을 지니고 있다. 본사
는 각 행이 독립적인 내용으로 구성되었고, 가부터 하까지 각 행마다
제시, 풀이가 함께 쓰여 있다. 여기서 각 행의 앞에 있는 "가, 나,
다……"를 '제시'라고 하고, '가' 뒤에 사설이 붙는 "可可終始 一治되
면 巨成天地 靈光이라, 苦海塵世 이蒼生아 口腹之計뿐일런가, 擧其可
還 元時는 各自歸本 解寃이라" 형태를 '풀이'라고 한다. 〈국문가사〉

---

18 이영식 연구에는 '서사+본사'로 칭하였고, 장장식 연구에는 '앞 사설+가갸의 뒤풀
이', 정명주 연구에는 '앞 사설+가갸 열거+뒤풀이'로 칭하였고, 판소리계에서는 '내
드름+중심사설'로 다양하게 일컬어지고 있다. 본고는 근대가사를 소개하는 목적으
로, '서사+본사'로 칭하기로 한다. (이영식, 「한글뒤풀이 연구」, 강릉대학교 석사학
위논문, 1997; 장장식, 앞의 논문; 정명주, 「국문뒤풀이의 음악적 연구 - 김주호와
오복녀 소리 비교를 중심으로」, 용인대학교 석사학위논문, 2009.)

19 이영식, 위의 논문, 7쪽 참조.

는 이렇게 본사가 '제시 + 풀이' 형식을 취하고 있다.

〈국문가사〉의 풀이 부분은 일정한 원리와 규칙성이 있다. 가장 기본적인 형태로, 각 행에 제시되는 자음(字音)으로 시작하여 사설을 구성해야 하는 제약이 있다. 첫 자음이 '가'로 제시되었으면 '가'로 시작하는 음으로, "可可終始 一治되면 亘成天地 靈光이라"라고 풀이 해야 한다. 또한 주로 4음보의 운율을 가지는데, 아래에 밑줄 친 것 과 같이 1·3어절의 첫 음이 각 행에 제시된 자음과 연관성이 있도록 형태를 갖추었다. 예외적으로 마지막 행의 3어절 첫 음이 파괴된 형태를 띠고 있기도 하다. 총 14자음, 모음을 가지고 순차적으로 구 성하여 한글뒤풀이가 갖는 반복법과 언어유희적 성격을 담아냈다.

가

<u>可</u>可終始 <u>一</u>治되면 <u>亘</u>成天地 靈光이라

<u>苦</u>海塵世 이蒼生아 <u>口</u>腹之計뿐일런가

<u>舉</u>其可還 元時는 <u>各</u>自歸本 解冤이라

나

<u>나</u> 亦是 空手來요 <u>너</u>도 또한 空手去라

<u>老</u>勞人間 虛無事을 <u>누</u>가 能히 解說할고

<u>느</u>나나 할 것 업시 元靈歸合뿐이로다

다음으로 구절마다 '음성모음+양성모음'이 규칙적으로 드러남을 확인할 수 있다. 첫째로, 위의 인용문을 토대로 각 행의 첫 음을 보면 '양성모음+음성모음+음성모음'의 형태로 구성되었다. 예시로 '나'의

풀이에서 각 행의 첫 음이 '나', '老', '느'로 되어 있어, 모음이 'ㅏ, ㅗ, ㅡ'가 되는데 '가'부터 '하'까지 첫 음이 모든 구절마다 규칙성 있게 창작된 사실을 볼 수 있다.

둘째로, 마지막 행에 첫 음절들이 '음성모음＋양성모음＋양성모음'으로 이루어졌다. '가' 제시어 마지막 행에 '擧其可'로 시작되고, '나' 제시어 마지막 행에 '느니나'로 시작된 표기를 보면 '음성모음＋양성모음＋양성모음'의 규칙성을 갖고 있음을 알 수 있다. 특히 '느니나', '드디다', '르리라', '므미마' 등과 같이 모음이 'ㅡ, ㅣ, ㅏ'의 형태로 결합된 부분들이 많다.

〈국문가사〉는 이러한 규칙성을 가지면서도 여기에 작자가 표현하고자 하는 사항을 덧붙여서 구성한 것으로 이해된다. 제법 긴 가사의 형식으로 되어 있어 일반 민중들이 외우기 어려웠고, 이러한 규칙을 지키면서 창작한다는 점도 쉬운 일은 아니었기 때문에 작자는 어느 정도의 학식이 있는 사람으로, 기존의 한글뒤풀이의 사설 구성 원리를 제대로 인식하고 가사를 창작한 것으로 보인다. 따라서 〈국문가사〉는 전근대에 보편화되었던 가창 구조의 틀을 가지고 작자의 표현방식으로 변용시킨 것으로, 기존에 전승되었던 시가 양식을 차용하여 구성된 결과라 할 수 있다. 이와 같이 주원택의 〈국문가사〉는 전통적인 시가 양식을 보이면서도 근대에 나타나는 문예적 풍조가 함께 어우러져 있어 더욱 흥미롭다.

3) 〈국문가사〉의 내용적 측면

근대가사는 당대의 낡고 모순된 체제를 개혁하고자 하는 목적으

로 창작되어 근대적 성향이 두드러진다. 여기서 〈국문가사〉가 지니
는 문학적 표현방식이 가사의 형식으로 활용되면서 〈국문가사〉의
시대상과 특징이 잘 드러날 수 있도록 표출된 것이다. 작자는 이러한
창작의도를 고려하여 한글뒤풀이 형식을 빌려 〈국문가사〉를 지은
것으로 보인다.

주목할 점은 〈국문가사〉가 1960년대 지어졌다고 가정했을 때, 후
대에 와서 창작한 의도가 무엇인지 파악해야 한다는 것이다. 1960년
대는 일제강점기를 거쳐 근대 과도기 단계를 넘어선 후 민족사상이
강하게 자리 잡고 있던 시기였다. 식민지 이전에도 동학농민운동과
같은 반외세적인 흐름이 존재했지만 근대적 민족사상을 형성했다고
보기는 어려웠다. 본격적인 민족사상이 나타났던 시기는 일제강점
기 이후 근대 초기부터 시작되었다고 할 수 있는데, 이러한 시대적
흐름에 따라 당시 민족주의 성향이 뚜렷해지면서 그 사상들을 반영
한 문학들도 대거 등장하게 되었다.

1960년대면 민중들은 이미 한글을 깨우쳤던 시기이다. 그러므로
기존의 한글뒤풀이처럼 아동 학습, 부녀자들에 의한 정서 표현 등의
목적으로 지어진 것이 아님은 분명하기 때문에 〈국문가사〉는 반드
시 한글로 창작할 필요가 없었다. 이러한 상황으로 볼 때 작자는
전근대의 사회·문화·문학을 섭렵하여 축적된 지식을 가지고 자신
만의 방식으로 변용시켜 가사를 창작한 것으로 생각된다. 그 과정에
서 언어유희성을 가진 전근대 시가 양식이 나타나기도 했으며, 당대
에 바라고자 했던 민족의식을 드러내기도 했다.[20]

---

20 『금수강산유람기』에 수록된 가사는 공통적으로 작자의 민족의식, 국토의식이 엿보

가사 내용은 세상의 이치를 음양(陰陽)의 조화로 보고, 이를 바탕으로 한 언어유희적 요소가 가미된 양식으로 되어 있다. 〈국문가사〉는 앞서 설명했듯이 서사, 본사로 구성되어 있어 두 부분으로 나누어 살펴보고자 한다. 〈국문가사〉는 한글뒤풀이 형식을 취하고 있는데, 한글뒤풀이는 제시한 첫음절의 사설을 풀어내는 데 구성의 핵심이 있다. 창작자에 따라 사설의 길이가 긴 경우가 있고, 중간에 끊어지는 경우도 존재한다. 본사의 첫 사설을 어떻게 풀이하느냐에 따라서 뒷부분에 이어지는 사설 유형이 이루어지므로 그 핵심은 본사에 있다.

　서사는 "天地氣下降 ㄱ字되고 天地上升 ㄴ字되니, 天地合德 ㄷ이요 人己始生 ㄹ이로다, 言下成立 ㅁ으로 立法布告 ㅂ하니, 人事結果 人되여 圓成宇宙 ㅇ이라, 闢破乾坤 ㅣ하니 萬化歸一 十道로다."까지다. 서사는 본사를 시작하기에 앞서 분위기를 조성하는 데 그 목적이 있어 본사의 내용과는 관련이 없는 경우가 다수 존재하는데, 〈국문가사〉의 서사는 본사의 내용과 연관된 사설로 자연스럽게 풀이되었다. 여기서는 한글의 자음 'ㄱ, ㄴ, ㄷ, ㄹ, ㅁ, ㅂ, ㅅ, ㅇ'과 모음 'ㅣ'는 모두 하늘, 땅, 인간에 의해 만들어졌다며 음양사상을 바탕으로 한 언어유희 화법으로 서사를 제시하고 있다. 음양사상, 곧 상호의존의 관계를 유지하면서 발전해 가는 것을 의미한다. 몇 가지 살펴보면 'ㄱ'이라는 글자는 하늘과 땅의 기운이 내려와 형성되었으며, 'ㄷ'의 글자는 하늘과 땅이 합쳐져 덕을 이루니 생성되었고, 'ㄹ'의 글자는 사람의 몸으로 형성되었음을 말하고 있다. 서사 마지막 구 '萬化歸

이는 작품이 많다. 그중 〈담배놀이〉, 〈화투가〉, 〈숫자가〉 등과 같은 비슷한 맥락의 언어유희적 가사가 함께 창작된 것으로 볼 때, 이를 통해 당대 현실사회와 작자의 민족사상이 직간접적으로 반영된 작품으로 볼 수 있다.

一'은 '모든 것이 마침내 한 곳으로 돌아간다'는 뜻으로, 이상적 상태로 나아가는 길을 제시하는 동학의 『의암성사 법설(義菴聖師法說)』과 증산(甑山)의 『천지개벽경(天地開闢經)』 경전에 나온 일부분이다.

본사는 "가 可可終始 一治되면 巨成天地 靈光이라, 苦海塵世 이蒼生아 口腹之計뿐일런가, 擧其可還 元時는 各自歸本 解冤이라"부터 마지막 구인 "하 何時何來 不知事나 虛中有實 分明하니, 好好無邊 도라오니 後悔말고 잘딱어라, 虛히退을 生覺말고 判外化法 차자보자"까지다. 본사의 내용은 전반적으로 음양오행, 주역, 동학사상에 대한 내용이 돋보인다.

본사 초반에는 세상 이치와 인간 세계에 대해 이야기를 풀어나간다. '가, 나, 다'의 구절을 보면 세상을 살아가는 사람들에게 배불리 하는 데만 급급해 하지 말고 각자의 본질로 돌아가 심(心)을 풀어야 함을 알리고 있다. 또 '도덕(道德)'이라는 두 글자는 간 곳 없고 천하에 남아있는 건 물욕(物慾)만 있어 '사물이 극에 이르면 반드시 돌아오게 마련임'을 강조하면서 여기서는 인간의 물욕에 대해서 묘사하고 있다.

본사 중반에는 모든 만물은 음과 양으로 나뉘며 음양의 공존과 조화를 통해 세상이 유지되고 있음을 보여준다. 특히 '朝朝夕夕', '晝夜', '西時事·東自出' 등의 표현이 두드러져 음양 사상에 입각하여 세상을 바라보고 있음을 알 수 있다. 음양은 대립적인 관계인 동시에 상호 조화를 이루는 관계이기도 하는데, 여기서는 상호의존의 관계를 유지하면서 만물이 생성된다는 세상의 이치를 묘사하고 있다. 그리고 '鴛鴦', '馬', '三光', '草綠花紅', '秋收天地' 등과 같이 끊임없이 변화하는 자연현상의 원리를 언급하면서 사설을 이끌어 나가고 있다. 이처럼 본사 중반은 음양오행과 주역에 기반을 두고, 있는 그대로의 자연현상을 풀이하는 부분이 두드러진다.

본사 후반의 경우, 동학사상의 담론으로 근대적 성향을 드러냈다. 동학은 1860년 최제우(崔濟愚, 1824~1864)가 창시한 종교로, 인본주의(人本主義)를 기반으로 사회 개혁과 인간 평등을 주장하여 사회의 변화를 열망했던 민중의 지지를 얻었다. 동학사상은 당대의 현실을 부정하고 개혁을 요구한다는 점에서 근대적인 성격이 분명히 드러나고 있다. '파'의 구절을 보면 "布德天下, 廣濟蒼生"라 했는데, 이는 동학의 종교적 이념인 '포덕천하(布德天下), 광제창생(廣濟蒼生), 보국안민(輔國安民)'의 3대 목표 가운데 하나이다. '포덕천하(布德天下)'는 한울님의 덕을 온 세상에 펼친다는 의미이고, '광제창생(廣濟蒼生)'은 세상의 모든 사람들을 구제해 준다는 의미를 가진다. 포덕천하를 이루기 위해서는 먼저 도탄에 빠져 힘들게 살고 있는 세상 사람들을 구해야 할 것이다. 잘못된 관념과 타락한 이기주의인 서로가 서로를 헐뜯는 삶 속에 빠져 살아가고 있는 세상 사람들을 올바른 길로 인도하는 것이 곧 이들을 도탄에서 구하는 광제창생의 길인 것이다. 본사 후반에는 동학사상의 담론으로 근대적 성격을 드러내면서 당대 열망했던 민족사상의 성향이 반영되고 있음을 확인할 수 있다.

본사에서 흥미로운 점은 2번째 연 "나 亦是 空手來요 너도 또한 空手去라", 4번째 연 "나라가는 鴛鴦새야 너와나와 結合하야", 9번째 연 "自己 잘난 이 世上에 저마다 英雄이라"와 같이 전통적인 가사 양식에서 자주 사용하는 내용들도 묘사하고 있다는 것인데, 이는 전통 가사 창작의 관습적인 부분의 하나로 파악할 수 있다.

〈국문가사〉는 내용적인 측면에서 볼 때 끊임없이 변화하는 자연

현상의 원리를 풀이하면서 자신만의 방식으로 언어유희적 요소를 가미한 것으로 이해된다. 그렇다보니 작자의 감정과 학문적 지식이 〈국문가사〉에 고스란히 반영된 것을 볼 수 있다. 앞서 살펴본 바와 같이 기존의 한글뒤풀이와는 다르게 음양오행, 주역, 동학·민족사상 등의 내용으로 구성되어 있는 부분이 〈국문가사〉만이 갖는 독창성으로 여겨진다. 이것은 다시 말해 〈국문가사〉가 단순히 언어유희적 놀이성으로만 그친 것이 아니라 이를 통해 특정한 역사적 맥락에 처한 시대상을 드러내고자 했던 작자의 의식이 반영된 작품이라 할 수 있다.

4. 맺음말 - 자료적 가치와 함께

본고는 만재 주원택의 『금수강산유람기』에 수록된 새로운 가사 작품 〈국문가사〉를 소개하고 그 내용을 검토하는 데 목적이 있다. 〈국문가사〉는 조선시대에 유행했던 〈한글뒤풀이〉의 일종이다. 그러나 〈한글뒤풀이〉는 주로 아동 학습이나 부녀자들의 정서 표출, 종교가사로 그 양식을 활용했지만 〈국문가사〉는 기존과 다른 양상을 보인 근대가사였다. 특히 가사의 한문어투를 살펴보았을 때, 상당한 학식이 있는 사람으로 여겨졌다. 풀이된 사설이 음양오행이나 주역, 동학사상을 묘사한 것으로 보아 단순히 언어유희적 놀이성으로 창작된 것이 아니었음을 알 수 있었다. 결과적으로 〈국문가사〉는 한글뒤풀이가 널리 창작되었던 기존의 가사 양식을 차용하였고, 후대에 와서 주원택 본인의 방식으로 새롭게 창작했을 가능성이 높다고 판단하였다.

지금껏 살펴본 바와 같이 〈국문가사〉는 기존 한글뒤풀이 양상과는 다른 특징적인 부분이 있다. 첫째, 〈국문가사〉의 내용에서 음양사상이 돋보인다는 점이다. 내용적으로 세상에 대한 이치, 음양의 조화, 자연현상의 원리를 설명하면서 음양사상이나 주역을 기반으로 한 표현들이 뚜렷하게 제시되고 있다. 이 가사에는 심오한 사상과 철학적 사색이 부여되어 세상과 인간에 대한 작자의 의식이 반영된 작품이라 할 수 있다.

둘째, 전근대적 문예적 풍조가 아우러져 있다는 것이다. 〈국문가사〉는 창작자가 후대에 와서 전통적인 한글뒤풀이를 발견하고 이를 가사화하여 시대적 사상을 담아내는 양식으로 활용하고 있는 부분에서 문학적 의미가 있다. 이와 같은 점은 현재적 근대의 양식이 서로 교차되면서 전통적인 시가 양식과 근대 시가 양식의 혼종화 현상이 엿보이는 것으로 역사·문학사적으로 그 가치를 지닌다.

결론적으로 〈국문가사〉는 언어유희적 가사체 형식이지만 그 내용은 당시 시대상과 밀접하게 연결되어 있었다. 때때로 학문적 지식을 표출하기도 하며, 또 음양오행, 동학사상 등을 설파하기도 했는데, 이를 통해 민족이 바라던 그 시대적 사상의 흐름을 엿볼 수 있는 작품으로 생각된다.

새로운 작품 〈척사판론〉의 문예적 검토

하경숙

1. 시작하기

놀이는 인간의 고유한 측면을 담고 있는 '정신의 형성체'이다. 따라서 놀이에 대한 이해는 바로 인간 자체에 대한 이해이며, 바람직한 인간상과 '인간다움'의 본질이 제시될 수 있는 것이다. 놀이는 규칙의 한계 내에서 자유로운 응수(應手)를 즉석에서 찾고 생각해내지 않으면 안 된다는 것에 의해 성립한다. 놀이하는 자의 이러한 자유, 그의 행동에 주어진 이 여유는 놀이에 절대로 필요하며, 놀이가 일으키는 즐거움을 부분적으로 설명해준다.[1] 윷놀이는 기본적으로 윷가락 4개, 윷말 8개(양편이 각 4개), 윷판 1개, 윷판의 29점 등 '수(數)'의 문제를 중심으로 한 놀이이기 때문에 하도(河圖)와 낙서(洛書)의 그림을 통해 '수리(數理)'를 밝히고 있는 역학의 학문적 체계 속에서 이해할 수 있다. 29점 윷판식 윷놀이는 네 개의 윷가락을 던져 네모꼴이나 원꼴의 말판을 도·개·걸·윷·모에 따라 말이 움직여 출발 지점까지 돌아오는 것을 한 차례의 승리로 쳐서 미리 약속한 승수를 먼저 달성하는 편이

---

1   로제 카이와, 이상률 역, 『놀이와 인간』, 문예출판사, 1994, 31쪽.

이기는 방식으로 이루어져 있다. 우리나라에 가장 보편화된 놀이다.

윷놀이는 누나 쉽게 즐길 수 있는 대중적인 민속놀이라 할 수 있다. 우리나라 특유의 민속놀이로 알려진 윷놀이는 오래전부터 존재해 온 것으로 추측되지만 그 유래나 기원에 대해 여전히 확정된 바가 없다. 윷놀이는 수많은 놀이 가운데 우리나라만이 전승하고 있는 판놀이(Board game)다. 조선시대의 문헌은 윷놀이에 대해 비교적 많은 기록을 남겼는데, 용어는 모두 한자어로 표기했다. 우리말 '윷놀이'라는 용어는 일제강점기의 신문 기사 등에 나타나며, 이후 오늘날과 같은 용어로 굳어져 관행적으로 쓰였다. 윷놀이는 윷가락(Dice)을 던져서 사위(끗수, 경우의 수)를 얻고 일정 수의 말(네 동)을 사위에 따라 놀이판(Board)을 이동하는, 출발과 귀환 방식의 판놀이다. 이와 같은 윷가락 – 사위 – 말 – 말판이라는 추상적 관점에서 보면 한국의 윷놀이와 유사한 판놀이는 매우 다양하게 행해지고 있다.[2]

윷놀이는 놀이판의 도·개·걸·윷·모 등이 부여의 관직명인 마가(馬加)·우가(牛加)·저가(豬加)·구가(狗加) 등의 가(加)와 유사함을 들어 당시 부여의 관제(官制)를 본뜬 것이 윷놀이 판이라 한다. 따라서 놀이의 기원도 고구려나 부여 시대로 볼 수 있다.

옛날에는 윷놀이를 통해 그 해의 농사를 점쳤었다고 한다. 즉, 세초(歲初)에 농민들은 산농(山農), 수향(水鄉)으로 편을 지어 윷놀이를 겨루었다. 이렇게 하여 그 해 농사가 고지대와 저지대 중 어느 곳에 풍년이 될 것인지를 예측했던 것이다. 윷놀이로 치는 점을 윷점이라

---

2 장장식, 「회화와 문헌에 나타난 윷놀이의 양상과 변화」, 『한국민화』 16, 한국민화학회, 2022, 50쪽.

한다. 윷을 세 번 던져 각기 나온 결과를 그것에 맞는 점사(占辭)를 보고 풀이하는 것이다. 이러한 새해의 길흉을 치던 흔적은 『경도잡지』나 『동국세시기』 등에서 잘 나타난다. 특히 『경도잡지』의 원일조(元日條)에는 정초에 윷을 세 번 먼저 짝을 지어 64괘로 한다는 점사가 있다고 되어 있다.[3]

사람들은 윷놀이를 바탕으로 다양한 작품들을 가창하였고, 이는 지속적으로 유통되어 자신들의 정서를 효과적으로 표현하고 있다. 윷놀이에 대한 문헌이 여러 형태로 전달되었고, 그 전통이 근현대까지 이어졌다. 근현대 주목할 만한 작품으로 〈척사판론(擲柶判論)〉을 꼽을 수 있다. 본고에서 다루고자 하는 〈척사판론〉은 윷놀이를 소재로 한 잡가로 추정된다. 작품이 매우 단편적으로 보이지만 그 속에는 다양한 사상과 복잡한 여러 구조를 지니고 있다. 역사적으로 모든 문물은 유입되어 정착하는 과정에서 주체적 변용의 과정을 거치기 마련이다. 화투와 같은 부류의 오락 놀이라고 할 수 있는 투전이나 골패, 저포(樗蒲)나 마작(麻雀)도 그랬다.[4]

〈척사판론〉은 『금수강산유람기(錦繡江山遊覽記)』[5]라는 자료집에

---

3   世俗: 元日又擲柶, 占新歲休咎. 凡三擲, 配以六十四卦, 有繇辭.

4   구사회, 「화투놀이의 전승 과정과 관련 가요의 문예적 특징」, 『온지논총』 75, 온지학회, 2023, 119~120쪽.

5   「금수강산유람기」는 김대헌(金大憲, 생몰미상)의 한시 〈백락시〉와 〈주자시〉가 맨 앞에 수록되어 있다. 이들 자료집이 필사된 것은 단기 4323년(서기 1990)에 만재(晚齋) 주원택(朱元澤)에 의해 이뤄졌다. 「금수강산유람기」에 수록된 것은 주원택의 작품이고, 「가사집(歌詞集)」에 수록된 것은 주원택이 기존의 시가 작품을 필사해놓은 것으로 추정된다. 「금수강산유람기」에 수록된 작품들은 이전부터 지어왔던 시가 작품들을 1990년에 편집하였던 것으로 보인다. (하성운, 「새로운 근대가사 〈담배노래〉의 표현 방식과 작품 세계」, 『동아인문학』 52, 동아인문학회, 2020, 155~157쪽.)

수록되어 있는 작품[6]인데 아직 학계에 보고된 바가 없는 작품으로, 잡가 형식으로 지어진 1960년대 작품으로 추정된다. 다양한 놀이문화가 성장하는 시점에서 대중의 관심에서 벗어난 윷놀이를 소재로 한 작품 〈척사판론〉은 과거 전통의 계승과 변용이라는 관점에서 그 특질을 고민해야 한다. 이 연구에서는 새로 발굴한 〈척사판론〉의 실체를 파악하고 원문 자료를 검토하고자 한다. 이어서 창작 기법과 작품 내용을 검토해보기로 한다.

2. 〈척사판론〉의 작품 원문과 창작 태도

잡가는 발생 초기부터 가창 문화권에서 부상하였고, 시조, 가사, 민요, 판소리 등과 같은 전통적 갈래들을 아우르며 성장하여, 다음 시기 대중 가요의 자생적 뿌리로서의 위상을 지니게 되었다. 잡가의 문학적 형식이나 형태상의 특징에 대해 언급할 수 없다는 것이 잡가의 갈래적 성격이다.[7] 고정불변의 실체가 아니라, 끊임없이 범위를 확산했다는 점에서 동태적인 갈래로 규정하기도 한다.[8]

〈척사판론〉은 표제가 『금수강산유람기(錦繡江山遊覽記)』라고 적혀 있는 자료집에 수록되어 있다. 이 자료집은 다시 「금수강산유람기」

---

6 〈척사판론〉은 현대 시기인 1966년에 창작된 것으로 추정된다. 〈척사판론〉은 표기 방식에서도 한문현토체를 사용하고 있고, 가사라고 말하기엔 여러 면에서 어려움이 있어 본고에서는 잡가의 범주에 넣기로 한다.

7 이헌홍 외, 『한국 고전문학 강의』, 박이정, 2012, 153~161쪽.

8 박애경, 「잡가의 개념과 범주의 문제」, 『한국시가연구』 13, 한국시가연구회, 2003, 285~310쪽.

와 「가사집」으로 구성되어 있다. 『금수강산유람기』에 수록 「금수강
산유람기」와 「가사집」의 말미에 만재 주원택이 각각 '필자(筆者)'와
'필사(筆寫)'를 했다고 구분해서 기록하고 있다. 이는 「금수강산유람
기」에 수록된 대부분은 주원택이 창작하거나 정리한 시가 작품으로,
「가사집」에 수록된 것은 이미 알려진 타인의 작품을 필사한 것을
의미한다. 게다가 「금수강산유람기」에 수록된 작품이라도 타인의
작품에 대해서는 이를 밝히고 있기 때문이다.[9]

〈척사판론〉은 전자에 수록되어 있다. 이 작품은 「금수강산유람
기」에 수록된 것으로 우리나라 전역에 존재하는 다양한 종류의 작품
들을 수집하는 과정에서 찾은 것으로 생각할 수 있다. 〈척사판론〉에
서는 윷놀이를 소재로 하고 있으나, 이는 단순히 윷놀이의 방법과
재미만을 설명하는 것이 아니라 내재된 다양한 철학적 사상과 삶의
태도를 생각하게 하는 과정이 담겨있다. 이 작품에서는 화자가 전하
고 싶은 의미나 주의사항을 간결하게 이야기하며 상징적인 표현을
나타내며, 전개하고 있다.

1) 작품 원문

〈擲柶判論〉

俗称十勝地[10]라 四方에 有五点하야

中有正土러 四通五達하야

속칭 십승지라 사방에 다섯 점이 있어

정중앙에 땅이 있어 사방으로 통한다

十十封開하니 外有二十点하고

內有九宮하야 分在九点하니

열 개 열개가 봉해져서 열리니 밖에는 스무개의 점이 놓이고

안에는 아홉 개의 궁이 있으니 각각 나뉘어서 구점이 되니

九宮之中에 十字[11]之形이라

十勝之地에 十字眞人이

구궁을 중심으로 십자의 모양이 되고

십승의 땅에도 십자의 진인이

待時而出하야 四圓判決하니

春夏己去하고 秋收之斯라

때를 기다려서 나가 네 번 돌아서 결판이 나니

있다. 곧 兵火·기근·역병의 세 가지 재난이 들어오지 않는 땅이라는 뜻이며, 십승지란 이렇게 개인의 차원에서 극복하기 어려운 거대재난으로부터 자신의 목숨과 일가의 안전을 보장할 수 있는 공간으로서 제시된 것이다(양승목, 「조선후기 살 곳 찾기 현상의 동인과 다층성 – 십승지와 『택리지』 그리고 그 주변」, 『한국한문학연구』 84, 한국한문학회, 2022, 131쪽).

11 10은 만수(滿數)로서 '충분히 많다'는 의미가 있다. "열은 어떤 일을 이루기 위한 충분한 시간과 함께 많은 것을 뜻"하는 것을 작가는 알고 있던 것으로 판단된다(황 태강 외 77명, 『한국문화상징사전』 2, 동아출판사, 1995, 513쪽).

봄여름은 이미 지났고 가을에 거두어서 나간다

決勝主人는 大靈大聖이라
결승의 주인은 대령대성이라

嗚呼蒼生아 各正其心하고
審判當日에 善惡分析이라
오호 이 세상 사람들아 각기 그 마음을 바로 하고
심판받는 당일에 선악을 나눌 것이라

惡死善生[12]하고보면 仙化世界 다시온다
선한 자 살고 악한 자 죽는 신선의 세계가 다시 온다
天地大敎 化如由判故 其形이 如田하야
十十封開하니 中有二十点하고
천지의 큰 가르침으로 변화하여 판결함이 있으니 그러므로 그 모
양이 밭과 같은 모양이라
열 개 열 개가 봉했다 열었다 하니 가운데 20점이 있고

利在田田[13]이요 中有十字로다

---

12 『격암유록(格菴遺錄)』, 「말운론(末運論)」(『격암유록』은 흔히 남사고가 지었다고 이
    야기되는 비결 가사이다. 『격암유록』은 과거 조선의 대사(大事)뿐 아니라, 현대사,
    그리고 미래의 일까지 예언되어 있는 것으로 소개되었고, 저자로 가탁된 남사고는
    한국의 노스트라다무스라고 지칭되었을 정도였다. 박병훈, 「한국 비결가사 연구:
    비결에서 비결가사로의 전환과 전개」, 『종교와 문화』 41, 서울대학교 종교문제연구
    소, 2021, 18~19쪽 참조.

우리나라 윷노리는 娛楽遊戲이안니야

이로움이 전전에 있고 가운데 십(十)자가 있도다

우리나라 윷놀이는 오락유희 아닌가

2) 창작 기법과 전승 양상

〈척사판론(擲柶判論)〉은 만재(晩齋) 주원택(朱元澤, 1906~?)이 지은 잡가로 『금수강산유람기』에 수록되어 있다. 『금수강산유람기』에는 주원택이 수집한 다양한 작품이 수록되어 있다. 전자는 자신이 지은 가사 작품인 〈영남지방찬양시〉부터 〈회심곡〉까지 34개의 창작 가사를 목록화하여 작품을 수록하였다.[14] 후자는 「가사집(歌詞集)」이라

---

13 『정감록』에서 이재전전(利在田田)은 땅의 밭이 아니다. 궁(弓)은 물인 음이요 을(乙) 은 양인 산(山)이며 좌우에 두 분의 절대자(하느님-미륵불)를 상징하는 전이다. 『격 암유록』에서 땅(地)에서 전전(田田)을 구하면 평생 얻지 못하고, 상제님(道)의 가르 침에서 쌍미륵불의 전전(田田)을 구(求)하면 어려움 없이 쉽게 얻는다(無難易得).

14 이들 작품에 대한 몇몇 논의가 있었다(하경숙·구사회, 「숫자노래의 전승 맥락과 새로운 근대가사 〈數字歌〉의 문예적 검토」, 『동방학』 43, 한서대학교 동양고전연구

는 편명으로 〈각세가(覺世歌)〉로부터 시작하여 〈유산가〉에 이르기까지 10개의 가사 작품을 필사하여 서로 구분하고 있다.

창작 시기와 관련하여 〈척사판론〉은 1966년에 창작된 것으로 여겨진다. 『금수강산유람기』에 수록된 작품들은 대부분 1960년대 작품으로 보여진다. 여기에 수록된 작품인 가사 〈이향소감(離鄕所感)〉도 1966년도에 지어진 것으로 짐작된다. 내용에서 대구 인구 80만 명이라는 언급에서 추정된다. 수록된 가사 〈회갑연축하가〉에도 병오년(1966)에 회갑 잔치를 했다는 언급이 있다. 마찬가지로 뒷면의 〈대구종운관람가(大邱綜運觀覽歌)〉나 〈등산가〉라는 가사 작품에서도 병오년(1966)이라고 말하고 있다. 필자가 〈척사판론〉을 1966년도에 지어졌을 것으로 추정하는 것은 바로 그 때문이다. 참고로 이때 주원택의 나이는 환갑인 61세였다.[15]

새로운 작품 〈척사판론〉은 윷놀이를 제재로 하고 있는 잡가로 추정한다. 잡가를 단순히 '잡스러움'으로만 이해할 것이 아니라, 중세 해체기, 근대 전환기라는 큰 틀 아래 이루어진 다양한 문화 현상과 관련하여 이해할 필요가 있다. 작품 내용은 놀이 방식을 설명하는 것으로 시작하며 윷놀이판의 모양, 윷놀이 방식과 승패를 비유적으로 소개하면서 윷놀이하는 모습을 서술하고 있다. 표현 방식은 비유적 묘사가 많다. 〈척사판론〉에서 작자는 윷놀이를 호기심의 눈으로 관찰하면서 흥미롭게 묘사하고 있다. 작품에서 시적 화자는 작품 외

소, 2020, 213~238쪽; 하성운, 앞의 논문, 151~172쪽; 이수진, 「〈호남가〉류 시가 작품의 전승 맥락과 〈호남지방찬양시〉의 발굴 검토」, 『온지논총』 65, 온지학회, 2020, 101~122쪽).

15 구사회, 앞의 논문, 131쪽.

부에서 윷놀이를 바라보고 관찰하여 상징적으로 서술하고 있다. 단순히 놀이로 윷놀이의 가치를 규명하는 것이 아니라 『정감록』, 『격암유록』의 표현을 사용하여 예언·계몽의 목적을 담아내고 있다.

윷놀이를 뜻하는 명칭은 주로 '저포(樗蒲), 사희(柶戲), 사유희(四維戲), 척사(擲柶), 쌍사(雙柶), 사유(四維), 척목탄(擲木歎, 소당풍속시), 사백(四白)' 등을 혼용하여 기록하였다. 일부는 윷놀이가 중국의 저포[16]에서 유래된 것이라고 해석하기도 한다.

당나라(618~907)의 이조(李肇)가 『당국사보』에서 저포놀이의 놀이판은 360자(子)로 되어 있으며, 말(馬)놀이하는 사람마다 여섯 개씩 갖는 중국의 놀이라고 기록하고 있다. 말판의 칸 수가 윷놀이와는 차이가 있다. 저포(樗蒲)에 사용하는 나무가락의 수는 5개이고 윷놀이는 4개의 가락을 사용하는 것도 서로 다른 점이다. 따라서 저포의 말판이 담고 있는 의미가 무엇인지 알 수 없다. 저포와 윷놀이는 다만 나무 가락을 던져 판을 따라 말을 옮긴다는 놀이의 대원칙이 유사할 뿐이다. 무엇인가를 던져 나온 수대로 말을 움직이는 형태의 놀이는 놀이의 원형 중 하나이다. 이는 여러 문화권에서 존재하고 있을 가능성이 높다.

문헌으로 '윷놀이'의 근원을 찾기는 어렵다. 다만 윷놀이가 기록으로 등장하는 것은 "백제에 樗蒲가 있다."라는 『북사』 「백제전(百濟傳)」과 이를 재수록한 『수서』 「동이열전(東夷列傳)·백제」 등이다. 이

---

16 晋 張華 『博物志』 "노자가 西戎에 들러갔을 때 樗蒲를 만들었다(老子入西戎造樗蒲)." 東漢 馬融의 『樗蒲賦』에 따르면, 현통선생(노자)가 경도에 있을 때 저포놀이를 좋아했고 서융에 들어가서는 이것으로 근심을 풀었다고 한다(昔有玄通先生, 遊於京都. 道德既備, 好此樗蒲. 伯陽入戎, 以斯消憂).

를 들어 윷놀이가 저포에서 비롯되었다는 주장이 제기되기도 했지
만 놀이의 유사성에 입각하여 윷놀이를 '저포(樗蒲)'라는 용어로 번
안하여 기록한 데서 저포와 윷놀이를 같은 것으로 혼동한 것 같다.
이 기록은 윷놀이가 삼국시대에 이미 놀이로 자리 잡았음을 보여준
다. 이 점을 분명히 알 수 있는 자료가 목은(牧隱) 이색(李穡, 1328~
1396)의 「이웃집 늙은이인 李상서와 朴中郞, 金碩, 金彦, 李祐仲, 孫叔
畦가 저포희(樗蒲戲)를 하기에 나는 옆에 앉아서 구경하다」는 칠언율
시이다. 윷놀이 관련 시문의 처음인데, 제목에 '저포희(樗蒲戲)'라 하
여 윷놀이가 곧 저포인 것처럼 기술하였다. 문학적 형상도 뛰어나지
만 윷놀이에 대한 그간의 의문점을 일부 이해할 수 있는 설명을 보여
주고 있어 윷놀이를 연구하는데 중요한 시문으로 평가된다.

風俗由來重歲時 동방의 풍속이 예로부터 세시를 중히 여겨
白頭翁嫗作兒嬉 흰머리 할범 할멈들이 아이처럼 신이 났네
團團四七方圓局 둥글고 모난 판(局)에 동그란 이십팔 개의 점
變化無窮正與奇 정법과 기묘함의 변화가 무궁무진하도다
拙勝巧輸左可駭 서툶이 이기고 교묘함이 지는 게 더욱 놀라워
強吞弱吐亦難期 강함이 삼키고 약함을 토하니 승부를 예측할 수 없
　　　　　　　구나
老夫用盡機關了 노부가 머리를 써서 부려 볼 꾀를 다 부리고
時復流觀笑脫頤 때때로 다시 흘려 보다 턱이 빠지게 웃노라

　위의 작품은 『목은집』 권35[17]에 수록되어 있다. 놀이에 대한 설명
으로 둥글고 모난 윷판에 동그란 이십팔 개의 점(團團四七方圓局)이라

고 기록되어 있다. 우리나라 윷판의 점에서 가운데 점은 북극성좌의 첫 번째 별인 추성을 상징하며 28개의 별은 7개의 북두칠성이 4계절에 따라 움직이는 것을 상징한다. 즉 28개 혹은 29개의 말판의 점은 이색이 말하는 저포가 중국의 저포를 명명하는 것이 아니라 우리나라의 윷놀이를 말하고 있다는 것이다.

윷판은 29개의 점이 사용되었고 바깥 점들은 원을 그리고 있고 나머지 점들이 선으로 교차하고 있음을 알 수 있다. 원은 하늘이고 원안의 점이 있는 두 선은 밭 전자 형상을 띄게 하며 땅을 의미한다고 보았다. 현대에는 사각형 모양의 윷판이 많이 사용되고 있으나 전통사회에서는 하늘을 상징하는 원 형태로 그려 사용하였다는 것이 특이하다.[18] 특히 『열양세시기』에서는 윷판에 기입할 문자까지 언급하고 있다.[19]

29개의 점 중 정가운데 점 1개는 5개의 별로 이루어진 북극성좌의 첫 번째 별 추성을 의미한다. 추성은 별자리 위치가 변하지 않아 별자리의 중심 역할을 하는 별이다. 그 외의 2개의 별은 계절에 따라 북두칠성 위치가 변하는 것을 나타내는 것으로 사계절 즉 절기의 변화를 상징한다. 농경사회 풍년을 결정하는 가장 중요한 절기의 변

---

17 한국고전종합DB

18 『國史補』卷下. "洛陽令崔師本好爲古樗蒲. 其法三分其子三百六十. 限以二關. 人執六馬. 其骰五枚, 分上黑下白. 黑者刻二爲'犢', 白者刻二爲'雉', 擲之, 全黑爲盧, 其彩十六. 二雉三黑爲雉, 其采十四. 二犢三白爲犢, 其采十. 全白爲白, 其采八. 四者貴采也. 六者雜采也. 貴采得連擲, 打馬過關. 餘采則否. (李肇, 『唐國史補』, 古典文學出版社, 1957, 참조.)

19 문미옥·손정민, 「옛문헌에 나타난 윷놀이의 유래와 놀이방법」, 『유아교육연구』 33, 한국유아교육학회, 2013, 168~170쪽.

화, 그리고 하늘과 땅을 중심으로 하는 음양오행의 사상을 윷판에
접목하여 놀이의 품격을 향상한 것으로 볼 수 있다.

문헌명	내용
『세시잡영』	윷놀이 윷판을 매만지며 모두들 도를 외치고 말판이 스물 아홉 궁으로 말을 달리네 방으로 굽어져 빨리 질러가지 못하면 사방으로 돌아서 더디게 가야하네 連聲刮席叫豚兒 廿九宮中趲馬時 屈曲未能行捷徑 四方無那轍環遲
『강천각소하록』	윷말 네 개가 함께 가거나 혹은 타거나 혹은 짝을 이루며, 유리하면 멈추고 해로우면 잡아먹지 않는다. 四馬 馳 或乘或匹 利則留止 害不掩食 갑을이 서로 윷을 던져서 각기 윷말을 간다. 갑이 도를 던지고 을이 개를 던졌는데 갑이 다시 도를 던지면(갑이) 을의 말을 잡는다. 갑이 걸을 던졌는데 을 또한 걸을 던지면(을이) 갑의 말을 먹는다… 이 후에는 앞과 같다. 잡아서 바로 그 자리를 얻는 것을 '먹는다(食)'고 말한다. 잡아먹은 사람은 또다시 던진다. 갑의 말 하나가 윷에 있고 을의 말 하나가 모에 있는데 갑이 도를 던졌을 때 잡으려고 하면 잡고, 아니면 다른 말 하나를 가야 한다. 갑의 말 하나가 모에 있고 을의 말 하나가 윷에 있는데 갑이 모를 던졌을 때 그냥 가려고 하면 가고, 아니면 다른 말 하나를 겹친다. 이에 따라 이해가 나뉘고 교묘함과 서투름이 생긴다. 甲乙交擲 各行四馬, 甲擲挑 乙擦介 甲再擲桃 掩乙馬. 甲擲桀乙亦擲桀 食甲馬 以後追前 掩直得其處曰食 凡俺食者亦重擲焉 甲之一馬在類 乙之一馬在模 甲擲挑 欲掩則掩 不欲則別起一馬 甲之一馬在模 乙之一馬在類 甲擲模 欲行則行不欲則疊起一馬 利害分而巧拙生 나옴이 있고 들어감이 있고, 순행은 있어도 역행은 없다. 느리고 빠름이 이미 다르니 이기고 짐을 이에 점치도다. 有出有入 有順無逆 徐疾旣殊 輸 斯卜 윷말이 가는 데는 네 길이 있으나, 나오는 곳은 한 군데이다. 도에서 모에 이르러 꺾어 들어가는데, 중심에 들어서면 다시 꺾어 머리로 가서나

	오는 것이다. 중심에 들어서지 않으면 모의 맞은편으로 가서 꺾어 머리로 가서 나오는 것이다. 모에서 들어가지 않고 머리의 맞은 편에 이르러 꺾어 들어가 중심을 지나 머리로 가서 나오는 것이다. 머리의 맞은편에서 들어가지 않고 빙 돌아서 모의 맞은편을 지나 머리로 가서 나오는 것이다. 순리대로 가는 것은 있어도 거슬러 가는 것은 없다. 모에서 중심으로 들어간 경우가 나오는 것이 가장 빠르며, 빙 돌아가는 경우는 나오는 것이 가장 느리다. 모에서 들어갔지만 중심으로 들어가지 않은 경우와 머리의 맞은편으로 가서 들어간 경우는 나오는 것이 같다. 먼저 나오면 이기고 뒤에 나오면 지는 것이다. 馬行有四 其出則一 自挑至模折而入 其入中心者 又折而從頭孔出馬, 其不入中心者 從模之對孔 折而從頭孔出, 其不入模者 至頭孔之對孔 折而入 歷中心從頭孔出, 其不入頭孔之對孔者 環行歷模之對孔 從頭孔出. 有順行無逆行 自模入中心者其出速 環行 者其出遲 自模而不入中心者與從頭孔之對孔入者其出等 先出爲勝 後出爲負
『경도잡지』	도는 한 밭씩 가고, 개는 두 밭, 걸은 세 밭, 윷은 네 밭, 모는 다섯 밭씩 각각 간다. 밭 중에는 돌아가는 길과 질러가는 길이 있어 말이 빨리 가는가 늦게 가는가에 따라 내기를 결정한다. 徒行一圈 个行二圈 傑行三圈 銀行四圈 牡行五圈 圈有迂捷 馬有遲疾 以決輸贏
『열양세시기』	두 사람이 상대가 되어 던지는데 엎어지고 잦혀진 상태를 보고 정해진 동그라미 숫자에 따라 말을 두고 나간다. 모두 엎어 지면 모로 다섯 칸을 움직이고, 모두 잦혀지면 윷으로 네 칸, 셋이 잦혀지고 하나가 엎어지면 걸로 세 칸, 둘씩 잦혀지고 엎어지면 개로 두 칸, 셋이 엎어지고 하나가 잦혀지면 도로 한 칸을 움직인다. 가야할 칸에 말이 미리 있을 때 적의 말이면 먹고 자기 말이면 합한다. 모나 윷이 나오거나 적의 말을 먹으면 연이어 던진 다음 모두를 합쳐 계산한다. 말을 두는 방식은 오른쪽에서 돌아 한 바퀴 돌고 나오는데 '입'이나 '공' 위치에 간 말은 꺾어 안으로 빨리 돌 수 있고 '입'으로 들어간 말은 '방'에 이르면 또 왼쪽으로 꺾을 수 있으므로 가장 빠르다. 그 속도의 차이 어긋나고 바름이 예측할 수 없지만 중요한 것은 네 말 을 빨리 나오게 하는 자가 이기는 것이다. 兩人對擲 視其仰俯 計圈圖馬而行之 皆俯曰址行五圈 皆俯曰柔行四圈 三仰一俯曰傑行三圈 俯仰客二曰開行二圈 三俯一仰曰刀行一圈 先有馬當其圈 敵則食之 己則合之 得牡柔者食敵連擲合計 凡置馬皆從出右 繞行于外一周而出 値入拱二圈則折而內差速 由入者値 房則又折而左 最速矢遲速奇正不一其端大要先出四馬者勝
『한양세시기』	한 개가 뒤집히면 도이고, 두 개가 뒤집히면 개이고, 세 개는 걸, 네 개는 윷이며, 다 엎어지면 모라고 한다. 一翻曰刀 二曰介 三曰傑 四曰杻 俱休曰車

> 편을 나누어 번갈아 던진 다음 궁을 헤아려 말을 옮겨 빨리 나가는 것에
> 힘쓴다. 그러므로 모를 많이 얻는 자가 이기게 된다.
> 分會送擲 計宮搬馬 務速進 故驟得车 者勝

* 출처: 조선대세시기

위의 문헌을 바탕으로 정리하면 윷놀이의 방법은 다음과 같다.

첫째, 두 사람이 할 수도 있고 여러 명이 두 편으로 나누어서 할 수도 있다.

둘째, 한 면은 둥글고 한 면은 평평한 네 개의 윷가락을 던져 한 개가 뒤집히면 도, 두 개가 뒤집히면 개이고, 세 개는 걸, 네 개는 윷, 다 엎어지면 모라고 한다.

셋째, 말이 말판을 돌아 먼저 나오는 편이 이기는 놀이이다.

넷째, 말판인 윷판에서 말이 움직이는 칸의 수는 도는 한 칸(밭), 개는 두 칸, 걸은 세 칸, 윷은 네 칸, 모는 다섯 칸 씩 각각 간다.

다섯째, 말이 움직이는 것은 앞으로만 진행하고 뒤로 가지는 못한다.

여섯째, 말이 움직이는 길은 4가지가 있다. 가운데 점 즉 방이 있는 곳 즉 지름길로 굽어가거나 아니면 빙 돌아가야 한다.

일곱째, 윷말은 여러 개일 수 있으며 합쳐지는 경우 같이 움직일 수 있다.

여덟째, 상대 말에 겹쳐지는 경우 상대를 잡아먹어 원점에서 시작하게 할 수 있다.

아홉째, 모나 윷이 나오거나 상대를 잡아먹은 사람은 한 번 더 던질 수 있다. 이때 연이어 던진 후 합산하여 말을 쓴다.

이렇듯 과거에 문헌에 기록된 윷놀이 방법은 현재 우리가 하는

윷놀이 방식과 거의 동일하다는 것을 알 수 있다. 특히 옛 문헌에서는 윷놀이 방법 중 말이 갈 수 있는 4가지 길과 관련하여 여러 개의 말을 적절하게 쓰는 '지략(智略)'이 놀이의 성패를 결정한다는 사실을 강조하고 있다.

> 홀발산이 산 밑에 가고
> (너희는 이제 겨우 첫째 말이 한 구석을 가는데)
> 석동문이 막 돌아 간다
> (우리는 세 개 말을 겸한 석 동문이 막 돌아 간다)
> 윷이냐 살이냐 오금의 떡이냐
> (너희는 뜻이냐 무엇이냐 오금의 떡처럼 붙어만 있구나)
> 동- 동- (자 우리는 넉 동이 다 났다)
> 자가사리 박실박실한다.
> (그러나 너희 말은 아직도 많이 남아서 자가사리가 박실박실하는 것 같구나)

위의 민요는 흥겨운 윷판의 한 장면을 표현한 것으로 윷놀이를 하면서 흥취에 겨워 절로 엮어 대던 말이었다. 전국적으로 전승되던 민요로서 윷놀이하는 장면이 마치 풍속도의 한 폭인 양 진솔하고 해학적으로 그려져 있다.

문헌명	내용
『세시기』	4개의 윷을 던져서 젖혀지고 엎어진 것으로 일년의 길흉을 점치니, 이를 윷점이라고 한다. 又擲四木頭 以俯仰 占一歲休 云柶卜

『경도잡지』	세속에서는 설날에 윷을 던져 얻은 괘로 새해의 길흉을 점치는데 대게 세 번을 던져 64괘 중 하나에 배정한다. 각 괘에는 다음과 같은 요사가 있다. (중략) 世俗元日又擲栖占新歲休咎 凡三擲配以六十四卦有繇辭
『세시풍요』	안방에서 윷을 던져 길흉을 점치니 몸가짐 가다듬고 중얼중얼 축원하네 올해의 신수 대통을 징험할 수 있으니 첫 번째 효로 수룡을 얻었기 때문이네 擲相閨房占吉凶 喃喃祝語歛儀容 大通身數今年驗 第一爻拈得水龍

* 출처: 조선대세시기

위의 내용은 점윷에 관한 것이다. 점윷은 새해의 길흉을 점치는 것이며, 윷을 세 번 던져 나온 끝수를 적은 세 자리 수로 괘를 정하는 것이며 그 괘가 64개인 것으로 기록되어 있다. 윷과 모는 같은 것으로 간주하고 있다. 『경도잡지』에서는 윷점에 사용되는 64개를 모두 자세히 서술하고 있다.

3. 〈척사판론〉의 작품 구성과 특질

우리나라에서 윷놀이와 관련된 다양한 작품이 지속적으로 향유되어 발전하였다. 윷놀이하는 모습을 생생하게 표현하거나 노래한 한시나 악부시, 민요 등을 소재로 한 작품이 많다. 새로운 작품 〈척사판론〉은 선문대학교 구사회 교수가 소장하고 있는 잡가로 추정된다. 이 작품에 사용된 주된 양식은 윷놀이를 주요한 수단으로 사용하여 부르는 노래이다. 윷놀이의 방법에 따라 노래를 전개하고 있다. 여기에 단순히 윷놀이가 지닌 놀이로의 방법만을 이야기하는 것이 아니라 여러 사상이 연계되어 있다고 추측할 수 있다. 윷판과 윷가락에 『역경』과 『천부경』의 이치와 북두칠성의 원리가 천지인(天地人) 합일(合一)로 나타나 있다.

〈척사판론〉의 전승 양상을 보면 한시·가사·민요 등의 다양한 장르를 반영하고 있다. 이처럼 윷놀이에 대한 작품은 한시부터 잡가까지 지속적으로 유통되고 있다는 것을 알 수 있다. 문학적 우수성이나 특수성은 찾기 어렵지만 작품을 쉽게 익힐 수 있고, 사람들에게 익숙한 소재 '윷놀이'를 사용하여 인간이 지녀야 할 의식의 함양이나 삶의 지침을 독려하는 목적을 가지고 있다. 선악(善惡)의 행위 등을 통하여 인간은 스스로 길흉화복(吉凶禍福)의 길을 선택하게 되는 것이다.

윷놀이는 상대방과 나와의 승부를 겨루는 놀이니, 도·개·걸·윷·모 중 말밭을 빨리 가는 모나 윷을 쳐야 날밭을 상대편보다 빨리 나올 수 있다. 윷판은 음양(陰陽) 관계로 구성되어 있으니, 『역경』과 관계가 깊다고 생각할 수 있다. 윷판은 둥근 것인데 십자로 그으면 사계절로 나뉜다. 사계절 또한 음양 관계의 원리로 볼 수 있다. 윷놀이를 구성하는 3가지 요소인 윷가락과 윷말 그리고 윷판을 역학의 학문적 체계인 천지인 삼재지도(天地人 三才之道)로 이해할 수 있다. 윷가락은 천도(天道)에 대응되는데 그 수가 4개인 것은 천도의 사상(四象)작용을 상징하며, 윷말은 人道로 땅에서 하늘의 뜻을 대행하는 존재인 인간에 대응되는데 실존적 존재인 인간은 음양 작용이 기본이 되어 사상작용(四象作用)을 하기 때문에 8개의 윷말이 윷판에서 작용하는 것이다. 또 윷판은 지도(地道)에 대응되는데 지도는 천도가 드러나는 장으로 구체적인 공간 속에서 전개되기 때문에 땅에 29점

을 찍어서 그린 것이다.[20]

의식이든 무의식이든 우리는 놀이와 밀접하게 연관되어 살고 있다. 놀이를 기반으로 일종의 계몽을 하고 있다. 윷놀이 계열의 작품들은 높은 문학성을 지니기보다는 노래의 형식 완결성과 내용의 개방성으로 인해 전승의 방법도 유연하고 쉬운 내용의 전달이라는 결과를 가져올 수 있다. 윷놀이는 그 자체만으로 놀이의 유흥성 뿐만 아니라 다양한 사상적 체계를 내포하고 있으며, 이러한 특성은 시어로서 윷놀이가 내포한 장점을 나타낸다.

〈척사판론〉에서 윷놀이의 방식이 선명하게 드러난다. 윷판은 음양의 이치로 되어 있고, 1년 4계절을 음양 이치인 말밭으로 가는 것이니, 건원점(乾元点)인 방을 통과하여 날밭을 나오면 상대방을 이기게 되어 있다. 윷판의 중심인 방인 건원점(乾元点)은 북극성을 가리킨다. 북극성은 춘하추동(春夏秋冬)을 통하여 움직이지 않고 고정된 자리에 위치해 있다. 윷놀이는 북극성과 같이 흔들리지 않는 마음가짐으로써 윷 다섯 가락을 던지면 원하는 대로 칠 수 있다는 것을 알려준다.

잡가는 대중에게 낯익은 기존 갈래나 작품으로부터 형싱과 내용을 차용하되, 대중의 감성을 자극하는 방향으로 사설이 재구성되는 형태를 가지게 된다. 〈척사판론〉에서는 윷놀이판의 생동과 긴장감을 명명(命名)하였다. 상황적 주제를 강조하여 윷놀이의 서사를 드러내려고 노력한 것으로 이해할 수 있다. 여기에 대중을 교화하기 위한 계몽적 기능도 일정 이상 보여진다.

---

20 임병학, 「『正易』에서 본 '윷놀이'의 易學的 의미」, 『선도문화』 16, 국제뇌교육종합대학원 국학연구원, 2014, 308~309쪽.

본래 놀이는 놀이 자체의 자유로움 때문에 인간 내면의 본성에 있는 자연성이 발로되는 행위로 인간의 본성을 기쁘게 해준다. 놀이가 지닌 자유 그 자체는 우리가 자신의 삶에서 안정감을 가지고 존재의 의미를 획득할 수 있는 중요한 힘이다. 인간이 자신의 삶에서 진정한 자유를 누리는 시간과 공간을 가진다는 것은 자신의 삶을 한층 성숙할 수 있는 계기로 작용한다.[21] 자발적인 참여로 놀이가 이루어지고 다른 사람들과 함께할 수 있기 때문에 즐거움이 배가 된다. 윷놀이가 놀이의 과정 속에서 집단의 화합과 결속을 이끌어내는 긍정적 측면이 있었기 때문에 〈척사판론〉에서는 이를 전승한 것으로 판단할 수 있다. 이러한 점은 작품에서 살펴볼 수 있는데, 윷놀이는 사람들의 여가 문화의 현장이었고, 이를 통해 결속을 확인하고 자신도 그 일원이라는 자긍심을 표출할 수 있었던 것으로 판단된다. 한편 윷놀이의 공간이 단지 승부를 겨루는 자리가 아닌 삶의 경험을 공유하고 격려하며 연대하는 방법을 통해 문화의 현장이었음을 보여주기도 하는데, 이를 잡가 양식으로 생생하게 기록한 것으로 보인다. 〈척사판론〉에서 형상화된 윷놀이는 신바람으로 윷가락을 던지면 모와 윷이 나오게 되어 있다. 사람들이 모나 윷이 나오면 노래를 하고 춤을 추는데 천지인의 합체된 경지에 이르게 되었음을 의미한다. 윷놀이에서 상대방을 이기는 사람들은 힘찬 기백(氣魄)으로 윷가락을 던질 때 이기는 것은 윷놀이에 '음양의 조화'라는 이치가 들어 있기 때문이다.

유득공(柳得恭, 1749~1807)은 『사소절(士小節)』에서 윷놀이를 비롯

---

21 김상한, 「놀이의 세계와 미래사회의 문학교육 방향 탐색」, 『문학교육학』 73, 한국문학교육학회, 2021, 97쪽.

한 장기, 바둑, 쌍륙, 골패 등의 놀이들이 정신을 소모하고 뜻을 어지
럽히며 경쟁을 조장하고 심지어 도박에 빠져 재산을 탕진하고 형벌
까지도 받게 한다고 경고했다. 특히 여성들이 윷놀이를 하고 쌍륙치
기를 하는 것은 뜻을 해치고 위의(威儀)를 거칠게 만드는 나쁜 습속
이라고 하면서 남녀 친척 형제들이 모여 신체 접촉을 하며 놀이를
하는 것은 음란의 근본이라고 지적한 대목을 보면 윷놀이가 여성들
에게는 경계해야 할 놀이로 인식된 측면이 포착된다.[22] 윷놀이는 누
구나 즐기는 세시(歲時)놀이로 존재하면서도 본래는 남성들이 중심
이 되는 놀이로 보여지고 있다.

〈척사판론〉에서 추구하는 유교와 도교, 동학의 가르침이 내재되어
있다. 이를 통해 인간이 지닌 보편성을 획득하고자 시도하였다. 이는
과거로부터 수없이 많은 사람들이 창작과 가창에 가담했을 것으로
판단하고 작품을 유통·계승하였을 것으로 보여진다. 윷놀이는 단순히
재미나 놀이로만 활용되는 것이 아니라, 신화·종교·사회 등을 표현하
고 있으며, 나아가서는 다양한 문화가 지니는 가치관 우주론·사회구성
까지 영향을 미칠 수 있는 강력한 기호 표기로 생각할 수 있다. 현재에도
연초(年初)부터 정월대보름까지 마을공동체가 중심이 되어 척사대회
를 개최하는 등 지속 가능성이 매우 높고, 다양한 전승이 가능하며,

---

22 여자가 윷놀이를 하고 쌍륙치기를 하는 것은 뜻을 해치고 위의를 거칠게 만드는
일이니 나쁜 습속이다. 종형제·내외종형제·이종형제의 남녀가 둘러앉아서 대국을
하고 점수를 계산하면서 소리를 지르며 말판의 길을 다투고 손길이 서로 부닥치면
서 다섯이니 여섯이니 소리를 질러대어 그 소리가 주렴 밖에 퍼져 나가게 하는
것은 참으로 음란의 근본이다. (『士小節』,「婦義」〈事物〉: 정인숙,「윷놀이 관련 규방
가사의 내용적 특징과 여성문화적 의미」,『국제어문』88, 국제어문학회, 2020,
258~259쪽 재인용.)

운(運)에 기대는 운놀이라는 특성이 있다. 또한 경우의 수를 활용하는 가변성, 직관적 놀이 구성으로 배우기 쉬우며, 주변 상황에 맞게 열린 놀이라는 특성으로 인해 앞으로도 활발하게 전승될 것으로 전망된다.

4. 마치기

윷놀이는 산업화·도시화로 급격히 붕괴되는 사회의 변화에도 불구하고 오랜 역사와 전통 속에서 단절 없이 지속되어, 현재까지 우리 민족의 정체성과 가치를 표현할 수 있는 대표적인 전통 놀이문화로 볼 수 있다. 윷놀이는 단순한 놀이가 아니다. 우리 민족의 우주관과 천문관을 바탕으로 음(陰)과 양(陽), 천체의 28수 등 형식의 완결성을 지니고 있다. 또한 놀이의 방식이 단순하면서도 동시에 다양한 변형이 이뤄지고 있으며, 놀이도구, 놀이판, 진행 방식은 다른 판놀이에 비해 매우 독특한 형식을 가지고 있다.

새로운 작품 〈척사판론〉은 윷놀이를 제재로 윷놀이판의 생동과 긴장감을 상징적으로 노래하며, 사상적 측면을 상세히 설명하고 있다. 문학작품으로 우수성이나 특수성은 선별하기 어렵지만 누구나 쉽게 이해할 수 있고, 사람들에게 친숙한 소재를 사용하여 인간이 지닌 사고나 삶의 방향을 독려하려는 목적이 선명하게 드러난다. 작품의 내용은 놀이 방식을 시작으로 윷놀이판의 모양, 윷놀이 방식과 승패를 비유적으로 소개하면서 윷놀이하는 모습을 서술하고 있다.

〈척사판론〉에서 작자는 윷놀이를 호기심을 가지고 관찰하면서 흥미롭게 묘사하고 있다. 작품에서 시적 화자는 작품 외부에서 윷놀이를 바라보고 관찰하여 음양의 이치, 선악의 행위, 기심(其心) 등을 의미를 알게 하고, 삶의 나갈 바를 상징적으로 제시하고 있다. 특히 잡가가 지닌 유연성과 대중성을 바탕으로 과거부터 근대에 이르기까지 대중들이 가지고 있는 다양한 의식 세계와 감정을 윷놀이를 통해 솔직하게 표현한 것으로 보인다.

이 작품에서는 놀이를 소재로 하여 사람들의 의식을 깨우게 하려는 계몽적 성격을 지니고 있다는 점이 매우 독특하다. 윷놀이 계열의 작품들은 대체적으로 높은 문학성을 지니기보다는 노래형식의 완결과 내용의 개방성으로 인해 전승의 방법이 유연하고 쉽게 작품의 내용을 터득하는 결과를 예상할 수 있다. 아울러 이 작품의 창작시기를 통해 19세기를 전후로 봉건 체제가 무너지는 과정에서 특히 한글로만 창작되던 시기에 과거의 것을 지양하는 '한문 현토체'를 작품내에서 사용되고 있다는 점은 매우 특이한 사안이다. 이를 통해 작품이 지니고 있는 문학사적 가치를 재고할 수 있고, 독자가 수용하는 방법에 있어 고민해야 할 지점은 무엇인지 성찰하게 한다. 이 작품의 온전한 실체를 파악하기 위해서는 다양한 문화적 사안을 통합할 수 있는 방법론의 모색 역시 필요하다. 이는 특정 전통 장르의 규범성과 특성이 파괴된 흔적이 역력한 작품으로 보이는 〈척사판론〉에 대해 세심한 고민이 필요한 부분이다.

숫자노래의 전승 맥락과
새로운 근대가사 〈숫자가〉의 문예적 검토

하경숙·구사회

1. 머리말

문자와 숫자는 둘 다 사회적 약속으로 기호화한 상징체계이자 이성적 판단과 추론 인식의 매개물이면서 사고의 확장과 추상적 의미 부여에 지대한 영향을 끼쳐 왔다. 이 둘 중에서도 숫자는 철학과 더 긴밀한 관련을 맺고 인간 사유와 인식의 패러다임을 이끄는 역할을 해왔다.[1] 우리 인간은 오랜 세월을 숫자와 함께 해왔다. 처음에는 손가락으로 수를 세다가 다섯 개씩 묶는 막대기 모양의 표시인 탤리마크(tally marks)가 나왔다. 이후로 바빌로니아 사람들은 60진법을 사용하며 산수의 확장을 가져왔는데, 숫자의 무한한 확장은 아무래도 고대인도인에 의해 시작된 '0'의 발견이었다.[2] 이후로 인간은 그것과 함께 끝없이 인지 능력을 향상할 수 있었다.

---

1 이민희, 「수학적 사고와 공간관으로 본 『구운몽』 일고(一考)」, 『한국어와 문화』 10, 숙명여자대학교 한국어문화연구소, 2011, 5쪽.
2 마리안 프라이베르거·레이첼 토마스, 이경희 외 역, 『숫자의 비밀』, 한솔아카데미, 2017, 10~26쪽.

역사적으로 숫자는 자연 현상이나 사건과 결합하며 문화적 상징성을 갖게 되었고 문학 작품에도 반영되었다. 고대 유대인들이나 기독교인들은 숫자와 결합한 종교 의식을 갖고 있었다. 서구의 바로크 시대에는 숫자를 이용하여 시간을 노래하는 종교적 찬미의 격언시도 있었다.[3] 이것은 동아시아에서도 거의 비슷하였다. 중국을 비롯한 한국에서는 고대에 천문과 자연 현상을 통해 한 해를 계절과 절후를 파악하여 그것을 숫자로 기호화하였다. 숫자는 사용하는 민족의 민족성과 함께 사회적, 문화적, 경제적인 의미가 부여되는 상징성의 의미도 내포하고 있다.[4] 다시 말해 "숫자는 독특한 문화 현상 중 하나로 사람들 사이에 정보를 전달할 뿐 아니라 감정까지도 전달하는 코드"라고 할 수 있다.[5] 처음에 사물의 본질에 상관없이 단지 수를 세어 생활의 편리함을 도모하기 위해 만들어진 숫자들이 인간의 욕망 구조에 따라 새로운 의미를 부여[6]받으며 다양한 양상으로 나타난다. 숫자는 일상의 생활을 이해하는데 중요한 요소로 작용한다. 세상을 이해하고 답답한 현실을 슬기롭게 극복할 수 있는 어떠한 주술 또는 암호 같은 것이다.[7]

우리나라에서도 숫자와 관련된 시가 작품이 발전하였다. 고려속

---

3   오토 베츠, 진아·김혜진 역, 『숫자의 비밀』, 도서출판 다시, 2004, 279~288쪽.

4   최해만, 「한국어 숫자 속담에 대한 연구」, 『중한언어문화연구』 8, 중한언어문화연구학회, 2014, 83쪽.

5   나상진, 「이족 4대 창세서사시에 나타난 상징 분석 – 숫자상징을 중심으로」, 『중국어문학논집』 60, 중국어문학연구회, 2010, 390~391쪽.

6   박종한, 「숫자에 담긴 중국문화와 그 활용」, 『중국문화연구』 2, 중국문화연구학회, 2003, 145~146쪽.

7   남성진, 「민속예술에서 숫자 12의 도입과 '관념의 구체화' 양상」, 『비교민속학』 44, 비교민속학회, 2011, 169쪽.

요인 〈동동〉에서는 한 해의 절기를 숫자로 기호화하여 임과의 상사를 노래하였다. 조선시대에는 월령체 노래가 꾸준히 지어졌다. 조선 말기에는 숫자를 전면으로 등장시켜 그것을 중심으로 언어유희의 희작적인 시가 작품들이 나왔다. 숫자 원형은 신화와 무속 관념에서 사상과 감정을 표현하는 제2 언어의 기능을 담당하고, 자연언어가 대신할 수 없는 신성한 특징이 있으며 특정한 환경에 특정한 의미를 표현할 수 있다.[8] 근대 전환기에는 '수자풀이', '숫자풀이' 또는 '숫자노래'라는 숫자만을 가지고 부르는 민요나 잡가도 나왔다. 하층민의 정서를 여실히 반영한 잡가는 도시 유흥을 기반으로 하여, 사설의 측면에서나 악곡의 측면에서 이미 익숙하고 세련된 기성의 텍스트와 선율을 혼성화하면서 도시 대중들의 감성을 휘어잡았다.[9] 또한, 숫자를 바탕으로 다양한 작품들을 가창하였고, 지속적으로 유통되어 자신들의 정서를 효과적으로 나타내었다.

이와 같은 흐름의 연장선상에서 나온 〈숫자가(數字歌)〉는 근래에 필자가 발굴한 새로운 '숫자노래'이다. 〈숫자가〉는 『금수강산유람기』라는 자료집에 들어 있는 근대가사인데 아직 학계에 보고된 바가 없다. 이 논문에서는 이번에 발굴한 〈숫자가〉의 실체를 파악하기 위해 먼저 이런 노래류의 역사적 전승 맥락과 함께 원문 자료를 검토하고자 한다. 이어서 그것의 창작 기법과 작품 내용을 검토해보기로 한다.

---

8 왕염, 「제주도 무가 속의 숫자 12에 대한 고찰」, 『탐라문화』 42, 제주대학교 탐라문화연구원, 2013, 158쪽.
9 이형대, 「근대계몽기 시가 장르의 존재 양상과 근대적 대응: 근대계몽기 시가사 인식의 구도와 관련하여」, 『시조학논총』 32, 한국시조학회, 2010, 15쪽.

2. 〈숫자가〉의 작품 원문과 창작 기법

1) 작품 원문

〈數字歌〉

①   ②   ③

一字을 들고보니 日本國도 原子彈에 敗戰되고

二字을 들고보니 李氏朝鮮 이 國土를 李博士가 도로찻고

三字을 들고보니 三千里 錦繡江山 三八線이 가로막네

四字을 들고보니 四一九 學生運動 自由黨도 무너지고

五字을 들고보니 五一六 軍事革命 民主黨도 무너지고

六字을 들고보니 六二五 동난 當時 東西洋이 參戰되고

七字을 들고보니 七百里 洛東江도 血流成川 되어 잇고

八字을 들고보니 八一五 解放日은 永世不忘 國慶日일세

九字을 들고보니 九宮運數 도라오면 中央土가 分明하다

十字을 들고보니 十字는 正數이라 大宇宙에 正數로다

百字을 들고보니 百發百中 百자리는(를) 임업시 도라오고

千字을 들고보니 千秋에 맷친 冤恨 解冤時節 도라왓네

萬字을 들고보니 萬古업는 大道大靈 大宇宙을 統制하고

億字을 들고보니 億萬年 利害是非 脫皮하고

우리民族 始終如一 大運數을 一化民族 되여보세

世界各國 民族들아

일자를 들어보니 일본국도 원자탄에 패전되고

이자를 들어보니 이씨조선인 이 나라를 이박사가 다시 찾고

삼자를 들어보니 삼천리 금수강산에 삼팔선이 가로막네
사자를 들어보니 4·19 학생운동에 자유당도 무너지고
오자를 들어보니 5·16 군사정변에 민주당도 무너지고
육자를 들어보니 6·25 전쟁 당시 동서양이 전쟁에 참가하고
칠자를 들어보니 칠백리 낙동강도 혈류성천 되어 있고
팔자를 들어보니 8·15 해방일은 영구히 잊지 않을 국경일일세
구자를 들어보니 구궁운수 돌아오면 중앙토가 분명하다
십자를 들어보니 십자는 정수라 대우주에 정수로다
백자를 들어보니 백발백중 백자리는(를) 임없이 돌아오고
천자를 들어보니 천추에 맺힌 원한 해원시절이 돌아왔네
만자를 들어보니 만고없는 대도대영 대우주를 통제하고
억자를 들어보니 억만년 이해시비를 벗어나고
우리민족 한결같이 대운이 들어와 단일민족이 되어보세
세계각국의 민족들아

2) 창작 기법

〈숫자가〉는 선문대학교 구사회 교수가 소장하고 있는 가사 작품이다. 이 작품에 사용된 주된 양식은 숫자를 주요한 수단으로 사용하여 부르는 노래로 '숫자가, 숫자노래, 숫자풀이노래' 등의 이름으로 불리며 전승되었다. 숫자의 순서에 따라 말을 만들어가며 말놀이하는 방법으로 보인다. 생활 속에서 의식이든 무의식이든 수와 밀접하게 연관되어 살고 있다. 그러므로 이러한 숫자에 대한 특정한 관념이 생기게 되고, 그것이 관습적으로 정착되어 독특한 상징성을 지니게

된다.[10] 〈숫자가〉계열의 작품들은 높은 문학성을 지니기보다는 노래
의 형식 완결성과 내용의 개방성으로 인해 전승의 방법도 유연하고
쉬운 내용의 전달이라는 결과를 가져올 수 있다. 숫자는 그 자체만으
로 인문학적인 정체성과 다양한 함의를 내포하고 있으며, 이러한 특
성은 시어로서의 숫자가 내포한 장점이었다.[11] 가사는 담당층의 세계
관 및 미의식을 기반으로 사회적, 역사적, 문화적 조건과 그 변화와
밀접한 관련을 갖고 창작되었다. 특히 여타 장르와 비교해보면 작품
수와 범위가 방대하고, 자료의 유통이나 형태가 다양한 방식으로 향
유되는 장점이 있었다. 이 작품 역시 유연한 문체를 바탕으로 한
가사작품으로 전승된 것으로 보인다.

〈숫자가(數字歌)〉는 표제가 『錦繡江山遊覽記』라고 적혀 있는 자료
집에 수록되어 있다. 이 자료집은 다시 「금수강산유람기」와 「가사
집(歌詞集)」으로 구분된다. 〈숫자가〉는 전자에 수록되어 있다. 「금수
강산유람기」에는 32편의 가사 작품이, 「가사집」에는 10편의 가사와
잡가들이 수록되어 있다. 그리고 「금수강산유람기」에는 저자가 안
동(安東) 김대헌(金大憲)이 지은 한시인 〈백락시(百樂詩)〉와 〈주자시
(酒字詩)〉를 앞서 기록해 두었다.[12]

---

10 남성진, 앞의 논문, 171쪽.
11 김성언, 「한국 한시에 나타난 數詞의 修辭學」, 『한국한시연구』 19, 한국한시학회,
    2011, 295쪽.
12 「금수강산유람기」로 편제된 32편의 가사 작품 중에 〈담배노래〉가 있다. 여기에도
    '檀紀 四二九七年頃 安東 金大憲'이라고 적시되어 있다. 〈百樂詩〉나 〈酒字詩〉의 창작
    수법과 비슷하여 필자는 〈담배노래〉도 김대헌이 지은 것으로 보았다. 한편, 창작
    연도를 '檀紀 四二九七年'이면 서기 1964년에 해당한다. 하지만 필자는 〈담배노래〉
    의 내용을 통해 그것의 창작 연도를 1967년으로 비정하였다. 〈담배노래〉에는 31개
    의 담배 명칭이 나오는데 1966년도까지 나온 것이었다. 그리고 그 이후로 나온

「금수강산유람기」 말미에는 '檀紀 四三二三年 庚午 八月 筆者 晚齋 朱元澤'으로, 「가사집」 말미에는 '檀紀 四千三百二十三年 庚午 八月 筆寫 晚齋 朱元澤'이라고 기록되어 있다. 이는 만재 주원택이라는 사람이 「금수강산유람기」에 수록된 가사 작품을 창작했다는 의미이고, 「가사집」에 수록된 작품은 자신이 창작한 것이 아니라 기존의 작품을 기록해 놓았다는 의미이다. 다시 말해서 전자는 만재 주원택이 그동안 창작해놓은 가사 작품을 1990년 8월에 「금수강산유람기」로 편집했다는 의미로 보인다. 그리고 후자는 만재 주원택이 기존의 시가 작품을 「가사집」으로 편집하여 필사했다는 의미이다. 이 작품은 「금수강산유람기」에 수록된 것으로 보아 우리나라 전반에 다양한 작품들을 모으는 과정에서 발견한 것으로 예상된다. 필자는 〈숫자가〉에서 숫자풀이를 통해 일본의 패망에서부터 1960년 군사 쿠데타까지 우리나라의 굵직한 사건들을 노래하며, 근대 역사를 한눈에 알아 볼 수 있도록 성실히 다루고 있다. 또한 마지막에는 민족화합을 통한 애국심 고취를 확립하고자 하였다.

무엇보다 이 작품에는 숫자를 사용하여 우리나라에 일어난 다양한 사건을 쉽게 풀어서 설명하며, 숫자 속에 담긴 상징적 의미를 유추하게 하는 과정이 담겨있다. 이는 우리나라에 관한 관심과 애정을 바탕으로 그 의미를 확장하게 한다. 그리고 그러한 상황에 놓인 사람들의 흥미로운 변주를 통해, 나라에 대한 소중함을 더욱 상기하게 되어 〈숫자가〉를 창작하고 전승했을 가능성이 크다.

이 작품에서는 숫자의 '一'부터 '億'까지 숫자를 앞에 두고 시험적

담배 명칭이 없었기 때문이다.

인 도전을 했다는 것을 알 수 있다. 일종의 두운이라 할 숫자의 순서는 작품 전체의 암기에 용이한 기능적 구실을 하고 있지만, 첫 구절에 오는 단어의 폭을 극히 제한적으로 만들기 때문에 전체적인 시상 속에서 각 구절을 배치하는 것은 상당한 한계가 따른다.[13]

이 작품의 표현을 살펴보면 반복법과 연쇄법에 따른 구성이 대체적이다. 〈숫자가〉에서 사용되는 숫자의 순서나 비슷한 어휘, 어구 등의 반복사용은 낭송(朗誦)하기에 매우 적합하다. 지속적인 암기를 통해 화자가 전달하고자 하는 내용이 있는 것으로 보인다. 특히 우리나라의 근현대사의 큰 획을 긋는 사건들을 나열하면서 결국에는 어떠한 이해관계나 결박 없이 우리 민족의 화합 고취하기를 이야기한다. '이승만 집권, 6·25전쟁으로 인한 남북휴전, 4·19혁명, 5·16군사정변, 낙동강 전투, 8·15광복 등 근현대사에서 큰 영향을 끼친 사건들을 숫자를 통해 풀어나가고 있다. 아울러 점점 커지는 숫자를 통해 '애국심 고취'라는 큰 목적을 이루기 위해 사용하고 있는 것으로 보인다. 〈숫자가〉에서 사용된 반복, 연쇄법은 많은 학습을 하지 않은 일반 대중이라도 쉽게 이해하고 다른 사람들에게 전달할 수 있으며, 이는 작품의 파급력을 높이는 역할을 하는 핵심요소로 작용할 수 있다.

①②번은 숫자를 그대로 받아온 것이고, ③번은 ①②번에 보이는 숫자의 모습이 들어간 한자를 활용해서 전개하고 있다. 이 역시 일종의 흥미를 유발하기 위한 유희적인 측면을 강화하고 있는 것으로

---

13 김종진, 「잡가·민요·가사의 경계에 대한 탐색」, 『동악어문학』 50, 동악어문학회, 2008, 221쪽.

보이며, 이를 통해 일정 수준을 성취하고 있는 화자의 문학적인 재능을 돈보이게 하는 장치로 파악할 수 있다. 또한 숫자 '一'서 시작해서 '一'로 마무리한 것 역시 우연의 산물이 아니라 철저하게 계획한 문학적 성취를 노린 것으로 볼 수 있다. 1은 시작을 의미한다. 태초의 시작, 창조자, 주동자, 모든 가능성의 총합, 본질, 중심, 배아를 나타낸다.[14] 동서고금을 막론하고 1이 가지는 의미는 "많은 사물들의 근원, 혹은 분리되어 나온 가지들의 뿌리, 즉 모든 존재의 어머니"라고 정의된다.[15] 다시 말해 1은 가장 중요한 것이고 핵심적 뜻을 지니고 있다는 것을 작가는 생각하고 있었던 것으로 이해된다. 또한 10에는 滿數로서 '충분히 많다'는 의미가 있다. "열은 어떤 일을 이루기 위한 충분한 시간과 함께 많은 것을 뜻"[16]하는 것을 작가는 알고 있던 것으로 판단된다.

숫자노래는 한시의 한 종류인 잡체시(雜體詩)의 영역과도 일맥상통한다고 보인다. 잡체시는 물론 기본적인 것은 유희에서 출발한 것으로 설명할 수 있다. 또한, 잡체시는 스스로 일정 정도의 제약을 건 상태에서 지어진 것이기에, 자신의 문학적 재능을 드러내는데 효과적인 방식이기도 하다. 위 작품의 경우 ①번과 ②는 숫자를 그대로 활용했기 때문에, 그저 유희적 수준에 그쳤다고 할 수 있다. 그러나 ③의 경우에는 유희뿐만 아니라, 숫자의 변용을 통해 자신의 문학적 재능을 충분히 드러냈다고 생각된다. 〈숫자가〉는 가사적 특징이 선

---

14 하성란, 「경판본 흥부전에 나타난 數의 의미 – 〈박사설〉을 중심으로」, 『동방학』 26, 한서대학교 동양고전연구소, 2013, 269쪽.

15 오토 베츠, 앞의 책, 13쪽.

16 황태강 외 77명, 『한국문화상징사전』 2, 동아출판사, 1995, 513쪽.

명하게 나타나서 문학적 가치보다는 그 주제의식을 면밀히 살필 필요가 있다. 특히 작품 전반에 나타나는 우리나라의 역사적 사건들을 설명하며 이에 대해 화자 자신이 생각하는 것을 사실적으로 설명하고 있기 때문이다.

〈숫자가〉는 언어유희를 통해 호기심을 유발하고 재미를 주며, 작품에서 직접적으로 의미를 주입하기보다는 간접적으로 작품이 지닌 상징을 향유자로 하여금 공유할 수 있게 해준다. 또한, 이 작품은 가사라는 수업을 사용하여 이들 장르가 지닌 유연성을 적극적으로 활용하고 유통하여 사람들의 감정이나 정서를 진술하게 담아내고 있다. 향유 방식도 가창·음영·윤독 등과 연결되어 있어 시조와 더불어 전통적 성격을 지니고 있다.[17]

특히 화자나 독자가 갈등상황에서 어떤 방식으로 벗어나게 되는가(벗어나지 못하는가) 하는 과정을 작품 속에 담아내면서 대중은 갈등을 벗어날 수 있는가를 사유함으로써 궁극으로 자기 자신의 삶의 문제를 해결할 수 있는 지혜와 통찰을 얻을 수 있는 것이다.[18] 아울러 이 작품에서는 화자의 전달사항이나 그 의미를 완성된 문장을 통해서 전달하지는 않지만, 자연스럽게 작품 안에서 다양한 상징이 녹아들어있다.[19]

다만 이 작품 역시 일정 이상의 한계가 보인다. 숫자의 순서를

---

17 김학성, 「가사의 실현화 과정과 근대적 지향」, 『근대문학의 형성과정』, 문학과지성사, 1983, 231쪽.

18 송명희, 「문학의 치유적 기능에 관한 고찰」, 『한어문교육』 27, 한어문교육학회, 2012, 22쪽.

19 하경숙·박재연, 「새로 발굴한 가사 작품 〈본문가〉에 대한 문예적 검토」, 『문화와융합』 40(7), 한국문화융합학회, 2018, 9~10쪽.

통해 진행된 사건을 설명하는 것으로 보인다. 숫자 '一'에서 '五'까지
는 일본의 패망(1945), 그리고 해방(1945), 6·25전쟁(1950), 4·19혁
명(1960), 5·16군사정변(1960)으로 시간의 흐름에 따라 서술했다. 그
러나 '六'과 '七'은 6·25전쟁(1950)이고 '八'은 8·15광복(1945)으로
다시 과거로 회귀하고 있다. 이는 숫자와 관련된 우리나라의 역사를
서술하는 과정에서 시간의 흐름에 따라 서술할 수 없었던, 한계라고
생각된다. 이러한 한계는 '十'에도 보여진다. '十'에 말한 '正數'는 천
수(天數, 1,3,5,7,9) 二十五와 지수(地數, 2,4,6,8,10) 三十을 합친 五十五
를 의미한다. 물론 이를 통해 천지가 올바르게 되었다는 의미를 담긴
했다고 볼 수 있다.

3. 숫자노래의 전승 맥락과 의미

노자(老子)는 도덕경(道德經)에서 "도은 하나를 낳고, 하나는 둘을
낳고, 둘은 셋을 낳고, 셋은 만물을 낳는다."[20]고 했다. 숫자노래는
노랫말에 '일(一)'·'이(二)'·'삼(三)'·'사(四) 등과 같은 일련의 숫자를
넣어 부르는 시가 작품을 말한다. 숫자노래가 한국에서 본격적으로
대두된 것은 조선 말기이지만 그 연원은 오랜 역사성을 지니고 있었
다. 『시경』·「빈풍」이나 돈황곡 〈십이월상사〉를 보면 중국에서는 이
미 고대로부터 명절이나 절후의 숫자를 활용하여 노래하고 있었다.
그것은 우리나라에서도 마찬가지였다. 고려가요 〈동동〉에는 1년 12달

---

20 老子, 道德經 42장, "道生一, 一生二, 二生三, 三生萬物"

을 각각의 연으로 삼아 매 달 돌아오는 명절을 중심으로 상사의 내용
을 담고 있었다. 그런 점에서 이들 작품은 숫자노래와 맥락이 닿아
있었다고 말할 수 있겠다. 중국에서는 잡수시(雜數詩)는 숫자와 글자의
조합이 나타내는 단어나 문구를 시 속에 새겨 넣은 것이다. 서사증(徐
師曾)은 숫자로 제목을 이룬 시에 四時, 四氣, 四色, 五噫, 六憶, 六甲,
六府, 八音, 十索, 十離, 十二屬, 百年 등이 있다고 했다.[21] 이들은 수를
통해 시인의 사상이나 감정을 상세히 표현하였다. 수의 신화성 종교성
사회성 등을 말할 수 있게 되고 나아가서는 위에서 이미 언급된 바와
같이 주어진 문화 안의 가치관 우주론 사회구성론 등에까지 논란이
파급하게 된다는 것도 말하게 된다.[22]

　특히 우리나라에서는 한 해를 주기로 달마다 돌아오는 명절이나
절후를 중심으로 노래하는 작품이 많이 나왔다. 그래서 〈동동〉을
비롯하여 규방가사 〈관등가〉나 〈월령상사가〉에는 매월 숫자에 따
라 상사의 내용을 담고 있었다. 이들 내용은 세시 풍속과 함께 화자
가 그것을 즐기는 소년 행락을 부러워하면서 임을 그리워하는 내용
들이었다. 반면에 고상안이나 이기원의 〈농가월령〉이나 박세당의
〈전가월령〉, 그리고 정학유의 〈농가월령가〉 등에서도 매월의 절후
로 시작하여 권농과 풍속의 내용을 담고 있는 내용이었다. 이들 작품
은 서로 가요적 성격이 달랐어도[23] 숫자와 관련된 1년 열두 달의 명

21　서사증, 『文體明辨序說』, 人民大學出版社, 1998, 161쪽.
22　김열규, 「한국인의 수 개념의 신비」, 『기호학연구』 14, 한국기호학회, 2003, 200~
　　201쪽.
23　전자가 달거리노래로써 달의 순서에 따라 상사의 정을 담았다면, 후자는 월령체로
　　서 매월 정령(政令)이나 농사를 중심으로 내용을 전개하는 특징이 있었다.

절이나 절후를 중심으로 노래하고 있다는 점이 비슷하였다. 월과 월령체의 구성 속에서도 단지 농경과 관련된 주의 사항을 시간의 흐름에 따라 일목요연하게 설명하는 것에 머무르는 것이 아니라, 소망을 드러내거나 놀이 혹은 풍속에 관한 내용을 중간에 삽입함으로써 내용을 유연하게 확장시키고 있는 것이다. 월령체는 수용자의 입장에서 시간의 흐름에 따라 필요한 정보를 일목요연하게 제공한다는 점에서 강점을 지니는 것이다.[24]

이들 달거리노래나 월령체는 월력에 따른 숫자를 사용하고 있었지만 둘 다 숫자를 이용한 말장난은 없었다. 그리고 이들 노래가 숫자와 관련되어 있다고 하지만 '숫자노래' 자체는 아니다. 본고에서 논의하려는 '숫자노래'는 노래 가사에 '일(一)'부터 시작하여 '십'까지, 경우에 따라서는 '백(百)', '천(千)', '만(萬)', '억(億)'이라는 숫자를 넣은 노래를 말하기 때문이다. 게다가 이들 '숫자노래'는 숫자를 활용한 말장난으로 언어유희와 관련을 짓는다. 이와 같은 숫자를 언어유희의 영역으로 끌어들인 본격적인 사례는 조선말기의 시가 작품에서 두드러진다.

> 二十樹下三十客　스무나무 아래 서러운 나그네
> 四十家中五十食　망할 놈의 집에서 쉰밥을 얻어먹으니
> 人間豈有七十事　인간 세상에 어찌 이런 일이 있으랴
> 不如歸家三十食　고향에 돌아가 설은 밥이나 먹을 걸

---

24 권정은, 「조선시대 농서(農書)의 전통과 〈농가월령가〉의 구성 전략」, 『새교육국어』 97, 한국국어교육학회, 2013, 468~470쪽.

이는 19세기 유랑시인 김병연(金炳淵, 1807~1863)이 지은 〈無題詩〉이다.[25] 그는 이름이 김삿갓 또는 김립(金笠)으로 더 알려졌던 인물이다. 그는 본래 조선후기 세도가였던 안동김씨의 장동 일족이었다. 하지만 선천부사로 있던 조부 김익순(金益淳, ?~1812)이 홍경래 민란으로 적들에게 투항하면서 그의 집안은 폐족이 되었다. 그 결과 김삿갓은 벼슬길로 나가지 못하고 일생동안 유랑하면서 한 많은 일생을 마쳤다. 이 한시도 그가 유랑하다가 지은 것으로 여겨진다. 이 시는 작자로 보이는 화자가 유랑하면서 집주인이 자신에게 쉰밥을 내놓자 저주를 퍼부으며 분통을 터뜨리는 내용이다.

그런데 이 시를 읽다 보면 작자의 분노와는 달리, 독자는 오히려 웃음을 참을 수 없다. 그것은 숫자를 활용한 말장난으로 분노보다는 해학적 아이러니를 드러내고 있기 때문이다. 물론 이 시는 불우했던 김삿갓의 인생 내용과 작품의 표현 기법을 함께 파악해야만 작품이 담고 있는 해학적 아이러니를 파악할 수 있다. 이러한 방식을 통해 정신의 자유로움을 추구하고 현실의 배면에 숨겨져 있는 또 다른 진실을 탐구하려는 수단으로 작용한다[26]고 볼 수 있다.

이 시는 어휘의 지시적 의미로는 해석이 되지 않는다. 오히려 숫자 어휘의 이중적 표현 기법을 파악해야 의미를 알 수 있다. 시에서 '三十'은 '삼십'이 아닌 '서른'이 되고, '四十'은 '사십'이 아닌 '마흔'으로 읽어야 시적 의미의 본질에 다가설 수 있다. 그리고 '五十'은 '쉰'으로, '七十'은 '일흔'이 된다. 이를 바탕으로 시를 음가로 읽어나가면

---

25 이응수 편, 『정본 김삿갓 풍자시 전집』, 실천문학사, 2000, 107쪽.

26 강동우, 「잡체시와 해체시의 비교 연구: 현대문학과 전통과의 연계성에 관한 시론」, 『동방학』 9, 한서대학교 동양고전연구소, 2003, 211쪽.

'三十客'은 '서른 나그네'에서 '서러운 나그네'가 되고, '四十家'는 '마흔 집'에서 '망할 집'으로 변전된다. '五十食'은 '쉰 밥'이, '七十事'는 '일흔 일'에서 '이런 일'로 읽어진다. 그리고 마지막 결구에서의 '三十食'은 '서른 밥'에서 '설은 밥'으로 읽어진다.

김삿갓 한시처럼 숫자의 말장난을 통해 대상을 조롱하고 희롱하는 표현 방식은 이전의 달거리 노래나 월령체에서 볼 수 없었던 새로운 작시 기법이다. 그리고 이러한 표현 기법은 정통적인 한시 작풍에서 크게 벗어난 변이형 한시였다고 말할 수 있다. 희작과 언문풍월(육담풍월)로 서민 대중의 문학적 열망을 채워주었으며, 현실의 반영과 풍자라는 미학적 과제를 유희의 방식을 통해 서민 대중이 공유하였다.[27]

조선후기에 이르러 이전의 엄격한 한시 작법에서 벗어나 파격적인 기법을 사용하여 대상을 조롱하고 희화화하는 경향이 많아졌다. 이것은 김삿갓만의 특징이 아니라, 19세기를 전후로 봉건체재가 와해되는 과정에서 나타난 하나의 문예적 풍조이기도 하였다. 이 시기에 이르면 숫자가 시가 작품에서 해학적이고 희화화되는 문예적 풍조와 결합되었기 때문이다. '수'에 대한 관심이 조선 후기에 갑자기 생긴 것은 아니다. 화폐 경제가 발달하기 전에도 조선 유학자들이 자연철학을 논할 때 역학(易學)과 상수학(象數學)이 중요한 부분을 차지했다. 그러나 화폐 경제가 발달하고 서양의 과학이 수용됨에 따라 상수학에도 변화가 일었고 이러한 변화가 수에 대한 관심을 더욱

---

27 심경호, 「김삿갓 한시에 대한 비판적 검토」, 『한문학논집』 51, 근역한문학회, 2018, 26쪽.

증폭시켰던 것으로 볼 수 있다.[28]

언어유희는 민요나 판소리, 타령 등에서 자주 사용하는 우리 고유의 표현 방식 중의 하나로 볼 수 있다. 핵심적 층위인 주체의 발견과 대중적 성격이 조선 후기의 문학 장르에서 점차 확대되고 있음[29]을 확인할 수 있다.

조선 말기에 숫자를 활용한 노래의 대표적인 사례로 〈춘향가〉중의 십장가를 들 수 있다. 십장가는 전체 서사에서 춘향의 고난이 절정에 이른 곳으로 변사또와 춘향의 갈등이 최고조에 달하는 부분으로 춘향의 주제가 집약된 부분이기도 하다.[30] 십장가에서 춘향은 자신의 정절을 지키기 위해 장형을 당하면서도 숫자를 세어가며 변학도에게 저항하는 대목이다.

춘향의 고든 마음 아푸단 말 ᄒ여서ᄂ 열녀가 아니라고 져러케 독ᄒ 형벌 아푸든 말 아니 ᄒ고 졔 심중의 먹은 마음 낫″시 발명ᄒᆯ 졔 십장가″ 질어셔ᄂ 집장ᄒ고 치ᄂ 미의 언의 틈의 ᄒᆯ 슈 잇나. 한 귀로 몽글리되 안 죽은 졔 글ᄌ요 밧 죽은 육담이라.

일칫 낫 싹 붓치니, "일졍지심(一貞之心) 잇ᄉ오니 <u>이(일)</u>러ᄒ면 변ᄒᆯ테요."

28 하성란, 앞의 논문, 266쪽.

29 오창은, 「미적 형식 변화를 통해 본 개화기 근대성의 재인식」, 『어문론집』 29, 중앙어문학회, 2001, 343쪽.

30 김동건, 「십장가 대목의 전승과 변이 양상 연구」, 『국어국문학』 151, 국어국문학회, 2009, 177~207쪽.

"미우치라." "예이" 쪽.

(둘칫 낫 딱 붓치니, "이 쯔로 말 알뢰리다.")[31] "의부 아니 셤긴다고 의 거조擧措는 당치 안쇼"

세칫 늦 쪽 붓치니, "삼강이 즁ᄒ기로 슘가이 본바닷쇼."

네칫 늦 쪽 부치니, "스지를 씻드릭도 스쏘의 쳐분이요."

오칫 낫 쪽 부치니, "오쟝을 갈나쥬면 오쪽키 좃쇼릿가."

육칫 낫 쪽 부치니, "육방하인 무러보오, 육시戮屍ᄒ면 될 터인가."

칠칫 낫 쪽 부치니, "칠스즁의 없ᄂ 공스 칠 듸로만 쳐 보시오."

팔칫 낫 쪽 부치니, "팔면 부당 못 될 일을 팔작〃〃 뛰여보오."

구칫 낫 쪽 부치니, "구즁분우 관장되야 구진 지슬 그만 ᄒ오."

십칫 낫 쪽 부치니, "십별지목 밋지 마오. 십(씹)은 아니 쥴 터이요."[32]

이는 신재효의 남창 춘향가에 나오는 십장가이다. 원래 십장가는 숫자노래의 창작 방식에 착안하여 판소리 구연 상황에 맞춰 지어진 삽입가요이다. 십장가는 춘향가 안에서 고급관리의 호색한적 부도덕성을 통하여 천민 춘향의 도덕적 고행을 극적으로 강조하는 요긴한 기능을 맡고 있기도 하다. 그런데 십장가를 살펴보면 '일'부터 '십'까지 숫자를 활용하여 각 어절을 단위로 동일 음절의 새끼 꼬기의 방식을 이어가고 있다. 예를 들자면, 춘향이 첫째 장형을 당하면서는 어절에서 일련의 '일'자를 사용하여 '일칫' – '일졍지심' – '의(일)러'로 이어진다. 다섯 째 장형에서는 '오칫' – '오쟝' – '오쪽'로 이

---

31 강한영 교주본에는 괄호 안이 없지만 申氏家藏本에 들어 있다.
32 姜漢永 校注, 『申在孝 판소리 사설集(全)』, 민중서관, 1974, 45쪽.

어지는 방식이다. 특히 위의 십장가 숫자에는 다른 십장가에서 찾아
볼 수 없는 노골적인 쌍소리가 섞여 있기도 하다. 이는 단순히 말장
난에 그치는 것이 아니라 기존의 것을 벗어나 새로운 것을 추구하는
하나의 파격의 방식이라고 볼 수 있다.

> 셰계 각국에셔 슈ᄌᆞᄂᆞ 다 맛찬 가지라 통샹이 되야 샹무가 흥황
> ᄒᆞ거드면 불가불 외국 산학을 써야 셰음 치기가 쉽고 ᄯᅩ 히 노흔 셰
> 음을 아모가 보아도 알아 볼터이라
> 그런고로 말은 셔로 외국 사롬과 통치 못ᄒᆞᆯ지라도 문셔ᄂᆞ 셔로
> 알아 보게 ᄒᆞ여야 죠션사롬들이 ᄎᆞᄎᆞ 태셔 각국 사롬 ᄒᆞ고 쟝ᄉᆞ를
> ᄆᆡᆺ ᄒᆞ게 될터인고로 우리가 오늘날 외국 슈ᄌᆞ를 여긔 츌판 ᄒᆞ야 죠션
> 인민들이 셰계 만국에셔 쓰ᄂᆞ 슈ᄌᆞ를 알아보게 ᄒᆞ노라
>
> 〈1897년 2월 18일 1면 논설〉

위의 예문은 세계 여러 나라에서 숫자가 통용되고 있다는 사실을
설명하고 앞으로 여러 나라와 활발히 통상을 진행하기 위해서는 이
만국 공통의 숫자를 배워 둘 필요가 있다는 의견[33]을 제시하고 있다.
숫자가 일상생활에 매우 큰 영향을 끼치고 있다는 사실을 상기하게
하는 글이다. 이를 통해 근대에 활발히 숫자에 대해 논의되고 있다는
것을 짐작하게 한다.

---

33 안예리, 「독립신문의 수 표기에 쓰인 한자 ‐ "숫자로서의 한자"에 대한 재발견」, 『한
    민족어문학』 67, 한민족어문학회, 2014, 66~67쪽.

일품대상 이완용아/ 의굴돌사 못할망정
삼천리내 이씨왕토/ 사백만을 도매하여
오정채미 된단말가/ 육조참사 좋은날경
칠조욕을 아느느냐/ 팔도인민 요동한다
구적구걸 우리형제/ 십대지목 때였구나
천고역적 이완용아/ 만고역적 이완용아[34]

　이 노래는 〈숫자풀이 노래〉인데, 일제강점기 이후로 널리 불린 유희민요의 일종이다. 가사 내용은 '일'부터 '십'을 거쳐 '천'과 '만'까지의 숫자를 사용하여 나라와 민족을 배반한 매국노 이완용의 행태를 비난하고 있다. 이러한 숫자 노래는 당시에 불렸던 각설이 타령에서도 '일자 한자 들고 보니'로 시작하여 '만'까지 이어진다. 이런저런 사례를 보면 조선후기로부터 시작하여 일제강점기에 이르기까지 민요나 잡가와 같은 노래 양식에서 숫자를 활용한 작품들이 자주 등장하고 있었다는 것을 확인할 수 있다. 숫자의 순서에 따른 언어유희인 수자푸리도 근대 시가에서 널리 변용되었다. 수자푸리를 변용한 근대 시가 작품들은 언문푸리를 변용한 근대 시가 작품들보다 양적으로 더 많다. 국권 피탈 이전에 창작된 애국계몽가사 〈문일지십(聞一知十)〉도 수자푸리를 변용하며 애국계몽정신을 심어주었다.[35]

34　『향토문화전자대전』(한국학중앙연구원, http://www.grandculture.net/ko/Contents/Index)

35　이민규, 「근대 시가에 나타난 국가 표상 변천 과정－애국가, 의병가사, 애국계몽가사, 항일가요 등을 중심으로」, 연세대학교 석사학위논문, 2017, 31쪽.

一之一之글이나一之/ 二之二之금을二之/ 三之三之집신이나三之/
四之四之브즈런히야四之/ 五之五之세월가면늙을씌가돌아五之/ 六之
六之抗業은水路오農業六之은/ 七之七之암컷이나七之/ 八之八之쓰고
남거든八之/ 九之九之窮交貧族가난九之/ 十之十之生前事業成就ㅎ야
流芳百世ㅎ고十之[36]

위의 예문은 〈가루지타령〉이다. 매 구절마다 '가루지(之) 자'의 운
을 달고 1에서 10까지 성수한 수시의 변형된 형태이다. 여기에 쓰인
숫자로 된 한자는 원래의 뜻을 지니지 못한다. 즉 '일지일지'는 '읽지
읽지'의 음을 차용한 것에 불과하다. 이렇듯 언어유희에서 언어기호
는 기의가 아니라 단지 떠도는 기표로 작용할 뿐이다.[37]

일 일본놈이 / 이 이등박문이란놈이 / 삼 삼천리강토를 삼키려다
가 / 사 사실이 발각되여(사신에게 발각되여) / 오 오살할놈(오소리
같은놈) / 륙 륙혈포에 얻어맞아 / 칠 칠십도 못된놈이(치를 발발 떨
다가) / 팔 팔자가 기박하여(팔이 떨어져서) / 구 구치못하고(구두끈
도 못매고) / 십 십자가에 걸렸다(십자로 죽었다)

〈수자풀이 십진가〉[38]

일 日本놈의 / 이 伊藤博文이가 / 삼 三千里江山에 / 사 四柱가 나빠
/ 오 五臺山을 넘다가 / 육 육철포를 맞고 / 칠 칠십먹은 늙은이가

---

36 강동우, 앞의 논문, 212쪽.
37 위의 논문, 208쪽.
38 김학길, 『계몽기 시가집』, 문예출판사, 1990, 49~50쪽.

/ 팔 八字가 사나워 / 구 구두발로 채워/ 십 十字街리가 났다

〈수요(數謠)〉 A12 1965[39]

〈수자풀이 십진가〉, 〈수요〉 A12 1965, 〈「朝鮮歌謠의 數노름」에 실린 수자푸리〉들은 모두 안중근에 의한 이토 히로부미 사살 사건을 중심으로 설명하고 있다. 같은 사건을 기반으로 풀어서 설명하여 작품들의 내용이 겹치는 것을 알 수 있다. 이들 작품들은 숫자와 구절을 더해가면서, 이토 히로부미의 죽음을 풍자하고 희화화시키 점층적인 방법을 사용하고 있다. 수자푸리는 구전적 전통으로서 근대 내내 시대적 변화에 맞추어 지속적으로 변용되어 유통되었다. 근대의 독립신문에서는 숫자에 대한 논의가 있었다. 앞에 나온 '숫자노래'는 숫자를 활용한 말장난보다는 역사적 사실에 대해 상세히 설명하고 있다. 언어유희가 허구적 삶이나 허구적 세계에 대한 비판적 인식으로까지 발전하지는 않지만 당시의 시대상을 풍자한다는 점에서 단순한 놀이의 차원에서만 이해되어서는 안 될 것이다.

숫자노래는 구전을 기반으로 하여 달거리와 월령체 가사로 연결되어, 조선후기에 이르러서는 잡가와 민요로 가창되다가 가사 양식으로 귀결되었다. 아울러 여러 근대 시가 작품들에서는 숫자노래가 소멸하기보다는 다양한 모습으로 전승되고 변이되었다. 이는 숫자노래가 지닌 유연성과 숫자가 지닌 상징성을 바탕으로 과거부터 근대에 이르기까지 대중들이 가지고 있는 다양한 내면의식과 심정을 솔직하게 펼칠 수 있었고, 거부감 없이 쉽게 유통되어 전승되었기

---

39 임동권 편, 『韓國民謠集』 1권, 집문당, 1974, 470쪽.

때문으로 추측된다. 주제 역시 다층적인 내용을 바탕으로 가창되었다. 특히 근대에 이르러 구전적 전통은 애국심을 쉽게 고취시켜주며, 제창을 쉽게 이루게 해주어 노래의 전달에 있어 유효한 방법으로 이어졌다. 아울러 숫자놀이는 가창자에게 다양한 방식으로의 내면화가 일어나게 된다. 이를 바탕으로 향유자는 다양한 방식으로 노래를 전달하며 그 역할이 노래의 단순한 수요자로 한정되는 것이 아니라 새로운 창작의 역할도 가능하며, 나름대로의 역할을 기반으로 작품을 적극적으로 수용한 것으로 보여진다.

4. 맺음말

이 논문에서는 그동안 소개되지 않았던 근대가사 〈숫자가〉의 특질을 살펴보았다. 〈숫자가〉는 『금수강산유람기』라는 자료집에 들어 있는 근대가사인데 아직 학계에 보고된 바가 없다. 가사 〈숫자가〉는 숫자풀이라는 독특한 방식을 사용하여 '일본의 패망'에서부터 '1960년 군사 혁명'까지 우리의 역사를 성실히 읊은 작품이다. 특히 우리나라의 근현대사의 큰 획을 긋는 사건들을 나열하면서 결국에는 어떠한 이해관계나 결박없이 우리 민족의 화합을 성취하기를 염원하고 있다. 다시 말해 '이승만 집권, 6·25전쟁으로 인한 남북휴전, 4·19혁명, 5·16군사정변, 낙동강 전투, 8·15광복 등 근현대사의 격동기를 숫자를 사용해서 차례대로 풀어나가는 노력을 하는 한편, 점점 커지는 숫자를 통해 '애국심 고취'라는 큰 목적을 이루기 위해 사용하고 있는 것으로 보인다. 다만 〈숫자가〉가 문학적 우수성이나 특수성을 찾기는 어렵지만 유연성을 바탕으로 대중들에게 다양한 유통과정을 통해 지속적으로 전승되고 있다. 숫자를 사용하여 우리나라에 일어난 다양한 사건을 쉽게 풀어서 설명하며, 숫자 속에 담긴 상징적 의미를 유추하게 하는 과정이 매우 흥미롭다. 또한 나라에 대한 관심과 애정을 독려하는 목적으로 사용된 것으로 볼 수 있다. 숫자를 통한 다양한 변주와 추론을 통해, 독자나 가창자들이 나라에 대한 소중함을 더욱 상기하게 되는 목표를 기반으로 창작했을 가능성이 높다.

〈숫자가〉는 19세기 말의 판소리 사설·가사·잡가 등을 반영하고 있다고 볼 때, 숫자풀이 양식은 월령체로부터 근대시가까지 지속적으로 유통되고 있다는 것을 알 수 있다. 다만 〈숫자가〉는 가사로서의 문학적 우수성이나 특수성은 찾기 어렵지만 쉽게 익힐 수 있고, 사람들에게 익숙한 숫자를 사용하여 의식의 함양이나 독려의 목적이 분명하게 드러난다. 숫자풀이는 수없이 많은 사람들이 창작과 가창에 가담했을 것으로 판단하고 작품을 유통·계승하였을 것으로 여겨진다. 숫자는 단순히 셈의 수단으로 활용되는 것이 아니라, 신화성 종교성 사회성 등을 말할 수 있게 되고 나아가서는 다양한 문화가 지니는 가치관 우주론 사회구성까지 영향을 미칠 수 있는 강력한 기호표기이다.

숫자노래가 지닌 유연성과 상징성을 바탕으로 과거부터 근대에 이르기까지 대중들이 가지고 있는 다양한 의식세계와 감정을 솔직하게 설명한 것으로 보인다. 19세기를 전후로 봉건 체제가 무너지는 과정에서 나타난 하나의 문예적 풍조인 언어유희가 숫자노래에서 사용되는 부분은 매우 흥미롭다. 이 시기에 이르러 숫자가 특별한 상징을 가지고, 시가 작품에서 해학적이고 희화화되는 문예적 풍조를 이루고 있다는 것을 알 수 있다.

언어유희의 일종으로 보는 〈숫자가〉는 민요나 판소리, 타령 등에서 자주 사용하는 우리 고유의 표현 방식 중의 하나로 볼 수 있다. 숫자와 관련된 1년 열두 달의 명절이나 절후를 중심으로 노래하고 있다는 점이 비슷하였다. 월과 월령체의 구성 속에서도 단지 농경 관련주의사항을 시간의 흐름에 따라 일목요연하게 설명하는 것에 머무르는 것이 아니라, 소망을 드러내거나 놀이 혹은 풍속에 관한 내용을 중간에 삽입함으로써 내용을 유연하게 확장시키고 있는 것이다. 숫자를 활용한 말장난으로 분노보다는 해학적 아이러니를 드러내고 있기 때문이다. 조선후기로부터 시작하여 일제강점기에 이르기까지 민요나 잡가와 같은 노래 양식에서 숫자를 활용한 작품들이 자주 등장하고 있었다는 것을 확인할 수 있다. 숫자의 순서에 따른 언어유희인 수자푸리도 근대 시가에서 널리 변용되었다. 숫자푸리를 변용한 근대 시가 작품들은 언문푸리를 변용한 근대 시가 작품들보다 양적으로 더 많다.

숫자풀이 작품의 주제 역시 다양한 의식세계를 규명하며 가창되고 전승되었다. 특히 과거 농사나 일상생활과 밀접한 현실들을 바탕으로 설명하고, 근대에 이르러 구전적 전통은 애국심을 쉽게 고취시켜주며, 제창을 쉽게 이루게 해주는 유효한 방법으로 이어진 것으로 보인다. 아울러 숫자놀이는 다양한 방식의 내면화가 일어나게 된다. 이에 따라 향유자는 다양한 내용이 첨가되면서 노래가 단순한 수요자로 작용하는 것이 아니라 새로운 창작자의 역할과 독자적인 역할을 수행하여 작품을 적극적으로 수용할 수 있다. 그러나 대부분이

정확한 작가를 알기가 어려운 작품만 전하기 때문에 그에 대한 정확한 증거 자료나 기록을 찾기가 힘들어 작품의 특질과 그 실체를 일부만 확인할 수 있다. 앞으로도 〈숫자가〉가 지닌 특질에 대한 세밀한 검토와 작품이 지닌 의미와 위상이 한층 상세히 밝혀지기를 기대하는 바이다.

화투놀이의 전승 과정과
관련 가요의 문예적 특징

구사회

1. 머리말

한국 화투의 역사는 짧아서 19세기 말엽에 이뤄졌다. 그리고 화투는 투전이나 마작 등과 달리, 중국이 아닌 일본으로부터 들어왔다. 이런 까닭에서 반일 감정으로 화투를 꺼리는 경향이 없지 않았다. 광복 이후에는 화투를 왜색의 상징으로 여기고 퇴치하자는 여론도 있었다.[1] 그렇지만 화투는 유입 이후로 널리 퍼지면서 성행하게 되었다. 이 과정에서 투전이나 골패, 그리고 마작 등은 화투로 빠르게 대체되어 갔다. 그리고 일제강점기를 지나 오늘날에 이르러서 한국의 대표적인 오락놀이는 화투가 차지하게 되었다.

한국 화투는 일본의 카드놀이인 화찰(花札, はなふだ)이라는 것과 깊은 관련이 있다. 그렇다고 화찰도 일본인이 독창적으로 만든 것은 아니었다. 그것은 16세기 후반에 일본인들이 포르투갈과 무역 거래

---

1 진태하, 「망국 노름 〈화투〉에 대하여: 일제 잔재 숙청과 더불어 화투를 근절하자」, 『새국어교육』 53, 한국국어교육학회, 1996, 1~12쪽.

를 하면서 포르투갈의 카르타(carta)에서 비롯된 것이다. 일본인들이 카르타를 모방하여 단계를 거쳐 일본식 카드인 '하나후다(花札)'의 '가루타(カルタ)'를 만들었기 때문이다. 물론 하나후다에는 일본의 전통문화를 토대로 그들의 미감을 드러내는 자연 취향이 들어간 것으로 보인다.[2]

한국 화투가 일본 문화와 깊은 관련을 맺고 있는 것을 부정할 수 없다. 그렇지만 한국 화투는 수용되면서 한국인의 취향과 입맛에 맞게 변용되고 있다는 점도 주목할 필요가 있다. 이는 화투의 경우에만 해당하는 것이 아니다. 역사적으로 모든 문물은 유입되어 정착하는 과정에서 주체적 변용의 과정을 거치기 마련이다. 화투와 같은 부류의 오락 놀이라고 할 수 있는 투전이나 골패, 저포나 마작도 그랬다. 한국 화투는 일본의 '하나후다'로부터 나왔다고 하지만 놀이 방식이나 내용에서 많이 달라졌다. 특히 한국 화투는 기존의 투전 방식과 결합되면서 도박성이 강화되었다. 여기에 새로운 방식의 화투 놀이가 더해지면서 화투는 크게 성흥한다.

화투놀이는 그 자체로 끝이 아니었다. 한국 화투가 문학이나 음악, 또는 미술 등의 예술 영역으로 들어오는 경우가 있었다. 화투는 일제강점기의 피폐한 시대상을 형상화하는데 소설의 소재이기도 하였고, 민중은 노래로 만들어 부르기도 하였다. 근래에는 유명가수가

---

2 이와 관련해서는 다음 논문을 참조하기 바란다. 권현주, 「花札의 "전통 문화 기호"와 花鬪의 "놀이 문화 기호" 고찰」, 『일본어문학』 23, 한국일본어문학회, 2004, 201~219쪽; 박성호, 「화투의 한국 유입 과정에 관한 고찰」, 『일본언어문화』 39, 한국일본언어문화학회, 2017, 165~186쪽; 노성환, 「한국에 있어서 화투의 전래와 변용」, 『일어일문학』 80, 대한일어일문학회, 2018, 245~270쪽.

화투를 소재로 미술 작품을 만들어 팔면서 대작 논란이 일어나기도 하였다. 그리고 길지 않은 한국 화투의 역사를 살펴보면 시대상과 관련하여 흥미로운 관찰 대상이 된다.

본고에서 주목하는 것이 바로 그것이다. 필자는 근래에 시가 자료를 수집하다가 〈화투가〉라는 가사 작품을 찾아냈다. 이 논문에서는 그 점에 착안하여 화투가 민요나 가사와 같은 시가 양식에서 어떤 문예적 특징이 있고 어떻게 형상화되고 있는지를 살펴보도록 한다.

2. 화투놀이의 전승과 관련 시가의 성립

화투는 19세기 조선 말기에 유입된 것으로 여겨진다. 19세기 말에 부산과 대마도를 오가던 상인들이 전래하였거나,[3] 1894년에 청일전쟁 때에 유입된 것으로 여겨지기 때문이다.[4] 또는 개화기에 일본으로 망명 내지 유학했던 인사가 그것을 익히고 돌아오면서 화투가 전국으로 전파된 것으로 보기도 한다.[5] 이를 보면 화투는 개화기 이후로 일본에서 유입되어 전국으로 확산된 것이 분명하다.

화투가 유입되어 전해지자 급격하게 퍼졌는데 여러 사회 문제를 일으켰다. 한국에서 화투는 오락놀이를 넘어선 도박 수단으로 자리를 잡았기 때문이다. 이것은 일본의 '하나후다'라고 부르는 화찰(花

---

3 이덕봉, 「벼리: 화투의 문화기호 해석」, 『한민족문화연구』 6, 2000, 한민족문화학회, 27~37쪽.
4 박성호, 『화투, 꽃들의 전쟁』, 세창미디어, 2018, 183쪽.
5 이마무로 도모, 홍양희 역, 『朝鮮風俗集』, 민속원, 2011, 263쪽.

札)에서 화투(花鬪)라는 이름으로 바뀐 것에서도 짐작할 수 있다. 한국의 화투는 바뀐 명칭만큼 모양과 놀이 방식도 달라졌다.

일본도 처음부터 포르투갈 카르타를 착안하여 하나후다를 만든 것은 아니다. 하나후다가 나오기 이전에 덴쇼카르타(天正カルタ)와 운슨카르타(ウンスンカルタ)라는 과정을 거쳤다. 그러다가 마침내 19세기를 전후로 일본 화투라고 할 수 있는 하나후다가 등장하였다. 하나후다 이전의 덴쇼카르타나 운슨카르타에는 포르투갈 카드의 문양이나 도안이 그대로 남아 있었다. 반면에 하나후다는 포르투갈 카르타의 모방에서 벗어나 일본 고전의 문예 전통과 화조풍월이 합쳐졌다.

하나후다에 들어있는 화조나 자연물은 일본 전통시가의 계절 소재와 함께 그들의 자연에 대한 정서를 담은 것이다. 그러나 한국 화투를 일본의 하나후다와 동질적인 것으로 여겨서는 안 된다. 이들은 서로 문화 기호와 정서가 달라지고 있었다. 물론 한국 화투의 그림은 일본의 하나후다와 많은 관련이 있다. 하지만 한국 화투는 들어오면서 일본 하나후다의 전통문화와 관계없이 내기 성향이 강한 '놀이 문화 기호'로서만 존재하였다.[6]

화투는 1905년에 나온 『대한매일신보』를 시작으로 이후의 언론 매체에서 꾸준히 등장하고 있었다. 1920년 6월에 나온 천도교 잡지인 『개벽』과 뒤이은 『별건곤』과 같은 잡지에도 화투와 관련한 많은 일화와 비평이 실렸다. 화투는 일제강점기보다 광복 이후에 큰 변화를 겪는다. 이를 보면 화투는 1910년대에 일반대중에게 널리 유포되었지만 1920년대에는 화투가 한국인의 생활 일상에 정착되고 있었

---

6 권현주, 앞의 논문, 313쪽.

다는 것을 추측할 수 있다.

1950년대에는 화투 그림을 단순화하였고 색상도 네 가지로 줄였다. 여기에 화투 재질도 종이에서 플라스틱으로 바뀌면서 실용성이 보다 강화되었다. 이와 함께 화투놀이는 가장 대중적인 서민 오락으로 자리를 잡았다. 아낙네나 노인네들은 '재수띠기'나 '운수띠기'와 같은 하루 운수를 점치고, '민화투'나 '나이롱뽕', 또는 '육백'이나 '삼봉'[7]이라는 화투를 즐겼다. 반면에 성인 남자들은 그것보다 '짓고땡'이나 '섯다', '월남뽕'이나 '고스톱'을 주로 쳤다. 전자보다 후자는 노름으로 자리를 잡았다. 이제 화투놀이는 진화하여 모바일 화투를 치는 세상이 되었다.

오늘날 한국인이 가장 즐겨 치는 화투놀이는 '고스톱(Go-Stop)'이다. 1970년대 한국 산업화와 함께 혜성처럼 등장한 고스톱은 일본에 없는 화투 놀이다. 권현주는 고스톱이 근대 산업 사회의 진전과 여가 문화의 성장 맥락에서 자리를 잡은 것으로 파악하기도 한다.[8] 고스톱은 놀이 기술의 다양성과 합리적인 규칙과 변수가 다른 화투놀이를 압도한다. 고스톱은 시대에 따라 여러 변형 규칙이 새롭게 추가되었다. 대표적인 것이 전두환 고스톱으로 그것의 '싹쓸이'는 쿠데타로 정권을 잡은 전두환 대통령을 풍자한 것이었다. 이외에도 김영삼 고스톱이나 김대중 고스톱, 심지어 김일성 고스톱 등에 이르기까지 일련의 풍자 고스톱이 나오기도 하였다.

화투가 한국인의 일상생활 가까이에 다가오면서 그것은 일찌감치

---

7   '삼봉'은 주로 전라도 지역에서는 많이 했다. 치는 방식이 '육백'과 비슷한데 몇 가지 차이가 있다.

8   권현주, 앞의 논문, 313쪽.

문학 작품의 소재로 활용되고 있었다. 먼저 신소설이나 근대소설에 화투가 등장하는 사례를 찾을 수 있었다. 1912년에 『매일신보』에 실린 이해조(李海朝. 1869~1927)의 신소설 〈춘외춘(春外春)〉에는 화투가 악인형의 인물 묘사에 사용되고 있었다. 『조선문단』 1925년 1월호에 발표된 김동인의 단편소설인 〈대탕지 아주머니〉에서는 다부코라는 조선 여성이 평남의 양덕 온천에서 화투로 돈을 따는 노름 장면이 나오기도 한다. 이 시기에 나온 소설에서의 화투놀이는 도박으로 돈을 사취하는 부정적인 도구로 묘사된다. 따라서 일제강점기 소설에서의 화투는 악인을 묘사하거나 식민지시대의 피폐한 사회상을 묘사하는데 적절한 도구로 활용되고 있었다. 광복 이후에 나온 소설에서의 화투놀이는 서민의 무기력한 일상을 보여주거나 무료함을 달래주는 다양한 수단으로 묘사되었다.

　일제강점기에 화투가 유행하자 사람들은 그것을 소재로 노래를 만들어 부르기 시작했는데, 그것이 〈화투타령〉이다. 화투와 관련된 노래는 대부분 〈화투타령〉이라는 이름으로 채록되었다. 이들 민요는 일제강점기에 화투 놀이가 널리 유포되면서 지어져서 전승한 것이다. 서울 경기지역에서 제주도에 이르기까지 전국적으로 50여 종류가 넘는 〈화투타령〉이 채록되어 아카이브로 구축되고 있다. 이들 〈화투타령〉은 화투와 관련된 유희요이다. 반면에 가사와 관련된 보고는 없었다. 그런데 최근에 필자가 자료를 수집하는 과정에서 주원택(朱元澤, 1906~?)이라는 사람이 1966년에 지었던 근대가사 〈화투가〉로 확인된다. 이제 화투와 관련된 시가 양식은 민요와 가사가 존재하는 셈이다.

3. 화투놀이 관련 가요의 문예적 특징

오늘날 확인되는 화투 관련 시가는 두 가지 양식이다. 하나는 일
제강점기에 생성된 것으로 여겨지는 민요 〈화투타령〉이고, 다른 하
나는 근래에 필자가 찾아낸 근대가사 〈화투가〉이다. 〈화투타령〉은
화투 그림의 특징을 월별로 풀어서 달거리 방식으로 노래하는 유희
민요의 일종이다. 작자를 알 수 없고 전국적인 분포 양상을 보인다.
반면에 〈화투가〉는 주원택이라는 사람이 개인적으로 지은 가사 작
품으로 '육백'이라는 화투놀이를 형상화한 내용이다.

1) 민요 〈화투타령〉

화투 관련 민요인 〈화투타령〉는 〈화투노래〉나 〈화투풀이〉로 불
리기도 한다. 노래 이름이 달라진다고 내용이나 형태가 달라지는 것
은 아니다. 화투 노래는 일제강점기에 생성된 것으로 대부분 광복
이후에 채록되었다. 현재는 한국학중앙연구원에 『한국민요대관』과
『한국구비문학대계』의 아카이브로 구축되어 있다.

이를 살펴보면 〈화투타령〉이란 노래명으로 대략 『한국민요대관』
에 32건이, 『한국구비문학대계』에 21건이 채록되어 있다. 〈화투노
래〉로는 각각 1건과 47건이, 〈화투풀이〉로는 각각 7건과 20건이 채
록되어 있다. 여기에 지방자치단체에서 구축한 화투 관련 노래도 다
수 존재한다. 따라서 이들 노래는 모두 100여 건을 상회한다. 분포에
서도 전국적인 양상을 보인다. 이것은 사람들이 전국 곳곳에서 화투
노래를 꾸준히 불렀다는 것을 의미한다. 화투 노래와 관련하여 이들

이 지닌 보편적 특징을 추출하여 살펴본다.

〈화투타령〉①

正月 송악 송석한 마음

二月 매조에 맺어나놓고

三月 사구라 산란한 마음

四月 흙사리 허리어놓고

五月 난초 나는 나비

六月 목단에 나는나미

七月 홍싸리 누웠으니

八月 공산에 달도나 밝구나

九月 국진 궂인 마음

十月 단풍에 다나가네

오동추야 달이 동동 밝은데

우리님 생각이 절로나네

비 한장을 들고보니

갈곳 없는 이내 청춘

앉인 눈물 절로나네

(원대·군산지방)

〈화투타령〉②

1월이라 일송송하니

2월 매주에 매달아 놓고

3월 사구라 살란한 마음

4월 흑살에 호사로다

5월 난초 나간 나비

6월 목단에 날아 앉고

7월 홍돼지 홀로 누워

8월 공산에 달이 밝아

9월 국화가 고독한 마음

10월 단풍에 다 떨어졌네

동지 섣달 오신 우리 손님

섣달 눈비에 다리 막혀

얼씨구 절씨구나

아니 놀지는 못하리로라

(강원도 삼척지방)

〈화투노래〉

일월 송악 속속에완정

이월 매조다 앉히놓고

삼월 사구라 산란한마을

사월 흑사리 허사로다

오월 난초 나는나비

유월 목단에 춤을치니

칠월 홍돼지가 홀로누워

팔월 공산에 달이솟아

구월 국화 피는꽃은

시월 단풍에 떨어지고

동지 섣달 설한풍에
우산을 들고서 어델가요
첩의 집을 가실라거든
나죽는 꼴이나 보고가소
(경북 상주군)

〈화투풀이〉
일월솔악 쓸쓸한마음
이월메조 맺었건만
삼월사구라 산란헌마음
사월흑사리 허사로다
오월난초에 나비가되야
유월의 목단에 앉었으니
칠월홍돼지 홀로누어서
팔월공산을 바라보니
구월국진 굳은마음
시월단풍에 시들어지고
동지오동에 오신단님은
섣달금비로만 가쳤구나
(전북 옥구군)

이들 민요는 관련 자료집에서 무작위로 추출한 것이다. 〈화투타령〉①은 민속학자 임동권 교수가 익산 원광대와 군산 지역에서 앞서 채록한 것이고,[9] 〈화투타령〉②는 강원도 삼척지방에서 채록한 것을 한국정신문화연구원(현, 한국학중앙연구원)에서 아카이브로 구축한 것이다.[10] 〈화투노래〉는 경북 상주 지방에서,[11] 〈화투풀이〉는 전북 옥구에서 채록한 것이다.[12]

이들 노래는 화투를 소재로 생성된 민요라는 공통점이 있다. 다만, 〈화투타령〉·〈화투노래〉·〈화투풀이〉처럼 노래 이름에서 약간의 차이가 있다. 이들 노래는 화투와 관련하여 '~타령'·'~노래'·'~풀이'라는 명칭을 쓰고 있다. 하지만 가요 형태나 내용이 비슷하여 별다른 차이가 없다. 게다가 이런 명칭이 오랜 역사성을 지닌 것도 아니다. 대략 19세기 이후의 민요나 잡가, 또는 판소리 단가에서 많이 나온다는 명칭이라는 점도 주목할 필요가 있다.

이들 노래는 한결같이 정월부터 섣달까지 열거하면서 열두 달 화투의 상징 기호와 함께 노래한다. 이런 점에서 화투 관련 노래는 달거리 민요임이 분명하다. 그런데 이들 노래는 화투의 달을 서술해가는 방식에서 작품에 따라 부분적인 차이를 보이기도 한다. 대부분의 화투 관련 노래들은 정월부터 10월까지는 분명하게 나온다. 11월과 12월은 '동지' '섣달'이라고 거명하기도 하지만 상징 기호로 대신하기도 한다. 〈화투타령〉①에서는 11월이나 12월, 동짓달이나 섣달 대신에 '오동'과 '비(雨)'라는 상징 기호로 그것을 대신하고 있기 때문이다.

이들 노래가 상징 기호와 함께 빚어내는 언어유희의 묘미를 주목

---

9 임동권, 『한국민요집』 5, 집문당, 1980, 181~182쪽.

10 『한국구비문학대계』 2-3, 한국정신문화연구원, 1982, 714쪽.

11 〈화투노래〉, 『한국구비문학대계』 7-8, 한국정신문화연구원, 1981, 221~222쪽.

12 『한국구비문학대계』 5-4, 한국정신문화연구원, 1981, 1126~1127쪽.

할 필요가 있다. 이들 화투 관련 노래는 달거리 민요로서 달의 상징 기호와 결합하고 있다. 그런데 세부적 묘사에서 개성의 차이를 보인다. 예로써 〈화투타령〉①의 '正月 송악 송석한 마음'에서처럼 정월과 함께 그것의 상징 기호인 '송학(松鶴)'[13], 즉 소나무와 학이 나온다. 문제는 장수를 의미하는 이들 소나무와 학이 중요한 게 아니라, '송악'에서의 'ㅅ'의 음가를 고려하여 '송석한 마음'으로 연결시키고 있다는 점이다. 이것은 2월 '매조'에서 '맺어나 놓고'로 연결되는 방식도 마찬가지이다.

삼월 '사구라'와 '산란한 마음', 사월 '흑사리'와 '허리어 놓고' 등도 같은 이치이다. 이것은 〈화투노래〉나 〈화투풀이〉에서도 달라지지 않는다.

이들 화투 관련 민요의 노랫말을 통해 얻어지는 시적 자아의 내면 정조를 살펴보면 일정한 흐름이 있다. 이들 노랫말은 부분적으로 차이를 보이면서도 전체적으로 공유하거나 비슷한 편이다. 1월에서 추출되는 내면적 정조는 〈화투타령〉①의 '송석한 마음'과 〈화투풀이〉의 '쓸쓸한 마음'이다. 이런 방식으로 추출하면, 3월은 공통적으로 '산란한 마음'이다. 4월은 '허사로다'가 다수이다. 7월은 '홀로'이고, 9월은 '굳은'·'고독'으로 나타난다. 10월은 '(잎이) 떨어지다'이고, 동지섣달은 '막히다'나 '갇히다'이다. 화투 관련 민요의 어휘 의미를 통해 추출한 전체적인 정조는 화투의 화려함과 달리, 애상적이거나 쓸쓸함이 주류를 이룬다.

이들 화투 관련 노래에서 창자의 내면을 파악하는 핵심 어구는

---

13 여기에서 창자는 '송학'을 '송악'이라고 가창하고 있다.

결구에 있다. 화투 노래는 창자가 가창 상황에 따라 노랫말을 다르게 부르기도 하지만 대개는 전승된 노랫말을 부른다. 화투 노래에서 창자의 연행 상황에 따라 가장 많이 달라지는 부분은 상대적으로 결구 부분이다. 이것은 창자가 정월부터 섣달까지 달거리 방식으로 노래하고 결구로 끝맺음을 하면서 후렴을 하거나 내면적 정조를 담은 전언을 표출하기 때문이다. 그래서 같은 화투 관련 노래라도 결구에서 차이를 보인다.

　예로써 〈화투타령〉①은 달거리 방식으로 전승된 내용을 노래하고 마지막으로 "갈 곳 없는 이내 청춘/ 앉인 눈물 절로나네"라는 어구로 가창자의 소회로 노랫말을 맺는다. 이 노래의 결구는 삶의 정처를 잃은 시적 자아의 내면 심리를 표출한 것이라고 말할 수 있다. 반면에 〈화투타령〉②에서는 "얼씨구 절씨구나/ 아니 놀지는 못하리로라"로 끝내는 시적 자아의 풍류 의식을 드러내기도 한다. 이것은 〈화투노래〉에서도 마찬가지이다. 〈화투노래〉에서는 "첩의 집을 가실라거든/ 나죽는 꼴이나 보고가소"로 끝맺으며 여성으로 보이는 시적 화자가 씨앗에 대한 질투 심리를 드러낸다. 마지막 〈화투풀이〉처럼 결구가 없거나 그것을 생략하기도 한다. 여기에서 창자는 언제든지 새롭게 결구를 만들어 넣을 수 있다.

　창자에 따라 결구 내용이 조금씩 달라지기도 한다. 그리고 창자가 남성이냐 여성이냐에 따라 달라지기도 한다. 물론, 오늘날 아카이브로 구축된 화투 노래의 창자는 남녀 구분이 없다. 하지만 결구 내용을 보면 여성적인 내용이 전반적으로 많다. 이것은 월별 노랫말에 나타나는 애상적이고 외로운 정조와 부합하기도 한다. 전체적으로 이들 화투 관련 노래는 서로 부르는 명칭만 약간씩 다를 뿐, 작품 성격이나 노래 내용에서 큰 차이가 없다.

2) 가사 〈화투가〉

〈화투가(花鬪歌)〉는 필자가 소장하고 있는 근대가사집 『금수강산 유람기』에 수록되어 있다. 근대가사 〈화투가〉는 1960년대에 유행하던 '육백'이라는 화투놀이를 흥미롭게 묘사하고 있다. 〈화투가〉의 원문은 다음과 같다.

〈花鬪歌〉

開花世上 當到하니/ 花鬪遊技 出世로다

十二月花 島戰人[14]/ 各四伴同 打取라

月算通十 尋本이요/ 失其本者 負也로다

無覺而 二十四는/ 起陰而 盛色去요

有覺而 二十四는/ 歸陽而 結實來라

有無各在 其權이나/ 審判之場 實收로다

陰陽兩數 여蒲하니[15]/ 自作歸路 不免이라

虛殼者는 空歸也오/ 有角者는 實得이라

五覺者爲 十章은/ 土王用事 大定이요

十角者爲 九章이나/ 五打則桐 加十하니

三獨百靈 分明하다/ 五運則起 十道라

---

14 '挑戰人'의 오자(誤字)인 듯.

15 旅蒲.

五光百度 放光하면/ 百靈百中 時節일세

正松白鶴 起一하야/ 黃菊丹楓 終九하니

始種終實 九一로서/ 十成大道 中興일세

二三四五 六七에/ 亂色各尊 花鬪타가

空山明月 登高하니/ 一雁聲 四海秋라

十月黃丹 一色으로/ 金井梧桐 歸根하니

玄武登陽 出世로다/ 花落成實 自然일세

一二三 紅團成은/ 四五七 草團成과

七六將 靑團成은/ 三團三成 眞主오내

加計算 三時馬는/ 午將龍化 出이로다

雨中行人 執權할 때/ 覺者 登用爲라

松桐月 淸閑時는/ 道德君子 雅趣로다

塵與蝶道 下止에는/ 小變化大 仙遊라

花月酒 三百盃로/ 大抱天地 一飮하니

已三百 大數來라/ 諸道歸空 金光일세

七帶先着 壯元하면/ 先天小數 判決이요

四光合龍 化飛로는/ 後天大數 終判일세

九與一而 作通하니/ 始終合이 十道로다

十道成而 幕通[16]하니/ 無對天地 獨長일세

花開花落 結實하니/ 花鬪未化 土歸로다

終止判斷 當到하면/ 各自尋本 生覺이라

是謂名日 六百이니/ 六者己也 百也中也

---

16 '莫通'의 오자로 보임.

〈화투가〉은 만재(晚齋) 주원택이 지은 가사로『금수강산유람기』라는 근대가사집에 수록되어 있다.『금수강산유람기』에서 주원택은 자신이 지은 가사 작품과 타인의 작품을 필사한 놓은 가사집으로 구분하고 있다. 전자는 자신이 지은 가사 작품인 〈영남지방찬양시〉부터 〈회심곡〉까지 34개의 창작 가사를 목록화하여 작품을 수록하였다.[17] 후자는「가사집(歌詞集)」이라는 편명으로 〈각세가(覺世歌)〉로부터 시작하여 〈유산가〉에 이르기까지 10개의 가사 작품을 필사하여 서로 구분하고 있다.

『금수강산유람기』의 전면에는 가사 목록에서 제외된 〈백락시(百樂詩)와 〈주자시(酒字詩)라는 한시 작품도 수록하고 있다. 그리고 작품 목록의 말미에다 저자가 안동 김대헌(金大憲)이라는 것을 밝히고 있다. 자신의 작품이라고 목록에 들어있는 〈담배노래〉라는 가사 작품에 대해서 안동 김대헌이라는 이름을 부기하고 있다. 논란이 없는 것은 아니지만 〈백락시〉나 〈주자시〉의 창작 기법을 보면 〈담배노래〉의 작자가 김대헌이라는 인물일 가능성이 있다.[18]

창작 시기와 관련하여 〈화투가〉는 1966년에 창작된 것으로 여겨진다.『금수강산유람기』에 수록된 창작 가사들은 대부분 1960년대 작품이다. 〈화투가〉의 앞에 있는 작품인 가사 〈이향소감(離鄕所感)〉

---

17 이들 작품에 대한 몇몇 논의가 있었다. 하경숙·구사회,「숫자노래의 전승 맥락과 새로운 근대가사 〈數字歌〉의 문예적 검토」,『동방학』43, 한서대학교 동양고전연구소, 2020, 213~238쪽; 하성운,「새로운 근대가사 〈담배노래〉의 표현 방식과 작품 세계」,『동아인문학』52, 동아인문학회, 2020, 151~172쪽; 이수진,「〈호남가〉류 시가 작품의 전승 맥락과 〈호남지방찬양시〉의 발굴 검토」,『온지논총』65, 온지학회, 2020, 101~122쪽.

18 하성운, 위의 논문.

도 1966년도에 지어진 것으로 짐작된다. 내용에서 대구 인구 80만 명이라는 언급에서 추정된다. 〈화투가〉 다음으로 나오는 가사 〈회갑연축하가〉에도 병오년(1966)에 회갑 잔치를 했다는 언급이 있다. 마찬가지로 뒷면의 〈대구종운관람가(大邱綜運觀覽歌)〉나 〈등산가〉라는 가사 작품에서도 병오년(1966)이라고 말하고 있다. 필자가 〈화투가〉를 1966년도 지어졌을 것으로 추정하는 것은 바로 그 때문이다. 참고로 이때 주원택의 나이는 환갑인 61세였다.

〈화투가〉의 표기 방식은 한주국종(漢主國從)의 국한문 혼용체이다. 2음보를 1구로 하여 66구의 중형가사에 근접한다.[19] 가사 〈화투가〉는 육백이라는 화투놀이를 제재로 하고 있다. 가사 내용은 놀이 방식을 시작으로 화투의 모양과 종류, 육백 화투의 용어를 소개하면서 치는 모습을 서술하고 있다. 표현 방식은 비유적 묘사가 많다. 가사 〈화투가〉에서 작자는 육백이라는 화투 놀이를 호기심의 눈으로 관찰하면서 흥미롭게 묘사하고 있다. 가사 〈화투가〉에서 시적 화자는 작품 외부에서 화투놀이를 바라보고 관찰하여 서술하고 있다. 이것은 민요 〈화투타령〉이 화투의 월별 그림을 통해 시적 자아의 내면 심리를 서정적 표현으로 담아내는 것과 대비된다.

작품 구성은 '〈서사〉 – 〈본사1〉·〈본사2〉 – 〈결사〉'라는 기승전결의 구조를 보인다. 〈화투가〉의 작품 구성으로 파악한 작품 내용은 다음과 같다.

〈서사〉는 첫 2구인 "開花世上 當到하니/ 花鬪遊技 出世로다"이다.

---

19 가사 길이가 2음보 1구로 60구 이하는 단형가사, 300구 이하는 중형가사, 그 이상은 장형가사로 본다(홍재휴, 「가사」, 국문학신강 편찬위원회 편, 『국문학신강』, 새문사, 1985, 173쪽).

〈서사〉에서는 화투의 등장과 함께 화투놀이의 출현을 중의적으로 표현하고 있다. 여기에서 '개화'는 '꽃을 피운다'로 해석되지만, 화투를 뜻하기도 한다.

〈본사1〉은 제3구인 '十二月花 島戰人'에서 제36구인 '花落成實 自然일세'까지이다. 이는 다시 전반부와 후반부로 구분된다. 전반부는 제3구인 '十二月花 島戰人'에서 제24구인 '百靈百中 時節일세'까지이다. 후반부는 제25구인 '正松白鶴 起一하야'에서 제36구인 "花落成實 自然일세"까지이다. 〈본사1〉의 전반부는 화투놀이를 참여하는 구성원을 비롯하여 육백 화투에 대한 전반적인 특징을 묘사적으로 서술하고 있다. 화투의 셈하는 방식, 화투치는 자세와 태도에 따른 승부의 결과를 묘사하고 있다. 여기에서 피는 빈 껍질로, 단을 오각으로, 끗을 10각이라는 용어로 '육백' 화투에서 사용되는 단위를 서술하고 있다. 마지막으로는 오광의 위력을 묘사하고 있다. 〈본사1〉의 후반부에서는 화투 정월 소나무 백학으로부터 11월 오동에 이르기까지 화투 형상을 순서대로 묘사하고 있다.

〈본사2〉는 제37구인 '一二三 紅團成은'에서 시작하여 제64구인 '各自尋本 生覺이라'까지이다. 여기에서는 일이삼의 홍단이나 사오칠의 초단, 또는 육칠장의 청단이나 솔광 동광 팔광으로 이뤄지는 송동월 등에서처럼 육백 화투의 용어를 구체적으로 서술하고 있다. 그리고 화자는 이를 가지고 이기고 지는 결과를 묘사하는데, 마지막 부분에 가서는 본전 생각이 간절하다고 말한다.

〈결사〉는 결구로써 제65구와 제66구가 해당한다. 여기에서는 지금까지의 화투놀이가 '육백(六百)'이라고 밝히고 있다. 그리고 여기에서 '육'이라는 것은 '기(己)'이고 '백'이 '중(中)'이라면서 음양오행에 입각한 흥미로운 해석을 내놓고 있다.

4. 맺음말 - 문학사적 의미와 함께

지금까지 한국 화투의 전승 과정과 관련 가요의 문예적 특징에 대해서 살펴보았다. 필자가 이 논문을 작성하게 된 계기는 수집한 자료 중에서 가사 작품인 〈화투가〉가 발견되었기 때문이다. 이제 화투 관련 시가는 민요 〈화투타령〉과 가사 〈화투가〉가 존재하는 셈이다.

19세기 말엽의 개화기에 화투가 일본에서 국내로 유입되어 길지 않은 시간에 전국으로 퍼졌다. 1910년대의 신소설에 이미 화투가 등장하였고, 1920년대에 이르러 화투 놀이가 크게 유행하면서 한국인의 일상에 정착한 것으로 보인다.

화투의 시작은 일본이 아니라 16세기 후반에 일본과 포르투갈인의 무역 거래에서 시작되었다. 일본인들이 포르투갈의 카르타를 본떠 몇몇 단계를 거쳐 일본식 카드인 하나후다를 만들었다. 하나후다에는 포르투갈의 카르타에서 벗어나 일본의 전통문화를 토대로 그들의 자연 미감을 드러내는 화조풍월이 들어갔다.

이것은 한국으로 들어와서 화투가 되었다. 그래서 한국 화투의 그림은 일본 하나후다와 많은 관련이 있었다. 그렇다고 일본의 하나후다와 한국 화투를 동질적인 것으로 여겨서는 안 된다. 한국 화투는 이름부터 시작하여 놀이 방식, 더 나아가 놀이 문화에 이르기까지 하나후다와 많이 달라졌다. 한국 화투는 모양과 그림, 색상과 재질도 일본과 달라졌다. 놀이 방식도 전래하던 투전의 노름 방식과 결합되면서 한국 화투는 도박성이 보다 강화되었다.

일제강점기에 화투가 서민들 사이에 퍼지면서 그것을 소재로 부르는 민요가 나왔다. 민중들은 〈화투타령〉을 비롯하여 〈화투노래〉·〈화투풀이〉라는 이름으로 노래를 불렀다. 이것은 주로 광복 이후에 문자로 채록되거나 이후로 아카이브로 구축되었다. 이들 민요는 전국적인 분포 양상을 보이고 있으며, 현재 100여 편 이상의 노래가 아카이브로 구축되어 있다. 이들 화투 관련 민요는 명칭만 약간씩 다를 뿐, 작품 성격이나 노래 내용에서 큰 차이는 없었다.

이들 민요는 화투의 매월 그림을 대표하는 상징 기호와 함께 노랫말을 덧붙인 달거리 방식이었다. 표현 방식도 언어유희를 사용하며 월별 화투의 상징 기호에다 같은 자음의 노랫말로 잇고 있었다. 노랫말을 통해 시적 자아의 내면 정조를 살펴보면, 애상적이거나 쓸쓸함이 주류를 이룬다. 한편, 화투 관련 민요의 핵심 어구는 결구에 있다고 보았다. 이 부분은 노래에 따라 많은 노랫말이 많이 달라지기 때문이다. 창자는 정월부터 섣달까지 전승된 노랫말을 따라서 부른다. 그러다가 마지막 결구에 이르러서는 연행 상황이나 자신이 처한 정서에 따라 새로운 후렴 가사를 넣어서 불렀기 때문이다.

근대가사 〈화투가〉는 1966년도에 대구에 사는 주원택(朱元澤, 1906~?)이라는 사람이 지은 것이다. 표기 방법은 한문어투이다. 길이는 2음보 1구로 66구의 중형가사에 해당한다. 작품 구성은 '〈서사〉 - 〈본사1〉·〈본사2〉 - 〈결사〉'라는 기승전결의 구조를 보인다.

가사 〈화투가〉는 시적 화자가 작품 외부에서 당시 유행하던 '육백'이라는 화투 놀이를 바라보고 관찰하여 흥미롭게 서술하는 특징이 있다. 그래서 시적 화자는 작품 외부에서 화투 놀이에 참여하는 사람의 구성 방식에서부터 계산하는 방법, 화투 치는 자세와 태도, 화투의 세부 용어, 화투의 형상 등에 이르는 여러 내용을 서술하고 있다. 이것은 화투 관련 민요가 화투의 월별 그림을 통해 극대화된 시적 자아의 내면 심리를 서정적으로 담아내는 특징과 대비된다.

한마디로 이들 〈화투타령〉이나 〈화투가〉는 근대 시기 화투의 유행과 더불어 등장한 시가이다. 민요 〈화투타령〉의 정서적 암울함이나 가사 〈화투가〉의 화투놀이 묘사는 모두 당대의 시대상이 작품에 직간접적으로 투영되어 있다고 여겨진다.

새로운 가사 〈자연가〉의 문예적 검토

하경숙

1. 머리말

　자연(自然)은 하나의 통합된 개념이 아니라 '자(自)+연(然)'으로 이해해야 한다. 여기에서 '자(自)'는 '스스로'라는 의미의 부사어이고 '연(然)'은 '그러하다'라는 의미의 술어이다. '자(自)'가 '부유해지다(富)', '바뀌다(化)', '바로잡다(正)' 등의 여러 술어와 결합하는 양상이 있다. 자연은 백성이나 만물이 '스스로 그러하다'라는 의미의 자발성을 지닌다.[1] 노자의 도(道)는 자연(自然)을 본받는 것으로부터 시작한다. 노자의 도는 항상 자연의 이치를 모범으로 삼는다. 그렇다면 자연의 이치[2]란 무엇인가? 자연은 도와는 별개의 (혹은 상위의) 어떤 것을 지칭하는 것이 아니라, '도' 자체의 '자기법칙성'이며 '자기 전개

1　이승율,「연구사를 통해서 본 중국 고대의 '자연' 사상과 문제점 고찰」,『동양철학연구』49, 동양철학연구회, 2007, 67쪽.

2　자연 개념은 동서양에 걸쳐 다양한 의미 분석을 지니고 있다. 그러나 학자들 간에 공통적인 의견의 일치를 보고 있는 점은 노자의 자연이 돌이나 나무 같은 구체적 대상물이 아니라, '상태'나 '속성'을 서술하는 개념이라는 것이다. 그런 견해들을 종합해 볼 때 노자의 자연은 대략 '스스로 그러함', '저절로 그러함', '시초로부터 그러함', '본래 그러함' 등으로 정리해 볼 수 있다.

원리'이자 '작용원리'라 할 수 있다.[3] 자연의 의미와 실상을 한마디로 정의하기는 쉽지 않다.

자연(nature)의 모든 구성물들이 유기적으로 연결되어 '반자도지동(反者道之動)'의 이치에 따라 많으면 받지 않고, 부족하면 더 받고, 큰 것은 줄어들게 하고, 작은 것은 크게 하고, 약한 것은 강하게 하는 역동적 상호작용의 그물망 속에서 스스로 단계들을 구성해 통일된 총체적 질서를 형성해 나가는 하나의 전체인 것이다. 인위적 목적적 단계화가 없음으로 단계화의 질서가 완성되는 것이다.[4] 자연은 절로 그러한 것이다. 인위(人爲)는 인간이 하는, 즉 개입(介入)하는 것이다. 인간이 살아가는 세상에서는 모든 것이 인위이다. '자연'이라는 것은 원래 어느 상태를 나타내는 말이며, 존재를 나타내는 명사는 아니다. 그것은 자신을 의미하는 자(自)와 상태를 나타내는 접미사 연(然)으로 이루어지며, 〈자신의 상태〉를 나타내는 것이었다. 노자의 '자연'이란 모든 만물이 각기 스스로 존재하며 변화해가는 과정 전체를 가리키고 있다. 즉 인위를 가하지 않더라도 스스로 존재하고 변화하는 그 과정 자체에 대한 형이상학적 의미가 깃들어 있다.[5]

노자의 도덕경에서 우주의 질서와 진행원리를 "人法地 地法天 天法道 道法自然(사람은 땅을 본받고, 땅은 하늘을 본받으며, 하늘은 도를 본받고, 도는 자연을 본받는다)"라고 말하고 있다. 이는 인(人) → 지(地) →

---

3   황금중, 「노자의 교육론과 그 사상사적 의미」, 『미래교육연구』 18(1), 연세대학교 교육연구, 2005, 50쪽.
4   배헌국, 「노자의 비교육의 교육」, 『교육철학연구』 39(2), 한국교육철학학회, 2017, 113쪽.
5   최오목, 「老子의 生命倫理思想 硏究」, 원광대학교 박사학위논문, 2010, 23쪽.

천(天) → 도(道) → 자연(自然)으로 이어지는 복잡한 상황에서 가장 우위에 자연을 위치하게 한 것이다. 자연(自然)은 "자기-실현, 자발성, 저절로 그러한 본성" 등의 의미를 함축한다. 사람들은 자연을 바탕으로 다양한 작품들을 가창하였고, 이는 지속적으로 유통되어 자신들의 정서를 효과적으로 표현하고 있다. 〈자연가〉는 단순한 듯 보이지만 그 속에는 다양한 사상과 복잡한 구조가 표현되어 있다.

〈자연가〉는 『금수강산유람기(錦繡江山遊覽記)』[6]라는 자료집에 수록되어 있는 근대가사인데 아직 학계에 보고된 바가 없는 전통적인 가사 형식으로 지어진 1960년대 작품으로 추정된다. 분량은 2율 각 1구로, 84구로 이루어졌으며 율조는 대체로 4·4조가 주를 이루고 있는 새로운 가사이다. 이 연구에서는 새로 발굴한 〈자연가〉의 실체를 파악하고 원문 자료를 검토하고자 한다. 이어서 창작 기법과 작품 내용을 검토해보기로 한다.

---

6 「금수강산유람기」는 김대헌(金大憲, 생몰미상)의 한시 〈백락시〉와 〈주자시〉가 맨 앞에 수록되어 있다. 가사 작품 〈영남지방찬양시〉로부터 시작하여 〈회심곡〉까지 32편의 시가 작품이 수록되어 있다. 30편은 아직 학계에 보고되지 않았던 새로운 근대가사 작품들이 있다. 이들 자료집이 필사된 것은 단기 4323년(서기 1990)에 만재(晚齋) 주원택(朱元澤)에 의해 이뤄졌다. 「금수강산유람기」에 수록된 것은 주원택의 작품이고, 「가사집(歌詞集)」에 수록된 것은 주원택이 기존의 시가 작품을 필사해놓은 것으로 추정된다. 「금수강산유람기」에 수록된 작품들은 이전부터 지어왔던 시가 작품들을 1990년에 편집하였던 것으로 보인다. (하성운, 「새로운 근대가사 〈담배노래〉의 표현 방식과 작품 세계」, 『동아인문학』 52, 동아인문학회, 2020, 155~157쪽.)

2. 〈자연가〉의 작품 원문과 창작 기법

국문 시가가 한시에 비해서는 민중을 대상으로 자신의 사상을 전달하기에 좋은 장르이다. 특히 가사는 문학의 여러 장르 중에서도 유장하며 반복적인 표현과 특성은 설득하기 적합하여 자신의 뜻을 표현하는 것에 적합하다. 가사는 담당층의 세계관 및 미의식을 기반으로 사회적, 역사적, 문화적 조건과 변화와 밀접한 관련을 가지고 창작되었다.

〈자연가〉는 표제가 『금수강산유람기(錦繡江山遊覽記)』라고 적혀 있는 자료집에 수록되어 있다. 이 자료집은 다시 「금수강산유람기」와 「가사집」으로 구분된다. 『금수강산유람기』에 수록된 「금수강산유람기」와 「가사집」의 말미에 만재 주원택이 각각 '필자(筆者)'와 '필사(筆寫)'를 했다고 구분해서 기록하고 있기 때문이다. 이는 「금수강산유람기」에 수록된 대부분은 주원택이 창작하거나 정리한 시가 작품을, 「가사집」에 수록된 것은 이미 알려진 타인의 작품을 필사한 것을 의미한다. 게다가 「금수강산유람기」에 수록된 작품이라도 타인의 작품에 대해서는 이를 밝히고 있기 때문이다.[7]

〈자연가〉는 전자에 수록되어 있다. 이 작품은 「금수강산유람기」에 수록된 것으로 보아 우리나라 전반에 존재하는 다양한 작품들을 모으는 과정에서 발견한 것으로 예상된다. 필자는 〈자연가〉에서 '자연(스스로 그러하다)'이라는 의미를 기반으로 오천년 한국의 역사를

---

7 〈백락시〉와 〈주자시〉에 대해서는 편명에 '著者 安東 金大憲'이라고 적었고, 〈담배노래〉는 본문 제목 아래 '檀紀 四二九七年 頃 安東 金大憲'이라고 적시하고 있기 때문이다.

설명하며 1894년 동학농민혁명부터 1960년 4·19혁명까지 우리나라의 굵직한 역사적 사실들을 노래하며, 근대 역사를 알아볼 수 있도록 성실히 설명하고 있다.

무엇보다 이 작품에는 역사적 사실을 기반으로 우리나라에 일어난 다양한 사건을 풀어서 설명하며, 다양한 철학적 측면을 사고하게 하는 과정이 담겨있다. 이는 우리나라에 관한 관심과 애정을 바탕으로 그 의미를 확장한다. 이 작품에서는 화자의 전달 사항이나 그 의미를 명확하게 전달하고, 자연스럽게 풀어가고 있다.

1) 작품원문

〈自然歌〉

天地도 自然이요 陰陽도 自然이라
천지도 절로 그러함이요, 음양도 절로 그러함이라.
日月도 自然이요 星辰도 自然이라
일월도 절로 그러함이요, 성신(星辰)도 절로 그러함이라

四時도 自然이요 五行도 自然이라
사시도 절로 그러함이요, 오행도 절로 그러함이라
晝夜도 自然이오 寒暑도 自然이라
주야도 절로 그러함이요, 한서도 절로 그러함이라

風雨도 自然이요 霜雪도 自然이라
풍우도 절로 그러함이요, 상설(霜雪)도 절로 그러함이라

萬物之中 自然이요 惟人最貴 自然이라

만물 가운데 절로 그러함이요, 오직 사람만이 가장 귀하노니 절로
그러함이라.

天地人皇 自然이요 伏羲神農 自然이라

천황과 지황과 인황도 절로 그러함이요, 복희와 신농씨도 절로 그
러함이라

檀帝神聖 自然이요 檀木誕生 自然이라

단군 성제도 절로 그러함이요, 단목 아래서 태어나심도 절로 그러
함이라

堯舜禹湯 自然이요 文武周公 自然이라

요임금 순임금 우임금 탕왕도 절로 그러함이요, 문왕 무왕과 주공
도 절로 그러함이라

河圖도 自然이요 洛書도 自然이라

하도河圖[8]도 절로 그러함이요, 낙서(洛書)도 절로 그러함이라.

釋迦慈悲 自然이요 老子道德 自然이라

석가의 자비도 절로 그러함이요, 노자 도덕경도 절로 그러함이라.

孔子大同 自然이요 三綱五倫 自然이라

---

8 하도[복희씨(伏羲氏) 때 황하(黃河)에서 용마(龍馬)가 등에 지고 나왔다는 팔괘의
   근원이 되는 그림]도 저절로 생겨난 것이요 낙서[중국(中國) 하(夏)나라의 우왕(禹
   王)이 홍수(洪水)를 다스렸을 때, 낙수(洛水)에서 나온 영묘(靈妙)한 거북의 따위에
   쓰여 있었다는 글]이다. 『서경(書經)』의 홍범구주(洪範九疇)의 원본(原本)이 되었다
   하며, 팔괘(八卦)의 법도 여기서 나왔다고 한다.

공자의 대동(大同)도 절로 그러함이요, 삼강오륜도 절로 그러함이라

儒佛仙敎 自然이요 四色時大 自然이라
유불선교도 절로 그러함이요, 사계절의 물색도 절로 그러함이라
忠孝義烈 自然이요 道德君子 自然이라
충효의열도 절로 그러함이요, 도덕군자도 절로 그러함이라.

生老病死 自然이요 喜老哀樂 自然이라
생로병사도 절로 그러함이요, 희노애락도 절로 그러함이라
富貴功名 自然이요 尊卑貴賤 自然이라
부귀와 공명도 절로 그러함이요, 존비와 귀천도 절로 그러함이라

興亡盛衰 自然이요 壽夭長短 自然이라
흥망성쇠도 절로 그러함이요, 수명의 길고 짧음도 절로 그러함이라.
綱倫永絶 自然이요 風紀紊亂 自然이라
법도와 윤리가 끊어져 없어지는 것도 절로 그러함이요, 풍기문란
도 절로 그러함이라.

先天數도 自然이요 後天數도 自然이라
선천수도 절로 그러함이요, 후천수도 절로 그러함이라.
過去事도 自然이요 未來事도 自然이라
과거의 일도 절로 그러함이요, 미래의 일도 절로 그러함이라.

鬪爭도 自然이요 平和도 自然이라

다툼도 절로 그러함이요, 평화도 절로 그러함이라.

五千年之 우리韓國 興敗存亡 自然이라

오천년의 우리 한국 흥패존망도 절로 그러함이라.

甲午東亂 自然이요 壬午軍亂 自然이라

갑오동란도 절로 그러함이요, 임오군란도 절로 그러함이라.

興盡悲來 自然이요 苦盡甘來 自然이라

흥진비래도 절로 그러함이요, 고진감래도 절로 그러함이라.

王侯將相 自然이요 靑春白髮 自然이라

왕후장상도 절로 그러함이요, 젊음과 늙음도 모두 절로 그러함이라.

庚戌合邦 침약이요 乙酉解放 自然이라

경술합방은 침약이요, 을유해방은 절로 그러함이라.

三八線도 自然이요 思想전도 自然이라

삼팔선도 절로 그러함이요, 생각의 전도도 절로 그러함이라.

美蘇爭雄 自然이요 左右分裂 自然이라

미소의 다툼도 절로 그러함이요, 좌우의 분열도 절로 그러함이라.

莫往莫來 自然이요 同族相爭 自然이라

오가지 못하는 것도 그러함이요, 동족상쟁도 절로 그러함이라.

六二五도 自然이요 四一九도 自然이라

육이오도 절로 그러함이요, 사일구도 절로 그러함이라.

南北黨도 自然이요 與野黨도 自然이라

남과 북의 무리도 절로 그러함이요, 여야의 무리도 절로 그러함이라.

赤白相沖 自然이요 世界戰爭 自然이라

공산주의 민주주의의 충돌도 절로 그러함이요, 세계전쟁도 절로 그러함이라.

始良終良 自然이요 百祖一孫 自然이라

시작이 좋고 끝이 좋은 것도 절로 그러함이요, 수많은 조상에 하나의 손자도 절로 그러함이라.

利在乙乙[9] 自然이요 利在田田[10] 自然이라

이로움이 을을에 있음도 절로 그러함이요, 이로움이 전전에 있음도 절로 그러함이라.

---

9 을을(乙乙)은 사전적으로 새싹 등이 어렵게 틔어 나오는 모양, 하나하나/일일이, 의성어이다. 이는 난세에 도피할 피난처를 나타내는 의미와 이로움을 얻게 된다는 상징의 뜻으로 사용된 것으로 보인다. '궁궁을을'이라는 단어 외에도 양궁(兩弓)·을을·궁궁을을·궁궁 등의 표현이 있다. 최제우(崔濟愚)가 상제로부터 받았다는 영부(靈符)도 선약(仙藥)임과 동시에 그 형상이 궁궁이라 한 바 있다. 이로움이 궁궁에 있음을 알 것이라는 의미이다.

10 전전은 사전적으로 무엇을 치는 소리, 의성어, 연잎이 무성한 모양, 연잎, 푸른 모양, 짙은 것으로 설명된다. 궁궁을을(弓弓乙乙)은 『정감록』, 『격암유록』, 「궁을가」 등의 예언서에 주로 등장하는 표현으로, 천부(天父)의 이치를 자신의 몸에 실행시키는 원리를 간결하고도 핵심적으로 표현한 말이다. 궁궁(弓弓), 궁을(弓乙), 양궁(兩弓), 을을(乙乙), 을을궁궁(乙乙弓弓)이라고도 한다. 조선시대의 민간 예언서인 『정감록鄭鑑錄』에 등장한 이후, 동학과 원불교 등 민족 종교의 중요한 가르침으로 자리매김하였다. 동학에서는 '궁궁' 또는 '궁궁을을'이라는 표현에 좀 더 종교적인 의미를 부여하면서 영원한 생명, 완전무결을 상징하는 것으로 간주하였다. 또한 인간의 내면에 있는 신명을 가리킨다는 설도 있다. 『정감록』에서 특정한 공간을 지칭하기 위해 사용되었던 용어가 동학에 와서는 종교적이고 추상적인 의미를 지니는 용어로 변모하게 되었다.

本來天品 自然性을 一毫不變 自然修라

본래의 품성은 자연에서 생겨난 것을 한가닥의 터럭이 변화하지 않은 것도 절로 그러함이라.

利害是非 自然去면 聖化世界 自然來라

이해와 시비가 절로 가면 성인치화의 세계가 절로 도래함이라

時來運來 自然來면 大靈天聖 自然來라

시운이 도래하여 절로 그러해지면 신령스런 성인도 절로 도래함이라.

人乃天도 自然이요 人是天도 自然이라

인내천이라 함도 절로 그러함이요, 인시천이라 함도 절로 그러함이라.

無窮無盡 自然世月 必히東土 自然來라

무궁무진 세월은 절로 그러함이요, 반드시 동토가 절로 그러함이라.

地上極天 自然이요 地上天國 自然이라

땅위의 임금은 절로 그러함이요, 지상의 천국은 절로 그러함이라.

天意無他乃自然 自然之外更無天

하늘의 뜻은 다름 아닌 절로 그러함이니 절로 그러함 외에 다시 하늘은 없도다

하널은 다만 자연박에는 딴 것은 잇을수업다

자연박게 다시 또 무엇이 잇겟는가 하늘도 자연이다

2) 창작 기법과 전승 맥락

〈자연가〉는 인위(人爲)가 아닌 무위(無爲)에 의한 자연적 우주 질서를 노래한 철리시(哲理詩)라고 할 수 있다. 1연부터 3연까지 우주 질서의 절로 그러함을 노래한 뒤 이를 바탕으로 4연부터 6연까지는 인간제도를 설명하고 있다. 인간과 세계에 관한 철학적 탐구의 표현은 대부분 정밀한 논리를 갖춘 산문의 형태를 통해 이루어진다. 하지만 때로 시라는 문학적 형식을 빌려 표현되기도 하는데, 철리시란 바로 이러한 철학적 탐구의 과정과 결과를 읊은 시를 가리킨다.

철리시(哲理詩)란 철학적 내용을 문학적 형식을 통해 표현한 시이다. 그런데 철학은 그 양상이 매우 다양하기 때문에, 철리시 또한 그 다채로운 철학만큼이나 종류가 다양하다. 동아시아의 경우, 그 사상의 중심축이었던 유불선(儒佛仙)의 철학자들이 남긴 철리시가 대표적이라 할 만하다. 유가(儒家)의 이념은 유가의 핵심적 경전과 이를 바탕으로 한 유학자들의 철학적 논설에 담겨져 있다. 이 중 유가 경전의 내용을 시로 표현한 것이 설경시(說經詩)이며, 유학자들의 철학적 논설을 시로 표현한 것이 설리시(說理詩)이다.

설리시의 경우, 주자학의 주요 범주인 이기론, 심성론, 인식론, 천인합일론 등의 철학적 사유를 시적 틀 안에서 충실하게 반영해 내고 있는데, 주로 인간의 심성과 우주 자연을 소재로 이러한 철학적 사유를 시로 표현하였다. 이에 굳이 명명하자면 전자는 성정시(性情詩), 후자는 자연시(自然詩)라 할 것이다.[11] 강하(江河)·산악(山岳)·일월(日

---

11 이영호,「哲理詩의 범주와 미의식에 관한 시론」,『동방한문학』33, 동방한문학회, 2007, 204~205쪽.

月)·성신(星辰)들은 다양한 변모의 양상을 간직하고 있다. 그러나 이러한 변모의 양상은 무질서하고 산만한 것이 아니라, 바로 밝은 근원자로서의 一天(天理)에 의하여 총괄되는 것이다. 그런데 이러한 천리는 초월적 권능을 지닌 외적 존재이기도 하지만, 따로 홀로 떨어져 있지 않고 만물에 잠존(潛存)되어 있다. 하늘을 단순한 천(天)으로서가 아니라 만물을 주관하는 절대적 진리를 지닌 존재로서 인식하는 유교사상이 그대로 나타나고 있음을 보여주는 것이다.[12]

> 우주 가운데 네 가지의 큰 것이 있으니, 그 중에 사람을 다스리는 군주가 있다. 사람은 땅의 법칙을 본받는다. 그리하여 그들의 생을 영위하고 안전을 얻는다. 땅은 하늘의 법칙을 본받는다. 그리하여 땅 위의 만물을 온전히 싣고 또 생육시킬 수 있다. 하늘은 도를 법칙으로 한다. 그리하여 그 운행과 활동을 그르치지 않는다. 도는 자연을 본받는다. 큰도의 법칙을 곧 자연의 법칙이다. 자연이란 말은 작위하지 않는다는 뜻이다. 작위하지 않지마는 천지만물이 저절로 마땅하지 않는 것이 없음이 자연인 것이다. 노자는 천지보다 도가 크고, 도보다 자연이 크다고 생각한다. 그래서 그의 도는 무위자연의 도인 것이다.[13]

이는 '작위(作爲)하지 않는 것으로 저절로 그리된 순리의 세계요, 작위하지 않아도 질서와 수순을 따라서 저절로 마땅하지 않는 것이 없는 상태가 자연이다'라고 설명한다. 그리고 이 자연의 가용범위는

---

12 하경숙, 「가사 작품 〈지지가〉에 대한 문예적 검토」, 『온지논총』 50, 온지학회, 2017, 186쪽.
13 노자, 『노자도덕경』, 을유문화사, 1972, 94~95쪽.

인과 지, 천과 도보다 큰 것으로 이 모두를 포괄하고 있는 것으로 사람과 천지와 도의 법칙 일체가 그 속에 내포된 무위의 세계가 바로 자연이다. 천리는 우주적 법칙이기도 하지만, 동시에 인간 심성의 본래 형상이기도 하다. 자연을 바라볼 때, 종종 천리 구현의 장으로 자연을 바라보고 이를 통해 천리에 접근하려는 노력을 하였다. 그리고 이러한 시도는 시로서 지어지기도 하였으니, 우주의 이치를 읊었다는 점에서 설리시의 영역에 넣고 자연을 소재로 하였기에 자연시 (自然詩)라 이름 붙일 수 있을 것이다.[14] 무위는 도가 작동하는 생성의 원리이고, 자연은 도의 본성이라고 할 수 있다. 그러므로 무위와 자연은 우주적 실재인 도가 만물을 생성하고 변화시키는 원리이자 그 '스스로 그러한' 본성을 표현한 말이라고 할 수 있다.[15]

〈자연가〉는 표제가 『錦繡江山遊覽記』라고 적혀 있는 자료집에 수록되어 있다. 이 자료집은 다시 「금수강산유람기」와 「가사집(歌詞集)」으로 구분된다. 〈자연가〉는 앞부분에 수록되어 있다. 「금수강산유람기」에는 32편의 가사 작품이, 「가사집」에는 10편의 가사와 잡가들이 수록되어 있다. 그리고 「금수강산유람기」에는 저자가 안동(安東) 김대헌(金大憲)이 지은 한시인 〈百樂詩〉와 〈酒字詩〉를 앞서 기록해 두었다. 이 작품은 「금수강산유람기」에 수록된 것으로 보아 우리나라 전반에 분포되어 있는 여러 작품들을 채집하는 과정에서 찾은 것으로 추측된다. 필자는 〈자연가〉에서 무위를 기반으로 하여 갑오혁명부터 경술합방, 8·15해방, 6·25전쟁, 세계대전, 1960년 4

---

14 이영호, 앞의 논문, 213~214쪽.
15 김용휘, 「도가의 무위자연(無爲自然)과 동학의 무위이화(無爲而化) 비교 연구」, 『동학학보』 51, 동학학회, 2019, 225쪽.

·19혁명까지 우리나라의 굵직한 사건들을 노래하며, 시대의 상황을 쉽게 알아볼 수 있도록 성실히 다루고 있다. 또한 마지막에는 이 모든 것을 하늘의 뜻으로 보고 있다고 설명하며, 인간의 문제를 거론한다. 오행, 즉 음양의 조화로 인간으로 태어났으니, 삼강오륜(三綱五倫)을 본받아야 하는 것을 이야기한다. 노자의 무위적 삶이란 단순히 물처럼 바람처럼 무욕청정(無慾淸淨)의 삶만을 의미하는 것이 아니라 자연과 생명의 원리를 존중하고 일의 핵심 원리를 알아서 불필요한 인위적 기제를 최소화하는 것이다. 다시 말해 단순하고 소박하지만 그 안에는 고아한 품격이 나타나는 삶의 방식이다.

무엇보다 이 작품에는 '자연(절로 그러함)'을 사용하여 우리나라에 일어난 중요한 사건을 상징적으로 표현하며, 역사적 사실을 확인하는 과정이 담겨있다. 이는 나라에 관한 관심과 국토의식을 일정 이상 가지고 있다는 것을 증명하며, 그 의미를 확장하게 한다. 현대사의 다양한 사건을 경험한 사람들의 생각을 중심으로 다양한 변주를 표현하며, 나라에 대한 소중함을 더욱 상기하게 된 것으로 보인다. 이를 기반으로 〈자연가〉를 창작하고 전승했을 가능성이 크다. '좌우익의 갈등, 6·25전쟁으로 인한 남북휴전, 4·19혁명, 8·15광복' 등 근현대사에 큰영향을 끼친 사건들을 단순한 의미로 표현하는 것이 아니라 자연이라는 근원적이고 본래적인 가치를 통해 풀어나가고 있다.

자연가에 대한 전승을 설명할 때 하서 김인후 〈자연가〉를 기반으로 생각할 수 있다. '저절로'의 의미는 당대에 사람들의 생활 방식을 보여주는 것이다. 하서 김인후의 '자연가(自然歌)'는 과거부터 현재까지 지속적으로 회자(膾炙)되고 있고, 우암 송시열과 송강 정철, 이황

등 〈자연가〉 작품의 작자의 시비가 있으나 여전히 확정된 것은 없다. 그것은 그만큼 사회 전반에 두루 통용되는 사상으로 볼 수 있다.

> 靑山自然自然 綠水自然自然
> 山自然水自然 山水間我自然
> 已矣哉 自然生來人生
> 將自然自然老
> 청산도 절로절로 녹수도 절로절로
> 산절로 수절로 산수간에 나도 절로
> 아마도 절로 생긴 인생이라
> 늙기도 절로 하여라.

김인후는 1545년(인종 원년) 7월, 인종이 등극한 지 8개월 만에 갑자기 승하하고, 을사사화(乙巳士禍)가 발생하자 병을 핑계로 사직하고 고향 장성으로 돌아가 시를 쓰며 세월을 보냈다. 그후 조정의 부름에도 병을 핑계로 끝내 정치에 뜻을 두지 않고, 자연을 벗삼아 생활하여, 평온한 삶을 유지했다. 이때의 심정을 노래한 시가 바로 '자연가'라고 할 수 있다. 이 시에서 '자연'이란 단어가 여러 번 등장한다. 여기서 '자연'이란 말은 산·강·초목·동물 등의 존재, 또는 그것들이 이루는 환경을 일컫는 명사(nature)로 보는 것이 아니다. 오히려 인간의 의도적인 노력이나 활동 없이 '저절로', 혹은 사물이나 현상이 스스로의 질서나 법칙에 의해 '저절로'라는 의미의 부사적 용법으로 쓰였다. 바로 노자가 도덕경 25장에서 말한 '도는 스스로 그러함에 본받는다'라는 의미의 '도법자연(道法自然)'과 같은 의미로

쓰였다. 도의 본질을 구명하면 바로 인간의 본질도 명확하게 인식된
다. 그런데 도의 법칙이란 바로 '자연'이다. 자연은 무목적적·무의지
적으로 자발적인 내재적 법칙에 따라 저절로 운동하는 힘의 흐름을
묘사하는 것이다. 억지로 하는 것은 오래가지 못한다.[16]

　김인후의 시에서 자연이란 '자연이연(自然而然)'이란 뜻으로 '스스
로 그렇게 저절로'라는 의미이다. 새로운 가사 〈자연가〉는 김인후의
〈자연가〉에 비해 현실의 문제에 보다 적극적으로 개입한 흔적이 보
인다. 여기에 본원적 자연의 철리를 터득한 사유가 반영되어 있다.
이는 '도법자연'의 진리를 깨우친 것으로 청산, 녹수가 자연의 원형
이정의 변역(變易)에 따르듯 자연 안에 함께 더불어 살아가는 자신
또한 천지 만물과 하나되는 절로의 삶(자연의 이치를 따르는 삶)을 노래
하였다. 이는 유유자적(悠悠自適)의 형태로 설명된다.

　　　靑山(청산)도 절로절로 綠水(녹수)도 절로절로
　　　山(산) 절로절로 水(수) 절로절로 山水間(산수간)에 나도 절로
　　　절로ᄌ란 몸이 늙기도 절로절로

　　　푸른 산도 저절로, 맑은 물도 저절로
　　　산도 저절로, 물도 저절로, 자연 속에서 나도 저절로
　　　저절로 자란 몸이 늙기도 저절로

16　김백희, 「동양철학과 4차 산업혁명 시대의 인간」, 『동서철학연구』 86, 한국동서철
　　학회, 2017, 223쪽.

위의 시는 송시열의 작품이다. 초장에서 '청산(靑山)도 절로절로 녹수(綠水)도 절로절로'라는 것은 산이 저절로 생기고 물이 저절로 흐르는 것이 다 자연적으로 그렇게 되었다는 의미이다. 누가 인위를 가한 것이 아니라 산의 모양, 물도 저절로 흐르는 것이라는 뜻이다. 중장에서는 초장의 내용이 반복되고 마지막에 '산수간(山水間)에 나도 절로'라는 표현만이 덧붙여 있다. 이것은 자연이 저절로 생겨난 것처럼 화자도 자연 속에서 생겨난 것이라는 의미이다. 자연 속에서 생겨난 몸이니 자연을 거스를 수 없다는 의미가 내포되어 있다.

자연 속에서 저절로 자란 몸이니 자연의 변화처럼 시간이 흐르면 늙는 것도 자연의 이치로 생각할 수 있다. 즉 저절로 늙어가는 것이 매우 자연스러운 일이라는 것을 설명하고 있다. 타고난 자체의 존재성이 규정되고 결정된다. 계절이 바뀌고 나이를 먹는 것은 인위적으로 변화하게 할 수 없다. 모든 만물이 자연 속에서 순응하며 살아가는 것이다. 그리고 이러한 것이 바로 삶의 이치이다. 자연은 순리대로 흘러가게 마련이다. 그러므로 자연의 순리에 순응하는 삶이 가장 자연스럽게 삶을 사는 것이다. 이 작품에서 '절로절로'라는 구절은 초장에서 종장에 이르기까지 여러 번 반복되어 리듬감을 부여한다. 이 리듬감을 통해 자연에 순응하면서 사는 삶을 강조하고 있다.

〈자연가〉 작자에 대하여서는 문헌에 따라 송시열(宋時烈)·이황(李滉)·김인후(金麟厚) 등 여러 사람으로 나타나나, 김인후의 문집인 『하서집(河西集)』에 이 작품의 한역가(漢譯歌)가 수록되어 있는 것으로 보아 김인후의 작품으로 여기는 경우가 많다. 새로운 가사 〈자연가〉는 조선시대 김인후의 〈자연가〉의 전통을 잇는 작품으로 평가할 수 있다. 새로운 가사 〈자연가〉는 시적 전통이 지속적으로 전개되고 있다. 그러나 과거로부터 전승된 〈자연가〉에 비해 현실적이고 사실적인 사안에 대해 고민하는 것으로 추측할 수 있다.

또한 〈자연가〉는 형식적으로는 '한문 현토(懸吐)체 시가'라고 할 수 있다. 한자가 표기 수단이던 시기에 언어와 문자의 괴리는 학습에 매우 큰 장애가 되었다. 그래서 고안된 것이 현토[17](懸吐)이다. 우리나라의 한문 학습자들에게는 독해의 편의를 위해 구두의 표시가 절실하였는데, 단순한 구두의 표시를 넘어 문법과 문맥에 맞는 조사를 구절마다 부기하는 현토는 문해에 큰 도움을 주었다. 현토가사는 한문가사에서 국문가사로 넘어가는 과도기적 양상으로 이해된다. 그래서 조선 전기에 사용되다가 후기로 넘어가면서 더 이상 창작되지 않은 것으로 알려져 있다.[18]

현토는 현토 자체의 양식적 특성과 의미를 가지고, 조선후기에도 계속적으로 창작되었으며 때로 특별한 목적을 위해 의도적으로 선택 기용된 형식이었던 것이다. 한글 창제 이후 국문 문학의 현저한 발전은 말할 나위 없는 사실이지만, 조선조 말까지 문자의 이원 구조를 유지해왔던 상황 속에서 흔히 '국문문학'과 '한문학'의 융성은 자주 언급하면서도 그 사이에 놓인 '현토체'에 대한 것은 국문학 대상에서는 오늘날 거의 잊혀진 양식 가운데 하나이다.

---

17 '현토'란 한문 독자가 본문을 분석하고 그 견해를 기호로써 시각화 하는 일, 또는 그 기호를 이른다고 할 수 있다. 주어진 한문 본문을 구성하고 있는 요소들 상호간의 문법적 관계를 규정하고 전체의 의미 맥락을 분석한 뒤에 적절한 형식 단위, 혹은 호흡 단위로 대상 텍스트를 분절시켰다가, 토라는 연결 틀을 덧씌워 다시 결합하는 일이 바로 현토의 작업이다.

18 신경숙, 「조선후기 연향의식에서의 현토체 악장 연구」, 『어문논집』 53, 민족어문학회, 2006, 110쪽.

〈자연가〉는 시대적으로 볼 때 현대시에 함몰되지 않고 고전적 율격과 한자 어휘의 대구를 통해 간결함과 시적 논리를 성취하고 있다. 현대 시기에 창작된, 현대시가 아닌 고전 지향적인 '한문 현토체 시가'로 표현한 것은 그 시가사적 가치와 독자 수용적 측면에서의 강점을 내포하고 있으며 전승을 고민할 필요가 있다. 모든 문학 장르는 시대를 반영해 당대 장르의 자장 속에서 형성되는데 이런 작품들은 시대를 거슬러 올라가 고전적 장르 취향을 보이고 거기서 얻을 수 있는 안정성과 고전적 가치를 재구(再構)해 낼 수 있다. 다만 이는 고리타분한 느낌으로 경사될 수 있는 창작적 한계와 문학성의 한계를 노출하는 단점도 있다.

3. 〈자연가〉의 작품 구성과 특질

〈자연가〉는 금수강산유람기라는 자료집에 들어 있는 근대가사인데 아직 학계에 보고된 바가 없다. 자연이라는 반복되는 어휘를 사용해서 '고대'에서부터 '1960년 4·19혁명'까지 우리의 역사를 성실히 읊은 작품이다. 특히 우리나라의 근현대사의 큰 획을 긋는 사건들을 나열하면서 결국에는 어떠한 이해관계나 결박 없이 우리 민족의 화합을 성취하기를 염원하고 있다. 다시 말해 '이승만 집권, 6·25전쟁으로 인한 남북휴전, 4·19혁명, 5·16군사정변, 낙동강 전투, 8·15광복' 등 근현대사의 격동기를 저절로 그러하다는 사실을 통해 풀어나가는 노력을 하는 것이다. 〈자연가〉는 문학적 우수성이나 특수성을 찾기는 어렵지만 유연성을 바탕으로 대중들에게 다양한 유통과정을 통해 지속적으로 전승되고 있다. 가사로서의 문학적 우수성은 떨어지지만 혼란한 시대와 사회를 바로 잡고자 했던 목적이 선명히 나타나고, 그러한 방도로 적절히 유통되었다. 이 작품에는 유불선(儒佛仙), 동학(東學) 사상이 모두 내포되어 있다.

　자연은 '저절로'라는 의미의 자연성으로 변천한다. 자발성과 자연성은 인위적이냐 그렇지 않느냐의 차이를 지닌다.[19] 자연이라는 의미도 '스스로'라는 자발성에서 '저절로'라는 비자발성의 뜻으로 변한다. 그리고 이러한 무위와 자연이라는 개념의 변천은 행위 주체의 변화와도 맞물려 있었다.[20] '자연'이라는 소재를 사용하여 우리나라에 대한 관심과 애정을 독려하는 목적으로 사용된 것으로 볼 수 있다. 자연을 통한 다양한 변주와 추론을 통해, 독자나 가창자들이 나라에 대한 소중함을 더욱 상기하게 되는 목표를 기반으로 창작했을 가능성이 높다. 자연의 섭리를 알고 모든 사물을 바르게 알며 무엇보다 자신의 타고난 마음과 성품, 소질 등을 알아 하늘의 법도에 맞게 살아가면서 하늘의 이치를 이해할 수 있다. 자연의 '자'는 자발성을 띠는 '스스로'에서 비자발적인 '저절로'로 변화한다. 그리고 이러한 개념의 변천은 자연의 행위주체가 만물과 백성에서 인간 육체나 생명의 본성으로, 더 후대에는 독립적인 개체로 변화한 것과 궤를 같이 한다.[21]

　다시 말해 공경해야 할 대상인 하늘은 그 위치가 공중에 존재하는

19　이승율, 앞의 논문, 59쪽.

20　조은정, 「무위자연의 재조명과 고전 교육에서의 함의」, 『교양학연구』 14, 다빈치미래교양연구소, 2021, 408쪽.

21　위의 논문, 407쪽.

것이 아니라 마음에 있고, 마음에서 신령하고 신성한 그 무엇을 자각하여 그것이 주체가 되는 삶을 살아야 한다고 밝힌다. 유교나 도교나 모두 궁극적으로 인간이 자연과 조화롭게 공존할 수 있는 이상적 공동체를 구상한 것은 같다고 보인다. 인간은 우주 자연의 일부로서 저절로 그러함의 "자연"을 내재적 법칙으로 지니기 때문에 인간의 본질은 바로 "자연"이 된다. 인간의 위상은 저절로 그러한 "자연"의 맥락 속에서 인식되고 있다. 그러므로 도교의 인간은 본질적으로 자연적 인간이다.

〈자연가〉는 한시·가사·잡가 등의 다양한 장르를 반영하고 있다고 볼 때, 〈자연가〉의 양식은 한시부터 근대시까지 지속적으로 유통되고 있다는 것을 알 수 있다. 다만 새로운 가사 〈자연가〉는 가사로서의 문학적 우수성이나 특수성은 찾기 어렵지만 쉽게 익힐 수 있고, 사람들에게 익숙한 소재 '자연'을 사용하여 의식의 함양이나 독려의 목적을 보여준다. 〈자연가〉에서 추구하는 유교와 도교의 가르침이 기능을 발휘하던 전통의 문화는 전도(顚倒)되었다. 전통시대에는 내면적 가치의 실현이 삶의 중요한 지향이었지만, 현실에서는 몰가치적 허위 의식의 추구를 가능하게 만드는 물질적 가치가 삶의 지향이 되었다. 〈자연가〉는 이에 대한 경종으로 보여 진다. 인간의 본성 또는 성(性)은 근본적으로 우주적 지평 속에서만 이해된다. 우주적 근원을 지니고 있기 때문에, 개별자의 기질적 차이에도 불구하고 모든 인간은 보편성을 갖는다. 보편성의 맥락에서 인류는 근본적으로 보편적 가치를 공유하는 평등한 존재들이다. 다만 현실적으로 존재하는 인간 개개인들은 문화적 배경과 후천적 환경 등의 요인에 의하여 차별적 양상으로 변모하게 된다. 다양한 감정들과 선악의 행위 등을 통하여 인간은 스스로 길흉화복(吉凶禍福)의 차별적 길을 가게 되는 것이다. 그러나 유교의 보편적 형이상학의 시각에서 볼 때, 우주와 인간은 동일한 생명의 연속성 속에서 연결되어 있다.[22]

4. 맺음말

새로운 가사 〈자연가〉는 '자연(스스로 그러하다)'이라는 의미를 기반으로 오천년 한국의 역사를 설명하며 1894년 동학농민혁명부터 1960년 4·19혁명까지 우리나라의 굵직한 역사적 사실들을 노래하며, 근대 역사를 알아볼 수 있도록 성실히 설명하고 있다. 가사로서의 문학적 우수성이나 특수성은 찾기 어렵지만 쉽게 익힐 수 있고, 사람들에게 익숙한 자연을 사용하여 의식의 함양이나 독려의 목적이 분명하게 드러난다.

〈자연가〉는 과거로부터 수없이 많은 사람들이 창작과 가창에 가담했을 것으로 판단하고 작품을 유통·계승하였을 것으로 여겨진다. 자연은 단순히 산수의 감상의 활용되는 것이 아니라, 신화성·종교성·사회성 등을 내포하고 있어 단순한 내용이라고 설명하기 어렵다. 나아가서 다양한 문화가 지니는 가치관 우주론·사회 구성까지 영향을 미칠 수 있는 강력한 기호 표기로 인식된다. 이 작품은 장르가 지닌 유연성을 기반으로 하여 다양한 내용을 전달하고 있다. 표면적으로는 현대사의 굵직한 단면들을 설명하는 것으로 보이지만 내

---

22 김백희, 앞의 논문, 217쪽.

면적으로 살피면 삶의 근원적 이치를 모색하게 하고, 모두에게 익숙한 소재 '자연'을 사용하여 의식의 함양이나 독려의 목적을 상세히 포함하고 있다. 또한, 작품 내에서 유교와 도교의 가르침을 선명하게 드러내어 대중으로 하여금 성찰적 기반을 가능하게 한다.

〈자연가〉가 지닌 유연성과 상징성을 바탕으로 과거부터 근대에 이르기까지 대중들이 가지고 있는 다양한 의식 세계와 감정을 솔직하게 표현한 것으로 보인다. 여기서 주목할 만한 것은 작품에서 사용하고 있는 창작 기법이다. 이 작품은 '한문 현토체 시가'라고 볼 수 있다. 19세기를 전후로 봉건 체제가 무너지는 과정에서 특히 한글로만 창작되던 시기에 과거의 것을 지양하는 '한문 현토체'를 사용되고 있다는 것은 매우 흥미로운 지점이며 동시에 창작자의 의도를 다시 고민할 필요가 있다. 새로운 가사 〈자연가〉는 내용의 특질 뿐만 아니라 '한문 현토체 시가'로의 표현을 통해 시가사적 가치와 독자 수용적 측면에서의 강점은 무엇인지 모색하게 한다는 점에서 매우 소중한 작품이다.

새로운 근대가사 〈담배노래〉의 표현 방식과 작품 세계

하성운

1. 머리말

본고는 새로운 근대가사인 〈담배노래〉를 발굴하여 그것의 표현 방식과 작품 세계와 같은 문학 규명을 목적으로 삼는다. 담배가 우리나라에 언제 들어왔는지 확실하지 않다. 다만 중국이나 일본보다 늦게 16세기 말엽에서 17세기에 일본에서 전해진 것으로 여겨진다. 담배는 남방에서 왔다고 남초(南草), 남쪽에서 건너온 신령스런 풀이라고 해서 남령초(南靈草)로 불렸다. 나중에 공식적인 명칭이 된 것은 연초(煙草)인데, 불에 태워 피운다는 뜻이다. 오늘날 우리가 담배라고 부르는 것은 '타바코(tobacco)'에서 유래되었다. 그것이 일본을 거쳐 우리나라로 들어오면서 '담파고(痰破姑)' 등으로 불렸다. 그런데 복잡하게 뒤엉켜 있는 한자 표기와 달리, 한글 표기는 상대적으로 단순한 변화 과정을 거쳐 17세기 문헌에 '담바고', '담바괴'라는 표기를 거쳐 담배로 정착되었다.[1]

---

1 안대회, 『담바고 문화사』, 문학동네, 2015, 18~19쪽 참조.

유럽에 처음 전래된 담배는 치료약으로도 효험이 있어서 말라리아, 천식, 변비, 급통, 심지어 임질이나 매독, 파상풍 등에 쓰였다. 유럽으로 건너오기 이전에도 남미 원주민들 사이에서는 담배가 다방면의 치료약으로 쓰였다. 담뱃잎을 갈아 물에 개어서 만든 반죽을 임산부의 배에 발라 유산을 예방하거나 관장하기까지 하였다. 우리나라에서도 담배는 기호품보다는 병을 치료하는 신령스런 약초로 널리 알려졌었다. 따라서 담배 역사를 보면 그것이 기호품과 함께 병을 치료하고 예방하는 의약품으로도 사용되고 있었다는 것은 널리 알려진 사실이다.

조선후기에 담배가 국내로 처음 유입되자 사람들은 그것을 신기하게 여겨 많은 호기심을 드러냈다. 풍속화나 민화에 담배를 피우는 모습이 자주 등장하고 있고 한시나 사부로도 다채롭게 지어졌다. 그리고 담배는 시조나 가사, 잡가나 민요 등과 같은 국문시가 양식으로도 창작되어 가창되었다. 이들 노래에서 담배는 시대에 따라 여러 모습으로 형상화되었다. 이른 시기에 나온 박사형(朴士亨, 1636~1706)의 가사 작품인 〈남초가〉에서는 담배가 자신의 병을 고친 효험을 말하며 그것을 진시황의 불로초에 버금간다고 찬미하였다.[2] 반면에 대한매일신보에 실린 계몽가사 〈연초요(煙草謠)〉에서는 담배가 조선에 대한 일본의 경제 침투의 상징물로 형상화되었다.[3]

이처럼 담배를 소재로 하는 시가 작품은 조선후기의 가사와 시조,

---

2 김귀석, 「淸狂子 朴士亨의 「남초가」 연구」, 『국어문학』 65, 국어문학회, 2017, 130~135쪽.

3 강명관·고미숙 편, 『근대계몽기 시가 자료집 2』, 성균관대학교 대동문화연구원, 2000, 93~94쪽.

근대계몽기의 계몽가사와 잡가로 이어졌다. 그런데 일제강점기가
끝나고 광복을 맞이하면서 전통시가 양식이 근대문학 양식으로 교
체되면서 담배와 관련된 전통시가는 더 이상 나오지 않은 것으로
보였다.

필자는 근래에 학계에 보고되지 않는 가사 작품인 〈담배노래〉가
존재한다는 것을 알게 되었다. 관련 자료를 제공받아 살펴보니 〈담
배노래〉는 전통적인 가사 형식으로 지어진 1960년대 작품이었다.[4]
그것은 광복 이후로 판매된 담배의 명칭을 활용해서 그 당시의 사회
적 열망을 담은 특이한 작품이었다. 본고는 먼저 〈담배노래〉가 수록
된 자료를 검토하여 작자와 창작 시기를 탐색하겠다. 이어서 〈담배
노래〉의 표현 방식과 작품 세계를 살펴본다. 작품 원문은 부록을
통해 제공하고자 한다.

2. 〈담배노래〉의 작자와 창작 시기

1) 서지 사항과 작자

자료집의 표제는 『금수강산유람기(錦繡江山遊覽記)』인데, 두 개의
편명으로 구분되어 있다. 앞부분은 「금수강산유람기」이고, 뒷부분
은 「가사집(歌詞集)」이다. 이들은 편명 아래 각각의 목차가 있고 이어
서 시가 작품이 수록되어 있다.

---

4 이 자료는 광산김씨 문중에서 나왔다. 자료를 제공해준 김영환 선생에게 감사를
   드린다.

「금수강산유람기」는 김대헌(金大憲, 생몰미상)의 한시 〈백락시〉와 〈주자시〉가 맨 앞에 수록되어 있다. 그리고 가사 작품 〈영남지방 찬양시〉로부터 시작하여 〈회심곡〉까지 32편의 시가 작품이 수록되어 있다. 이들 작품을 살펴보니 마지막 부분에 있는 〈권학문〉과 〈회심곡〉을 뺀, 나머지 30편은 아직 학계에 보고되지 않았던 새로운 근대가사 작품들이다.

「가사집」에는 〈각세가(覺世歌)〉를 시작으로 〈금수강산유람기〉까지 11편의 목록이 적혀 있고 이어서 각각의 작품이 적혀있다. 그런데 〈금수강산유람기〉는 가사 이름만 보이지, 작품이 적혀 있지 않았다. 따라서 10편의 가사 작품이 수록되어 있다. 이들 중에는 염와(恬窩) 조성신(趙聖臣, 1765~1835)이 지은 〈도산가(陶山歌)〉도 보이지만 새로운 가사 작품도 있다.

이들 자료집이 필사된 것은 단기 4323년(서기 1990)에 만재(晩齋) 주원택(朱元澤)에 의해 이뤄졌다. 「금수강산유람기」에 수록된 것은 주원택의 작품이고, 「가사집(歌詞集)」에 수록된 것은 주원택이 기존의 시가 작품을 필사해놓은 것으로 추정된다. 「금수강산유람기」에 수록된 작품들은 이전부터 지어왔던 시가 작품들을 1990년에 편집하였다는 의미이다. 「가사집」의 〈각세가〉는 1984년 慶北 禮泉 金塘里에 사는 雲谷 朴永植이 먼저 수집하여 기록한 것을 朱元澤이 다시 필사해놓은 것이다. 이들 「금수강산유람기」와 「가사집(歌詞集)」에 수록된 시가 작품들은 다음과 같다.

「금수강산유람기」

〈百樂詩〉, 〈酒字詩〉, 〈嶺南地方 讚揚詩〉, 〈湖南地方 讚揚詩〉, 〈忠淸地

方 讚揚詩〉, 〈國文歌詞(一名, 한글 뒤푸리)〉, 〈擲柶判論〉, 〈數字歌〉,
〈鑑錄〉, 〈判世歌〉, 〈離鄕所感〉, 〈花鬪歌〉, 〈回甲宴 祝賀〉, 〈五千年之
天地歌〉, 〈亂世歌〉, 〈處世歌〉, 〈大韓자랑〉, 〈大邱綜運觀覽歌〉, 〈人子
之道〉, 〈老人環境現實〉, 〈登山歌〉, 〈金剛山風景歌〉, 〈自然歌〉, 〈慶州
遊覽〉, 〈담배노래〉, 〈迎春歌〉, 〈登南山公園讚〉, 〈倭寇 伊藤博文 罪
科〉[5], 〈國軍墓地參拜〉, 〈架山城遊覽歌〉, 〈關東一帶探勝記〉, 〈夢遊歌〉,
〈達城公園詩遊會所樂〉, 〈勸學文〉, 〈回心曲〉. (이상 34편)[6]

「가사집(歌詞集)」
〈覺世歌〉, 〈陶山歌〉, 〈楚漢歌〉, 〈雪嶽山〉, 〈老年恨〉, 〈江村別曲〉, 〈八
道江山〉, 〈赤壁歌〉. 〈忠孝曲〉, 〈遊山歌〉. (이상 10편)

　　「금수강산유람기」의 앞부분에 수록된 〈백락시(百樂詩)〉, 〈주자시
(酒字詩)〉는 안동김씨 김대헌(金大憲)이라는 사람이 지은 한시이다.
〈백락시〉의 앞에 있는 〈백락시서(百樂詩序)〉를 보면 "옛날에는 세 가
지 즐거움이 있었다면 오늘날에는 백 가지의 즐거움이 있다. 속담에
한 번 웃으면 한번 젊어지고, 한 번 성내면 한 번 늙는다."라고 적고
있다.[7] 그래서 우리 인생이 근심이 많고 즐거움이 적어서 근심과 즐
거움으로 세월을 보낸다며 모두 즐거운 마음으로 살자는 의미로 〈백
락시〉를 지었다고 한다.[8] 〈주자시〉는 술과 관련된 생활 내용을 78구

5　「금수강산유람기」의 목차에는 없는 작품임.
6　이 중에서 〈百樂詩〉와 〈酒字詩〉, 〈勸學文〉은 한시 작품이다.
7　金大憲, 〈百樂詩序〉, "古有三樂而今有百樂也라. 俗談에 一笑一少하고 一怒一老라 하
　니…."

에 걸쳐서 '酒'의 운자를 사용하여 지었다. 이러한 표현 기법은 19세기 유랑시인이었던 난고(蘭皐) 김병연(金炳淵, 1807~1863)이 앞서 자주 사용했던 방식이기도 한다.

〈백락시〉, 〈주자시〉는 「금수강산유람기」의 목차에 안동(安東) 김대헌(金大憲)이 작자라고 적혀 있다. 그리고 〈담배노래〉의 작품에 다시 '안동 김대헌'이라고 따로 적어 놓았다. 이로 미루어 보건대, 본고에서 다루려는 〈담배노래〉는 안동김씨 김대헌이라는 인물로 추측된다. 김대헌에 대해서는 조사하였지만 어떤 인물인지 아직 확인되지 않고 있다. 다만 〈담배노래〉의 내용을 살펴보면 그는 근대 인물로 1960대에 생존하고 있었다.

한편, 「금수강산유람기」에 수록된 가사 작품들은 주로 주원택이 창작한 것으로 여겨진다. 왜냐하면 이들 작품의 내용을 살펴보면 각각의 작품 내용들이 어느 특정인의 생활 반경에서 나온 것들이기 때문이다. 그리고 표현 방식이나 기법도 일관되고 있다는 점에서 어느 특정된 한 사람의 작품으로 추정되는 바이다. 따라서 필자는 「금수강산유람기」에 수록된 이들 가사 작품들은 대부분이 주원택이 창작한 것으로 본다. 반면에 「가사집(歌詞集)」에 수록된 작품들은 주로 기존에 알려진 작품들을 채집하여 수록한 것들이다.

---

8 金大憲, 〈百樂詩序〉, "海風霜을 閱歷하면서 사는 人生이 擧皆가 多憂少樂하야 以憂樂으로 送世矣라. 然이나 見悲而思悲則自悲하고 見喜而思喜則自喜故로 今壁憂就樂之意로 余雖不敏이라. 不顧蔑擧하고 以淺見薄識으로 自成百樂之詩하야 使讀者로 爲一笑之資하노라."

2) 창작 시기

〈담배노래〉의 창작 시기는 작품에 나오는 담배 이름을 통해 유추할 수 있다. 작자가 광복 이후에 출현한 담배 이름을 활용하여 가사를 지었기 때문이다. 〈담배노래〉에는 31개의 담배 이름이 나오는데 일제말기에 시판하여 광복 초기까지 있었던 '부용(芙蓉)'을 제외하고 모두 광복 이후에 나온 것들이었다.

> 韓國이 解放되니 勝利가 도라 오고
> 國軍이 編成되니 花郎精神 새로 찻고
> (중략)
> 文化가 發展되다 새마을이 繁昌하고
> 雨順風調 때가오니 豊年草가 靑靑하다
> (중략)
> 人間七十 古來稀라 長壽煙이 나왓구나
> 五千年之 오늘날에 自由民族 되차잣네

이는 〈담배노래〉에 있는 일부 구절로써 줄 친 부분이 담배 이름들이다. '승리(勝利)'는 광복의 기쁨을 담아서 1945년 9월에 내놓은 최초의 궐련 담배였다. '화랑(花郎)'은 광복 이듬해 4월에 국군이 편성되자 이를 기념하여 이름을 붙인 담배 이름이었다. '새마을'은 1966년 8월에 새마을 운동을 기념하여 이름을 붙였고, '풍년초'는 각연(角煙)으로 1955년 8월에 나온 담배 이름이다. '장수연'도 각연으로 1945년 12월에 나왔다가 단종이 되면서 '풍년초'가 나왔다. '자유'는 1966년 8월에 나왔다.

이런 방식으로 작품에 수록된 담배의 시판 시기를 점검하면 1965년 7월에 출현한 '금잔디'·'신탄진'·'백조'가 보인다. 이어서 1966년 8월에 나온 담배인 '새마을'과 '자유'가 보인다. 그런데 그 이후로 시판된 담배 이름은 보이지 않는다. 만약 작자가 〈담배노래〉를 지을 때에 '여삼연'이나 '청자'라는 담배가 시판되었다면 그것의 이름을 활용하였을 것이다. 참고로 '여삼연'은 1968년 9월에, '청자'는 1969년 2월부터 시판되었다.

따라서 〈담배노래〉에서 가장 나중에 나온 담배는 1966년도에 나온 '새마을'과 '자유'이다. 그리고 〈담배노래〉는 '여삼연'이나 '청자'가 세상에 출현하기 이전에 지어졌을 것으로 보인다. 그렇다면 김대헌의 〈담배노래〉는 1967년도 전후로 지어졌을 것으로 추정된다.

3. 〈담배노래〉의 표현 방식과 작품 세계

1) 표현 방식

〈담배노래〉는 광복 이후부터 1966년 8월에 출시한 '새마을'과 '자유'까지 31개의 담배 이름을 활용하여 창작한 근대가사이다.[9] 그런데 〈담배노래〉는 그저 담배 명칭만 넣어서 노래를 지은 것이 아니

---

9 이들 31개의 담배 이름에서 '愛葉草'는 출시된 적이 없는 각연 담배를 뜻하는 일반 명칭이다. 〈담배노래〉에는 1945년 12월부터 1955년 8월까지 나왔던 長壽煙과 1955년도 8월에 출시한 '豊年草'라는 角煙 명칭이 보인다. (『한국담배의장』, 한국담배인삼공사, 1992, 463~292쪽 참조.) '愛葉草'는 전매청을 통하지 않고 민가에서 말아서 피던 일반 궐련을 의미하는 것으로 여겨진다.

다. 그것은 앞뒤의 작품 어구와 결합하여 새로운 문맥적 의미를 생성
시키고 있었다. 이것은 특히 본사 부문에서 집중적으로 이뤄지고 있
었다.

> 韓國이 解放되니 勝利가 도라오고
> 國軍이 編成되니 花郎精神 새로 찻고
> 秩序가 完全하니 芙蓉이 滿發하고
> 戰術이 神祕하니 모란이 登場하고
> 士氣가 勇敢하니 孔雀이 활개치고
> 國運이 도라오니 無窮花가 更發
> 南北漢이 分裂되니 白頭山도 怒을 내네

　이는 〈담배노래〉의 본사 앞부분이다. 본사는 일제의 패망과 조국
의 광복으로부터 시작된다. 조국의 해방과 승리, 대한민국 국군의
편성으로 삼국통일의 화랑정신을 찾는다. 새로운 정부 수립과 함께
질서를 회복하고 국민의 사기가 높아졌음을 일컫고 있다. 드디어 국
운이 돌아오고 무궁화가 다시 피어났는데, 남북이 분열되면서 민족
의 영산인 백두산이 분노하고 있다고 읊고 있다. 여기에서는 우리
한국이 일제로부터 해방되어 새로운 국가 질서를 세워가던 시기의
의욕에 찬 내용과 함께 남북 분단의 현실을 노래하고 있다.
　그런데 작품을 읽다 보면 줄 친 어휘에서처럼 광복 이후로 우리나
라에서 나온 담배 이름을 활용하여 가사를 짓고 있다는 것을 알 수
있다. 예로써 '韓國이 解放되니 勝利가 도라오고'는 우리나라가 해방
되어 일본으로부터 승리했다는 의미인데, 여기에서 '승리'는 1945년

9월에 해방되어 승리했다는 기념으로 나온 최초의 담배 명칭이기도 하였다. '國軍이 編成되니 花郎精神 새로 찻고'는 대한민국 국군이 편성되어 삼국통일의 기반이 되었던 신라의 화랑정신을 되찾았다는 의미이다. 그런데 여기에서 '화랑'은 대한민국 국군이 창설되자 그것을 기념하여 붙인 담배 명칭이기도 하였다. '무궁화'는 우리나라가 해방되어 국운을 되찾으며 무궁화가 다시 피었다는 의미이지만, 한편으로 '무궁화'는 국화로서 국권 회복을 기념하여 1946년 6월에 출시한 담배 명칭이었다. '백두산'은 미소 냉전 체제로 남북 분단이 되자 남북통일을 염원하며 민족정기를 되찾자는 의미에서 붙인 담배 이름이었다.

> 國土 荒爆하니 再建으로 爲主하고
> 洋담배가 온대해도 金冠압헤 屈伏하고
> 去旧從新 하고보니 새나라가 分明하다
> 四時不變 우리나라 常綠樹가 되엿구나
> 錦繡江山 三千里에 금잔듸가 우거졋네
> 大韓民國 오날부터 希望峯이 놉아간다
> 苦海에 새 蒼生아 新灘津에 驛이 되네
> 亞細亞에 우리 民族 白鳥갓치 潔白하다
> 人間七十 古來稀라 長壽煙이 나왓구나
> 五千年之 오늘날에 自由民族 되차잣네

위는 〈담배노래〉의 본사 뒷부분이다. 밑줄 친 어휘는 담배 이름이다. 이들 담배 명칭은 그저 나열되어 있는 것이 아니고 앞뒤 문맥과

긴밀하게 결합되어 시대적 열망과 이념을 드러내는 표현 방식이었
다. 위에서 '再建'과 '金冠'은 담배 명칭이기도 하지만 당시의 시대적
신념과 열망을 담고 있다. '再建'은 한국전쟁 이후 황폐한 국토를
재건하겠다는 제3공화국의 신념을 담고 있었다. 그리고 '金冠'에서
는 우리의 민족 문화와 자주 의식을 내포하고 있었다. 그리고 '새나
라'나 '常綠樹'를 비롯한 나머지 어휘도 모두 담배 명칭이면서 모두
가 작품의 앞뒤 어절과 긴밀히 결합되어 새로운 문맥을 창출하는
이중자의의 표현 방식이었다.

　이처럼 시에서 어휘를 중의적으로 사용하는 작시 기법은 김대헌
의 〈담배노래〉에서 갑자기 나타난 표현 방식은 아니다. 이것은 조선
후기에 해당하는 18~19세기에 한시나 가사에서 유행했던 일종의
이중자의(二重字義)의 표현 방식이기도 하였다. 게다가 이러한 표현
방식은 19세기 난고(蘭皐) 김립(金笠, 1807~1863)을 비롯한 유랑시인
들의 한시 작품에서 많이 나타났기 때문이다. 다음 한시를 살펴보자.

　　可憐行色可憐身　　가련한 행색의 가련한 몸이
　　可憐門前訪可憐　　<u>가련</u>의 문전에서 <u>가련</u>을 찾네.
　　可憐此意傳可憐　　가련한 이 마음 <u>가련</u>에게 전하니
　　可憐能知可憐心　　<u>가련</u>은 가련한 내 마음을 알겠지.

　이 시는 김삿갓이 함경도 안변의 기생 가련(可憐)에게 지어준 시로
전해진다.[10] 화자는 기생 가련에게 자신의 가련한 처지와 마음을 표

10　이명우 엮음, 『방랑시인 김삿갓 시집』, 집문당, 2000, 47쪽.

현하고 있는데, '可憐'이라는 어휘를 주목할 필요가 있다. '가련'이라는 어휘가 여덟 번에 걸쳐 등장하는데, 줄 친 부분은 인명이고 나머지는 관형어이다. 시에서 '가련'이라는 어휘는 사람을 뜻하기도 하고, 강렬하게 고양된 'pathos'의 연민을 의미하기도 한다. 여기에서 작자는 '가련'이라는 어휘를 사용하여 시적 자아의 절절한 마음을 형상화하는 일종의 언어유희와 관련된 작시 기법을 구사하고 있다. 이처럼 작품에서 시어를 유희적으로 활용하는 하나의 사례가 다음 한시처럼 이중자의(二重字義)의 표현 방식이었다.

天以高山作長城　하늘은 高山으로 長城을 쌓고
一國咸平通全州　온 나라의 咸平은 全州로 통한다.
靈巖形勢鎭海南　靈巖의 형세는 海南을 보호하고,
寶城奇麗重金溝　寶城의 화려함은 金溝에 겹쳐 있네.
臨陂連海幾井邑　臨陂는 바다로 이어지니 井邑은 얼마인가?
古阜新阡萬頃波　古阜의 새 언덕은 萬頃의 물결이라네.
君臣同福太平世　군신이 同福하니 태평 세상이요,
國勢扶安千萬秋　국세가 扶安하길 천만년이라.
　(하략)

이는 그동안 작자 미상으로 추정되었지만 근래에 이르러 김삿갓이 지은 것으로 알려진 〈호남시〉이다.[11] 〈호남시〉는 전라 감영에 소

11　구사회, 「새로 발굴한 김삿갓의 한시 작품에 대한 문예적 검토」, 『국제어문』 35, 국제어문학회, 2005, 133~161쪽.

속된 56개의 고을 지명을 사용하여 지은 장편 고시이다. 위에서 줄 친 어휘는 호남 지명이다. 예로서 "天以高山作長城, 一國咸平通全州" 는 "하늘은 高山으로 長城을 쌓고, 온 나라의 咸平은 全州로 통한다" 의 뜻이다. 하지만 이들 지명을 풀어서 해석하면, "하늘은 높은 산으로 긴 성을 짓고, 온 나라 두루 화평함이 모든 고을로 통한다"는 의미로 해석되기도 한다. 이를 보면 이 논문에서 논의하고 있는 근대가사인 〈담배노래〉의 이중자의(二重字義)의 표현 방식과 상통한다는 것을 알 수 있다.

　이러한 이중자의의 표현 방식은 당시 한시로 한정되지 않고 조선 말기의 국문시가 양식에서 두루 나타나는 특징이기도 하였다.

萬丈雲峰 뇌피쇼스　　　　층층이 益山이요
百里潭陽에 나린는 물은　구부구부 萬頃이요
龍潭에 말근 물은　　　　이안이 龍安處며
綾州에 불근 곳셜　　　　곳곳마다 錦山이라
南原의 봄이 들어　　　　왼갓 화쵸 茂長ᄒ미
나무나무 任實이요　　　　가지가지 玉果로다

　이는 신재효가 이전부터 내려오던 구전 가요를 정리한 〈호남가〉의 일부이다. 〈호남가〉는 4음보 1행 기준으로 40행으로 호남 지명을 활용하고 있다. 표현 수법이 고시 형태의 〈호남시〉와 비슷하다. 위에서 줄 친 부분이 호남 지명인데, 지시적이라기보다 중의적으로 사용되고 있다. 예로서 "萬丈雲峰 뇌피쇼스 층층이 益山이요"에서 '운봉(雲峰)'과 '익산(益山)'은 지명이기도 하지만 앞뒤 문맥에서 만 길

높이 솟아 있는 '구름 봉우리'와 층층이 '더 있는 산'이란 중의적 의미를 함께 갖고 있다. 그리고 '만장(萬丈)'은 '운봉(雲峰)'으로, '층층이'는 '익산(益山)'으로 연결되어 수식해주는 역할을 한다. 이것은 '구부구부'가 다음 '만경(萬頃)'을, '가지가지'가 '옥과(玉果)'를 꾸며주는 것과 마찬가지이다.

〈담배노래〉에서 가사 어절에 담배 명칭을 넣어서 작품의 새로운 의미 맥락을 도출하는 작시 방식은 조선 말기에 시가 작품에서 이중자의의 희작적 표현 방식을 계승한 것이다. 특히 〈담배노래〉의 작자로 추정되는 김대헌이 같은 안동김씨 출신인 김삿갓의 한시 작법을 본떠서 지은 것으로 여겨진다.

2) 작품 세계

〈담배노래〉는 작품 구성이 '서사' – '본사' – '결사'로 확연하게 구분된다. 서사 부분은 처음 '大韓民國 專賣廳은'에서 '囍煙으로 消化하자'까지이다. 여기 서사에서는 대한민국 전매청에서 담배를 만들면서 붙인 작명 원리와 함께 가사를 짓게 된 동기를 밝히고 있다. 본사는 '韓國이 解放되니 勝利가 도라 오고'부터 '五千年之 오늘날에 自由民族 되차잣네'까지가 해당된다. 따라서 본사 앞은 서사가 되겠고, 그 이후는 결사가 된다. 본사는 1945년 8월 광복 이후로 가사 창작 당시까지 시판된 31개의 담배 이름으로 내용이 이뤄지고 있다. 결사는 '前進하는 이 世上에 發明하는 우리나라'부터 마지막 8구가 그것에 해당한다. 여기에서는 우리나라가 나날이 발전하며 담배가 시세(時勢)에 따라 만들어진다면서 〈담배노래〉를 짓게 된 까닭을 확인해

주고 있다.

먼저 〈담배노래〉의 서사 부분에서는 가요 창작의 동기를 밝히고 있다. 여기에서는 광복 이후의 시대적 열망과 함께 민족의식이 크게 작용하고 있다는 것을 확인할 수 있다.

大韓民國 專賣廳은 담배 이름 지을 때에
무슨 意로 붓첫는고 國勢따라 지엇는고
日本이 敗戰되니 丹楓落葉 되엇꾸나
三十六年 매친 寃恨 囍煙으로 消化하자

이는 〈담배노래〉의 서사(序詞) 부분이다. 서사에서 작자는 대한민국 전매청이 담배를 세상에 내놓으면서 무슨 뜻으로 이름을 붙였느냐며 국세(國勢)에 따라서 작명한 것이 아니겠느냐고 자문자답하고 있다. 그리고 일본이 전쟁에서 패망하여 가을에 떨어지는 단풍낙엽 신세가 되었다며 이제 우리 민족 모두가 일제 36년간의 맺힌 원한을 담배로 해소하자고 권유한다. 여기 〈담배노래〉의 서사에서는 담배 이름으로 작품 소재로 삼을 것이라는 암시와 함께 담배를 통한 강한 반일 정서를 드러내고 있다.

본사에서는 광복 이후부터 노래 창작 당시까지 국내에서 나온 담배 이름을 사용하여 당대의 사회 현실과 함께 우리 민족의 시대적 열망을 담고 있다.

韓國이 解放되니 勝利가 도라 오고
國軍이 編成되니 花郞精神 새로 찻고

秩序가 完全하니 芙蓉이 滿發하고

戰術이 神秘하니 모란이 登場하고

士氣가 勇敢하니 孔雀이 활개치고

國運이 도라 오니 無窮花가 更發

南北漢이 分裂되니 白頭山도 怒을 내네.

위의 가사 내용은 조국 해방과 국군 창설, 해방 공간의 사회상과 남북 분단을 주요 내용으로 하고 있다. 앞부분에서는 1945년 8월 15일 일본이 패망하여 물러가고 광복을 되찾은 역사적 사건, 해방과 함께 이뤄진 국군 편성과 화랑정신을 언급하고 있다. 국군을 창설했다고 하지 않고 편성했다고 말하고 있다. 그것은 대한민국 국군이 복잡한 과정을 거치면서 이뤄졌기 때문이다.

이어서 시적 화자는 광복과 더불어 혼란상을 빨리 수습하고 질서가 회복되어 사회적 분위기가 활발해지고 국운이 돌아오며 무궁화 꽃이 다시 피어났다고 말하고 있다. 다만 광복과 함께 우리 민족이 남북으로 분열되어 민족의 영산인 백두산이 성을 낸다고 적고 있다. 여기에는 우리 민족의 자존심과 애국정신이라는 시대적 열망이 담겨 있다. 한 마디로 〈담배노래〉 본사의 앞부분에서는 '승리', '화랑', '부용', '모란', '공작', '무궁화', '백두산' 등의 담배 이름을 가지고 해방 공간의 사회적 현실을 핍진하게 담아내고 있다. 여기에서는 광복 이후 나온 담배 이름들을 활용하여 당시의 사회적 현실과 시대적 열망을 기술하고 있다.

더 나아가서 이들 〈담배노래〉에 등장하는 담배명은 가사 작품에서 문맥을 이루기 위해 빠질 수 없는 어휘들이다. 그런데 그것에서는 당시 한국사회를 주도하던 이데올로기적 콘텍스트가 읽혀진다.

耕作者가 手苦하니 愛葉草가 나왓구나
增産으로 輸出하니 建設이 第一이요
政治가 公正하니 새별갓치 밝아오고
民心이 安定되니 百合으로 團結되고
三八線이 休戰되니 雞鳴時가 닷처오고
人心이 淳朴하니 白羊갓치 純眞하고
程度가 進步되니 파고다로 喫煙하고
文化가 發展되다 새마을이 繁昌하고
雨順風調 때가오니 豊年草가 靑靑하다
時節이 大豊하니 파랑새가 나라들고
化被草木 봄이오니 진달내도 滿發하고
鳳凰이 날아드니 사슴인들 업슬손가
國家가 泰平하니 아리랑이 流行이요
四時長春 好時節에 나비가 춤을 추고
國土 荒蕪하니 再建으로 爲主하고
洋담배가 온대해도 金冠압헤 屈伏하고
去舊從新 하고보니 새나라가 分明하다

'건설' 담배에서는 제3공화국에서 부르짖었던 식량 증산과 수출 산업의 정책과 구호가 읽혀진다. '재건' 담배는 박정희를 비롯한 5·16 군사 주체 세력이 내세웠던 혁명 이념이었다. 이들은 1961년 5월 16일 군사정변을 일으켜 정권을 장악하여 국가재건회의를 결성하여 운영하다가 제3공화국을 탄생시켰다. 이들 제3공화국 세력은 반공과 조국의 근대화를 내세우며 국가 재건을 위한 여러 정책을 추진하였다. '계명'은 대한민국 지도 위에 서서 새벽을 알리는 닭 울음을 디자인하였는데, 이것은 1948년도에 대한민국 정부 수립을 기념하는 담배였다.

1955년도에 나온 '파랑새'는 한국전쟁 이후의 희망과 의욕을 진작시키려는 뜻을 담고 있었다. 이처럼 가사작품에 나오는 담배 명칭에는 당시 한국 사회를 주도하던 시대적 열망이 담겼던 이념적 모토가 자리를 잡고 있었다.

아울러 이들 〈담배노래〉의 구문들은 당시 우리나라의 사회적 욕구와 정치적 열망을 담고 있는 내용으로 요약된다. 위에서 인용한 어절들을 살펴보면 이들은 모두 1960년대 5·16군사정변으로 탄생했던 제3공화국에서 국가 정책을 추진하면서 내세운 신조(信條)에 가깝다. 예로서 "耕作者가 手苦하니 愛葉草가 나왓구나 增産으로 輸出하니 建設이 第一이요"에서는 당시 제3공화국에서 내세운 경제개발 5개년 계획 아래 시행했던 증산 수출과 국토 건설 사업을 내용으로 하고 있다. 이어서 "政治가 公正하니 새별갓치 발가오고 民心이 安定되니 百合으로 團結되고"에서는 5·16 군사 정권이 내세운 정치적 안정과 부정부패의 일소, 그리고 민심 수습의 내용을 그대로 담고 있다.

뿐만 아니라 근대가사인 〈담배노래〉를 읽다 보면, 이들 내용은 당대 현실을 희망적이고 낙관적으로 바라보고 있었다. "文化가 發展되다 새마을이 繁昌하고 雨順風調 때가 오니 豊年草가 靑靑하다"에서는 국민의 생활이 넉넉해지고 하늘까지 도와서 풍년까지 들었다는 긍정적인 태도를 보여준다. 더 나아가 "鳳凰이 날아드니 사슴인들 업슬손가 國家가 泰平하니 아리랑이 流行이요"에서는 당대를 봉황으로 상징되는 성인이 출현한다고 보았고, 나라가 태평성대에 접어들었다고 보았다. 그리고 "國土 荒獎하니 再建으로 爲主하고… 去旧從新 하고보니 새나라가 分明하다'에서는 황폐한 국토를 재건하고, 옛것을 버리고 경신하여 마침내 대한민국이 새로운 나라가 되었다고 말하고 있다. 이처럼 근대가사인 〈담배노래〉에서는 해방 이후로 나온 담배 이름을 활용하여 당대의 현실 모습과 우리 민족이 꿈꾸던 시대적 열망을 담은 가사 작품이라고 말할 수 있다.

4. 맺음말

이 논문은 지금까지 학계에 보고되지 않았던 새로운 근대가사 〈담배노래〉의 발굴 보고서이다. 조선후기 이래로 담배와 관련된 민화나 한시 작품이 다수 전해졌고, 시조나 잡가에서 담배에 대한 언급 사례도 자주 눈에 띈다. 하지만 담배와 관련된 온전한 시가 작품은 박사형의 〈남초가〉와 계몽가사 〈연초요〉, 잡가 〈담바귀타령〉을 빼고는 거의 없었다. 그런 의미에서 이번에 발굴한 근대가사인 〈담배노래〉는 일정한 의미와 가치가 있다고 여겨진다.

필자가 발굴한 〈담배노래〉는 1967년도를 전후하여 김대헌(金大憲)이라는 인사가 해방 이후로 나온 담배 이름을 활용하여 지은 근대가사이다. 『금수강산유람기(錦繡江山遊覽記)』라는 자료집에 〈화투가〉, 〈숫자가〉를 비롯한 32편의 시가 작품들과 함께 수록되어 있었다.

〈담배노래〉는 1945년 9월에 출시한 '승리'부터 1966년 8월에 나온 '자유'라는 31개의 담배 명칭을 가지고 지은 근대가사이다. 작자는 담배 명칭을 가지고 작품 어구와 결합시켜 새로운 문맥적 의미를 창출하는 '이중자의(二重字義)'의 표현 방식을 활용하여 작품을 짓고 있었다. 본고에서 이러한 표현 방식은 19세기 김립을 비롯한 일군의 유랑시인들이 많이 사용하던 작시 기법의 영향으로 파악하였다. 아울러 이러한 표현 방식은 당시 한시로 한정되지 않고 조선말기의 국문시가 양식에서도 두루 나타나는 특징 중의 하나로 보았다.

〈담배노래〉는 전통적인 가사 형태를 지니고 있었고 구성 방식도 '서사'-'본사'-'결사'로 확연하게 구분된다고 보았다. 〈담배노래〉는 서사에서 가요 창작의 동기를 밝히고 이를 결사에서 다시 확인하였다. 〈담배노래〉는 광복 이후부터 가사 창작 당시까지 한국에서 출시한 담배 이름을 통해서 당대의 사회적 욕구와 시대적 열망을 담고 있었던 것으로 파악하였다. 특히 담배 명칭을 둘러싼 어절에서 당시 한국 사회를 주도하던 이데올로기적 콘텍스트가 읽혀진다고 보았다.

【부록】: 작품 원전

大韓民國 專賣廳은 담배 이름 지을 때에

무슨 意로 붓첫는고 國勢따라 지엇는고

日本이 敗戰되니 丹楓落葉 되엇꾸나

三十六年 매친 冤恨 囍煙으로 消化하자

韓國이 解放되니 勝利가 도라 오고

國軍이 編成되니 花郎精神 새로 찻고

秩序가 完全하니 芙蓉이 滿發하고

戰術이 神祕하니 모란이 登場하고

士氣가 勇敢하니 孔雀이 활개치고

國運이 도라 오니 無窮花가 更發

南北漢이 分裂되니 白頭山도 怒을 내네

耕作者가 手苦하니 愛葉草가 나왓구나

增産으로 輸出하니 建設이 第一이요

政治가 公正하니 새별갓치 발가오고

民心이 安定되니 百合으로 團結되고

三八線이 休戰되니 雞鳴時가 닷처오고

人心이 淳朴하니 白羊갓치 純眞하고

程度가 進步되니 파고다로 喫煙하고

文化가 發展되다 새마을이 繁昌하고

雨順風調 때가 오니 豊年草가 靑靑하다

時節이 大豊하니 파랑새가 나라들고

化被草木 봄이오니 진달내도 滿發하고

鳳凰이 날아드니 사슴인들 업슬손가

國家가 泰平하니 아리랑이 流行이요

四時長春 好時節에 나비가 춤을 추고

國土 荒燹하니 再建으로 爲主하고

洋담배가 온대해도 金冠압혜 屈伏하고

去旧從新 하고보니 새나라가 分明하다

四時不變 우리나라 常綠樹가 되엿구나

錦繡江山 三千里에 금잔디가 우거젓네

大韓民國 오날부터 希望峯이 놉아간다
苦海에 새 蒼生아 新灘津에 驛이 되네
亞細亞에 우리 民族 白鳥갓치 潔白하다
人間七十 古來稀라 長壽煙이 나왓구나
五千年之 오늘날에 自由民族 되차잣네
前進하는 이 世上에 發明하는 우리나라
晝夜로 變遷되니 時勢따라 나온 담배
어던 담배 나올는지 未來事를 누가 아나
잇는 대로 짓고 보니 담배 노래 새 노래라

참고문헌

1. 자료

『錦繡江山遊覽記』(구사회 소장본)

〈南征賦〉(高用楫, 『竹峰集』 卷1, 유재영 소장본)

『大韓每日申報』

『新韓民報』

『樂府』(이용기 편, 고려대학교 중앙도서관 소장)

『竹峰集』(高用楫)

『皇城新聞』

〈湖南詩〉(구사회 소장본)

『노자도덕경』

『한국민족문화대백과사전』

『한국역대가사문학집성』(http://krpia.co.kr)

한국가사문학관DB (http://www.gasa.go.kr)

한국정신문화연구원, 『구비문학대계』

2. 저역서

강등학 외, 『한국구비문학의 이해』, 월인, 2016.

강명관·고미숙 편, 『근대계몽기 시가 자료집2』, 성균관대학교 대동문화연구원, 2000.

강한영 校註, 『신재효 판소리 사설集(全)』, 민중서관, 1974.

강한영, 〈호남가〉, 『신재효 판소리 사설집(全)』, 민중서관, 1971.

김영수, 『천주가사 자료집 下』, 가톨릭대학교 출판부, 2001.

김영철, 『한국근대시론고』, 형성출판사, 1988.

김준형, 『이명선 전집』, 보고사, 2007.

김학길, 『계몽기 시가집』, 문예출판사, 1990.

김학성, 『근대문학의 형성과정』, 문학과지성사, 1983.

김학성·권두환, 『신편고전시가론』, 새문사, 2002.

로제 카이와, 이상률 역, 『놀이와 인간』, 문예출판사, 1994.

마리안 프라이베르거·레이첼 토마스, 이경희 외 역, 『숫자의 비밀』, 한솔아카데미, 2017.

박성호, 『화투, 꽃들의 전쟁』, 세창미디어, 2018.

서사증, 『文體明辨序說』, 人民大學出版社, 1998.
안대회, 『담바고 문화사』, 문학동네, 2015.
오토 베츠, 배진아·김혜진 역, 『숫자의 비밀』, 다시, 2004.
유정선, 『근대 기행가사 연구』, 보고사, 2013.
이마무로 도모, 홍양희 역, 『朝鮮風俗集』, 민속원, 2011.
이명우 엮음, 『방랑시인 김삿갓 시집』, 집문당, 2000.
이상섭, 『문학비평용어사전』, 민음사, 2001.
이응수 편, 『정본 김삿갓 풍자시 전집』, 실천문학사, 2000.
이응수 편, 「吉州 明川」, 『김삿갓 풍자시 전집』, 실천문학사, 2006.
이헌홍 외, 『한국 고전문학 강의』, 박이정, 2012.
임기중, 「악부 해제」, 『영인본 교합 악부』, 태학사, 1982.
임기현 지음(안동교 옮김), 『국역 노석유고』, 「금강산유상일기」, 심미안, 2008.
임동권, 『한국민요집』 1, 집문당, 1974.
임동권, 『한국민요집』 5, 집문당, 1980.
조동일, 『한국가사의 역사의식』, 문예출판사, 1993.
조동일, 『한국문학통사』 4, 지식산업사, 2005.
최강현, 『한국기행문학연구』, 일지사, 1982.
최석로 편, 『금강산: 50년 만에 다시 보는 우리의 영산』, 서문당, 1998.
한국관광공사, 『한국담배의장』, 한국담배인삼공사, 1992.
한국서양사학회 편, 『서양에서의 민족과 민족주의』, 까치, 1999.
호미 바바, 나병철 역, 『문화의 위치』, 소명출판, 2012.

3. 논문

강동우, 「잡체시와 해체시의 비교 연구: 현대문학과 전통과의 연계성에 관한 시론」,
　　『동방학』 9, 한서대학교 동양고전연구소, 2003.
강지혜, 「만재 주원택의 가사 창작과 의식세계」, 『역사와융합』 16, 바른역사학술원,
　　2023.
강한영, 「호남가 새 자료에 대하여」, 『동리연구』 창간호, 동리연구회, 1993.
공윤경, 「1960년대 농촌 여가문화의 특성과 의미」, 『한국민족문화』 66, 부산대학교
　　한국민족문화연구소, 2018.
구사회, 「새로 발굴한 김삿갓의 한시 작품에 대한 문예적 검토」, 『국제어문』 35, 국제어
　　문학회, 2005.
구사회, 「화투놀이의 전승 과정과 관련 가요의 문예적 특징」, 『온지논총』 75, 온지학회,
　　2023.
구사회·하경숙, 「숫자노래의 전승 맥락과 새로운 근대가사 〈수자가(數字歌)〉의 문예적

검토」, 『동방학』 43, 한서대학교 동양고전연구소, 2020.

권미숙, 「20세기 중반 책장수를 통해본 활자본 고전소설의 유통 양상」, 『고전문학과 교육』 20, 한국고전문학교육학회, 2010.

권순회, 「신재효 단가의 재조명」, 『판소리연구』 27, 판소리학회, 2009.

권정은, 「조선시대 농서(農書)의 전통과 〈농가월령가〉의 구성 전략」, 『새교육국어』 97, 한국국어교육학회, 2013.

권현주, 「花札의 "전통 문화 기호"와 花鬪의 "놀이 문화 기호" 고찰」, 『일본어문학』 23, 한국일본어문학회, 2004.

김귀석, 「淸狂子 朴士亨의 「남초가」 연구」, 『국어문학』 65, 국어문학회, 2017.

김기영, 「경주 기행가사의 작품 실상을 살핌」, 『어문연구』 98, 어문연구학회, 2018.

김동건, 「십장가 대목의 전승과 변이 양상 연구」, 『국어국문학』 151, 국어국문학회, 2009.

김백희, 「동양철학과 4차 산업혁명 시대의 인간」, 『동서철학연구』 86, 한국동서철학회, 2017.

김상한, 「놀이의 세계와 미래사회의 문학교육 방향 탐색」, 『문학교육학』 73, 한국문학교육학회, 2021.

김석회, 「조선후기 지명시의 전개와 위백규의 〈여도시〉」, 『고전문학연구』 8, 한국고전문학회, 1993.

김성언, 「한국 한시에 나타난 數詞의 修辭學」, 『한국한시연구』 19, 한국한시학회, 2011.

김열규, 「한국인의 수 개념의 신비」, 『기호학연구』 14, 한국기호학회, 2003.

김용휘, 「도가의 무위자연(無爲自然)과 동학의 무위이화(無爲而化) 비교 연구」, 『동학학보』 51, 동학학회, 2019.

김일근, 「신자료 「호서별곡」에 대하여」, 『국어국문학』 91, 국어국문학회, 1984.

김재영, 「1970년대 관광정책과 설악산에 대한 인식」, 『박물관지』 29, 강원대학교 중앙박물관, 2022.

김종진, 「잡가·민요·가사의 경계에 대한 탐색-〈국문뒤풀이〉의 전승 연구-」, 『동악어문학』 50, 동악어문학회, 2008.

김종진, 「전통 시가 양식의 전변과 근대 불교가요의 형성-1910년대 불교계 잡지를 중심으로」, 『동악어문학』 52, 동악어문학회, 2009.

나상진, 「이족 4대 창세서사시에 나타난 상징 분석-숫자상징을 중심으로」, 『중국어문학논집』 60, 중국어문학연구회, 2010.

노성환, 「한국에 있어서 화투의 전래와 변용」, 『일어일문학』 80, 대한일어일문학회, 2018.

문미옥·손정민, 「옛문헌에 나타난 윷놀이의 유래와 놀이방법」, 『유아교육연구』 33, 한국유아교육학회, 2013.

박미영, 「『노릭칙』 소재 「호서가」의 구성 원리와 의미」, 『한민족어문학』 45, 한민족어
　　문학회, 2004.
박병훈, 「한국 비결가사 연구: 비결에서 비결가사로의 전환과 전개」, 『종교와 문화』
　　41, 서울대학교 종교문제연구소, 2021.
박성호, 「화투의 한국 유입 과정에 관한 고찰」, 『일본언어문화』 39, 한국일본언어문화학
　　회, 2017.
박수명, 「한국민족독립운동의 사상적 구조와 성격」, 『한국시민윤리학회보』 11, 한국시
　　민윤리학회, 1998.
박애경, 「잡가의 개념과 범주의 문제」, 『한국시가연구』 13, 한국시가연구회, 2003.
박영주, 「판소리 '사설사례' 연구」, 성균관대 박사학위논문, 1991.
박종천, 「조선 후기 종교가사의 문화적 이해」, 『종교연구』 78(2), 한국종교학회, 2018.
박종한, 「숫자에 담긴 중국문화와 그 활용」, 『중국문화연구』 2, 중국문화연구학회,
　　2003.
박태일, 「경북·대구 지역의 대중가사 출판」, 『열린정신 인문학연구』 27, 원광대학교
　　인문학연구소, 2016.
박현주, 「한글 뒤풀이 민요 연구」, 강원대학교 석사학위논문, 2007.
배헌국, 「노자의 비교육의 교육」, 『교육철학연구』 39(2), 한국교육철학학회, 2017.
서영대, 「근대 한국의 단군 인식과 민족주의」, 『동북아역사논총』 20, 동북아역사재단,
　　2008.
소재영, 「영웅의 형상과 영웅 대망의 사회」, 『한국문학과 예술』 11(11), 한국문학과
　　예술연구소, 2013.
송명희, 「문학의 치유적 기능에 관한 고찰」1, 『한어문교육』 27, 한어문교육학회, 2012.
신경숙, 「조선후기 연향의식에서의 현토체 악장 연구」, 『어문논집』 53, 민족어문학회,
　　2006.
심경호, 「김삿갓 한시에 대한 비판적 검토」, 『한문학논집』 51, 근역한문학회, 2018.
안예리, 「독립신문의 수 표기에 쓰인 한자-"숫자로서의 한자"에 대한 재발견」, 『한민족
　　어문학』 67, 한민족어문학회, 2014.
양승목, 「조선후기 살 곳 찾기 현상의 동인과 다층성 -십승지와 『택리지』 그리고 그
　　주변」, 『한국한문학연구』 84, 한국한문학회, 2022.
오상욱, 「조선시대 경주지역 유람과 유기의 특징 고찰」, 『동방한문학』 71, 동방한문학
　　회, 2017.
오창은, 「미적 형식 변화를 통해 본 개화기 근대성의 재인식」, 『어문론집』 29, 중앙어문
　　학회, 2001.
왕염, 「제주도 무가 속의 숫자 12에 대한 고찰」, 『탐라문화』 42, 제주대학교 탐라문화연
　　구원, 2013.

원두희, 「일제강점기 관광지와 관광행위 연구: 금강산을 사례로」, 한국교원대 석사학위
　　논문, 2011.
유재영, 「죽봉 고용즙의 남정부에 대한 고찰」, 『한국언어문학』 22, 한국언어문학회,
　　1983.
윤석산, 「동학 창도의 문명사적 의미」, 『한국언어문화』 26, 한국언어문화학회, 2004.
이덕봉, 「벼리: 화투의 문화기호 해석」, 『한민족문화연구』 6, 한민족문화학회, 2000.
이민규, 「근대 시가에 나타난 국가 표상 변천 과정-애국가, 의병가사, 애국계몽가사,
　　항일가요 등을 중심으로」, 연세대학교 석사학위논문, 2017.
이민희, 「수학적 사고와 공간관으로 본 『구운몽』 일고(一考)」, 『한국어와 문화』 10,
　　숙명여자대학교 한국어문화연구소, 2011.
이상원, 「고가요기초에 대하여」, 『인문학연구』 36, 조선대학교 인문학연구원, 2008.
이수진, 「새로운 가사집 『금수강산유람기』의 발굴과 자료적 가치」, 『리터러시연구』
　　14(4), 한국리터러시학회, 2023.
이수진, 「〈호남가〉류 시가 작품의 전승 맥락과 〈호남지방찬양시〉의 발굴 검토」, 『온지
　　논총』 65, 온지학회, 2020.
이승율, 「연구사를 통해서 본 중국 고대의 '자연' 사상과 문제점 고찰」, 『동양철학연구』
　　49, 동양철학연구회, 2007.
이영식, 「한글뒤풀이 연구」, 강릉대학교 석사학위논문, 1997.
이영호, 「哲理詩의 범주와 미의식에 관한 시론」, 『동방한문학』 33, 동방한문학회, 2007.
이윤조·김형태, 「근대계몽기 시가에 구현된 인물(人物) 유형과 주제의식 연구-대한매
　　일신보(大韓每日申報)를 중심으로-」, 『동양고전연구』 88, 동양고전학회, 2022.
이진원, 「단가 호남가 형성과 변화 연구」, 『한국음반학』 10, 한국고음반연구회, 2000.
이혜화, 「해동유요 소재 가사고」, 『국어국문학』 96, 국어국문학회, 1986.
임동권, 「민요학의 방법론」, 『韓國民謠研究』, 한국민요학회, 1974.
임병학, 「『正易』에서 본 '윷놀이'의 易學的 의미」, 『선도문화』 16, 국제뇌교육종합대학
　　원 국학연구원, 2014.
임영열·국립중앙박물관, 「[한국의 유적유물] 끓어질 듯 이어지는 '천상의 소리'」, 『대
　　동문화』 128, 대동문화재단, 2022.
장안영, 「〈한글뒤풀이〉 노래의 전승 맥락과 주원택의 근대가사 〈국문가사〉 검토」, 『우
　　리문학연구』 79, 우리문학회, 2023.
장장식, 「언문뒤풀이 고」, 『국제어문』 8, 국제어문학연구회, 1987.
장장식, 「회화와 문헌에 나타난 윷놀이의 양상과 변화」, 『한국민화』 16, 한국민화학회,
　　2022.
장정수, 「1960~70년대 기행 규방가사에 나타난 여행문화와 작품 세계-유흥적 성격의
　　작품을 중심으로-」, 『어문논집』 70, 민족어문학회, 2014.

장정수, 「19세기 후반 금강산 기행가사의 의식세계」, 『어문논집』 41, 민족어문학회, 2000.

정명주, 「국문뒤풀이의 음악적 연구 -김주호와 오복녀 소리 비교를 중심으로-」, 용인대학교 석사학위논문, 2009.

정인숙, 「윷놀이 관련 규방가사의 내용적 특징과 여성문화적 의미」, 『국제어문』 88, 국제어문학회, 2020.

정창현, 「4·19, 민주주의 혁명인가?」, 『기억과 전망』 14, 민주화운동기념사업회, 2006.

정한기, 「〈초한가〉와 〈우미인가〉의 작품내적 특징과 역사적 전개」, 『배달말』 36, 배달말학회, 2005.

조동걸, 「인간의 길을 향한 100년의 진통-20세기 한국사의 전개와 반성-」, 『한국사학사학보』 1, 한국사학사학회, 2000.

조은정, 「무위자연의 재조명과 고전 교육에서의 함의」, 『교양학연구』 14, 다빈치미래교양연구소, 2021.

진태하, 「망국 노름 〈화투〉에 대하여: 일제 잔재 숙청과 더불어 화투를 근절하자」, 『새국어교육』 53, 한국국어교육학회, 1996.

최광승, 「박정희의 경주고도(경주고도)개발사업」, 『한국학』 35, 한국학중앙연구원, 2012.

최승범, 「호남가에 대한 소고-「전북민요연구」 노우트에서-」, 『논문집』 9, 전북대학교, 1967.

최오목, 「老子의 生命倫理思想 硏究」, 원광대학교 박사학위논문, 2010.

최해만, 「한국어 숫자 속담에 대한 연구」, 『중한언어문화연구』 8, 중한언어문화연구학회, 2014.

하경숙, 「가사 작품 〈지지가〉에 대한 문예적 검토」, 『온지논총』 50, 온지학회, 2017.

하경숙·박재연, 「새로 발굴한 가사 작품 〈본문가〉에 대한 문예적 검토」, 『문화와융합』 40(7), 한국문화융합학회, 2018.

하경숙·구사회, 「숫자노래의 전승 맥락과 새로운 근대가사 〈수자가(數字歌)〉의 문예적 검토」, 『동방학』 43, 한서대학교 동양고전연구소, 2020.

하성란, 「경판본 흥부전에 나타난 數의 의미」, 『동방학』 26, 한서대학교 동양고전연구소, 2013.

하성운, 「새로운 근대가사 〈담배노래〉의 표현 방식과 작품 세계」, 『동아인문학』 52, 동아인문학회, 2020.

허흥식, 「새로운 가사집과 호서가」, 『백제문화』 11, 공주대학교 백제문화연구소, 1978.

황금중, 「노자의 교육론과 그 사상사적 의미」, 『미래교육연구』 18(1), 연세대학교교육연구, 2005.

초출알림

- **새로운 가사집 『금수강산유람기』의 발굴과 자료적 가치** [이수진]

  이수진, 「새로운 가사집 『금수강산유람기(錦繡江山遊覽記)』의 발굴과 자료적 가치」, 『리터러시연구』 14(4), 한국리터러시학회, 2023.

- **만재 주원택의 기행가사에 나타난 서술방식과 국토의식** [양훈식]

  양훈식, 「만재 주원택의 기행가사에 나타난 서술방식과 국토의식」, 『역사와 융합』 7(4), 바른역사학술원, 2023.

- **만재 주원택의 가사 창작과 의식 세계** [강지혜]

  강지혜, 「만재(晚齋) 주원택(朱元澤)의 가사창작과 의식 세계」, 『역사와 융합』 7(3), 바른역사학술원, 2023.

- **『금수강산유람기』 소재 주원택의 기행가사 연구** [정영문]

  정영문, 「『금수강산유람기』 소재 주원택의 기행가사 연구」, 『어문논집』 96, 중앙어문학회, 2023.

- **〈호남가〉류 시가 작품의 전승 맥락과 〈호남지방찬양시〉의 발굴 검토** [이수진]

  이수진, 「〈호남가〉류 시가 작품의 전승 맥락과 〈호남지방찬양시〉의 발굴 검토」, 『온지논총』 65, 온지학회, 2020.

- **〈한글뒤풀이〉 노래의 전승 맥락과 주원택의 근대가사 〈국문가사〉 검토** [장안영]

  장안영, 「〈한글뒤풀이〉 노래의 전승 맥락과 朱元澤의 근대가사 〈國文歌詞〉 검토」, 『우리문학연구』 79, 우리문학회, 2023.

- **새로운 작품 〈척사판론〉의 문예적 검토** [하경숙]

  하경숙, 「새로운 작품 〈척사판론(擲柶判論)〉의 문예적 검토」, 『온지논총』 76, 온지학회, 2023.

- **숫자노래의 전승 맥락과 새로운 근대가사 〈숫자가〉의 문예적 검토** [하경숙·구사회]

  하경숙·구사회, 「숫자노래의 전승 맥락과 새로운 근대가사 〈數字歌〉의 문예적 검토」, 『동방학』 43, 동양고전연구소, 2020.

- **화투놀이의 전승 과정과 관련 가요의 문예적 특징** [구사회]

  구사회, 「화투놀이의 전승 과정과 관련 가요의 문예적 특징」, 『온지논총』 75, 온지학회, 2023.

- **새로운 가사 〈자연가〉의 문예적 검토** [하경숙]

  하경숙, 「새로운 가사 〈자연가〉의 문예적 검토」, 『동양문화연구』 38, 영산대 동양문화연구원, 2023.

- **새로운 근대가사 〈담배노래〉의 표현 방식과 작품 세계** [하성운]

  하성운, 「새로운 근대가사 〈담배노래〉의 표현 방식과 작품 세계」, 『동아인문학』 52, 동아인문학회, 2020.

금수강산유람기

영인자료

여기서부터는 영인본을 인쇄한 부분으로, 384쪽부터 보십시오.

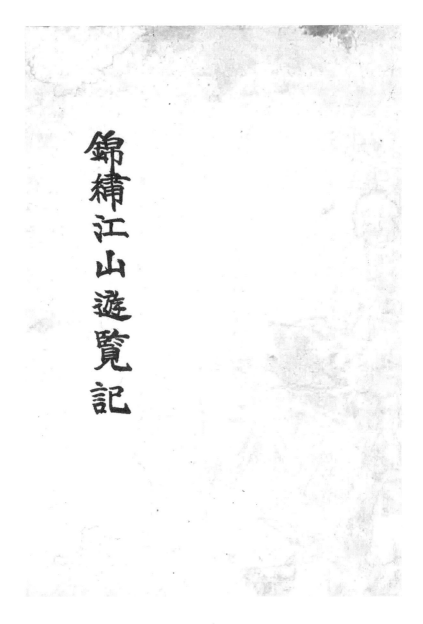

錦繡江山遊覽記

1

手不釋卷

常習學文

손에서 책을 놓지말고

항상학문을 익히자

錦繡江山遊覽記

2

(1-1)

百樂 詩序

古有三樂而今有百樂也라 俗談에 一笑一怒一差라하니, 見悲而思悲則自悲하고 見喜而思喜則自喜故로 全壁憂愁樂之意로 余雖不敏이라 不顧衆學하고 必見薄識으로 有成百樂之詩하야 使讀者로 爲一笑之資하노라. 海風霜을 閱歷하면서 人生의 苦樂을 皆가 多憂少樂하야 以憂爲樂으로 渡世하얏인,

天德地恩生世樂	檀帝傳統繼承樂	人道四端隨感樂	
父生母育成人樂	箕子遺風遵守樂	家門萬事成功樂	
兩順風調天惠樂	家々戶々電燈樂	夫婦多情相愛樂	人心順厚降和樂
國泰民安豊年樂	處々村々水道樂	祖孫敦睦同居樂	年事豊登天惠樂
飽食煖衣知足樂	洞房華燭佳緣樂	父母陪侍長壽樂	樽前親友笑談樂
多財潤屋感生樂	政府高官要職樂	子孫出世榮華樂	案上良書耽讀樂
回甲床前賓會樂	喬木枕上安眠樂	農業改良機用樂	恒時務力成功樂
結婚宴後旅行樂	翡翠衾中琴瑟樂	工場發展電廻樂	平素勤身致富樂
技術多才生産樂	安貧守分窮儒樂	夫唱婦隨家道樂	詩書敎子善賢樂
交通便利乘車樂	致富成功大衆樂	父慈子孝天倫樂	忠孝傳家敦睦樂
子女遠居來見樂	雖離家族相逢樂	車路擴張乘客樂	溫湯頻浴身經樂

(ㅏ-2)

賓朋久闊逢迎樂　久別親知更會樂　鄉村發展農民樂　洋服新裝心快樂

五福兼全回弄樂　老人亭上圍棋樂　美酒三盃醉與樂　易知易寫國文樂

一生慶事結婚樂　幼裙園中學善樂　佳詩一首吟心樂　無賤無尊民主樂

六旱之年甘雨樂　碁朋對局閒遊樂　稻熟黃雲豊野樂　言忠行篤文人樂

他鄉客地喜朋樂　詩客開筵雅會樂　霜酣紅樹秋山樂　德建名揚廈世樂

多福身康修德樂　周遊世界觀光樂　映畵前朝看劇樂　萬邦交易通商樂

有財心苑善恩樂　遍踏江山賞景樂　新聞現世通知樂　千里相談電話樂

神農嘗藥醫生樂　程朱性理佛學樂　微風軒爽安休樂　斜陽爽捌閒休樂

右椴教民耕種樂　孔孟聖經佛學樂　長夜燈明耽讀樂　暑日清江暫浴樂

五穀豊登農老樂　暮春暖日開花樂　柳綠桃紅春景樂　清風明月良辰樂

百花蒲發遊人樂　初夏綠陰篤鵬樂　菊黃楓紫秋光樂　綠水青山佳景樂

園程花房蝶舞樂　山明水麗觀光樂　秋夜燈明開卷樂　梅蘭菊竹庭栽樂

溪邊柳幕篤歌樂　鶴友松亭閒趣樂　夏天亭爽賦詩樂　雲霧煙霞山起樂

萬山關外無念樂　三千里久繁榮樂

百年壽外健康樂　半萬年來發展樂

以上百樂詩終

5

(1-3)

酒字詩句

一日三時兼飯酒　罔極君恩御賜酒　蒲顏喜色壯元酒　祈願成功告祀酒　焚香再拜降神酒　陶翁愛飲葡花酒　頹似蜻蜓桃梅實酒　蒲口德談關業酒　晚年待望得男酒　壯談勝算來期酒　搖動全身混合酒

正月朝日茶禮酒　上元曉飲耳明酒　醞之別名旦甘酒　尊長獻時稱藥酒　同病相憐慰問酒　醉中乱動亡身酒　詩筵餘興相酬酒　送客離程作別酒　代穀飢民糟母酒　春風蒲飢酌杜鵑酒　多情男女同盃酒　忿氣衝天鬱火酒　各異嘗香果實酒　青紅兩色葡萄酒

撫棗床前幣帛酒　婚姻廳上合歡酒　虛弱身保狗燒酒　強精補血人參酒　歡呼一座乾福酒　祭主先當飲福酒　鬪後更親和解酒　三山不老神仙酒　青年豪氣誇洋酒　農叟歡心家釀酒　敢隊將兵申告酒　桃園結義同盟酒　高官昇進賀儀酒　新釀浮蛆動動酒

(1-4

特異生泡聯麥酒　關連事業交人酒　損益不聞空守酒

胡邦特産高梁酒　後拂無憂外上酒　蒲盤魚肉好安酒

禹時儀狄初爲酒　合掌屈身辭過酒　回婚重醮宴開酒

歡饗無痕祭祀酒　將軍勝戰凱旋酒　違者三盃當罰酒

精力增强毒巳酒　先塋歲祀三盃獻酒　流汗農夫飲濁酒

人間慶事迎賓酒　家廟嘉俳必勸女酒　消風遊客傾淸酒

琉璃聯入賣燒酒　男兒同筵必渾酣酒　國民嗜好交朋酒

各廛廬房鐘麥酒　檀帝祭典獻淸酒　書院春秋享祀酒

生産工場釀造酒　巫女神堂用濁酒　祠堂多節薦新酒

載車配達釀造酒　忘世消愁由分酒　德高夫子無量酒

多言妄動皆因酒　鬪爭和解在分酒　信佛山僧不飲酒

嗜好過酣狂藥酒　庸君好色亡身酒

世俗凡人皆飮酒　事業成功交際酒

至今婦女樂盃酒

以上八十額

7

嶺南地方讚揚詩　七十一州

金山이瑞氣하니	大邱을中心하야	慶州는千年王都	慶尙道에聞慶하니
星州갓치光明하다	安東이雄州로다	尙州는沙伐이라	高靈大聖오신다네
無爲以化順興으로	慈仁하신어진마음	天降甘露醴泉이요	山山마다慶山이요
全國民이華化로다	淸道로일삼으니	化被草木善山이라	谷谷마다榮州로다
太古玄風부러오니	國泰民安開寧하고	萬化敀一禮安하니	億兆蒼生咸昌이요
漆谷도明郞하다	家給人足知禮로다	上下가仁同이라	四海之內盈德이라
龍宮에無窮造化	靑河에자는龍이	靑松에푸른節介	河陽에말근물은
迎日갓치빗친다비	興海로차자가니	英陽에氣像이라	永川갓치흘러가고
晉陽城도라드니	河東으로나려가서	南海에배를띄워	長鬐에늘근몸이
咸安天地仙境이라	泗川어다배를대고	東萊仙官차자갈제	新寧天地만낫구나
草羨에흘을들은	山淸木麓우리韓國	密陽에봄이오니	昆陽에듯는해는
四時로陜川이라	到處마다蕭山이라	梁山에도꽃이피네	彦陽으로발가오고

二

漆原에日暮하니
昌原으로차자가자
稅營에안진元師
機長萬能이안나
三嘉에우리大韓
比安으로살아보자

安義에烈士들아
義城을놉히쌋고
世界第一回城이라
萬國軍威이안나

義興을일삼으니
곳곳마다居昌이요
金海에寶物絡은
巨濟를往來하고

凶年업는豊基롯세
바람업는寧海로다
丹城에一片丹心
熊川에도빗이낫다
아마도우리嶺南
天下에眞寶로다

湖南地方讚揚詩

五十三州

咸平天地늘근몸이
靈光歲月보라왔다
光陽은景氣도좃코
高敞은길도널다
峯峯이雲峯이요
疊疊이益山이라

谷城에숨은隱士
萬頃滄波써을고
羅州平野넌분天地
興陽은乾坤이라
瑞雲이長興하니
高山鳳凰줌을춘다

潭陽으로도라가니
礪山이놉파도다
順天命而自然을
奉仁德化되엿도다
龍潭에잠든龍이
四時로龍安이라

靈岩이어며요
光州로차자가니
滲近蒼生濟州하니
鎭安世上언옥조라
慶虜만金溝水요
谷谷마다沃溝로다

和順風이自來하니
人人마다咸悅이라
草木茂長하니
綾州에丹青하라
錦山이添花로다
나무나무任實이요
가지가지玉果로다

臨被高而望見하니
古阜가節介로다
海南에서오는배는
南原에暮春이라
茂朱深山차자가니
五福으로同福하니
四海水寶城일세

四通窓井邑淳昌하고
禮義東邦求禮하고
人王全州도라보니
腕俗直人樂安이라
壽福康寧康津하라
半島犬韓珍島로다

億兆蒼生淳昌하고
坊坊谷谷興德하고
扶安世上되엿도다

務安으로希望하니
昌不時節이안인가
扶安에서沐浴하고
四海가長城으로

金堤에올나보니
天下第一湖南이라

忠清地方讚揚詩　五十五州

陰城에봄이오니
扶餘世上그만두고
連山崎路길도험타
天安으로도라가니

温陽에도日暖風和
新昌天地차자가자
舒川은長流水라
公州도發展하니

洪川에만흔사람
官廳民安清州요
平澤은물도天地라
倫義道德大興이라

懷仁으로行事하니
二君不事忠州로다
青山流水흘흘음은
一片丹心丹陽되여
四時長春永春이라

稷山에가을오니
青安한世上에
全義에大夫들아
谷城마다沃川이라
懷德君子되여보세

慶康마다延豐이라
文義을崇尚하고

四

人人化德德山이요　天佑神助保全하　木川에배을때고　東으로는恩津이요
家家崇禮禮山일　億兆蒼生泰安이요　青陽山들어가니　西으로는唐津이라
燕岐에제비떠느　鴻山秋月저기러기　大못사흐르牙山은　雲淡風景瑞山이요
報恩次로옛집찾　海美消息傳했오　韓山中에有名峯은訪　結城之下萬果로다
　　　　訓諫令論論山이요　庇仁에도良春이나　黃澗에서이른秋風
沔川木外蒲水하니　利在田田大田이라　庇仁에도良春이나　結城之下萬果로다
四海平定定山이요　槐山風月好時節에　老火咸集永同樂하　黃潤에서이른秋風
渴者飮水이린오소　林川마다暖歌로다　清風明月로놀자

國文歌詞 (一名 한글뒤푸리)

天地氣下降ㄱ字되고　天地合德드이요　言下成立口으로　人事結果人되여
天地上升ㄴ字되니　人己始生己이록　立法布告ㅂ하니　圓成宇宙○이라
闢破乾坤ㅣ하니
萬化做十道로다

11

사	바	마	라	다	나	가
西天金殿이러나서	버서나면極樂이라	馬上貴客반겨워라	느가는鳶鳶새야	넙도한空手去라	巨成天地靈光이라	可可終始一治되면
쯧三十六宮運에	밝로간靈光이요	머가저왓섯뜬고	덜걸길이ㅁ데ㅁ요	느가亦是空手來요		
小数가天教오니	寶鏡靈培받가오니	妙理玄理本開하니	逼遍天下物慾업세	道德二字잔못업고	느가能히解說하고	口腹之計뿐일런가
受修靈明大丈夫라	無色無相靈光이라	無色無相靈光이라	老熟成實드러면	果染滿世잔못업네	老勞人間虛無事을	苦海塵世이蒼生아
西時事必有極度되니	事必有歸正自然이다	金鞍騎客둘좃갓다	還故鄕이방부도다	느다物極必反	元靈故合뿐이로다	擧其可還元時는
東自出이眼前이라	빌ㅂ빌ㅂ드러가면	모미마活覺하면	人已成明本來靈品		느나참것업시	各自故本解寃이라

五

하	파	타	카	차	자	아
慶中有實分明하나	破脫陰陽灵化되여	러전오는우리故鄕	캄三찬大道理는	次三行惡無道莫心	自己잘낫이世上에	我灵曲을불러낼제
何時何來不知事나	펏나니福樂이라	라판客地잇잔코	커고발굴飛本이라	慶身할곳어뎌메고	朝夕으로變態人心	御化世上灵光이라
好三無邊도라오니	布德天下廣済蒼生	土字中央大起하면	코눈물흘닐時節	草綠花紅찾지말라	晝夜로다라가네	五福三光俱足하니
後悔말고잘다려라	푸를法이四時長春	鬪爭歲月가롯엇고	두三소리절눈다	秋收天地도라왓네	這知姿行不恭하면	우슴으로世月이라
歷退을生覺말고	피피波저저兩班이	攄治打破一圜하	크키카不知中에	慶治次룰흘는霜雲	念自尊大뿐이로다	이이안의반가우며
判外化法찾자보자	極樂全안이신가	圓灵理獨舞台라	一刀金光關일세	私正慶實審判일세		어이안의조을소냐

擲柶判論

俗称十勝地라	中有正士라	十二封閉하니	內有九宮하야
四方에有五点하야	四通五達하야	外有二十点하고	分在九点하니
九宮之中에	十勝之地에	待時而出하야	春夏己去하고
十字之形이라	十字真人이	四圓判決하니	秋收之斯라
夾勝主人은	嗚呼蒼生아	審判當日에	悪死童生하고보면
大霊大聖이라	各正其心하고	善悪分析이라	仙化世界다웁소다
天地大数化如由判故	十三封開하니	利在田二이요	우리라우웁듣는
其形이如田하야	中有二十点하고	中有十字로다	娯楽遊戲이안야

数字歌

宅字를푸러노흐니日本國도	이国을本傳코즈찻고	江山三綠이갈못따니	自由黨도무너지고
虜字彈에敗戰되고			

七

五字ㅇㅇㅇㅇ五(六)里事
六字ㅇㅇㅇㅇ六三五ㅇㅇ
七字ㅇㅇㅇㅇ七音里洛東江
八字ㅇㅇㅇㅇ八五解放을

革命民主黨도되고
當時東西洋이參戰되고
도血流成川되엿고
永世不忘國慶日일세

九字ㅇㅇㅇ즉官運敎數
千字ㅇㅇㅇㅇㅇ千字亡數
百字ㅇㅇㅇㅇ有發百年
千字ㅇㅇㅇㅇ千秋에빗친窮

당코夫土가分明하다
이라大字宙에正敎로다
차린즐음이이맛진
悔解窮時節을맛엇스니

萬學ㅇㅇㅇㅇ萬古일天道
億字ㅇㅇㅇㅇ億萬年수리民族始終如天運
大衆大宇宙를統制하고

利害是非脫皮하고化民族되여보세
敎世界人各國民族言하

鑑
錄
十六句

利在弓弓是何說
穴下窮身即爲窮
世之重貧弱　窮
小金無名是兩白
頭小無足党 亦火
三人一夕自灵修

窮者極也極則反
反者本也本則靈
家窮小金侵害遠
身窮無名利可避
浮金冷金衆金實
窮理從金是活路

靈門消息何處在
萬事於結本來敬
道窮開關皇極起
世窮渴泥聖人來
種面實白惟一靈
陰陽解脫人兩白

窮無熊力作過小
弱者柔順本性餘
苦有窮極友本理
窮者爲達三者窮
窮者友友友本宅敬
天地人神道下止

15

草田曰十勝地之
十勝地云正土中
畫牛顧溪童出云　窮道還元自然事　天降六任窮之身
判外化法神不知
計窮力盡然後在　應天順人窮土有修

判世歌　二十三句

乾坤이 開闢하여
몃萬年이 되엿는지
堯舜時代 지낸後로
世界各國 勿論하고
安全國이어 되잇소

科學은 極判이요
技術은 上判이요
人物은 瀟判이요
天地는 殺判이라
老人은 갈判이요
世上은 듯判이요
兒童은 辱判이요
人生은 病判이라
左右는 次判이요
陰陽은 羨判이요
世上은 告判이요
五行은 克判이라
弱者는 死判이요
이判저判 타判이요
強者는 奪判이요
好判灵判 來判이라

綱倫은 絶判이요
禮義는 無判이라
風紀는 亂判이요
盜賊은 盛判이라
利害는 獨判이요
生死는 難判이라
大灵大聖 出判하면
善惡을 豈審判하랴

美穌는 兩判이요
原素는 誇判이라
靑年은 軍判이요
女子는 淫判이라
政府는 黨判이요
朝野는 爭判이라
貴者는 戱判이요
賤者는 賤判이라
先天數는 小判이요
後天敎는 天判이라

九

十

잘따으면 實判이요　億兆蒼生萬民들아　惡工夫熱心해서
못따으면 虛判이라　利害是非판단투고　聖化世上살아보세

離鄕所感　四十五句

余本農家之傳來遺業을至于今日토록耕田而食하고織棉而衣하고登山而

樵하고臨水而釣하고興與日所樂이但在田園하며帶月荷鋤에汗出沾背며着種秋

穫하니食糧何厦과三冬雲寒으로不羡郷相이요書耕夜讀은其來深長이라此中

何故오羣兒이皆在都하고家之說을累三告知하니我不生面이라左右勸

之에拒難之하야乙巳春正에轉徙于此하니六六襄年에自首人事가日去月去하야年去

年來에所得何事오都在雞食이라人皆有爲하니我無一技라以後事遊園하니今世換

後孫이요賈或文談하야皆以我師로다同二形便이라時或通姓하니名門

物이요四顧無親에惟我獨夫러니異日相逢에間有親面하야老去身勢가何在獨在郷

年에切顧父祖하고老隨現孫은人之常情이라何取店認가或求生涯하야來者多數

로다其不小数요官工簇族이大教接着하야大都市民이八十萬人요三大都市라聽而

見之하여咸曰寓客이라在邱所要가目標何耶이易敎易職이오先覺이라衣之食之는

오勝族農村이요社會交涉으로優於村人이니吉凶相問과朝夕相逢이會遊一場은不如

農村이라吾所願之는恒美門戶신대奈何鄕族은敬在各市하야有事之日에或徒

來하나代代後면次之路遠하야相去相來를有也오無也하면不免孤獨을兹此可知리니

是我所感이오是我可畏로다

花園歌　三十三句

開花世上當到하니	十二月花鳥戰人	月算通十壹本이요	無覺而二十四ㅁ
花園遊技出世로다	各罷伴同打取라	失其本者兵也로다	起陰而盛色去요
有覺而二十四ㅁ	有無各在其權이니	陰陽兩敎兼蒲하니	塵穀者空歟也오
故陽而結實來라	審判之場實收로다	自依路路不免이라	有角者亡實得이라
五覺者爲十章은	十角者爲九章이나	三獨百靈分明하다	五光百度放光하면
土王用事大定이요	五打則桐加十하니	五運則起十道라	眞矢百中時節일세
正松白鶴起一하야	始種終實九一로서	三四五六七에	空山明月登高하나
黃菊丹楓終九하라	十成大道中興일세	亂色各奮花鬪라	一雁聲盡海秋라

十二

十二

十月黃丹一色으로
玄武落陽出世로다
三三紅團成은
七六將青團成은

金井梧桐做根하니
花落成實自然일세
四五七草團成과
三囷三戒真主오明

午將龍化出일다
雨中行人執權할때
松楓月清閑時는
塵埃蝶道下上애는

有党者登用爲라
道德君子雅趣로다
小變化大仙遊과라

花月酒三百盃로
已三百大數來라
一帶先着壯元로다
四光合龍化飛로ᄂ

大抱天地一飲하니
諸道成而空金쇠일세
先天數判決이요
後天數終判일세

九共一而作通하니
十道成而幕通하니
花蘭花落結實하니
各自尋水生覺이라

始終合而十道로다
無對天地獨長일세
花闌未化土做로다
各自尋水生覺이라

是謂名四六百이니
六者己世亘中也

田甲宴祝賀　二十五句

六十年去又一年하니
頭戴花冠主人翁은
大宴設於此日하니
終止判斷當到하면
遠近知友親戚言은

鐵樹梧花가更發일라
今朝加爲鶴下降찾듯
各聲高於四海로다
始雲集布人海로다

白布帳幕은
和氣和風瑞氣롭고
門前楊柳에黃鶯鳴은
園中桃李蜂蝶은

半空中에 飄々하고
一室之內融融이라
喚友歌로노래하네
春來之事자랑일세

19

名妓各唱美女들은 온갖歌舞戲를하고 琯惟丙午三春之節에 南在壽星耶此間라 慶祝賀舞壯觀일세 積德之門에 應多芝蘭이라

左右에詩人墨客 吟風詠月唱調하니 堂上에鶴髮益世翁은 春風和氣益壯하고 香醪珍需는 象賓이皆醉하다 一場의同樂이요

別有天地非人間에 玉景宴이안일소냐 彩舞斑衣群兒孫 不老酒로獻金盃하고 天上에仙官들이 或誤遊於塵世耶 仁者無憂仁者壽 願君莫恨龜鶴年

盃盃이浪藉하다 不勝堪樂이안인가 座中에高朋들은 長生歌로祝賀하고 積善之家에 必有餘慶이요 頭尾없는敎世歌詞 잠깐讀祝賀歌라 世間何樂莫加此니

五千年之天地歌 三十句

新羅千年三姓天地　扶餘二百濟天地　全州는甄萱天地　漢陽은李氏天地
東三省高句麗盃　鐵原은弓裔天地　開城은王氏天地　庚戌合併倭天地
乙酉解放大韓天地　檀紀年號無天地　道德禮義没天地　階級打破이天地
美風起勞動天地　西紀年号行天地　三綱五倫紀天地　各自爲尊獨天地

十三

20

記於世亂하니　壬辰倭亂이요　洪李逆난이요　甲午動난이요　陰陽錯난이요
句ミ之亂이라　丙子胡난이라　壬午軍난이라　己未義난이라　天下共난이라

亂世歌 三十句

曰

美穌兩國対天地　左右思想別天地　佛家에三極樂天地　三十六教多天地
南北韓而各天地　世界萬邦戰天地　耶蘇敎에天堂天地　서로서로새天地
都市三人間 天地　政治亡黨派 天地　社會亡複雜天地　道路에三車 天地
慮三에盜賊 天地　曠野亡鬪爭 天地　人生은無職天地　時三로事故天地
青春男女淫亂天地　原子水素發明天地　甲午必後是 天地　科學技術最高天地
去去高山亡 天地　宇宙飛行美來天地　甲午三年亂 天地　死耶生耶判決天地
穴下云身生 天地　此天彼天各色天地　利害是非 這天地　陰陽耳鍒光 天地
小頭無足死 天地　上下四方不平天地　一発光明好天地　靈光歲月後 天地
積惡積惡罪天地　不遠間來 天地　大聖出東韓天地
積善積德福天地　神不知云 天地　無爲必化靈天地

憂世歌

経済混乱이요　民心騷乱이라
道德没乱하고　禮義漸乱이라
風紀紊乱이요　男女淫乱이라
就職極難이요　生活困難이라
弱者死乱이요　權者執乱이라
市井錢乱이요　商街之乱이라
物價暴乱요　生計之乱이라
陸海叉乱이요　天機之乱이라
家路盗乱이요　換心之乱이라
同族之乱이요　去益甚乱이라
南北此乱은　思想之乱이라
三八叉乱은　一日心乱이라
病因疾乱요　可思因乱이라
何時終乱이요　何處避乱고
人皆頗乱하니　難必制乱이라
如此多乱을　有誰停乱고
古之小乱이요　今之大乱이라
生於乱世하야　長於乱世하고
老於乱世하야　観於乱世하다
天時之乱을　聖出乎乱이라

天下寶物은 勤字이요 人間貴物 慎字이라 두字을 잘가지면 一平生에 無難事라 것으로는 君子이요 行事로는 小人이라 修身齊家 못하오면 人面獸心 아닌가 國家가 잘되라면 賢臣良將 모여들고 家庭이 잘되자면 貞烈賢婦 결으로다 人物選擇 어렵도다 저잘나서 英雄이라 行身處事 잘함이 ……그다나 조흘손가 世上을 도라보니 外明內暗 뿐이로다 風浪도 만히만나 滄波一葉片舟 헐벗엇네 私心

十五

22

十六

두만苦海을롯免하고正惡으로노를저어福海로들어가면自求多福이야나歲月을怨恨말고時
代를限嘆만나하잘못으로世이惡化되고나하잘한물로時代가平和되니誰怨誰各쓸데업고
各正其心뿌로다人生이出世차차하면고개도막十캐는夫고夫人고개半乎生을
고로리뿜고나無情如流하는세이天고고개달앗데天고개을나스니빨늬속도마옥빨늬살갓치뿌고正歲月
七八九十百고개가올헤인간만든人生멧뿐이되단든고可及人이不如乎고개야만커만은고
개를차잘말고正心으로天잘한면靈고개넘헤인의靈고갤넘며면長生不死지만古永生究極樂이리
負作歸路이안이나乾坤의磨判하고人物始生하니食祿도만이닷다地上에는無窮食物水中에는
無盡魚族모두가비안所有이니대鬪爭은웬일인고天下之萬國民이利害是非고만두고서로協
同하야平和世界모고보면四海之內을兄弟라先天敎는小數이고後天敎는天數라交食이困
難커든밧천일어千만이하고好茶卷을싸쿠보면極樂이
응酬責貴賤석겨서고無爲以化되련만는何何時에살겨이언누가아들수잇나以食이困難커든聖化世上오늘
진말고學識이업거든不援晝校工夫하고農業을極樂을싸쿠보면善德을보면極樂이
目前이라不勞得이어래잇소丈農工商네가저中農事가을이며貴찬갓으로穀物이라自苦及숙오늘까지重農
策덕만도다반을갖는農夫아야身勞打鈴하이라오늣食物만라래藏物만을못한니神農氏에傳受하農
業天下之大本안인가可憐하고可憐하다遊食之民可憐하다建設金선이時代에이그런일이며갓金歟

魚族蟲虫들도천디됴판으사다갓갓ㅎ人父人子이刑務所로가는親旧무엇이失足해々大明天地밝은날에微生

活무삼일고오날부터깨끗한마음으로一心團結協力해서國民精神回復하세富貴도좋닭말고貪賤도恨을말나後進國에讒言物

이되지말고一心團結協力해서國民精神回復하세富貴도좋닭말고貪賤도恨을말나千萬事가八字

兩班도도變遷되야前日에는뜨뻐라兩班今日에는돈이々々々로兩班돈으로求生도로高官大爵萬

事亨通도뿐이라黃金萬能이안이요美風良俗이요科學技術優秀하나禮義道德

서큼고新進大學부베에실어이世界列邦에抗하자말고棍棒들고기엄고淸寒하면벗이적다

불것다다우리나라風紀紊乱되여亡천구나날러간이世上에歲月이비

兩班相逢할며마다우슘으로쳐하되이世上에敵이업다멍청들라고구경이々々々病이될손냐六

事을莫論하고從公論이第一이라무릇이獨裁말고議會政治이극히서

東洋에한일과西洋에한일로東西洋合数하니十字運이되라왓다後天数가이안가億万斯大運이라

物外閑生이내몸이　清風明月正法海에　泛彼中流떠나가서

勝地江山遊覽歌로　大道灵船잡아타고　六大洲을둘너도라　萬國和氣여기로다

七七

三千里錦繡江山 (大)

三千里錦繡江山
半萬年之歷史로세
三八木우리나라
國號曰大韓이라
東國靈界三金剛은
別有天地仙境이오
佛國寺石窟庵은
神秘之藝術이라
朴淵瀑布落九天은
大自然之飛流이요
忠孝義烈哭兮簫은
萬邦之웃음이요
能屈能伸能忍性이
民族之特徵이라

三面環海半島大韓
大天地에頭部로다
八道地名道字意는
惟獨韓國天賦與라
白頭山頂天靈地는
天地呼吸噴水口요
測雨器曠置臺는
科學之先發地요
瀛洲蓬萊方丈山은
三神山이여기로다
三綱五倫修身道는
禮義之國分期했다
衣裳文物鮮明品은
仙人道服이있아야

檀帝神聖開國으로
新羅文明中興이라
天地氣和順調理는
天下之第一이오
鴨豆兩江分派流는
大興運絡咽喉路라
龜腹船銅活字는
通天下之始初라
鷄龍山帝宇峯은
正道靈을기다리고
相傳相授朴昔金은
民主國家道德이요
鎭海灣仁川港은
天然之要塞地요

日出東邦日朝也오
文物鮮明日鮮世라
四時分明節序正을
世界之指針이라
海印寺八萬藏經
通度寺之板刻이요
恩津彌勒八尺
稀世之造工이요
金山寺六丈金佛
龍華道를일김리고
三隱六臣節義退는
比肩閭之忠義로다
元山港東海灣은
漁撈之豊産이요

豆太麥糸玉食이요
草之靈藥高麗參
生水飮料生活國은

山海珍味別味로다
各國所産以上이요
甲午東乱自中之난

己未三個五唱 은
韓國風土뿐이로다
階級打破發我東

不可侵略排斥이요
民權擡養原因요
科學哲學發生地

太極嶺音희를고
日出東方靈界裡
執不欽羨我東外

三神山을올나서
是二金이完然라
金剛山一萬二千峯

應天上之三光으로
西으로머리둘여
東으로머리둘며

啓明星이되여잇요
湖南山川바라보니
金剛山을바라보니

西으로머리둘려
朱雀方에둘러잇요
靑龍方에둘러잇서

海西風景바라보니
智異山天王峯은
太極星이되여잇고

白頭山宗祖峯은
龍盤席踞氣像을
備人間之五福을

玄武方에둘러잇고
皇極星이되여잇고
北으로머리둘며

綠水靑山구비구비
白席方에둘러잇고
開北山川바라보니

萬壑千峯웃스라
九月山天秋峯은
壽福康寧萃山으로

造化翁이葬本地로
壽福星이되엿도다

天樞星이되여잇고
濟州에漢拏山 은

南海예突出하야
皇極星이되여잇고

灵山灵水되엿스니
南海예突出하야

出於東土夫人來라
地上에天國이分明타
老人星이되엿도다

아마도우리大韓民國

十九

大邱綜運觀覽歌　二十

丙午之春　配優選手가　大設公演하니　如雲如集으로　幾萬幾千을
慶北出身　綜運廣場에　觀覽多客이　坐不安席라　執能知數라
或舞或歌하고　或先或後하고　皆曰好讚이라　舊樂全無하고　青少年等은
或笛或笙이라　或悲或喜하나　別無眞味라　洋風美俗이라　拍手歡迎이라
白首人物은　今此歲月이　是耶非耶아　一夜秋霜에　一朝無風에
觀之無味로다　日去變遷하나　與耶賦耶라　萬物已熟하고　世界咸從하면
惟我韓國도　日益繁昌하야　對抗列國한다　大韓民國이　各振四海하면
文化發達이　增産輸出로　不遠將來에　東洋首位로　豈不美哉아
官公庶民는　南北이統一하면　天下에第一이라
同心合力으로

人子之道

子三雖好나
不如妻妾이요
妻妾雖好나
不如兄弟요
兄弟雖好나
不如父母요
父母雖好나
不如一身이요
一身雖好나
何處而出고

父與生我흔
欲報其德인뎌
昊天罔極이록
母與鞠我호되
至于今日에
世降俗薄하야
綱倫永絶코
禮義漸退하야
父母之喪을 夏或春이 或寒하
子之道絶寒也라

老人環境現實 二十三句

達城閑門이
近於一年에
劇場觀覽하
風紀莫測이요
或問經過하
彼此一般으로
時代雖好나
畵中之餠이라

老人之會가
去益漠然이라
東村壽城은
經濟不德이라
別無神快
時間支離라
青少年等은
皆有所樂일로

室內獨坐하니
比如罪囚요
四顧場所나
別無神快라
棋博雖好나
可無閑慮요
老去人物은
觀亦傷心이요

路上彷徨하
敗陣之卒이요
或去驛前하니
人波萬頃이라
論談雖好나
別無定慮라
但只所望은
居慮安靜에

杏花村入하니
意思不同이요
如我之人을
間三相逢하
每日日課가
昨今如一하나
衣食爲主요
別無他意라

28

此外何望인가
此外何樂가
人三所要가
都在此限하니
鰥寡孤獨이
可嘆可嘆이라

二十三

登山歌 五十句

登山가세登山가세
景槪絕勝차자가서
黃菊丹楓好時節에
不寒不熱맨도좃타
一步二步드러가니
入山聽鳥聲異라
層階層階돌뿐이요
사이이맵핀것은
子坐午向大明堂에
鎭洞樓가좃아있다

白首老人某親舊
遊山行裝準備하야
西村에서下車하야
步三行進登去할새
洞에섯는나무
幾百年어지런지
矗矗이落葉이요
石間에서흐른물은
把溪寺을들어서서
四面으로돌너보니

貰여찬觀光車로
午前일즉出發하니
左右山川돌라보니
閑家하기그지없다
千枝萬葉느러저서
大明天地밝은날로
藥水갓치맛도좃타
山高谷深생긴模樣
極樂殿이分明하다

時惟丙午九月이요
序屬三秋佳節이라
峯三마다奇岩怪石
谷三마다淸溪水라
日光을붉으섭고
구불구불通路길은
이리저리삷펴보니
쇠북소리나는곳을
萬壑千峯寂三裡라
庭下에各色花草
俗人보고웃고있네

修道院에 僧徒들은
別有天地非人間에
우리一行 오날만은
이절내력알고십허

參禪工夫 熱心하니
俗世雜念 업섯지
仙境에서 놀고가니
老僧에게무러보니

新羅時代 創建으로
上上峯을 求景코저
樹林속을드러선즉
方向모를行이라

歷史가 깁헛도다
中峯으로 차차갈제
옷슬잡고그럭저럭
오도가도못하구서

서로서로 生刻쯧테
돌틈잡고나무잡고
간신간신올나간즉
한자욱조심中峯에

다시勇氣로내여
千辛萬苦 힘을내여
變中인가生時인가
허덕허덕올나가니

生佐樂 이암헤잇네
밤낫무릅보인다면
一行에게노아주니
空氣조흔中峯에서

전老人들자세보소
山栗 秋收奔走해서
잇지못찰 記念일세
去三高山危險하다

四方으로도라보니
花葉三間爲요
此身若化大鵬爲면
登高山而望四野

山도만코물도만타
水三山三處家라
九萬里長天往意飛라
憾懷之心自然生

時則午後 時라
高峯에서자리잡고
眞露白鷗高報置
高級要오茶果實

黙心참이지간다
行裝을푸러노
肉山脯林진羞料理
충밥김밥맛도조타

서로설로 動코보니
이보다나을손가
日暮脩間不足이라
서로서로손을잡고

流食堂飲食인들
最高峯을잘자하니
할수업서飮家路에
자욱자욱조심해서

二三

二十四

잔신잔신 나려오니
日暮道窮 客名陽이라
一曲淸閑 一日仙은
우리두고 한말이라

한旅店에 차자드니
非老非少美女가
夢踰靑山 麻不勞
實地体験 永異라

簡素한酒肴에
勸酒歌로 和答하니
不知何時歲月去라
가던車로 面程하나

金剛山風景歌

世界公園金剛山은
我東邦에 特出하야
民爐峯三十二峯은
風雨南三幾萬年間

一萬二千峯玉芙蓉이
天下第一寶物이라
四時로 雲霧로다
興亡盛衰 仙境인가

金剛蓬萊枫岳皆骨
五岳之中 東岳이요
將軍峯에 올나보면
斷髮嶺 머리깍고

鈴序대로 愛稱하고
三神山中 蓬萊라
造化翁은 基本地로
脫俗塵世 仙境이요

百萬六兵 거나리고
玉女峯은 丹粧하야
無主空山 寶庵은
不知其數 小庵은

太祖峯을 擁護하고
三千宮女 모여노코
三千金佛 山寶庵은
雲石間에 웃덕이고

榆秥寺의 民安寺는
十二瀑布 急流水는
普光寺에 映山池는
菖蒲金에 金鯽魚는

只在此山 大利이요
儼是 銀河落九天
이슬비 가실부실
老僧보고 반겨하고

(古詩調)

白雲間에集仙峰은
玉石峰下玉流洞은
天華臺左右便에
外金剛에九龍瀑은
三千里長流水라

落子丁三隱二하고
白石潭이湖水되고
其花瑤草蒲發하고

雲雨銀波자욱하고
萬物草萬物相은
見三各形變熊形은
海金剛에立石浦는

白日靑天霹靂聲에
形容色三天然이라
創世至에神功이요
上下天間白雲水라

거울갓치맑은물은
七星峰下立石浦에
泛彼中流옴나가니
奇蹟에夫婦岩은

大小魚族꼴치고
一葉扁舟느를저어
金剛門이仙境이요
一男一女探勝라가

精神이陶醉되여
畫間에는各石하고
塵世容人遊覽客들
如畫如雲如金如玉

萬年化石되엿는지
夜間에는合石하니
三金剛을求景하고
如狂如醉非夢似夢

天下公園金剛이요
今見金剛山하고
昔聞金剛이라
護說金剛景하고

天下名山金剛이요
昔聞金剛今見金剛山하고
今見金剛山이
難說金剛景이라

唐詩云　見金剛山이라
瞿麗高麗國하야
宋尤庵詩　雲似山獨立하니
雲此不斷容이라
一萬二千峰이라
雲依山獨立하니
一萬二千峰이라
水山三處高

許眉叟
余登金剛山毘爐峰하야
附觀東海라 海東은 無東이라
石轉千年方下地
黃玉詩　山高一尺可撑天
自雲峰石　僧詩　靑煙慮庵
金剛無限景
難盡沙僧談

二五

自然歌

二十六

天地도自然이요 陰陽도自然이라
風雨도自然이요 霜雲도自然이라
堯舜禹湯自然이요 文武周公自然이라
孔佛仙敎自然이요 四色時代自然이라
興亡盛衰自然이요 壽夭長短自然이라
鬪爭도自然이요 平和도自然이라

日月도自然이요 星辰도自然이라
萬物之中自然이요 惟人最貴自然이라
河圖도自然이요 洛書도自然이라
道德君子自然이라 綱倫永絶自然이요
風紀紊乱自然이라 五千年之우리韓國
興敗存亡自然이라

四時도自然이요 五行도自然이라
天地人皇自然이요 伏羲神農自然이라
老子道德自然이라 忠孝義烈自然이요
喜怒哀樂自然이요 生老病死自然이요
先天數도自然이요 後天數도自然이라
甲午東乱自然이요 壬午軍乱自然이라

晝夜도自然이요 寒暑도自然이라
檀木誕生自然이요 釋迦慈悲自然이요
孔子大同自然이요 三綱五倫自然이라
富貴功名自然이요 貧富貴賤自然이라
過去事도自然이요 未來事도自然이라
哀盡悲来自然이요 苦盡甘来自然이라

王侯將相自然이요
青春白髮自然이다
莫往莫來自然이요
同族相爭自然이라
始良慈食自然이요
百祖一孫自然이라
時來運來自然來면
大靈天聖自然來라
天意無他只自然
自然之外更無天

庚戌合邦自然이요
乙酉解放自然이라
六三五도自然이요
四九도自然이라
利在弓三自然이요
利在田二自然이라
今天도自然이요
人是天도自然이라

三八線도自然이요
思想전도自然이라
南北黨도自然이요
興野黨도自然이라
本來天品自然性을
一毫不變自然修라
無窮無盡自然世月
悠悠東土自然來라

美蘇爭雄自然이요
左右令列自然이라
赤白相沖自然이요
世界戰爭自然이라
利害是非自然者
聖化世界自然來라
地上極樂自然이요
地天國自然이라

하느님은 마만사역되는만것시 역호갓수업는가하늘도천이다

慶州遊覽

新羅古都慶州市는　神秘한異跡이며　散之四方헐이서　內外賓客모여들며
朴昔金이千年基라　雄壯한古蹟터니　國內第一觀光地로　人山人海이뤗스니

三七

天

吾亦是遊覽차로
黃菊丹楓好時節에
慶州驛에下車하니
四面을도라보니同千車라

綠陰芳草勝花時는
三三五五作伴하야
時刻은임이正午이라
廣闊하고華麗하다

김고님분長流水는
옷득옷득솟슨慶은
놉고낮즌마을山은
찬旅店을차자가서

瀑ᄀ하게쓸러잇소
天作인가人作인가
쓸三으로둘러싸고
잠깐쉬고食事後에

老熟한案內者로
蘿井林間大卵속
姓신七年大卵속에
雞林間金積속에

대강대강듯고보니
赫居世世祖誕生하고
脫解王이誕生하고
關智聖君誕生하고

堯舜禹之法을바다
千年歷史우리韓國
博物舘을求景찰
新羅前에遺物로서

相傳相授朴昔金氏
世界에도듬무도다
形三色으로陳列品이
千年前에遺物로써

科學技術研究發達
天文學을探知케
瞻星臺를놉히싸서
星辰運行을判斷

東洋서第一일러라
二十七代善德女王
下圓上井두七層
雁鴨池와臨海殿는

文武王十四年에
別宮으로지어노코
羊月城內米庫는
廣은五七六米요

三國統一記念爲해
陸海動物養生き요
橫造模型알고보니
長은三二七米요

高는二十一米리요
初期王宮鮑石亭은
萩歎百官盃列하야
五陵米歷드러보니

用石은二千個餘요
國慶이잇슬때에
宴會한場所이요
林居必下五代이요

35

映迦來歷드러보니 無影塔이빗엇고
新羅文化代表寶物 青雲橋와白雲橋은
周圍二十三尺四寸 落落長松林속에
三体石佛나마잇서 左右로살펴보니
石群우에釋迦佛像 百済石工모서다가
九層으로싸은塔이 뒤으로는泰山이요
알흐로는東海로다

佛國寺의創建年은 二十二代法興王이
만舍山나무밋헤 上下로걸러안저
頭部에는龍爭珠 世界에서有名한
아마도新羅初期에 점엇임이分明하다
童子佛을안체굿코 傳嚴하게靜坐하여
年久歳深頽落되여 至今은三層으로
아침해돋는보기위해 東方을바라보니

萬福祈願하는절은 國寶로는三號로다
千年萬年다가도록 十二萬斤神鍾來歷
鑄造當時父女兒故 四百石佛歷歷한데
二十五代敬德王이 自然出而念佛소리
傳說만이남아잇고 左右人口金剛力士
四方에는石造獅子 太陽光線反射되여
三三尺釋迦佛像

花剛石造多寶塔과 精妙技術釋迦塔은
來人去人保護하고 口徑은九尺五寸
俗補當時敬德王이 眞說인가假說인가
熟能知가알수업다 阿彌陀佛나무로다
芬皇寺三層塔은 善德女王在位三年
온갓雜木헤치며 石窟庵을當到하니
거울갓치明朗하다 地上極樂天然하고

二九

石窟庵左右壁에
文殊普賢觀音菩薩
嚴肅하立正大하야
天下唯一藝術이요
큰岩石產版周圍에는
武烈王陵求景하니
周圍가百四米고

六龍爭珠碑頭에는
太宗武烈王陵文字
大字로 烈字되고
文武王이水葬으로
地上掛屍成陵이요
新羅統(天功鑑을
長高가二米라
金庚信將軍墓는

掛陵傳說들어보니
製造手法奇妙莫測
光彩玲瓏依旧하고
金尺陵은어인지
五十八王陵만은中에
新羅統(天功鑑을

三徙人妙잇다하나
有形無形알수없고
花郎精神讚揚하고
金冠來歷들어보니
古墳에서発掘되여
傳詩만남아있네
오ㅋ간는観光車르
零三細三다못하고
金尺陵하니

皇烏寺辛居壁畵
烏鵲雜쇠나르든다
大畧大畧記錄하니

時間関係無可奈라
未備한点만치마는
行装을收拾하야
가든車로回程하니
一千年之新羅史蹟
依古之心曡하다

담배노래   檀紀四二九七年頃   安東 金大憲

大韓民國農賣廳은
담배이름지을때에
無슨意로붓첫는고
國歌따라지엇는고
日本이敗戰되니
丹楓落葉되엿꾸나
三十六年매친寃恨
囍煙으로消化하자

韓國이 解放되니

勝利가 도라오고

士氣가 勇敢하니

孔雀이 활개치고

增産으로 輸出하니

建設이 第一이요

人心이 淳朴하니

白羊갓치 純眞하고

時節이 大豊하니

파랑새 가나라들고

四時長春 好時節에

나비가춤을추고

四時不變 우리나라

常綠橫가되엿구나

國軍이 編成되니

花郎精神새도찬

國運이 도라오니

無窮花가 更發

政治가 公正하니

새뿔갓치 발나가요

程度가 進步되니

파프다로 突煙하고

化被草木 봄이오

진달내도 滿發함

再建으로 爲主함

國土荒廢하니

錦繡江山三千里에

금강다리 우거젓네

秩序가 完全하니

芙蓉이 滿發하고

南北韓이 分裂되니

白頭山도 怒을내니

民心이 安定되니

百合으로 團結되고

文化發展되다

새마을이 繁昌하고

鳳凰이 날아드니

사슴이 뛰노을손가

洋담배 가온다해도

金盞압制屈伏하고

大韓民國 오날부터

希연五峯이 놉아간다

戰術이 神秘하니

모란이 登場하고

耕作者가 手苦하니

愛葉草가 나왓구나

三八線이 休戰되고

鷄鳴時가 닥쳐오고

再順風調 때가오니

豊年草가 靑靑하다

國家가 泰平하니

아리랑이 流行이요

去舊從新 하고보니

새나라가 分明하다

苦海에서 着生아

新灘津에 驛이되네

三十二

38

迎春歌

亞細亞의우리民族　人間七十古來稀라　五千年之오늘날에　前進하는이世上에
白鳥갓치潔白하다　長壽延이나왔구나　自由民族되찾젓네　發朝하는우리나라
晝夜로変遷되여　어던담배나을는지　잇는대로찻고보니
時勢딸라오난법　未來事를누가아나　담배노래써노래라

春來春來又春來라　이곳地가생긴後로　錦繡江山三千里에　萬山平野봄이오네
一年에봄이로세　一年一次봄이오네　坊三谷의봄이외네　草發發花紅봄벗고

蝴蝶效나나드니　人間에도봄이오니　緣木에도봄이오니　花林속에날고뛰고
가지가지蒲發花요　青春男女時節요　魚族들도生氣渾고　禽獸效나봄이오구

蜂蝶效나나드니　江南에도봄이오니　鎮海엔날봄이오니　昌慶엔날봄이오구
蜆虫에도봄이오니　鴛鴦效나짐짓찾고

各種으로変化하고　龍子效나짐짓찾고　벗곳노리蒲員요　來人去人蒲春이요
花發效我我東에

農村에도봄이오니　温床속에哗春은　不遠將來別有春이　이봄저봄다나두고
五穀百穀播種이요　科學技術手功春　無窮花發我我東에　聖化春이第一（종다）

前無後無好世月에
三十六宮都是春

天增世月人增壽요
春蒲乾坤福蒲家

登南山公園讚　安重根　義士

瑞逢英雄하니　英雄逢時하니　義哉烈士여　胷中大意하고　萬里異驛에서
歷史燦爛코　必然成功이라　重根烈士라　遠隨伊藤하야　一發三剷하니
豈不快哉며　平生大事를　身雖死無나　不忘其功하야　南山公園이
豈不壯哉라　今日解決하니　名垂竹帛이요　銅像爲表하니　倍加燦爛이라

倭冠　伊藤博文　罪科

萬古大賊伊藤博文島中幼狗不知猛虎로眼下無人으로左衝右突하니逆天之大罪을
何可免乎아欲呑東洋하야哈爾下車하니天猜之라次獨何走오時不利與여命在頃
刻이라重根一罪에死而爲臺하니日本天下가上下振動이라
無道凶魁야萬事當然이라

三十三

40

國軍墓地 參拜

三六

國軍墓地參拜次로
漢江橋를넘는지나
正門柱에쓰인글자
左右山川도라봄

白音老人某某親旧
銅雀洞에下車하
國軍墓地간판이라
午坐向正北向에

天下第一明堂으로
半月形弓局이요
琪花瑤草花園에서
上峯엔□星墓

漢江永柔돼여도다
蒼松綠竹숲속이라
子子無依將兵墓는
中峯엔本傅士墓

姓字대로位次하니
꼿흘세워票的이요
쓸쓸하기짝이업다
不知其數魂墓라

將兵位牌姓名三字
遺家族이옷는墓는
前面에는階級氏名
姓字대로位次하니

生居各死地同廣각
墓마다花鬪石에
後面에는戰死地名
찻기쉬은方法이요

死生間団体로다
秩序잇게나열하고
中央에忠魂塔 은
正面에는드門樓요

步步前進드러가니
八角亭우를建立찾
半空中에놉하섯소
左右로는石造虎가

嚴肅한保安所에
來人去人休息處
平湬廣野잔디밧은
戰死하신우리國軍

戰死神明도와주고
場内에噴水器二
年三度푸를건만은
田生할줄몰느는가

不報晝夜걸려안저
白日青天비가요

檀帝以後半萬年間 外亂內亂 몇번인고
一生一死이世上에 爲國忠死勝於生

架山山城遊覽歌

不寒不熱하니 丹楓佳節이라
時惟九月이요 序屬三秋라
架山山城을 閑之久矣롯
山無餘滅하니 一不觀之러라
幸得餘日하야 三友作伴하며

其城下車하니 日己中天이라
炎炎登登하야 去去高山이라
到於南倉에 城廛依舊롯
漸入中界에 永世不忘으로
善政之碑와 戰功之碑가

無數立之하니 前功可知롯
一步二步에 屈曲何多요
僅僅登之에 有路無路하니
山勢如此하니 是曰南門이라
天藏城秘롯 戰甚可知라

山高谷深하니 戰必成功이요
城高開門에 飛鳥不入이라
東西兩谷이 数十萬坪을
皆有池塘하야 飲料不足이라
懷古之思에 戰甚可知라

四有石門하야 進退便理라
欲知其實나 未詳年代롯
歲久年深에 城体崩壞라
散在四方하야 三四家戶라
耕藥爲業을

三十五

三十六

脱俗而虛하니
豈非仙境가
西有盤石하니
昇足而坐하야
肉山脯林과
新羅古刹로

同伴曲路라가
停車而入하니
松林寺院을
三百餘坪이라
披而行裝하야
珍需聖饌이
其味陳陳이라

多陽在山에
新羅古刹로
三大金佛이
看之又看에
稀世巨物이라
覽畢倣家할
逍風自足이라

某賢詩云

欲探風景上架山
幽幽古蹟自然閑
頹廢城門何歲月
荒墟寒澤窹林間

關東一帶探勝記

七十左右老人이
東海一帶遊覽次로
天作으로생긴廣場
三十餘坪너한하고
電燈불이稀微하야
生地獄이이안인가

觀光車에몸을실고
蔚珍邑을當到하야
한便에는記念商品
또한便은賣票所라
鐵橋밋헤고인물은
深淺之數不知로다

聖留窟을차자갈제
老熟한案內者로
窟門을들러갈제
池塘에서노는魚族
龍種인지不知래라

危險岩石돌아들어
數百길絶壁밋헤
層層階層階올나가니
層層다리둘러선주
別有天地非人間에
天井우의서린石鐘
不知其数달여잇소

地上에서 돗는 石花
佛像으로 變貌합
구길을다못가서
回程길로도라슨
世上事을生覚하면
勸善懲惡恰似함
泛彼中流船遊客은
樂而忘返놀고잇고
萬頃蒼波東海水에
上下天光明月夜에
一幅松林펼처노코
詩人墨客一過慮요
모두行裝엽에노코
懷古之心疊疊하다
參拜하고도라서서
襄陽땅에드러가서
虹霓門을드러서서
萬佛之祖宗이요
四天王門도라보니
關東八景最貴로다

左右에 十二 廣場
大小을 不知來라
閻羅國을 下直하고
四方에서 모인사람
大明天地 차자간듯
世上罪를 贖罪하고
積惡積惡地獄이요
窟門밖을 나서보니
積善積德極樂이라
非夢似夢奇蹟일세
文章名筆英雄豪傑
몇몇치나 놀고 갓나
竹西樓을차자가니
佺古及今幾百年
烏竹軒을차자가니
東山에는落落長松
栗谷母子肖像前에
新羅文武王新末에
後園에는 烏竹이라
第一江山鏡浦臺는

一步二步又一步라
五里길이다덜세라
操心操心나올적에
구비구비險路로다
望洋亭을차자가니
銀波萬里너른물은
江陵으로차자가니
第一江山鏡浦臺는
洛山寺을차자갈제
一千三百餘年前에
義相祖師創建으로
百日祈禱紅蓮庵은
大雄殿을들어가니
釋迦金佛静坐하고
義湘祖師修道廠라

三十七

三八

七日七夜 念佛中에 觀音만나 道通이요
京鄕各地 登山客이 나날이 增加되니
義湘祖師 創建으로 歷史가깊이 無数하니
萬经千峯 寂寂裡에 舍利塔이 無数하니
数千尺岩 石間에 長長鐵橋 올느니
뒤로는 層岩絕壁이요 앞으로는 茫茫大海
金剛窟로 차자갈제 軍糧岩에 올라가니

東草山을차자갈제 소리고개 지나가서
一日일出 一萬餘名 丹楓佳節 이아인가
継祖庵을차자갈제 危險千萬 逕으로다
新羅文明 그時節은 佛道全盛 可知로다
魂不付身 氣症에 中道半数 退下하고
漁船들은 群風갓하 落葉처럼 놀고
西山深谷 들어스니 千佛洞 險路下에

雲飛港을到達하니 山中閑野 松林속에
春夏秋冬 四時따라 第二金剛 雲嶽이라
크다란 바위속에 庵子하나 지어노코
三聖閣一 無石에 흔들바위 奇異하고
步步登登 征復하니 毘爐峯을올나잣듯
峯峯마다 丹楓잎은 霜葉紅於 二月花라
青春男女 少年들은 喜喜樂樂 快遊하고

観光地帶景落으로 一等旅舘 초렬이라
神興寺어 創建써려 二十八代 眞德女王時
義湘祖師 元晓大師 修道하는 閑寂處요
半空中에 늠흐도다 蕭山岩을어머 가고
一筆無際 東海水라 海金剛이 天然하다
長時間을안저놀고 車츰차츰 나려와서
우리갓튼 老人들은 수염수염 올나가니

臥仙臺라는盤石	飛仙臺를올나가니	彌勒峯과將軍峯은	五連沛溪谷우에
摩姑仙女沐浴텃	발둑갓튼痕跡이요	依舊하게서있고	七兄弟峯羅列함
各種雜木헤처가며	千辛萬苦올나가니	数百尺絶壁間에	一念精力念佛處로
또한鐵橋急한다리	金剛窟이여기로다	天作으로생긴窟이	며엿치나道通햇나
日暮道窮저문날에	閑寂한곳에宿所찾고	雲嶽城차자갈 제	展望臺를올나가니
一炎나려와서	朝飯을맛치後에	去去高山鐵橋길에	高峯우에섯는旗는
最高峯을올나가니	新羅末葉乱世때에	王建太祖모시고서	山城을놉피싸코
權金峯이라하엿고	權金兩氏두壯士가	雲嶽에드러와서	將臺를지은痕跡
傳說만남아있고	深山窮谷드러가니	落花落葉蒲地하니	한고개를도라드니
飛龍瀑沛차자갈제	구비구비險路이라	암길이稀微하네	空中다리鐵橋이라
数十길놉흔다리	밋흐로는瀑沛水라	飛龍瀑沛急流水가	九曲으로흘러드니
우예로는絶壁이요	겨우겨우거리가서	半空中에落下되여	九龍瀑沛天然하다
造化翁에神功으로	大潭瀑沛있다하니	土王瀑沛있다한들	金剛山이좃타한들
地上仙境이안인가	雲霧中에못찾겟고	危險해서못가겟고	三八線이가로막고

三十九

十四

雪嶽山庄다시와서 回程길에올나안저 雪嶽山景곳곳마다 夢中인지生時인지
主人이作別하고 關東一帶遊覽한곳 눈을감고生覺하니 一筆難記마못하고
稀微한生覺만記錄한 關東八景遊覽記라

夢遊歌

物外閒生이내몸이 草堂에놉히안저 東窓에달이밝고 鶴膝枕도두비고
富貴功名마다하고 吟風詠月消日할새 淸風은徐來한듸 겨우한잠들엇는듸
枕上片時春夢에 蝴蝶이莊周되고 通天下를둘너보니 太極이肇判으로
行盡江南數千里라 莊周가蝴蝶되며 人間萬物도라보니 陰陽이始分이라
日月星辰생겻스니 風雨寒暑往來하니 天下는六大洲요 白頭山一枝脈은
東西南北되엿도다 盈虛消長뿐이로다 地球는東西로다 五嶽山이根源이라
綠水靑山구비구비 사람살게도엿스니 天皇氏는木德으로 地皇氏는火德을
萬壑千峯곳곳마다 造物主의事業이라 應水旺而開春함고 因土旺而起夏하고

뫼―

構木爲巢食木實은 有巢氏의事業이요
敎民火食結繩政은 燧人氏事業이요
始畫八卦河圖洛書 伏羲氏의事業이요
天下本農醫藥은 神農氏의事業이요

以作舟車水陸交通 軒轅氏의事業이요
康衢煙月聞童謠 陶唐氏事業이요
九年洪水큰장마는 夏禹氏의事業이요
七年大旱큰가뭄은 殷王成湯責任이라

伊尹傅說잇다한다 임군마다聖君이요
皐夔稷契잇닷할을 臣下마다賢臣인야
黃河水맑다드니 聖人이나려가나
文武周公어진德이 光被四表하신단다

渭水의姜太公은 廣場三百六十釣로
白鷗로벗을삼아 時節을가려벗제
萬事를無心竿竹을 周文王이나려가나
斜陽鋪褳뿐이로다 曰歸歟褳뿐이로다

六朝五季時節에는 朝得暮失한단말가
匡天下九合諸侯 桓公管仲政策이요
功成身退遊觀事는 孫武子의兵法이요
汨羅水맑은물은 屈三閭之忠魂이로다

簫湘江水큰비에는 伍子胥의精靈이라
道德君子보기爲해 尼丘山를當到하니
大聖至聖孔夫子는 三千弟子거느리고
禮義道德밝키爲서 轍環天下도믈라서

春秋을箸作하야 亂臣賊子모려내고
文宣王의萬代事業 血食千秋壯하도다
鏊山通道夾웅플로 萬里長城도라드니
阿房宮죠흔宮殿 秦始皇의宮闕이라

四十三

六國諸侯朝貢밧고　長生不死하기爲해　三神山의보낸後로　沙丘平臺저문날에

三千宮女侍衛하제　童男童女五百人을　消息을못차頓絶하야　驪山荒草뿐이로다

烏江을언는건너　沛澤에잔는龍과　風雲을일르킨다　約法三章맨진言約

芒端山을도라드니　楚山예날뷘범이　楚漢젹時節이라　先入關中勝負로다

八尺長劍빼여들고　范增의玉玦이요　目眦盡裂잇똔模嚴는　烏江가에우는馬는

鴻門宴을다다르니　項壯의칼춤이라　菊酒를安足謝라　項羽타는烏雛馬요

秋夜望月우는닭은　梨花高흠에짓는껏은　五柳楊村수양버들　一匹靑驟잡아타고

孟甞君의닭이로다　麻姑할미삼삼개요　陶淵明의草子로다　三國風塵도라보니

漢宗室劉皇叔은　南陽草堂風雲中에　大夢을誰先覺고　草堂春睡聲遲에

桃園結義마저노코　三顧草廬壯하도다　平生을我自知라　不求聞達한말업다

南屛山을바라보니　赤壁江을구버보니　五關斬將閑雲將은　獨行千里하엿스니

東南風이펄펄불고　火光이冲天이라　封金掛印下直하고　萬古의義夫夫라

世上功名浮雲이라　箕山潁水別乾坤은　黃鶴樓鳳凰臺는　文章名筆느慮라

與亡盛衰멧번인고　巢父許由그드메요　瑤池仙境求景찰가　白玉京을울라서니

49

仙官仙女 모다모여 / 風流詩興 조흘시고
白玉瓶에甘露酒로 / 一盃二盃復一盃라
扶桑谷日己暮에 / 西國을들어가니
廣利王의稱讚이라 / 글귀마다各作이요
三神山을도라드니 / 景槩無窮 조흘시고
白雲洞을차자가니 / 先生任은잔곳엽고
問노라어듸메 요 / 武陵桃源이안인가

또촛樓ㅇ을올나가니 / 月宮姮娥 西王母는
西施貴妃 다왓스니 / 一色求景壯觀일세
釋迦如來阿彌陀佛 / 観世音菩薩心善菩薩
騰王閣을올나가니 / 王勃의文章名句
奇花瑤草 爛漫中에 / 鷓鴣鸚鵡孔雀지저귄다
童子에게무러보니 / 採藥하러가엇다네
山石上에굽은老松 / 멧春秋를지낸는고

蕭盎珍需차려노코 / 象牙寨로맛볼보니
波娘子의고흔얼골 / 오날이야보리로다
五百羅漢讀經소리 / 左右로挽亂하고
三尺微名글자가 / 婆滾잘은짜名句라
十三峯을바라보니 / 巫山仙女노닐듯
不逢蒼藥좋은걸로 / 操心操心들여가니
清風이불때마다 / 赤松子는메가고

龍頭山적鳳尾湯에 / 不老草로안주하고
俗世花柳는뜬몸이 / 玉景宴이偶然쌀라
南海龍宮드러간 / 余善文이上樑文은
自雲으로傘삼고 / 清風으로체삼고
清風 / 天長江구버보라
操心操心좋은걸로 / 泛彼桃花流水론
老龍이구비치듯 / 松林만포드럿나

飛流直下瀑沛水는 방울방울曰玉이라
두어라 勝地江山 俗人아뀌두러우랴
青山아물어보자 古今을네가아랴
自古及今英雄烈 몟몟치나지나갓소.

蓬萊仙官어듸갓소 빗자최만남아잇네
順風에돗을달고 蒲湘洞庭도라드니
漢澵江天구진비는 姑蘇城을울니나니

寒山寺쇠붑소리 娥煌女英눈물의
月落烏啼霜滿天에

遠浦倣帆저사뤃은 坊坊谷谷두루도라
錦繡江山旧程길에 金剛山을을나보니
世界公園名勝地라

客船이둥둥뜬다 泛彼中流노을저어
南柯一夢꿈이로다

不勝驚嘆흐느깨니 夢遊歌가되여서라

보든바第一조아 夢中事을記錄하니
虛往된건꿈이로다

達城公園詩遊會所樂

達城風景이別好 夏節의綠樹繁陰이避暑之地로 間看淸風에心神爽快타 北麓一脉이非高非低하야詩友蒲坐에無日不詠이라次第騰軸하니昔必多作이요間或文談하니其味通話할勝 於棋博이요與日相逢에不知歲月이라 逆筆로末席에心性이然則後悔로다千言萬談이江山風月이요曰可曰否二三子之套라其外에何有아夫子之間일랄賦雖好나不如科學과現今

51

此世에 文學發達하야 新學을 勸獎하고 新學進步하야 世界萬邦이 英文을 爲主하야 各種品目에 英文記名을 하고 國際

書類英字發送하니 文章巨儒라도 何敢生意리오 文이라 古之聞見이 不如新學으로 人不學

不知道요 至不琢不成器라 예날 訓長任에이르신 말씀이 다시금새로워진다

勸學文

少年易老學難成　未覺池塘春草夢　莫謂當年學日多　靑春不習詩書禮

一寸光陰不可輕　階前梧葉已秋聲　無情歲月若流波　霜落頭邊恨奈何

富家不用買良田　安居不用架高堂　出門莫恨無人隨　娶妻莫恨無良媒

書中自有千種粟　書中自有黃金屋　書中車馬多如簇　書中有女顏如玉

男兒欲遂平生志

六經勤向窓前讀

朱文公勸　勿謂今白不學而有來日　勿謂今年不學而有來年　日月逝矣歲不我延　嗚呼老矣是誰之愆

悔心曲　念佛唱調

一心으로 精念은 極樂世界라 졍토홀을믿으므로　시오 잘놓다 往生極樂을 發願하시고 젊으신네　生男發願 있는아기는 壽命長壽 祝願이삼며

念佛이면 同增十方에 머진 施主任네 平生中

에잡순마음 年萊하신 白髮老人 平生을잘노 德談이가오 건구저명은 이宅前에 門前祝願告

밧五

祖德談 精誠 至誠 엿춘털랑 大主前 令監 福은새어들고 쭉제비福은 뛰에들께 時時開門어 萬福

맏남 長男한 書房任 孝子 忠男한 道令 來요 日日掃地黃金出이라 人間五福 뭇수泰平

任을 下男한女子에게 젓舊에 今年生들 건구 엇덩가 貴찬 아들다남前에 傍法한 어진聖賢

전명은 이宅前에 一平生 사시자하 어믹하 에 善男子 되리로다 令福이라

出人들을 한십나까 상봉인경은 불쁘째 宮文 애 어려 一허나대 열위빌 삼슈 나하

口舌 憂火難 憂慮疾病 걱정군심 취릭라 無人 德兆倉雀 萬民施主任이 이니 한많들어보소

島 깁촌 섬中뼈서 허릴흥심이 다버리시고 이世上에 람문란生 낭오사람 사람밖에 또있나요

就發額할제 掌上鶴髮兩親을랑 梧桐나무 南문란生 낭오사람마다 임차결로 낫노라고 걸응다며

上上枝에 鳳凰같이 占接하고 膝下子孫萬世 평천애도 佛法 말씀들어보면 사람만 임차임을한

익라 무쇠복슴 돌근달마 千萬歲를 占接하고 낫스니다 第에 釋迦如來 功德으로 어마친 살을

家中 大通합제 大明堂에 집을짓고 靑命堂에 빌고 어머님前에 福을 밧아 第一에 七星任前에 命을빌고

우물파고 안들나면 孝子나고 딸을나면 烈女로다 帝釋님前에 福을 밧아 서달만에 피를모고

東方朔에 命을빌고 羲之손에 나일비러 先今後 달만에 肉身이생겨 十神만에 誕生하나 우린父每

수一百六十은 占接하고 石崇에 福을 빌어웅제 물 기룰세 어먼功力들엇슈큐 진자란든 어머님이 눙욕

그 말삼하신 아기를 늬며 飮食이라도 맛슬보고 쓴

쓴젓은 어머님이 잡수시고 달다단졋은 아기쥼여 困

五六月이라 短夜밤에 모기빈대 뭇을세라 困

한산 잠을 못다주무시고 모기빈대 뭇을세라 困

어다들고 왼갓시름을 다버리시고 허린뭉실이 날려

틀 주시며 冬至셧달 雪寒風白雪이 펄펄날릴때

데 구孝이 추울셰라 딸은이며 덥허주고 발치발치

흘러틀 주심며 왼몸인졍을 물녀노코 兩人兩親이

구子孝에 움덩이로 룩룩치며 사랑에겨워서 하

는말삼에 銀子童아 金子童아 金이로쿠나

흘러틀 주심며 銀子童아 金이로쿠나

萬疊靑山에 寶貝童아 父母任前 孝子童아 洞

아니랴엔는 忠臣童아 父母任前 孝子童아 洞

內方內 우염동아 一家親戚에 和睦童아 彩色

동굴이 수박童아 五色비단에 彩色童아 彩色

빈마에 五色童아 銀을주면 너을사나 金을주면 너을

살나 愛重之 길는情을 삶만다 父母恩功

生覺하면 泰山이란도 무겁지 안켓슴다 아하

안하여 … 천나비 열우멀삼십소사 … 안하하 … 여지

요 施恩任前 이내말삼 들어보소 죽엄길에도 老火잇소

흘산비나 절무신년나 늘근네는 머저가고 절믄靑

春 나중갈제 俞吳地로 한님아레 출러가는 물이

도로 先後나중은 잇겟구려 修眉山川 萬丈峯

에 靑山綠水가 나린듯이 첨례 참례로단 출러く

十王極樂을 나림손가 南無阿彌룩다 이쌘上샤아

갈제 나림손가 忠誠하게 父母任前 孝道하여 家

法을 세웟슈여 백포옥 밤을주어 餓死救濟

하엿뉴 졉바늬 옷을주어 救難功德 하엿는가

조흔리에 집을지어 行人功德 하엿는가 깁흔물에

甲八

달려야 越川功德 하였는가 목마른이 물을주어 給水

功德 하였는가 病든사람 藥을주어 活人窮

功德하였는가 나하에— 떨라무—아니다—

우리父母 날 빌실제 百日精誠 山川祈禱 各山

大利을다니시며 功든塔이 문어지라 至誠이면 感天이라

父母任前 드러날제 釋迦如來功德으로 어버任前

꺽거지며 살을빌고 아버任前 福을밧아 十調만에 誰한

빌고 帝釋任前에 福을밧아 十調만에 誰한

至極한신 우리父母 나를맛게 길일제 겹울

이면 추울세라 따뜻한데 뉘피고 여름이면 덥울세

祈禱하며 貴히되리 祝願하며 千金주어 萬

金주어 愛之重之 길럿건만 왕아 헤파아미로다—

一心으로精念은 極樂世界라—불휴훈오등이어야로다

無情歲月 如流하여 歲月間에 二三우을 當到하여

父母恩功 갑잿더니 아츰나절 성틀틀이 저역잘

病이들어 실낫갓흔 弱한 몸에 泰山갓튼 病이

드나부르니 어머요찻나 冷水로다 人參

鹿茸藥을 쓸을 藥德인가 잇을소냐 巫安

불러 굿을한들 子德인가 잇을소냐 燒紙

한狀 바천들後 빈야다 빈야다 하누任前에 비마

三星任前 發願하고 神將任前 供養한들 어

二星賢이 感應할까 모진목심 근어질며 第

殿에 奏慶大王 第三殿에 初汪大王 第二

宗帝大王 第四殿에 五官大王 第五殿에

閻羅大王 第六殿에 變成大王 第七殿에

泰山大王 第八殿에 平等大王 第九殿에

55

都是大王 第十殿에 轉輪大王열十王에
부린 使者 日直使者 열十王에
命을받고 한손에는 槍劍들고 또한손에 鐵
棒쥐고 쇠사를비껴차고 할듯갓치 구문길로
살대갓치 달여와서 닷은門을 박차면서 姓名
三字 불러내여 어서가자 바삐가자 뉘命이라 안갈손
뉘吩付라 拒逆하랴 실낫갓흔 弱한몸에딸
뭇갓흔 쇠사슬로 結縛하여 끌어나니 魂飛魄
散나죽겠네 隣賢돈 갓소가서 萬端皆論 哀乞
들어보소 隣賢돈 여보시요 使者任비 이내말슴
한들에는 使者 들을손가 애끕답설은
지고 이를어 하잔말가 人情업시 몰라갈며
놉흔데는 낫아지고 낫은데는 놉하잘가
間이만타해도 언누가代理가며 一家親戚 만라

해도 어느누가 同行할고 아참여 헤네 열유열사
심소사 나이야하야 … 億非養生 萬民施主
任네 이내말삼들어보소 人間世上에 나온사람 빈
손빈몸으로 나와 物慾貪心을 내지마소
物慾貪心은 其不食慾이요 百年貪物은
一朝塵이라 三日修心은 千載寶요 百年貪物은
두손젓서 배우어 언고 실음업시 간人生 寒心하구
도 可憐하구나 낫하 에헤 나무아미로다
舊祠堂에 虛拜하고 大門밧을 썩나스니 內衣버서손에
들고 魂魄불러 招魂하니 여먼 哭聲 狼藉하다
日直使者 손을끌고 月直使者 등을밀어
再促하여 天方地方 몰아갈제 여보시요 使者
任네 이내말삼들어보소 허기지고 시장하니 點心하고

平九

신발의 고쳐신고 쉬어가자 哀願한들 使者
들을소냐 들은체도 안이하고 쇠몽치로 등을치고
어가자 바삐가자 地獄門 닫드면 牛頭馬頭羅刹馬頭罪
刹 솔뜨치며 달녀와 人情달라 비눈구나 人情슬든
한푼업서 정읍으로 올기갈까 滅錢불러 가자갈까
업다 待命하고 기다려 精神차려 살펴보니 열두 王이 坐起하고 裁判
衣服벗어 기다려 撥使구 ? 둥 男女罪人
待待할제 魚頭鬼面 羅刹들은 前後左右 늘어서
官이 文書잡고 男女罪人잡아 드러다가 잡바놓고 ?
認할제 旗幟鈴劍 殺伐하다 刑罰器具 차렷도 ?
號令 기다리며 嚴肅하기 測量업다 男女罪人잡아
아모죄 ? 刑罪하며 뭇소 人間世上에 있을적에 무슨
功德하엿는가 龍華比丘本을 밧어 임금께 極諫하여

忠報國 하엿으며 보쌀 ? 供養하여 마음닥여 善心
으로 念佛工夫 하엿는가 坊坊谷谷 學堂지어 文盲退
治하엿으며 주린百姓 救濟하여 飢民功德 하엿는가
어진사람 ? 不義行事 마다하고 貪財함이
甚하냐 너매罪目 여러가 罪目이 極甚하니 鄭春撤
에 ? ? 善心하여 慰勞하니 뭇 ?
놈들 求景하라 이사람은 善心하고 慰勞하니 蓮花臺로 갈지
니 이노 ? 極樂世界 가올지 蓮花臺로 갈 ?
짜 人間十 ? 來稱요 八十長年 九十春光 將次
百歲를 다산다해도 病들날과 잠든날이며 걱정근심을
아人除하면 單四十을 못산단 ? 우리 ? 身困極
한다 明沙十里 海棠花야 곳진다고 설워마라 冬三석
아차한번 죽어지면 ? ? 옮날까 이내 身困極
달속죽엇다 明年三月 돌아오면 너는다시 피련만은 우리

人生은한번 갔다가 언제다시오나 다시오기 어려 살며 萬年사오 千萬年을 못닷는 人生 夢中

위라 滄海之一粟이라 닷물의 나비로다 갓흔 살림사리 泰平하게 사옵소서 나무아미

뿌리업는 浮萍草와 할ᄅ사리갓흔 人生 千年 록다 웃

檀紀四三三年　庚午 八月

筆者 晩齋 朱元澤

歌

詞

集

歌詞集

二八　錦繡江山遊覽記

歌 題目

60

覺世歌

어와世上同胞任네 옛老人하신말씀
키에담아들어보소 人長德을일럿슬수
돈을주며德이되나 髙는사람하는말씀
經歷事로들어보세
往事는明鏡이요 未來事는暗黑이라
天有不測風雨하고 人有朝夕禍福이라
文明發達이時代에 本心을자랑커든
三綱五倫알고보면 天佑身助理致있어
萬事如意하오리 人和에도도움되고
말이라도和하는것이 聖人모롯저사람은
善者라도善待하고 惡者라도善待하면
惡한者가어디잇고 毒한者가있으리까
三綱五倫지키시요 祖國事를사랑하고
不學無度하는구나 時代따라사는사람
孔孟道德으로서 君子行實안단말가
金錢世界사는사람 聖賢道德모르고서
君子行實뉘알겠소
孔孟道德쓸데없고 善政子孫소용없다
父子有親모르고서 父子有親안단말가
老少分別모르고서 親戚和睦있으리까
江山이무너지고 蒼海가없어지나
禮義凡節먼어지고 五倫倫紀끄너젓네
비내子息할것없이 말對口는数도없다
三綱五倫賤케되면 文明찬이時代에
父母責望한말씀에 父母孝誠이젓구나

一

二

文化發達조흔말은
莫大한 不孝罪가
聖賢君子될야거던
父母孝誠잇지말고
父母任을 賤待하면
惡子孫이니라
어찌하야 罪를지어
子孫에게 傳할손가
子孫이 本을보면
老境身勢어이할고
兄弟몸은 一身인데
이世上을 다맛도록
友愛敦篤 지냇스되

어이그리 滋甚한가
聖賢이하신 말씀
父母마음 便케하면
家庭에도 和樂이요
사람에게큰罪惡이
不孝外에도 잇는가
福을씨서 남을주지
罪를지어 남을주나
同氣一身 貴한몸이
어이그리 不睦하나
兄弟義絶 찰단말가
聖賢께서 하신말씀
嚴父같이 恭敬하고
慈母같이 尊重하나

三千가지 罪目中에
不孝罪가 커다함을
子孫에도 模範되여
福祿長遠 하오리니
行實不誠 저사람파
孝誠모르는 그사람은
머리위에 빗은물이
그에발치 멀어진다
네것내것 다톰함은
財物慾心 그안인가
兄弟間 이죽고보면
割半之痛 어이하리
兄弟間에지낸 道를
孔子任도 稱頌이라

아르시요 모르시요
世上사람 莫論하고
作逆還生 作逆者를
옛굴에도 하얏으되
行實不誠 저사람아
父母에게 不孝함은
來日일을 누가아리
오는榮華 맛지말라
財物이라 하는것은
구름파도 갓흐니라
옛날에 司馬光은
興其兄伯康으로
어느二구莫論하고
相互間에 未盡함을

百忍堂中有泰和라
참을忍字生覺하여
서로서로理解하고
부디부디友愛하여
血氣放壯青春時節
까닥잘못하다보면
조흔衣服몸에입고

찬잔두잔먹다보면
가는時節어이하리
日落西山黃昏일시
집生覺은이젓난가
넓은길이좁은듯이
잇비임비드집하고
온世上이버리라하고

家庭不和일삼으니
이런本을보지말라
그런行動하고보면
妻子에만그러하나
父母에게不孝하고
남남으로만난夫婦
一家親戚모를세라

內外一身重至한데
生民之始萬福에로
根源이라하엿는데
納幣親迎그날부러
百年偕老盟誓하고
一心同體마음모아
同樂琴瑟恩情緣分

禮義직켜사는사람
三生佳約至重한다
三生佳約至重한다
納幣親迎그날부러
父母에게不孝하고
心同體마음모아

한날한시못죽어도
地下黃泉간는날은
한곳으로도라가티
妻父母에人情事를
父母갓치待接하고

半子之情이련마는
사람마다잇거니와
잘살아도外家이지와
못살아도外家이지
時俗人心외그럿소

外家라고한는곳이
잘살아도外家이지
잘살아도外家이지
外家라면그外家와
잘산다는그外家와

못산다는그外孫을
差別待遇하고보면
情誼感이멀어지고
金錢世界조아하고
五倫모른그랏이라
이내몸을生覺하고
親家다음外家이라

三

四

外祖父母外叔父가　血氣相通그아닌가
愛恤하신그恩功을　一分도生覺하면
親祖父母之慈情과　一分差別하오릿가
大丈夫에눈은眼目　七去之惡업거들랑

糟糠之妻尊重하오　大丈夫에度量으로
옛날俗談들엇소　本妻薄待하고보면
大同江을못건넌다　生離別을한다하면
俗談에도傳한말을　生草木에불이란다

獨宿空房당하오면　예사로도닷지마소
後悔莫及되나니라　子息두고사는內外
生離別이되기쉽다　마음心字피고함을
子孫에게미친손가　二姓之合만난몸이

뿔뚝씽이殺人내고　참고보면福이된다
셩이나서바위치기　夫婦不和酷한마음
마음대로못하리니　나쁜일이잇드라도
서로서로理解하고　참을忍字生覺하오

夫婦서로和合하면　大丈夫가可笑롭다
富貴榮華부럽잔소　本妻薄待하고보면
探花蜂蝶好하고　本妻薄待하기실다
子孫에게敎育訓示　敗家亡身어하나

一魚濁水이안인가　修身行實알만하고
사람사는洞內風俗　子息敎訓잘만하라
禮節부터살펴보니　무슨말로訓戒할라
禮節凡理致모른다면　得能莫忘怎일런고

知過必改하여보라　禮節부터살펴보니
사람에行實道理　禮節凡理致모른다면
사람이라할수잇나　禮義凡節잇지말고
禽獸無異못면한다　愼重하게行事하소

百年偕老그안해로　멀굼이보고定하하ㄴ內外　보기조흔범에가죽　千先이야죡친마는

父母몰래定치마소　長久하게밋을손가　얼굴에아홉통홍하지　삼아보면달라진다

父母定한配匹이면　探花蜂蝶만난內外　天地之間萬物中에　天地人이三才되고

窈窕淑女불만는　娼女行實하기쉽다　惟人最貴일럿음　天地君臣찾天로다

四千年에빗난歷史　愁懷에난莫知當타　高운사람섬기는國　불쌍한그老人을

天地君臣變할손가　老人보고恭敬하고　貧富貴賤보지마오　한충으먼恭敬하소

工老人이感激하여　禮儀凡節모로퍼　禮法없이안이되다　天地常經古今通에

至誠으로祝福한다　時代時代하지마는　禮法을잘지키면　錦上添花조을지라

修人事하는道理　西門前에오는손님　그손님이도라서서　한사람이알프보면

接賓客에操心이요　薄待하여보내오면　窘談없이잔다캐도　열사람이절로안다

遠近親面적어지고　賓客不來門戶俗이　福이머라들어오라　손님이안이오면

辱反先祖하느니라　옛굴에도일렀으라　손님오는발자취에　내집부떡가난하다

朝夕相對보는이웃　急한일이있고보면　貧富貴賤莫論하고　멀리사는二家親戚

親戚갓치和睦하고　이웃一家그아닌가　一般人情갓치하고　이웃他姓못당한다

五

六

이웃間에지뷘情이
옛날부터傳한俗談
一家一家이웃一家
이웃怨讐무섭다

泰山갓치놉프리라
明談말인그아닌가
그안닉즛란말가
銘心하고調心하소

聖賢이하신말씀
이웃에애사랑함은
사랑하는그人情을
父母갓치待接하고

그말씀이當然하다
親아와갓치하소
그아이가長成하면
萬物을살펴보소

親交를定하거든
朋友有信굴닉자가
五倫에든朋友有信
草木에도벗이잇고

마음으로定해야지
五倫中에있느니라
함부로定할손가
貴賤없는이時代에

소나무가크고보면
芝草풀이타고보면
하믈며사람으로
어와世上同類들아

잣나무도기뻐한다
蕙草풀튼歎息한다
草木만도못할손가
貴賤없는이時代에

先代門閥이라하여
우리나라지뷘歷史
後千年에거울이라
两班자랑하지말고

两班자랑하지마소
三奴八吏본다면
王侯將相따로잇나
子子孫孫나거들랑

修身道德가르치면
예전이나至今이나
賤役하다허물하며
富貴安得長富貴며

两班되는根本이요
天理道德아는사람
貧賤하다蔑視할가
貧賤安得長貧賤가

吉令守에賤役함을
어린아이글리는法
어려서굶는나무
미운아이떡을주고

온世上이아는바라
材木에나쓰일손가
예쁜아이면울준고
예쁜아이면물준다

옛말숨에傳한말이 저기잇는저少年아 人子된道理로서 出必告와反必面을
알고 보면 當然하지 父母膝下자라나서 父母살아게실적에 銘心不忘잇지말고
父母奉養거기잇소 質正업는靑年時節 敗家는身어이하리 妻子에게미움받고
子息된本誠心이 남보기에부끄럽고 여보시요同胞님들 福不福을生覺하고
一家어른알고보면 名譽毁損된다 三旬九食할지라도 남의財物貪치말라
그責望을어이하너 慾心이賊心되여 小人이면小賊되고 밤늘盜賊배운것이
世上사랑慈悲보면 賊心이나고보면 大人이면大賊된다 큰盜賊이되고보면
慈心위에慈心잇고 하늘눈이바라보니 옛날俗談못들었소 나의눈에피가난다
우선에는배부르고 子孫榮華어이보리 남에눈에눈물버리면 남이야죽든살든
幸福이라하지마는 맑은마로가꺼되고 지은대로도라가니 조흔사람되오리나
나만살면그만이지 罪惡이라하는것은 改過遷善하고보면 나의마음차신하면
功德이라하는것은 道德으로淸新하니 賊物이라하는것은 남파부터다톰말라
禍가變해福이된다 善惡區別없을숀가 죽은後도남은이라 남의勇猛잇다하여
우리나라法治國家

七

怨氣대로하고보면
殺人하기아주쉽다

八

제1단 (우→좌)

殺人하면그뿐되나　두집怨讐을어이한
낭에虛物드러나면　명군장군되고만다
正直해야사람이지　正直二字아는사람
조흔寶貝엇을려면　글밧에도무엇일까
글에根源무엇인가　사람만드는機械로다
工夫없이된단말가　濟民治國하려하면
무선工夫하엿는가　中高小學生이
福不福을生覺하고　富貴榮華貪치말고

제2단 (우→좌)

一時憤을참고보면　南에虛物말을말고
사람에라면是非長短　뉘집이라없단말가
어렵고도어려워요　그리워도미운사람　가저가도고운사람
德行도글에있고　禮法榮華글에있다
自身之責살펴보라　自身之貴모른다면
少不勤學老後悔라　언어지면後悔한다
祖父母任祭祀날에　紙榜글도잘못쓰네
畵震工商職業中에　뭐을도리기가있오

제3단 (우→좌)

百萬事가便타하다　남에虛物말을말고
이럼으로聖人말슴　남에虛物말을말고
말한번잘못하면　사람죽일비수로다
惡한일에善찬사람　善한일에惡찬사람　사람마음各各이라
法律道德글에있고　陰陽造化글에있다
禮法榮華글에있다　當當한大夫라
二八靑春선學生이　어와世上同胞들아
田畓없는딱계말고　資本없다限歎말나　因窮貧賤찰지라도
天下사람사는根本　農事가오뜸이라

우리人生千萬事가 먹지안코못사나니
萬乘天子帝王도들 먹지안코王位찻나
三公六卿貴찬몸도 먹지안코貴하되나
忠臣節士壯타헤도 먹고나서忠節하고
烈女貞節壯타한나 먹고나서貞節된다
千石萬石富者도 먹고서야富者된다
三千甲子東方朔도 먹고나서壽를햇지
食에根源어데잇오 農事에서생김이다
農民보고賤待말고 밥을對해먹음으도
尋常히도보지말고 白玉같은구질밥을
낫낫치도生覽하면 六月炎天더운날에
피땀흘린眞液이라 財物자랑하지말라
泰平聖代하리로다 好衣好食저사람은
무슨福이그리만아 十指不動便하生活
먹고쓰고남는財物 내福이라하지말고
勤農貧民接助하고 일원理致알고보면
長遠할까밋지마오 잡시因緣富貴長을
萬人怨聲어이하나 一時豪康하련마는
미련한저親舊는 뻐운것이怨心이고
사는것이物慾이라 一家親戚모르고서
親舊벗을안단말가 惡得으로모은財物
財物로알지마는 王將軍에庫直이라
順取逆取다르오나 本心으로지내오면
天佑神助하느니라 눈도커도업지지마는
善惡區分差別지어 惡찬사람가잔財物

九

狹禍주고다라나 善찬사람갓잔財物
福을안고들어온다 살쓰면는福이되고
잘못쓰면는狹禍된다 天下世上모든사람

十

富貴貧賤定해잇나
미련한民衆들아
富豪家를부럽마소
一身에는家康이나
天運으로돌고도니
富國强兵구라도
家奢品을崇尙하면

好衣好食조와하고
百姓困難못면한다
惡衣惡食싫어함은
사람마다常情이라
國家形便두고보면
對的찰수잇나니라
世上人心드러보소

人間行路가는길은
萬古必來難行이라
盜賊盜賊하지마는
盜賊놈이따로잇나
行盜難이아닌가
우숩더라俗談野說
犬公量하는말이

男女老少莫論하고
對面하여말들으면
사람마다聖賢君子
盜賊속에산는사람
女子에義務로서
父母膝下지나서
盜賊보고짓지말자

主人놈도盜賊이다
여러분婦女任네
世上理致이런하니
世上다라말함이라
김은山中사는盜賊
잡힐날이잇거니와
가슴속에숨은盜賊

父母에게孝道하고
同氣間에友愛하기
一家親戚和睦하기
女子에本分이라
어와世上同胞任네
人力으로어이하리
누알아잡을손가

女子平生모든일이
家長에게매임이라
하늘갓흔家長을
一平生에操心이요
漁濁한이世上에
男女同等하지만는
女子라면女子行實
女子에職分으로

子孫敎育잘기려고 하늘갓튼男便이
賢婦人이되서려라 婦女로서生긴몸이
戰婦로도榮尊한다 婦女萬一글리지면
古今天地돌아보면 이웃邑人操心하소
그아써가어질며는 그아써가코만다는
千萬事예하는일에 忠誠孝道잇지말고
조흔일은本을배위 명성놉은일을하소

酒色雜技노더라도 眞心으로奉敬하면
四行信을아라야지 四行信이무엇인가
그집안성패된다 먹고나면할일엄서
富貴貧賤興亡盛衰 君臣之間할것없이
家産예도饒富하고 그男便도貴히보다
女慕貞烈生覺하여 이내몸이어질며는
文母에어진聖德 武王을배으시여

本心직힌그안써를 讚揚하고돌아선다
婦德婦容네글자와 婦言婦工이라하니
이집젼칩단다면서 남에험담하는女子
女子에게임이리라 家母가妖惡하면
齊家法을잘직키면 女中君子되리로다
大德婦人은이름 後世子孫模範이라
胎中에가르치사 萬古重君되어싶오

世上멘도못되女子 부린本을보지말고
四行信을알게되면 賢婦로서令貴하고
부린本을보지말고 急한일이안늬든
君집안이滅는하고 國母가妖惡하면
子女孫에敎訓法度 忠孝二字거게있오
男女間에莫論하고 사람으로生긴몸이
孟子每親어진姿質 孟子任을닥러시고

十一

十二

三遷之敎 가르치사 그런 婦人 ᄯᅩ쳐도 마음이 이 있으리까

萬古重賢 되엿어라 祭祀날이 당하거든 親家有無 形勢대로

精誠것 奉祀하오 無誠이면 無神이라 淨潔하게 장만하여

有誠이면 有神이요 肉山脯林 장만해도 冷水에도 精誠이라

子孫根本 精誠이라 法度에는 一般이라 茱果에도 精誠있요 祖父母任 終不怠에

奉祭祀接賓客에 내門前에 오는 손님 窘談말고 待接하소 膏粱珍味待接해도 窘談하면 信義없네

惡心善良 하고보면 人生何處 不相逢을 自然理致 돌아오니 天地萬物感動되어

어제보고 하지말고 萬人間이 仰視하며 모든사람 心思行爲 福祿이 自然오고

子孫萬代陰德일세 壽福康寧富貴榮華 銘心不忘하시오면 萬事如意하오리

三綱五倫仁義禮智 短文薄識賤見으로 男女老少莫論하고

사람에 根本이라 이歌詞를 모앗으니 한번시 읽어내보소 부디부디 잇지마소

一九八四年甲子 春節 慶北 醴泉 金塘里 雲谷 朴永植 集書

72

陶山歌

太白山 내린 龍이,
靈池山 솟아서라
當年에 장구소요
後生에 姐豆慶라
百年一煙霞를
池露한지 오랠느니
어와ㅣ 聖因이야
科第로 閣極하야
農雲皐 社럼양들라
岩棲軒을 여서니
루초를 어루만져
璇璣를 살펴보니

黃池예 소슨물이
洛東에 말갓도다
年末 後學이야
隣邑에 生長하샤
壬子年 春三月에
聖上에 思典으로
書冊을 떠에끼고
章甫에 듸들떠라
門前에 殺平床은
張席이 依依하고
心身이 肅然하고
悲客이 全老없다

老松亭 옛자리에
太賢히 나싰도
門庭은 못미처도
江山은 咫尺이라
禮削에 命을밧아
廟下에 致祭하고
進道門 그어가서
享禮녜 奈典함
櫃中에 詩類秋은
手澤이 班班하다
蒙泉水 떠마시고
凶貞門 간는길에

嗚呼라 우리先生
이곳에 生長하샤
遺書를 誦讀하고
古風을 想像하야
多士를 참께모아
別利를 보왓우
詩社壇 다시나와
詩卷을 맛친後어
景懷를ㅅ 잡는듯
羹墻을 뵈엿난듯
左右山川들을
一望中 살펴보니

十三

十四

東麥屏西萲屏은　峯巒도기수하고
溫凊軒雲影臺는　水石이華麗한데
金沙ㅣ玉礫은　面面이버려있고
碧桃ㅣ紅杏은　處處에잔난듯

龍門一八絶이야　안저서밧전마는
武夷ㅣ九曲인들　이어서담할손가
東臺를다본後에　西臺에옴겨안저
일음조차天渊이라

雲門에저소러기　너는어찌나왓으며
江中에저고기야　너는어찌뛰노느냐
慈仁하신餘話련가　蒼江에月出하니
夜色이더옥조타

上流에떼인배를　下流에뛰위노코
沙工은노을젓고　童子는술을부어
初更에마신술이　三更에大醉토록
風帆으로蕭蕭로다

그제야고처안자　咏咏한이曲調를
줄줄이푸러내여　淸凉山六曲　을
酒興은陶陶하고　風帆으로蕭蕭로다

春風舞雩여젓는듯　白鷗를다시불러
丁寧이言約하되　漁夫詞로和答하나
九秋ㅣ丹楓節에　桃花ㅣ白鷗넙날소냐

秋月寒水비치엿다　瑤琴을비겨안고
三更에大醉토록　年光이덧없이도
造物의猜忌하야

偶然이엿은病이　窮山에홀로누워
偶事를生覺하니　靑春에못다노라
白首에餘恨이라

居年이구年이라　佳事를生覺하니
白首에餘恨이라　百年幾感之懷을

時時로 諷詠하니
一篇中에 부치노라

楚漢歌

鐵門에 月黑하니 / 數運이 寂寞하다 / 虞兮虞兮奈若何오 / 江東으로 가쟀드니 / 不意에 敗亡하니 / 漢霸公에 百萬大兵 / 九里山下 十四面에 / 鼓城郡 五百里에 / 賢陽城 皇嶮한 길

楚霸王의 勢를 몰아 / 잠을 깨어 일won 말가 / 三步에 주저하고 / 五步에 체험하니 / 어이 다시 낫츨 들고 / 江東 사람 어이 보리 / 大陣을 두러치고 / 楚霸王을 잡부렬제 / 谷谷마다 理伏이라 / 去里去里 伏兵이요 / 楚霸王을 揄引하고

力拔山도 쓸데없고 / 四面이 楚歌로다 / 마음이 산란하다 / 琴鼓를 울니면서 / 萬古英雄豪傑들아 / 楚漢勝負 들어보소 / 天下兵馬都元師는 / 乞食漂母 韓信이라 / 諫計란은 李戴根을 / 算잘하는 張子房은

칼을 집고 일어서니 / 四面이 楚歌로다 / 平素에 願하기를 / 絶人力이 부질없고 / 順民心이 으뜸이라 / 大將壇 높이 앉어 / 天下諸將 號令할제 / 楚霸王을 擒디하고 / 鷄鳴山 秋夜月에

十五

十夫

玉笛을슬피불어
그곡조에하엿스되
하날은놉고달발근제
客에愁心도두난듯

八千諸將흣털적에
九秋三更깁은밤에
올고가는저기러가
邊方萬里死地中에

征伐나온저軍士야
戰爭하면죽을러라
八尺長劒빼여드니
戰場孤魂되단말가

너어霸王勢困하니
鐵甲을들처입고
千金갓치重한몸이
好生惡死한는마음

사람마당잇거니와
죽기를조와하니
어二子孫慰勞하며
뉘로하야갈난니냐

楚陣中將兵들아
너에堂上髮鶴兩親
南山下에장찬반은
大湖亭에빗슨을

父母갓치重한이는
天地間에없건만는
참아真情못할너라
一年一晤보건만는

누라하며어부로
郎君그려슬푼마음
烏鵲橋上牽牛織女
너희들은무슨罪로

조흔緣分그리는고
八年風塵死地中에
天命歸於漢王하니
어디로가단말가

너허어찌조흔情을
그다지도이젓든가
可憐하다楚霸王은
八年風塵머功業이

슬프다世上事라
歲月이無情트라
白髮보고웃지마소
그아니可憐한가

속절없시되는구나
여보시오少年님네
어제青春오늘白髮
將臺에一等美色

곰다고자랑마소
누라서막을손가
다시오기어려워라
孔孟顏曾程朱夫子

西山에지는해 를
蒼海로흐른물은
堯舜禹湯文武周公
道德이貫天하여

萬古聖賢인들마는
微微한 人生들이

汨羅水맑은물은
屈三閭에忠魂이요

列國諸王다달래도
閤羅王은못달래며

寒山細雨微草中에
一墳土만可憐하다

三神山에不死藥을
童男童女五百人이

虞美人손잡고
눈물뿌려離別할제

暮煙秋草凄凉하다
司馬遷과韓退之며

저어일아보며
姜太公黃石公과

淵江水생긴비는
伍子胥의精靈이라

春風細雨社鵑聲에
金二魂塊뿐이로다

阿房宮闕높아있죠
統一天下秦始王은

求하려고보벗더니
消息조차頓絶하다

烏江벌판風浪中에
二十三戰可笑롭다

李太白과杜牧之는
詩賦中에文章이요

司馬襄沮孫吳起는
戰必勝功必取라

株蕨하던白夷叔齊
千秋明節이런마는

孟嘗君에雞鳴聲과
信陵君에竊符姬

萬里長城쌓은後
六國諸侯에朝貢받고

砂丘平基접은날에
麗山荒草뿐이로다

東南除風木牛留馬
上通天文下達地理

越西施의虞美와
王昭君과楊貴妃는

萬古名將이런마는
한번죽엄못면하고

首陽山에餓死하고
말잘하는蘇秦張儀

萬古豪傑이런마는
三千食客어디두고

三千宮女侍衛할제
長生不死하기위해

力拔山焚霸王은
時不利今稚不逝라

前無後無諸葛孔明
亂世奸雄魏曹操

荒浪古墳되여있고
萬古絶色이런마는

十六

八百長壽彭祖壽며
三千甲子東方朔도
안이놀고무엇하랴

雲嶽山

此一時彼一時라
安期生赤松子는
東海上에神仙이라
아서라草露人生
말만듯고못보았네
風魄에무침이뭄

우리라錦繡江山
麟蹄元通거쳐올라
深山幽谷을드단丹楓
高峰萬天皇峰에
琉地仙壤아닌가

關東總視하여보세
寒溪溪谷을얻으니
蒲山紅葉은絕景일세
琉地仙壤아닌가

勝奄山에걸린瀑布
別有天地非人間은
寒溪峻嶺을삭삭
머릿숙여굽어보니

飛流直下三千尺에
일르두고한간말가
山採菱飯充賜하고
折斜曲道비탈길을
막온알꿉구비돌아

五色물리暫時들러
藥木一瓢맛신後에
一路平地當到한다
海邊近地十里許에
襄陽原東을돌아간

뒤로는碧山絕景
앞으로는茫茫大海
白砂靑松茂質林일세
前後左右둘러보니

萬頃澄波푸른물은
白鷗雙雙往來하고
크고자근漁船들은
雲嶽山에들어가자

權金城올라가서
蒲船漁搜에依帆대여
新興寺本尊佛에

絕壁飛天壯한片景
神秘로운風景속에

大慈大悲同德을
合掌再拜빌은後에
大青峰層岩絕壁
座座峰峰萬物像이
疲勞한心身이한가

老年恨

富貴榮華무엇하며
四海文章무엇하나

俗世風采輪林들아
이런絶景보프가소
萬古筆法揮筆하며
詩한句節지어보세

草露같은우리人生
이世上에태려나서
우리父母날기를제
仁義禮智根本배와
三綱五倫알게되고
六禮緣分夫婦맺저
麋下子女무고나
於焉歲月如流하야

黃昏길에접어드니
八難五逆다치르고
蒼顔白髮當到하니
萬端說說닷못한거
金飯玉醬무엇한
不祥하고可憐하다
白髮설음덩어섭다
일음이어廢物된

哀달프포슬도다
嘆息하면무엇하며
우럼보들무엇하리
萬端珍羞八味鳳湯
人間百歲산다한들
風塵속에늘것구
青春가고有髮오나

人間控老뉘막으리
西山落照지는해
來日아츰듯오련만
草露갓튼우리人生
아참한번죽어지면
다시올길萬無로다
青春老將近하는

누가지은굴이든가
國屋錦者鐵面皮는
여보시요青春들아
우리두고한말이라
月態華容장랑말고
萬歲老將始近는
白髮보고웃지말라
來日이면當到함을
언將士막을손가

十九

人之定命百年恨은
어김없는사실이라

六國統一秦始王이
藥이없어죽었던가

於我近代靑年들아
老人보고恭敬하고

父母任께孝道함을
銘心不忘잇치마오

江村別曲

世上功名浮雲이라
一葉片舟흘러저어
萬頃滄波넓은곳에
嚴陵灘에여기로다

江湖漁翁되여볼까
任其所之할적에
浩浩湯湯떠나간다
景槪無窮조흘시고

銀鱗玉尺펄펄뛰고
靑風徐來하고
左右山川둘러보니
隔岸前村西三家에

白鷗는片片飛去로다
水波는不興이라
景槪慶奇異하다
저녁煙氣일어나고

半照入江翻石壁에
언덕우에樵童이요
滄浪一曲빗겨두고
波急하니野如舟라

거울갓치비첬도다
石壁下에流翁이라
소리좃차차너가니
舟輕하니山似馬요

千尺斷岸늘은곳에
七里淸灘고요한데
兩介漁翁흘린낙시
景槪無窮조을시고

蒼松綠竹울긋슨에
雙雙오리둥둥떳다
巨口細鱗낙어내여
醉케먹고술을사서

鳴呼라世上事가
孿兒兒孫이相屬하니
日落黃昏되엿은이
백를저어도라갈제

모두가다如夢이라
彝裏乾坤이안인가
月出東嶺소사구나
到着羅接조을시고

縱一葦之所如하니
凌萬頃之茫然이라

八道江山

船搖水中天如月에
於焉間依天上人을

無窮하다이내興味
世上萬事慮望이라

名姝名唱風流浪은 華고도볼만하다 깡그리진오임장이 全羅道라智異山은 東津水가廻轉하고 咸鏡道라白頭山은 豆滿江과長流하고 北岳은億萬峰이요 漢江水는萬年水라

輦軍대위앞세우고 各已擇金行裝하여 各山名모두모여 忠淸道라鷄龍山은 白馬江의絶景이요 京畿道라三角山은 臨津江과恨廻하며 上峯은削出이라 先帝는仁智天下요

防牌靑翼鞍장말을 보기조케올나타 고 八道江山遊覽할제 平安道라妙香山은 大同江이구비치고 仁旺山이主嶺이요 往十里는靑龍이며 乾坤四方勢라 漢江이둘러서니

八道에오입쟁이 形勢도잇건오 慶尙道라太白山은 洛東江이둘러잇고 黃海道라九月山은 細流江이둘러잇요 萬里嶺이白帝로다 終南山은千年山이요 首都가分明하다 두루各各차젓고

二十

二十三

水落山 層層瀑沛
南案에 羅列基며
늘어진 長木이며
허유허유 올라가
八道江山 名勝地를
求景 한번 잘하엿네

洗劍亭 別雲깁며
늦구버들 蒲柳남에
무푸레 치자나무
江原道라 金剛山은
世界에서 第一名山
憂慮마다 名勝地요
世界的인 觀光地라

梨花慶 長春臺와
평퍼진 떡갈나무
벗나무 香便皮며
冬栢이라 짓덩덩
우리나라 錦繡江山
끌끌마다 奇岩怪石

百年洞을 찾아가서
달뜬 鏡求景하고
冬栢이라 짓덩덩
어름덩굴 느러젓네

南漢山城 늘러가서
구비진 層層바위

赤壁歌

三江은 水戰이요
赤壁은 鏖兵이라
三角鬚를 거스리며
八十斤 青龍刀을
火將에 賤한 命을

난데업는 火光이
하든 불이 衝天하니
華容道로 달아날제
掩身甲옷을 적싯고
난데업는 二員大將

曹操가 大敗하야
華容道로 달아날제
눈우에 넘이들고
잔뜩 曹操 광반라
雨雷같이 소리치니

精神이 散亂하야
부희눈을 부릅뜨고
將軍前에 비나이다
火將에 賤한 命을
前日을 年覺하사

빌나이다 빌나이다
이 殘命을 살여주오
이 殘命을 살여주오
제방 德分 살여주오
上馬에 千金이요

忠孝曲

(오른쪽) C1	C2	C3	C4	(왼쪽) C5
下馬에百金이라	三日에小宴할제	高臺廣室둘흔집에	그精誠만生覺해도	今日曹操赤壁大敗
五日에大宴하고	漢水亭宴한後에	美女充宮하엿으니	비精誠만生覺느냐	비精誠만生覺해도
駿馬는疲困하고	將軍任憂德오로 [魯俊]	이殘命을살여주오	青龍刀를밧으라고	살지못할말듯거라
孟주린兵士로서	寸步를못하오니	네아무리살자해도	軍令狀을고왓다	華容道를벗어나서
白馬江외움에서	天下將士顏良文醜	萬百姓을殺害하며		한便으로치우시며
범갓흔阿北名將	한갈에선듯비여	넘잡으려여기올제		말머리를돌리시니
네罪狀을모르느냐	비精誠만生覺느냐	軍令狀을가젓스니		
天命을提迎하고	이놈曹操말듯거라	짜른목걸게즐여		
雨雷갓흔호롱소리	너를어이容恕하랴	閻令이들으심에		
一寸肝腸다녹혀	妖邪한말하지말고	잔인하겟여기여		
火將을잡으려고	어지신聖德으로	許都로도라가네		
萬民塗炭生覺찬코	厚德을베푸소소			
	曹仁을만나려고			

二三

畵

天地之間萬物中에
三綱五倫仁義禮智
어와靑春少年들아
할일을하여보세

惟人最貴일릇슨
靑春을虛送말고
우리人生百行根本

忠孝밧게또잇는가
어름궁에鯉魚엇고
孟宗은泣竹하여
西山에지는해를

王祥은叩氷하여
雪裡에竹筍어드
兩親誠孝하온後에
乾坤으로잡아매고

北堂에鶴髮兩親
餘力으로學文하여
金榻玉쏤出將入相
八域이咸豊이라

더듸히여모신後에
立身揚名더욱조타
人域이咸豊이라
堯舜갓튼重君어

朝遷朝會辛退하고
넘는祿을謝禮하며
四時景을차지하니
家後엔靑山이요

進退中央하오면서
江山에逸民되여
知足知之이아닌가
門前엔綠水로다

雲中에孤松之節
遠人餞送하오면서
或悼는孤舟로다
日月로燈燭삼아

千秋萬代빗치네
或命은巾車하고
太虛로집을삼고
蒲飁間에往來하

花山에春日暖이요
山溜에飯川魚를
義皇夢을꾸나니

綠水에一聲漁歌라
繪을하여만하고
萬柳에喚友聲이
萬年行樂다질기

世上風景이아닌가

어와世上사람들아

遊山歌

花爛으春城하고 （때는 구山벗임내야） 竹杖芒鞋單瓢子

萬花는芳暢이라 山川景慨求景하세 一年春度다시펴여

色色이밝앗는듸 꼿속에잠든나비 柳上鶯飛는金옷요

春色을자랑하며 자추업시날라든다 花間蝶舞粉粉雪이라

蒼松綠竹鬱蒼하고 楊柳細枝絲絲綠에 제비는물을차고

奇花瑤草爛漫이라 黃山谷裏堂春節이 淵明五柳아니야

後舟逐水愛山春에 遠山으로疊疊이요

三春佳節조흘시고 崇山은峻嶺이라

桃花桃花滿發이라 千里江山멀고먼길 瀑沛水는팔팔흘러

武陵桃源이니냐 어이갈가슬피운다 水晶簾을들린듯

기러기는훨훨날아 白雲間에놉이올라 우슐우슐춤을추고

그지中天늦히소사 두나래를활작피고

奇岩은層層이요 層層疊疊岩絶壁上에 銀玉갓치흣는진

長松은落落이라 狂風에興이나서 건너편屛風石으로

이골물이주룩주룩 열골물이合水하야 어렁덩말팔흐르흐러

져골물이잘잘흘러 天方져地方져 巢夫許由問答한듯

二五

箕山穎水이아닌가
悲鳴杜鵑吉節에

積多歸馬風어
日出茗溢照금암이라

景槪無窮호읍시고
世上萬事造化로다

二六

檀紀四千三百二十三年　庚午八月

筆寫　晩齊　朱元澤

86

금수강산유람기

영인자료

영인자료는 여기서부터 역순으로 확인 바랍니다.

집필진 소개

대표 저자 ─────────────────────────────

이수진李秀珍
선문대학교 대학원 졸업. 문학박사.
현재 선문대학교 국어국문학과 조교수.
주요 논저 : 『대한제국기 프랑스 공사 김만수의 세계여행기』(공역, 2018), 『조선후기
무명 유생 가집, 직암영언』(공저, 2023), 「조선후기 제주 표류민의 중국 표착과
송환 과정 - 〈제주계록(濟州啓錄)〉을 중심으로」 외 다수 논문.

하경숙河慶淑
선문대학교 대학원 졸업. 문학박사.
현재 선문대학교 교양학부 초빙교수.
주요 논저 : 『한국 고전시가의 후대 전승과 변용 연구』(2012), 『네버엔딩스토리 고전시가』
(2014), 『고전문학과 인물 형상화』(2016), 『대학생을 위한 맛있는 독서토론』(공저,
2020), 『대학생을 위한 SNS글쓰기』(공저, 2021), 『고전문학의 탐색과 의미 읽기 - 여
성 형상과 새 시가작품』(2022), 『글쓰기 - 생각하기 - 세상읽기』(2023) 외 다수 논문.

공저자 ─────────────────────────────

구사회具仕會
동국대학교 대학원 졸업. 문학박사.
선문대학교 국어국문학과 교수 역임. 현재 명예교수.
주요 논저 : 『근대계몽기 석정 이정직의 문예이론 연구』(2012), 『송만재의 관우희 연
구』(공저, 2013), 『한국 고전시가의 작품 발굴과 문중 교육』(2021), 『한국 고전문
학의 세계 인식과 전승 맥락』(2022), 『해학 이기의 한시』(공역, 2023), 『직암영언』
(공역, 2024) 외 다수 논문.

강지혜康智慧
선문대학교 대학원 졸업. 문학박사.
현재 선문대학교 교양학부 외래교수.
주요 논저 : 「근대전환기 조선인의 세계기행과 철도 담론」(2017), 「근대전환기 조선인
의 세계기행과 극장 담론」(2017), 「근대전환기 조선인의 세계기행과 정치 담론」
(2018), 「새로운 가사 작품 〈반포가〉에 대하여」(2019), 「일제강점기 한성권번과

권번시조」(2023), 「일제강점기 『경성명기일람(京城名妓一覽)』 연구」(2023) 외 다수 논문.

양훈식梁勳植

숭실대학교 대학원 졸업. 문학박사.

현재 남서울대학교 외래교수.

주요 논저 : 『(박순호본) 한양가 연구』(2013), 『대한제국기 프랑스 공사 김만수의 세계여행기』, 『성혼 시의 도학적 성향과 풍격미』(2020), 『역주 조천일록』(2020), 『최현의 조천일록 세밀히 읽기』(2020), 『우계학파 소론계 문인들의 한시와 미학』(2022), 「만재 주원택의 기행가사에 나타난 서술방식과 국토의식」(2023) 외 다수 논문.

장안영張安榮

선문대학교 대학원 졸업. 문학박사.

현재 선문대학교 국어국문학과 BK21 FOUR 사업 연구교수.

주요 논저 : 「17세기 명(明) 사신의 해로사행 체험 – 강왈광(姜曰廣)의 『유헌기사(輶軒紀事)』를 중심으로」(2021), 「제주 조선인의 안남 표류 기록과 서술적 특징」(2022), 「직암 조태환의 새로운 가사 작품과 문예적 검토 – 〈죽계별곡〉과 〈연산별곡〉를 중심으로」(2023) 외 다수 논문.

정영문鄭英文

숭실대학교 대학원 졸업. 문학박사.

현재 숭실대학교 국어국문학과 조교수.

주요 논저 : 『조선시대 통신사사행문학 연구』(2011), 『조선시대 사행록의 텍스트와 콘텍스트』(2011), 『조선인의 여행 체험과 글쓰기』(2022), 공저 『(박순호본) 한양가 연구』(2013), 『창의적 사고와 글쓰기』(2016), 『최현의 『조천일록』 세밀히 읽기』(2020), 『검무연구』(2020), 『역주 조천일록』(2020, 공번), 『연행록연구총서』(2006, 공편), 『조선통신사 사행록 연구총서』(2008). 「이규준의 유기(遊記) 연구」(2023) 외 다수.

하성운河盛云

고려대학교 대학원 졸업. 문학박사.

주요 논저 : 「한·일 고전시가의 소상팔경 모티프 수용과 풍경의 미학」(2020), 「조선시대 불교계의 소상팔경 작품 창작과 문학 세계」(2019), 「담배노래 국문시가의 문학적 변주 양상」(2020), 「설암추붕(雪巖秋鵬) 소상팔경의 표현미학과 시적 지향」(2022), 「월저도안(月渚道安) 소상팔경의 시적 인식과 풍경」(2023) 외 다수 논문.

현대가사의 작품 발굴과 분석

2024년 3월 22일 초판1쇄 펴냄

엮은이 이수진·하경숙
발행인 김흥국
발행처 보고사

책임편집 이경민
표지디자인 김규범
주소 경기도 파주시 회동길 337-15 보고사
전화 031-955-9797
전송 02-922-6990
메일 bogosabooks@naver.com
http://www.bogosabooks.co.kr
ISBN 979-11-6587-692-0 93810
ⓒ 이수진·하경숙, 2024

정가 30,000원